TAKE-OFF INS GLÜCK

MARIE FORCE

Originaltitel: Love at first Flight © 2017 Marie Force, 2nd edition

Copyright für die deutsche Übersetzung: © 2019 Ivonne Senn

Lektorat: Ute-Christine Geiler, Birte Lilienthal, Agentur Libelli GmbH

Deutsche Erstausgabe

ISBN: 978-1946136848

Cover: Kristina Brinton

Buchdesign und Satz: Ebook Formatting Fairies

Für meine frühen Leser, die meine Bücher schon geliebt haben, als sie noch von Vielzweckklammern zusammengehalten wurden, mir nicht erlaubt haben, aufzugeben, und bei jedem Abschnitt dieser Berg-und-Tal-Fahrt an meiner Seite waren. Ich danke euch. Dieser Roman ist für euch.

ÜBER DAS BUCH

Juliana Gregorio hat eigentlich das perfekte Leben – würde ihr Highschool-Sweetheart nach langen Jahren Beziehung nur endlich um ihre Hand anhalten. Doch stattdessen erklärt er ihr, dass er sich nach Abwechslung sehnt. Ihre Trennung auf Probe würde Juliana am Boden zerstören, hätte sie nicht gerade zufällig den attraktiven Staatsanwalt Michael Maguire kennengelernt, den eigene Probleme mit seiner Verlobten plagen.

Kurzentschlossen zieht Juliana bei ihm ein, doch aus der Zweck-WG wird bald mehr, was beide in einen Gewissenskonflikt stürzt. Dann bringt Michael einen brisanten Fall vor Gericht, und plötzlich steht nicht mehr nur ihre gemeinsame Zukunft auf dem Spiel, sondern ihr Leben …

KAPITEL 1

Sein Chef hatte sich einen verdammt schlechten Zeitpunkt dafür ausgesucht, in Plauderlaune zu geraten.

Michael rollte langsam ein Schweißtropfen über den Rücken. Die Boardingzeit seines Flugs nach Florida rückte immer näher, während Tom Houlihan, der Staatsanwalt von Baltimore, ihn übers Telefon mit einer schnellen Abfolge von Fragen zur Vorverhandlung bombardierte. Michael brauchte eine Exit-Strategie – und zwar sofort.

Reisende strömten durch die Abflughalle vor den Gates, und Michael hatte Mühe, sich in dem Chaos auf den Anruf zu konzentrieren. Er lockerte seine bordeauxrote Krawatte, öffnete den obersten Knopf seines Hemdes und beobachtete, wie sich eine Schlange fürs Einsteigen bildete.

»Und Rachelle?«, wollte Tom wissen.

»Die habe ich gestern Abend getroffen«, sagte Michael. »Sie ist nervös, hält aber noch durch.« Er scrollte durch seine Notizen auf dem Laptop, in der Hoffnung, Toms nächste Frage vorauszusehen.

»Wie nervös?«

»Nun ja, sie ist ein Teenager und steckt in Schutzhaft. Du hast selbst Töchter, also kannst du es dir vermutlich ungefähr vorstellen.«

Ein exotischer Duft stieg Michael in die Nase und lenkte ihn ab. Er warf einen Blick auf den Platz neben sich, wo eine junge Frau mit seidigem dunklen Haar und olivfarbener Haut missmutig das Gesicht verzog, als ein Flughafenmitarbeiter ein Schild mit der Aufschrift »Verspätet« am Gate aufstellte.

»Michael?«, hakte Tom nach.

Er riss den Blick von der umwerfenden Frau los. »Tut mir leid. Was hast du gerade gesagt?«

»Ich habe gefragt, ob du sonst noch etwas von mir brauchst.«

»Bis zur Auswahl der Jury sollte eigentlich alles klar sein. Aber dann brauche ich deinen Input. George hat heute die letzten Zeugen vorbereitet. Wir haben alles abgedeckt, also versuch, dir keine Sorgen zu machen.«

»Ja, sicher«, antwortete Tom trocken.

»Ich melde mich gleich Montagfrüh.«

»Genieß die Party. Hoffentlich ist es deine einzige Verlobung.«

Michael lachte. Er war erleichtert, dass Tom – zumindest für den Moment – zufrieden zu sein schien. »Das ist das Ziel. Danke, dass ich freibekomme. Genieß dein Wochenende.« Er legte auf und hörte gerade noch das Ende der Durchsage über die Lautsprecher. »Was haben sie gesagt?«, fragte er die Frau neben sich.

Sie schaute ihn an und wirkte gestresst. »Neunzig Minuten Verspätung.«

Der Anflug von Verlangen, der ihn durchzuckte, überraschte Michael. Schließlich war er auf dem Weg zu seiner Verlobungsparty, wieso also reagierte er so auf diese hübsche Fremde? Nein, »hübsch« war nicht das richtige Wort. »Umwerfend schön« traf es eher. Da sie neunzig Minuten Zeit totschlagen mussten, beschloss er, seiner Neugierde nachzugeben. »Wo müssen Sie denn hin?«

»Nach Jacksonville Beach. Mein Freund ist beruflich für ein Jahr dort. Und Sie?« Sie schaute ihn mit sanften braunen Augen an, die ihn sofort in ihren Bann zogen.

Michael konnte sich nicht erinnern, wann ihn das letzte Mal etwas anderes als der nächste Prozess so beschäftigt hatte. »Ich muss nach Amelia Island. Dort lebt meine Verlobte mit ihren Eltern.«

»Ah, dann führen Sie also auch eine Fernbeziehung?«

»Ja. Und das ist echt ätzend. Wie lange machen Sie das schon?«

»Beinahe sieben Monate«, sagte sie seufzend.

»Wir haben sechs hinter und acht weitere vor uns. Im April wollen wir heiraten.«

»Tja, zumindest wissen Sie und ich, dass es nicht für immer ist. Ich habe keine Ahnung, wie die Leute es schaffen, das auf unbestimmte Zeit durchzuziehen. Das würde mich noch mehr in den Wahnsinn treiben, als es das sowieso schon tut.«

»Das stimmt.«

»Was machen Sie beruflich?«, wollte sie wissen.

»Ich arbeite im Büro der Staatsanwaltschaft von Baltimore.«

Sie riss die Augen auf. »Wow. Das ist cool.«

»›Überwältigend‹ trifft es eher – vor allem in letzter Zeit. Und Sie?«

»Mein Job ist nicht annähernd so aufregend. Ich bin Friseurin.«

»Das klingt, als ob es mehr Spaß macht, als Menschen in den Knast zu bringen.«

Ihr Lächeln ließ ihr gesamtes Gesicht aufleuchten, und Michaels Herz setzte einen Schlag aus. »Allerdings nur so lange, bis jemandem der neue Haarschnitt nicht gefällt. Zum Glück passiert mir das nicht oft.«

»Und was tun Sie, wenn es mal passiert?«

»Wenn der Kunde wirklich nicht zufrieden ist, zahlt er beim nächsten Mal nichts. Doch normalerweise kommen die Leute zurück und erzählen uns, wie viele Komplimente sie für ihren neuen Look erhalten haben.«

In der Hoffnung, das Gespräch am Laufen zu halten, strich Michael sich mit der Hand durch sein dichtes, welliges braunes Haar. »Ich könnte Ihre Dienste gerade auch gut gebrauchen.«

»Dann sollten Sie mal in meinem Salon vorbeischauen.«

»Wo arbeiten Sie?«

»Bei Panache im Inner Harbor.«

»Ich wünschte, ich hätte Zeit für einen Friseurbesuch. Aber mein nächster Prozess beginnt in knapp einer Woche.«

»Dürfen Sie mir davon erzählen?« Sie drehte sich auf ihrem Sitz herum und zog die Beine unter sich.

»Es geht um die Benedetti-Brüder«, erwiderte er leise und genoss es, die Aufmerksamkeit der schönen Fremden zu besitzen.

Sie keuchte auf. »O mein Gott!«

Den Gangmitgliedern Marco und Steven Benedetti wurde vorgeworfen, in der Stadt drei Jungs im Teenageralter erschossen zu haben.

»Der Cousin meiner Kollegin war einer der Jungen, die sie getötet haben. Timmy Sargant.«

»Wir kriegen sie.«

»Das hoffe ich«, sagte sie leise. »Das hoffe ich wirklich.«

»Ankündigung für Flug 980 aus Providence mit Weiterflug nach Jacksonville. Für alle Passagiere, die auf diesen Flug warten: Wir werden mit dem Boarding beginnen, sobald sich die Gewitter aus der Gegend um Jacksonville verzogen haben.«

»Ich wünschte, ich würde nach Providence fliegen«, bemerkte Michael.

»Warum?«

»Da komme ich her. Meine Familie lebt in Newport.«

»Wie sind Sie dann hier unten gelandet?«

»Ich habe an der Georgetown Law studiert und habe dort meine Verlobte kennengelernt, also bin ich geblieben. Dann sind ihre Eltern nach Florida gezogen, und seitdem führen wir eine Fernbeziehung. Wie haben Sie Ihren Freund kennengelernt?«

»Wir sind zusammen zur Schule gegangen und sind seit der Mittelstufe zusammen. Das sind jetzt gute zehn Jahre.«

»Dann sind Sie … siebenundzwanzig? Sie sehen älter aus.«

»Das sollte man einer Frau niemals sagen«, erklärte sie und lachte, als ihm die Röte in die Wangen stieg.

»Ich meinte, so ganz in Schwarz gekleidet sehen Sie wesentlich weltgewandter aus als eine Siebenundzwanzigjährige. Ist das besser?«

»Geschickt gerettet.« Sie grinste. »Wir tragen im Salon alle Schwarz – das ist unsere Uniform.«

»Ich heiße übrigens Michael Maguire, und ich bin zweiunddreißig.«

Lächelnd streckte sie ihre Hand aus, um seine zu schütteln, und ein seltsames Kribbeln breitete sich in seinem gesamten Körper aus. Er musste sich ermahnen, sie wieder loszulassen.

»Juliana Gregorio. Schön, Sie kennenzulernen, Michael Maguire, zweiunddreißig.«

»Wie kommt es, dass Sie nach zehn Jahren noch nicht mit Ihrem Freund verheiratet sind?«, zog er sie auf und wusste selbst nicht, warum ihn die Antwort darauf auf einmal so brennend interessierte.

»Wir sind bisher einfach nicht dazu gekommen, schätze ich. Aber seitdem Jeremy weggezogen ist, stelle ich mir diese Frage auch immer wieder.«

»Irgendwann wird es so weit sein.«

»Wir werden sehen.« Sie knabberte an ihrem Daumennagel. »Aus irgendeinem Grund habe ich das Gefühl, dass von diesem Wochenende eine Menge abhängt.«

»Wie kommen Sie darauf?«

»Ich weiß es nicht. Eigentlich ist bisher alles gut gelaufen, doch in den letzten Wochen war er am Telefon irgendwie distanziert. Ich habe keine Ahnung, was los ist.«

»Ich bin sicher, wenn Sie ihn sehen, ist alles wieder gut. Paiges Eltern geben dieses Wochenende eine Verlobungsparty für uns, was der Hauptgrund dafür ist, dass ich lieber in den Norden als in den Süden fliegen würde.«

»Sie freuen sich nicht auf die Party?«

»Mir graut davor. Es ist so albern, wenn man bedenkt, dass die gleichen Leute in weniger als einem Jahr auf der Hochzeit sein werden.«

»Das stimmt.«

»Ich finde, es ist reine Zeit- und Geldverschwendung – zwei Dinge, von denen ihre Eltern viel zu viel haben.«

Juliana lächelte, und Michael konnte seine Augen nicht von ihrem Gesicht wenden. Unter seinem durchdringenden Blick errötete sie und senkte die Lider. Er fragte sich, ob sie ihn für einen dieser seltsamen Fremden hielt, vor denen sich Frauen in Selbstverteidigungskursen zu schützen lernten. Vermutlich würde sie um ihr Leben laufen, wenn er seinem inneren Drang nachgäbe und sich vorbeugte, um ihren irgendwie erdigen, würzigen Duft tief einzuatmen, der ihn völlig verrückt machte.

Er ermahnte sich, dass er ein erwachsener Mann und kein Teenager war, und bemühte sich, sein Starren auf ein Minimum zu beschränken und die Unterhaltung locker zu halten. Als endlich ihr Flug aufgerufen wurde, hatte er das Gefühl, Juliana schon seit Jahren und nicht erst seit einer Stunde zu kennen. Da das Flugzeug nicht ausgebucht war, beschlossen sie, sich nebeneinanderzusetzen.

Gerade als Juliana ihr Handy herausholte, um es auszuschalten, klingelte es. »Hi, Dona. Ich kann grad nicht reden, ich sitze im Flugzeug und muss mein Handy ausschalten.«

Während Michael so tat, als lauschte er nicht jedem Wort, sah er, wie sie sich anspannte.

»Du hast es mir versprochen! Du hast versprochen, du kümmerst dich darum!« Eine Pause. »Ich rufe Vincent an.« Sie legte auf und wählte eine Nummer. »Vin, du musst mir helfen. Kannst du heute Abend nach Ma sehen und ihr das Essen bringen? Dona hat mich sitzen lassen.« Pause. »Vincent, ich bin in einem Flugzeug. Du musst das übernehmen.« Sie senkte die Stimme. »Bitte.«

Etwas an diesem leisen Wort rührte an Michaels sowieso schon überengagiertes Herz und weckte in ihm den Wunsch, alle ihre Probleme lösen zu können. *Was zum Teufel ist da los?*

»Danke, Vin. Ich weiß das sehr zu schätzen. Wir reden am Sonntag.« Sie schaltete das Handy aus, steckte es in ihre Tasche und starrte aus dem Flugzeugfenster.

Michael überlegte lange, ob er etwas sagen sollte. »Ist alles in Ordnung?«, fragte er schließlich.

»Ja. Tut mir leid.«

»Das muss es nicht.«

»Es ist nur meine Familie. Sie macht mich wahnsinnig. Meine Mutter braucht … Sie hat Probleme.«

»Das ist hart. Tut mir leid.«

»Mir tut es leid, dass ich mich jeden Tag meines Lebens damit herumschlagen muss.«

»Hast du Geschwister?« Im Laufe der Unterhaltung am Gate waren sie zum Du übergegangen.

»Zwei Brüder und zwei Schwestern. Aber die sind wesentlich älter als ich und total nutzlos. Was ist mit dir?«

»Ich bin auch der Jüngste. Ich habe drei ältere Schwestern.«

»Ich wette, die waren ganz vernarrt in dich.« Juliana schien erleichtert zu sein, nicht mehr über ihre Probleme reden zu müssen.

Er grinste. »O ja, das war die reine Folter. Sie haben mich immer als eine Art lebende Puppe betrachtet und verkleidet. Erzähl das bloß keinem. Das würde mein Image ruinieren.« Als er sah, wie sie die Armlehnen umklammerte, als das Flugzeug über die Startbahn raste und sich in den Himmel erhob, wollte er ihr seine Hand anbieten, tat es jedoch nicht.

»Stehst du deinen Schwestern nahe?«, fragte sie, sobald sie in der Luft waren und sie den Klammergriff um die Armlehnen gelockert hatte.

»Ja, sehr. Sie sind alle verheiratet und haben Kinder, die natürlich die bezaubernosten Kinder der Welt sind.«

Sie lächelte. »Siehst du sie oft?«

»Ich fliege ab und zu hoch, aber seit Paige nach Florida gezogen ist, ist es schwieriger. An meinen freien Wochenenden besuche ich meist sie.«

»Kommt deine Familie zu der Party dieses Wochenende?«

»Sie konnte es zeitlich leider nicht einrichten. Das ist allerdings in Ordnung für mich. Meine Familie und die von Paige haben nicht viel gemeinsam.«

»Wenigstens auf die Hochzeit musst du dich doch freuen?«

Darüber dachte er eine Minute nach. »Ich würde mich mehr freuen, wenn das nicht zu so einem Zirkus ausgeartet wäre. Ich habe bereits mehr zu dem Thema gehört, als ich je wissen wollte, und es liegen noch acht Monate vor mir.«

Sie lachte. »Ein rauschendes Fest, was?«

»Das rauschendste Fest von allen. Was überhaupt nicht das ist, was ich wollte. Paige ist nun mal ihr einziges Kind, also habe ich nachgegeben.«

»Es muss schwer für dich gewesen sein, so kurz vor Prozessbeginn freizubekommen.«

»Wir arbeiten schon seit Monaten auch die Wochenenden durch, also war mein Chef nicht sonderlich erfreut, das kannst du mir glauben. Aber er ist ein guter Freund des Admirals – das ist Paiges Dad.«

Juliana hob eine Augenbraue. »Du nennst ihn ›der Admiral‹?«

»*Jeder* nennt ihn ›der Admiral‹. Er ist letztes Jahr als Kommandant der Marine-Akademie in Rente gegangen.«

Die Flugbegleiterin kam, um ihre Getränkewünsche entgegenzunehmen.

»Darf ich dir einen ausgeben?«, fragte Michael.

»Warum nicht?« Juliana bestellte einen Gin Tonic, und Michael bat um ein Bier.

Er bezahlte die Getränke und prostete Juliana mit seiner Bierdose zu. »Cheers. Auf ein schönes Wochenende.«

»Darauf trinke ich mit.«

* * *

»Meine Damen und Herren, wir setzen nun zum Landeanflug auf Jacksonville an. Vielen Dank, dass Sie sich für Southwest Airlines entschieden haben. Genießen Sie das Wochenende.«

Juliana schaute auf. Sie war überrascht, wie schnell die zwei Stunden im wahrsten Sinne des Wortes verflogen waren, während sie sich mit Michael unterhalten hatte. Der Gedanke daran, Jeremy in ein paar Minuten wiederzusehen, erfüllte sie mit nervöser Energie und Vorfreude.

»Bist du bereit?«, fragte Michael.

Er hatte die blauesten Augen, die sie je zu Gesicht bekommen hatte, und ein sexy Lächeln, das in ihrem gesamten Körper ein Kribbeln auslöste. »So bereit, wie ich je sein werde.«

»Ich bin sicher, dass du eine tolle Zeit haben wirst. Vergiss nicht, dass Männer keine guten Telefonierer sind. Paige beschwert sich immer, dass ich nie etwas zu erzählen habe.«

Juliana war ihm dankbar für den Versuch, ihr Selbstvertrauen zu stärken.

»Was ist mit dir? Bist du bereit, dein Party-Gesicht aufzusetzen?«

Er lachte. »Ich glaube, ich habe gar kein Party-Gesicht.«

»Dann hast du noch fünf Minuten, um dir eines zu besorgen.«

»Wann fliegst du zurück?«, wollte er wissen.

»Am Sonntagabend um sieben.«

»Ich auch!«

»Dann können wir vergleichen, wie das Wochenende für uns gelaufen ist«, erklärte sie lächelnd und war seltsam erleichtert, dass sie ihn wiedersehen würde.

»Ich freue mich drauf.«

Sie griffen sich ihre Taschen und gingen gemeinsam über die Gangway in das Flughafengebäude. Als sie Jeremy auf sie warten sah, drehte Juliana den Kopf, um sich von Michael zu verabschieden. Der hatte gerade Blickkontakt mit seiner Verlobten aufgenommen, einer schlanken Blondine mit Porzellanteint und großen blauen Augen. Sie wirkte, als würde sie zerbrechen, wenn man sie zu fest umarmte. Juliana hatte sich Michaels Verlobte ganz anders vorgestellt.

»Wir sehen uns Sonntag«, sagte sie zu ihm.

»Hab eine schöne Zeit«, erwiderte er und ging zu Paige, während Juliana auf Jeremy zuhielt.

»Wer ist der Kerl?«, wollte Jeremy wissen, als sie die Arme ausstreckte, um ihn zu umarmen. Er war zwanzig Zentimeter größer als sie und immer noch wie der Footballspieler gebaut, der er auf der Highschool gewesen war.

»Nur mein Sitznachbar aus dem Flugzeug. Wie geht es dir?« Sie musterte ihn und suchte nach Anzeichen für das, was ihn in letzter Zeit belastete, aber er sah genauso aus wie immer. Seine lockigen blonden Haare trug er nun, da er älter war, etwas kürzer. Als sie sich kennengelernt hatten, waren sie viel wilder gewesen – genau wie er.

»Gut«, antwortete er und beugte sich vor, um ihr einen Kuss zu geben.

Bei dem Geruch von schalem Bier in seinem Atem drehte sie den Kopf zur Seite. »Hast du getrunken, Jer?«

»Bloß ein bisschen was nach der Arbeit, mit den Jungs.« Er zuckte mit den Schultern. »Dein Flug war verspätet, also musste ich die Zeit totschlagen.«

Angesichts seiner glasigen Augen wusste Juliana, dass er einiges intus hatte. Sie war enttäuscht, dass das ausgerechnet an dem Abend, an dem sie zu Besuch kam, so sein musste.

Hand in Hand gingen sie an Michael vorbei, der gerade Paige umarmte.

Michael schaute auf, und der niedergeschlagene Ausdruck auf seinem Gesicht machte Juliana traurig.

KAPITEL 2

»Wo fahren wir hin?«, fragte Juliana, als sie Jeremys Toyota-SUV vom Flughafen in südliche Richtung lenkte und seinen Anweisungen folgend die Ausfahrt nach Jacksonville Beach ignorierte, wo er mit zweien seiner Kollegen aus Baltimore in einem kleinen Haus zur Miete wohnte. Normalerweise übernachtete sie bei ihren Besuchen bei ihm.

»Ich habe eine Überraschung für dich«, sagte er und lächelte charmant.

Plötzlich erinnerte sie sich wieder daran, wie sehr sie ihn liebte. »Wirklich? Was ist es?«

»Das verrate ich doch jetzt noch nicht.« Er griff nach ihrer Hand. »Es ist schön, dich zu sehen, Baby.«

»Ist es das?«

Er schaute sie an. »Natürlich! Wieso fragst du?«

»In letzter Zeit hast du nicht sonderlich glücklich gewirkt, wenn ich angerufen habe.«

»Es war hier unten einfach verrückt. Wir haben enormen Stress, die nächste Deadline zu schaffen, und die Installation läuft nicht gut. Wir erleben einen Rückschlag nach dem anderen. Alle wollen einfach nur fertig werden, um von hier verschwinden zu können.«

»Das ist tatsächlich alles?«

»Was ist mit dir los, Jule?«, fragte er verärgert. »Wieso all diese Fragen?«

Sie konzentrierte sich auf die Straße, war jedoch genervt, weil sie fahren musste. »Vergiss es. Lass uns einfach das Wochenende genießen.« In letzter Zeit lastete so ein großer Druck auf ihnen, aus der wenigen Zeit, die sie gemeinsam hatten, das Beste zu machen.

Er ließ ihre Hand los und suchte einen anderen Radiosender.

Eine Weile fuhren sie schweigend, dann wies Jeremy sie an, in das Sawgrass Marriott Resort in Ponte Vedra Beach abzubiegen.

»Was wollen wir hier?« Die üppige Parklandschaft und der gepflegte Golfplatz waren wunderschön erleuchtet. Ein Schild auf dem Rasen verkündete, dass der Golfplatz das »Zuhause der PGA-Players Championship« war.

»Ich habe letzte Woche einen Bonus erhalten und entschieden, ihn auf den Kopf zu hauen.«

Juliana stieß einen begeisterten Schrei aus. »Wirklich?«

Lächelnd sah er sie an. »Heißt das, du findest es gut?«

»Auf jeden Fall.«

Sie checkten ein und wurden zu einem luxuriösen Zimmer mit Meeresblick und Kingsize-Bett geführt.

Während Jeremy dem Pagen ein Trinkgeld gab, knabberte Juliana an ihrem Daumennagel. »Das kostet ein Vermögen, Jer«, sprach sie ihre Sorge aus, als sie wieder allein waren.

»Mach dir darüber keine Gedanken, Baby.« Er öffnete die Schiebetür und trat auf den Balkon. »Komm mit raus.«

In der Dunkelheit schlugen die Wellen an den Strand.

Jeremy zog Juliana an sich und beugte sich zu einem Kuss vor.

Sie waren schon so lange ein Paar, dass sie sich bei ihm zu Hause fühlte, egal, wo sie sich befanden. Er strich ihr mit der Zunge über die Unterlippe, und Juliana schlang voller Verlangen die Arme um ihn. Sie wünschte nur, er würde nicht nach schalem Bier und Zigaretten schmecken.

»Ich liebe dich, Jule. Du hast mir so gefehlt.«

»Du mir auch«, erwiderte sie.

Sein Handy klingelte. »Das ignorieren wir«, flüsterte er an ihren Lippen. Als es erneut klingelte, zog Jeremy sich ein Stück von ihr zurück und schaltete es aus. »Tut mir leid.«

»Was, wenn es die Arbeit war?«

»Sie werden eine Nacht ohne mich auskommen müssen. Ich habe Besseres vor.«

»Macht es dir was aus, wenn ich schnell unter die Dusche springe?«

»Solange es wirklich schnell ist, gestatte ich es«, erklärte er lächelnd.

Sie gab ihm noch einen Kuss und verschwand mit ihrer Tasche im Badezimmer. Nachdem sie geduscht hatte, stand sie vor dem Spiegel und bürstete ihre langen dunklen Haare, bis sie ihr in weichen, schimmernden Wellen über den Rücken fielen. Das elfenbeinfarbene Seidennachthemd, das sie extra für dieses Wochenende mit Jeremy gekauft hatte, bildete einen wunderbaren Kontrast zu ihrer olivfarbenen Haut. Als sie sich ein letztes Mal mit der Bürste durchs Haar fuhr, dachte Juliana mit einem Mal an Michael und seinen seltsamen Gesichtsausdruck bei der Begrüßung seiner Freundin am Flughafen. Sie fragte sich, wie sein Wochenende bisher so gelaufen war.

Mit vor Verlangen und Vorfreude pochendem Herzen verließ sie das Bad. Sie konnte es gar nicht erwarten, nach so vielen Wochen der Trennung wieder mit Jeremy ins Bett zu gehen. Als sie ihn schlafend auf der Matratze liegen sah, traf die Enttäuschung sie wie ein Schlag in den Magen. Er hatte ausreichend Bier getrunken, um den Rest der Nacht durchzuschlafen, und sie wusste aus Erfahrung, dass es keinen Sinn hatte, zu versuchen, ihn zu wecken.

Sie ging auf den Balkon hinaus und kuschelte sich auf einem der Lounge-Sessel zusammen, um dem Rauschen der Wellen zu lauschen. Frustriert hoffte sie, dass Michaels Abend besser gelaufen war als ihrer.

* * *

Am nächsten Morgen wurde sie wach, als strahlender Sonnenschein durch die Fenster strömte. Sie streckte sich, um die Steifheit der Nacht in einem fremden Bett aus ihren Gliedern zu vertreiben, und schaute zu Jeremy hinüber.

Vor dieser ihr unendlich erscheinenden Trennung hatten sie vier Jahre lang zusammengelebt. Viele Menschen hatten sich schon erkundigt, warum sie nicht geheiratet hatten, vor allem, nachdem sie ihren zehnten Jahrestag gefeiert hatten. Die einzige Antwort, die Juliana darauf hatte, war, dass er sie noch nicht gefragt hatte. Mehr als eine Freundin hatte ihr ein Ultimatum empfohlen, doch Juliana hatte nie Anlass zu Drohungen gesehen. Sie beide verband etwas Besonderes – so war es schon immer gewesen.

Jeremy war zu Beginn der Mittelstufe auf ihre Schule gewechselt, und er hatte sie aus den Schatten eines Lebens mit einer alkoholkranken Mutter zu sich in eines voller Sonnenschein geholt. Mit seiner raschen Auffassungsgabe und dem Talent auf dem Footballfeld hatte er schnell Anschluss gefunden und sich sofort in die Riege der Schüler eingefügt, die Juliana zuvor jahrelang nicht beachtet hatten. Bevor sie sichs versehen hatte, war sie zur Hälfte eines Paares geworden, dessen Namen so oft gemeinsam genannt wurden, dass *JeremyundJuliana* zusammenzugehören schien wie Erdnussbutter und Marmelade.

Nach ihrem Abschluss hatte sie sich für eine Ausbildung in einem Schönheitssalon entschieden, und Jeremy hatte begonnen, Elektrotechnik an der Johns Hopkins zu studieren. Während alle Paare, die sie auf der Highschool gekannt hatten, entweder in Richtung Heirat und Familie und eines Lebens in den Vororten strebten oder auf dem College getrennte Wege gingen, hatten sie einfach weitergemacht und das Thema Hochzeit nur ab und zu angeschnitten.

Bis Jeremy für dieses endlos erscheinende Jahr nach Florida versetzt worden war, hatten sie vier Jahre lang keine Nacht getrennt voneinander verbracht. Und auch wenn sie einander nie wirklich im Standesamt irgendetwas versprochen hatten, betrachtete Juliana sie in den wesentlichen Punkten des Lebens als verheiratet.

Sie hatten außerdem entdeckt, dass zum Sex wesentlich mehr gehörte als das, was sie als fummelnde Teenager getan hatten. Damals waren sie von einer Liebe überwältigt gewesen, die zu verstehen sie zu jung gewesen waren, und waren von Hormonen gesteuert worden, gegen die sie machtlos gewesen waren. Jeremy hatte bei seiner alleinerziehenden Mutter gewohnt, die als Krankenschwester oft in der Nachtschicht gearbeitet hatte, und sie hatten die vielen Gelegenheiten genutzt, um sich auf diesem Gebiet gemeinsam fortzubilden.

Juliana strich ihm mit dem Finger über die Brust, und er zog sie an sich. Sie gab ihm einen Kuss auf die Schulter und schmiegte sich enger an ihn.

Als er schließlich ein Auge öffnete, zuckte er unter dem hellen Licht zusammen und schien gleichzeitig zu bemerken, dass er die Kleidung vom Vortag trug. »O mein Gott«, stöhnte er. »Ich bin einfach eingeschlafen.«

»Jap.«

»Es tut mir leid, Baby. Bist du sauer?«

»Nein.«

Mit der Hand rieb er über ihren Rücken. »Enttäuscht?«, hakte er mit einem zögerlichen Lächeln nach.

»Ein wenig.«

Er barg sein Gesicht an ihrem Hals und erklärte: »Ich gehe schnell ins Bad, und dann mach ich es wieder gut.«

Eine Minute später kehrte er ausgezogen zurück, krabbelte unter die Decke und griff nach Juliana. »Es tut mir leid, dass ich eingeschlafen bin.« Er strich ihr eine Strähne aus dem Gesicht. »Die ganze Woche konnte ich nur daran denken, endlich wieder mit dir zusammen zu sein.«

»Ich weiß. Mir ging es genauso.«

»Es tut mir so leid, dass ich es vermasselt habe.« Er senkte den Kopf und gab ihr einen langen, sinnlichen Kuss, der nach Zahnpasta schmeckte.

»Ich vergebe dir«, hauchte sie atemlos. »Es hat mir gefehlt, dich zu berühren.«

Er schlug die Decke zurück und musterte Julianas elfenbeinfarbenes Nachthemd bewundernd. »Wow, sieh dich nur an.«

Juliana rieb mit ihrer Wange über seine weichen Brusthaare. Sie erinnerte sich an diese Brust, als sie noch haarlos gewesen war.

Jeremy hob ihr Kinn an und küsste sie erneut.

Seine Küsse gehörten zu den Dingen in ihrem Leben, die ihr am vertrautesten waren – wenn seine Zunge ihre suchte, sie herausforderte und neckte, bis sie glaubte, in ihm zu ertrinken. Er hakte die Daumen unter die Spaghettiträger ihres Nachthemds, schob sie ihr über die Schultern nach unten und umfasste dann ihre entblößten Brüste mit den Händen. »Du bist so schön.«

Juliana schlang die Arme um ihn und versuchte, ihn dorthin zu dirigieren, wo sie ihn haben wollte.

»Hmm, noch nicht«, flüsterte er.

»Jer ... ich will dich.«

Er reizte sie, bis ihre Brustspitzen sich aufrichteten. »Hast du das nicht vermisst, Baby? Fehlt es dir nicht, dass wir das hier tun können, wann immer wir wollen?«

»Ja«, seufzte sie. »Es fehlt mir so sehr.«

Er saugte fest an einer Spitze, und Juliana schrie auf.

»Hmm, das ist so heiß. So sexy.« Er küsste sich über ihren Bauch nach unten, legte seine Hände auf ihre Knie und drückte sie sanft auseinander.

Juliana zitterte vor Verlangen.

Mit dem Finger strich er über ihre Mitte, wobei er den Punkt, der sich am meisten nach seiner Berührung sehnte, ausließ.

»Jeremy ...«

»Was?«, fragte er neckend.

»Komm schon!«

»Hast du es eilig?«

Sie stöhnte.

Seine Antwort bestand darin, dass er mit zwei Fingern in sie eindrang.

Keuchend hob sie ihre Hüften an, um ihn tiefer in sich aufzunehmen. Sie spürte bereits den nahenden Orgasmus.

Jeremy neigte den Kopf und begann, sie mit der Zunge zu verwöhnen. Nach all den Jahren, die sie schon zusammen waren, wusste er genau, wie er ihr Lust verschaffen konnte.

Sie ergab sich seiner talentierten Zunge, seinen Fingern, und der Orgasmus erfasste sie mit verstörender Geschwindigkeit.

»Ich liebe es«, flüsterte er und schob sich auf sie. »Ich liebe es, wie du dich gehen lässt.«

Ihr Körper pulsierte noch, als er in sie kam. »Nur für dich.« Sie schlang die Arme um ihn und zog ihn für einen Kuss an sich.

Als ihre Blicke sich fanden, wurde sie von einer tiefen Zufriedenheit ergriffen. Aufzuschauen und ihn dort zu sehen, wo er all die Zeit gewesen war, fühlte sich an, wie nach Hause zu kommen. Aber unter dem Verlangen und der Lust in seinen Augen erkannte sie eine Traurigkeit, die neu war. Bevor sie jedoch darüber nachdenken konnte, begann er, sich schneller zu bewegen.

»Komm mit mir, Jule«, flüsterte er an ihrem Ohr. »Komm mit mir.«

Juliana schloss die Augen und ließ sich von ihm in schwindelnde Höhen emportragen.

* * *

»Ich bin am Verhungern«, murmelte er ein paar Minuten später an ihrer Brust. Er gab ihr einen schnellen Kuss und rollte sich herum, um aufzustehen. »Kommst du mit duschen?«

Sie streckte sich und nahm den göttlichen Anblick in sich auf, wie er nackt durch den großen Raum ging. »In einer Minute.«

»Beeil dich.«

Juliana hörte, wie die Dusche angestellt wurde. In dem Moment klingelte Jeremys Handy. Sie fragte sich, warum er es wieder eingeschaltet hatte und wer so früh an einem Samstagmorgen anrief. Also griff sie nach dem Telefon auf dem Nachttisch. »Hallo?«

Schweigen.

»Hallo?«, wiederholte Juliana.

Als immer noch keine Antwort kam, warf sie einen Blick auf das Display.

»Jule! Komm schon!«

Juliana ging ins Badezimmer. »Jer?«

Er zog den Duschvorhang beiseite und streckte seinen eingeschäumten Kopf heraus. »Was ist?«

»Wer ist Sherrie?«

KAPITEL 3

Paige ging in dem Moment zum Angriff über, als sie und Michael in ihrem champagnerfarbenen Mercedes-Coupé saßen.

»Wow.«

Sie drückte sich so eng an ihn, wie es in dem kleinen Auto möglich war. »Küss mich, Michael.«

Michael warf einen Blick zu den Menschen, die in das Auto neben ihnen einstiegen. »Nicht hier.«

»Ein Kuss?«, schmollte sie.

Dieses Schmollen verfehlte selten seine Wirkung, und das wusste sie. Er beugte sich vor, um sie zu küssen, und wurde von Lust beinahe überwältigt. Der einzige Bereich in ihrer Beziehung, der ihnen niemals Probleme bereitete, war ihre Fähigkeit, einander mit nur einer Berührung, einem Blick oder – wie in diesem Fall – einem Kuss heißzumachen. Als sich ihre Zunge um seine wand, stöhnte er auf und beendete die Liebkosung. »Heb dir das für später auf, Honey.«

Ihre Hand landete in seinem Schoß. »Wenn du darauf bestehst«, sagte sie und lächelte aufreizend.

Er packte ihre Hand in dem Moment, als diese ihr Ziel erreichte. »Paige! Stopp!«

Paige ließ sich in ihren Sitz zurücksinken. »Was ist dein Problem, Michael? Wir haben uns seit einem Monat nicht gesehen, verdammt noch mal.«

»Und wessen Schuld ist das?«

Sie startete den Motor und fuhr mit einem flüchtigen Blick nach hinten rückwärts aus der Parklücke. »Ich war damit beschäftigt, unsere Hochzeit zu planen. Ich kann nicht einfach jedes Mal in den Flieger steigen, wenn dir danach ist. Außerdem musstest du bei meinem letzten Besuch so viel arbeiten, dass ich dich kaum zu Gesicht bekommen habe.«

»Wenn du nicht hier runtergezogen wärst, würden wir diese Unterhaltung jetzt nicht führen müssen, oder?«

Verärgert reichte Paige dem Parkwächter einen Fünf-Dollar-Schein. »Und schon geht es wieder los«, murmelte sie.

Der zweikarätige Diamant an ihrem Verlobungsring funkelte im Licht der Mautstelle. Michael dachte wieder einmal daran, dass er diesen Ring noch drei weitere Jahre abbezahlen musste, und fragte sich, ob ihre Ehe überhaupt so lange halten würde. Dieser Gedanke erschreckte ihn. Wann genau hatten all diese Zweifel angefangen?

Schweigend fuhren sie auf der Interstate 95 nach Norden.

Nach einer Weile griff er nach Paiges Hand und war erleichtert, als sie ihre Finger fest um seine schloss. *Das ging immerhin schneller als sonst.* Er liebte Paige aufrichtig. Sie konnte so süß und großzügig sein, aber genauso oft benahm sie sich wie eine verwöhnte Göre. Diese Seite sah er immer öfter an ihr, je weiter ihre Hochzeitsvorbereitungen voranschritten. Leider hatte seine Familie bereits genug davon gesehen, um ernsthafte Vorbehalte gegen seine Entscheidung zu haben, sie zu heiraten.

Er lehnte den Kopf zurück und merkte, wie erschöpft er war. Die Vorbereitungen für den Prozess verlangten ihm alles ab, und die Vorstellung, das Wochenende mit dem Admiral, Mrs Simpson und zweihundert ihrer engsten Freunde zu verbringen, raubte ihm den letzten Rest an Energie. Was er dieses Wochenende eigentlich bräuchte, wäre viel Schlaf.

Paige nahm die Ausfahrt für die A1A auf dem Weg nach Amelia Island, wo sie mit ihren Eltern in einer knapp sechshundert Quadratmeter großen Villa wohnte, die so weitläufig war, dass sie eine Gegensprechanlage installiert hatten, um einander zu finden. Michael war mit seinen drei Schwestern in einem Bungalow mit sechs Zimmern aufgewachsen und fand das Anwesen der Simpsons fast schon obszön weitläufig und luxuriös. Beinahe alles an ihrem Leben ging ihm gegen den Strich, doch da er und Paige nach ihrer Hochzeit weit von ihren Eltern entfernt wohnen würden, war es ihm egal, wie die beiden lebten.

»Es tut mir leid«, sagte Paige leise. »Ich möchte mich dieses Wochenende nicht mit dir streiten.«

Er gab ihr einen Kuss auf den Handrücken. »Ich auch nicht, aber ich bin wirklich kaputt, Honey. Im Moment dreht sich alles nur um den Prozess.«

»Wie läuft es so?«

Dass sie ihn danach fragte, zeigte ihm, dass sie sich Mühe gab. »Der Beginn rückt immer näher. Ich muss an diesem Wochenende irgendwann mein Eröffnungsplädoyer schreiben.«

»Nicht während du hier bist! Wir haben so viel zu tun. Morgen vor der Party müssen wir die Einladungen aussuchen. Dann ist da der Brunch am Sonntag. Du kannst nicht arbeiten!«

Michael atmete tief durch. Er hätte diesem Wochenende niemals zustimmen dürfen, jetzt war es allerdings zu spät. »Ich quetsche das irgendwo rein.«

Nach einer halben Stunde Fahrt erreichten sie die zweigeschossige, taupefarbene Monstrosität inmitten einer üppigen Gartenanlage, in der geschickt verborgene Lampen die Palmen, Kreppmyrten und Hibiskusbüsche diskret beleuchteten. Die abendliche Herbstluft war feucht und vom Zirpen der Zikaden erfüllt. Michael wappnete sich für seine Audienz beim Admiral, der einige Strippen gezogen hatte, um Michael den Job bei der Staatsanwaltschaft von Baltimore zu besorgen, und der keine Gelegenheit ausließ, Michael daran zu erinnern, dass er ihm etwas schuldig war.

Nachdem Michael und Paige das Foyer durchquert hatten, das so groß war wie das gesamte Haus von Michaels Eltern, wurden sie von Paiges Eltern im großzügigen Salon begrüßt.

»Hallo, Michael.« Eleanor Simpson empfing ihn mit einem höflichen Kuss auf die Wange. Wie immer sah sie aus, als wäre sie gerade aus dem Schönheitssalon gekommen. Der Gedanke erinnerte Michael an Juliana.

»Mrs Simpson. Admiral.« Er streckte dem beeindruckenden alten Mann die Hand hin. Wenn Admiral Simpson einem die Hand schüttelte, spürte man es.

»Schön, dich zu sehen, Michael«, sagte der Admiral. »Der Flug hatte natürlich wieder Verspätung.«

»Schlechtes Wetter«, murmelte Michael.

»Kann ich dir einen Imbiss bringen lassen?«, fragte Eleanor.

»Nein, danke. Ich habe keinen Hunger.« Er war so müde, dass ihm allein beim Gedanken daran, etwas zu essen, übel wurde.

»Dann einen Drink.« Der Admiral ging zur Bar, um Michael einen Scotch auf Eis zu machen, obwohl der viel lieber ein Bier getrunken hätte – was der Admiral sehr wohl wusste.

»Danke, Sir.« Michael nahm das Glas entgegen. Er kannte den Admiral nun seit vier Jahren und hatte ihn nie anders als »Admiral« oder »Sir« genannt. Manchmal auch beides.

»Wie laufen die Vorbereitungen zum Prozess?«, wollte der Admiral prompt wissen.

»Sehr gut.«

»Du siehst müde aus«, bemerkte Eleanor.

»Er ist total erschöpft«, fügte Paige hinzu und schenkte sich ein Glas Weißwein ein.

Der Admiral fuhr fort, als hätten die anderen nichts gesagt, was für Michael nichts Neues war. »Mit dem kleinen Mädchen hast du dir ein Ass im Ärmel gesichert. Ich wette, ihr behaltet sie ständig im Auge.«

»Ja, sie ist in Schutzhaft.«

»Die Jungs würden sie sicher nur zu gern in die Hände bekommen. Ihr könnt es euch nicht leisten, sie zu verlieren.«

»Das werden wir nicht.« Michael biss die Zähne zusammen, um nicht laut zu schreien. *Glaubt er wirklich, dass er mir das erklären muss?*

»Daddy, nerv ihn nicht mit dem Prozess. Er braucht mal eine Pause.«

»Hast du deinen Smoking mitgebracht?«, fragte Eleanor.

»Ja, Ma'am.«

»Nun, Joseph, geben wir den jungen Leuten doch ein wenig Zeit allein.« Sie führte ihren überraschten Mann aus dem Raum. »Wir sehen euch morgen früh.«

»Gute Nacht«, sagten Paige und Michael gemeinsam.

»Tja, das war unerwartet.« Michael hatte mit mindestens einer Stunde Small Talk mit den Simpsons gerechnet, von der wenigstens die Hälfte darauf entfallen würde, ihn wegen des Prozesses in die Zange zu nehmen.

»Sie hat gemerkt, dass du nicht über den Prozess reden willst, aber er wollte nicht aufhören.«

»Habe ich schon erwähnt, dass ich deine Mutter liebe?«

Paige lachte. »Ja, sie hat so ihre Momente.« Sie warf ihm einen Blick zu, und ihre Wangen röteten sich. »Kann ich dich jetzt küssen?«, fragte sie fast kleinlaut, worauf sich sein Gewissen regte.

»Das wäre sehr schön.« Er stellte seinen unangerührten Drink auf den gläsernen Couchtisch und streckte die Arme nach Paige aus.

Der Kuss war so heiß und schwül wie die Nacht in Florida. Vier Jahre lang verhexte Paige ihn nun schon mit ihrer einzigartigen Mischung aus Unschuld und Sinnlichkeit. Mit jedem Kuss gab sie ihm alles, was sie hatte, und nach den langen Wochen der Trennung war sie noch offener und großzügiger als sonst.

»Lass uns nach oben gehen«, flüsterte sie und ließ ihre Zunge über sein Ohr schnellen.

Er hasste es, Sex im Haus ihrer Eltern zu haben, aber sie hatten es schon mal gemacht und würden es ohne Zweifel wieder tun. Er ergriff ihre Hand und folgte Paige die Treppe hinauf in die Gästesuite über der Garage. Ihn tröstete, dass das Schlafzimmer ihrer Eltern beinahe eine Fußballfeldlänge entfernt lag.

Paige schloss die Tür ab und zog sich das Oberteil aus. Ihre Brüste waren für ihren schlanken Körper erstaunlich üppig, und die Spitzen richteten sich in dem von der Klimaanlage gekühlten Zimmer sogleich auf.

Während Michael beobachtete, wie sie sich bis auf einen winzigen Stringtanga auszog, entledigte er sich seines Jacketts und seiner Krawatte. Eine kleine Rangelei mit ihr zwischen den Laken würde ihn in seinem erschöpften Zustand komplett auslaugen.

Sie knöpfte sein Hemd auf und vergrub ihre Finger in seinem Brusthaar. Dann ließ sie ihre Zunge um seine Brustwarzen kreisen.

Er konnte ihr nicht widerstehen und fuhr ihr mit den Händen über den Rücken, um dann ihren Po zu packen. Er hob sie gegen seine Erektion, was ihr ein Stöhnen entlockte. »Ich liebe dich so sehr, Michael.«

Er verfügte noch über die Geistesgegenwart, ein Kondom aus der Tasche zu holen, bevor er Paige zu dem großen Bett mit dem Spitzenbaldachin trug.

Er legte sich mit ihr hin, und sie drehte ihn auf den Rücken. »Lass mich das machen.« Sie zog eine Spur von Küssen über sein Gesicht und seine Brust. »Du bist so müde. Lass dich von mir verwöhnen.«

Er atmete scharf ein, als ihre blonden Haare über seinen Bauch strichen.

Rasch öffnete sie seinen Gürtel und streifte ihm Hose und Boxershorts ab. Dann küsste sie sich wieder an ihm hinauf, bis sie die Stelle erreichte, an der er sie am meisten wollte.

Ein Stöhnen entfuhr ihm, als sie ihn erst mit der Hand und dann mit dem Mund liebkoste. Keuchend griff er nach ihr.

»Nicht so schnell.« Sie nahm ihn tiefer in den Mund und streichelte ihn dabei weiter mit der Hand.

Er stöhnte. »Paige … bitte …«

»Hmm, du hast mir so gefehlt«, seufzte sie.

»Wenn du so weitermachst, bin ich fertig, bevor wir zum richtig guten Teil übergehen können.«

Mit tiefer, sexy Stimme erwiderte sie: »Willst du damit sagen, dass das hier nicht gut ist?«

»Nein«, keuchte er. »Das will ich bestimmt nicht sagen.«

Lachend trieb sie ihn an den Rand des Wahnsinns, bevor sie ihm das Kondom überrollte und sich auf ihn setzte. Sobald er tief in ihr war, bog sie den Rücken durch und begann, ihn hingebungsvoll zu reiten.

Als er spürte, wie sich ihre Muskeln zusammenzogen, packte er sie an den Hüften, richtete sich auf und erstickte ihren Aufschrei mit einem Kuss.

Danach sank sie auf ihm zusammen, und Michael schlang die Arme um sie und atmete tief den Rosenduft ein, der ihn immer an sie erinnern würde.

»Deine Schreie werden uns noch mal auffliegen lassen.«

Sie lachte leise. »Es dauert nicht mehr lange, bis du mich legal zum Schreien bringen darfst.«

»Acht Monate«, seufzte er.

Sie gab ihm einen Kuss aufs Kinn und verweilte dann an seinen Lippen.

»Paige?«

»Hmm?«, machte sie und strich mit der Zunge über seine Unterlippe.

»Heirate mich jetzt. Lass uns nicht acht weitere Monate warten.«

Verblüfft starrte sie ihn an, als hätte er den Verstand verloren.

»Lass es uns einfach tun. Wir können nach Las Vegas fliegen oder zu einem Friedensrichter gehen. Es ist mir egal. Ich möchte einfach nur mit dir verheiratet sein. Jetzt.« Die Dringlichkeit in seiner Stimme überraschte ihn selbst, doch seine starke Reaktion auf Juliana hatte ihm verraten, dass er wegen dieses Schwebezustands, in dem Paige und er schon viel zu lange lebten, etwas unternehmen musste.

»Michael, die Hochzeit ist schon geplant. Du kannst mich damit jetzt nicht einfach so überfallen.«

»Dann komm mit mir nach Hause. Ich brauche dich an meiner Seite.«

»Aber ich muss vor der Hochzeit bei meiner Mutter sein. Und außerdem wohnen alle meine Freunde hier.«

Michael löste sich von ihr, um sich aufzusetzen. »Kann ich dich etwas fragen?«

»Natürlich.«

»Worauf freust du dich mehr? Auf die Hochzeit oder auf unsere Ehe?«

»Was zum Teufel ist das für eine Frage?« Sie wandte sich von ihm ab.

»Sieh mich an.« Er fasste sie am Arm. »Heirate mich. Jetzt gleich. Keine Glocken, keine Gäste. Nur du und ich.«

Ihre Augen füllten sich mit Tränen. »Das ist nicht fair. Ich habe mein ganzes Leben von diesem Tag geträumt. Willst du mir das wirklich nehmen?«

»Dann komm bis zur Hochzeit mit mir nach Maryland. Ich kann das mit dieser Fernbeziehung nicht mehr, Paige. Ich kann einfach nicht.«

Ihre Miene wurde ganz weich, als sie ihm die Haare aus dem Gesicht strich. »Du bist so müde. Warum schläfst du nicht ein wenig? Morgen früh wirst du dich besser fühlen.« Unauffällig erlöste sie ihn von dem Kondom und ging ins Bad, um es zu entsorgen. Als sie zurückkam, deckte sie ihn sorgfältig zu und schlüpfte in ihre Sachen. Dann beugte sie sich über ihn und gab ihm noch einen verheißungsvollen Kuss. »Ich liebe dich, Michael. Ich kann es nicht erwarten, dich zu heiraten.«

Erst nachdem sie das Zimmer verlassen hatte, fiel ihm auf, dass sie seine Frage nicht beantwortet hatte.

KAPITEL 4

Jeremy erstarrte. Das Wasser prasselte auf seinen Rücken. Er blinzelte heftig, als das Shampoo ihm in die Augen rann, und stellte sich schnell wieder unter den heißen Strahl.

Juliana reichte dieser eine erstarrte Moment als Bestätigung, dass sie darüber gestolpert war, was – oder besser *wer* – ihn in den letzten Wochen so abgelenkt hatte. Übelkeit stieg in ihr auf. Sie verließ das Badezimmer und machte sich auf die Suche nach etwas zum Anziehen.

Mit einem um die Hüften geschlungenen Handtuch kam Jeremy ihr ein paar Sekunden später tropfnass hinterher. »Es ist nicht das, was du denkst.«

Sie schob sich an ihm vorbei, schlug die Badezimmertür hinter sich zu und schloss ab. Nachdem sie in der Dusche alle Spuren von ihm von ihrem Körper geschrubbt hatte, streifte sie sich mit zitternden Händen ihre Kleidung über und unterdrückte den Drang, laut zu schreien.

Als sie das Schlafzimmer betrat, war Jeremy bereits angezogen und wartete auf sie. Er kam quer durch den Raum auf sie zu. »Lass es mich erklären.«

Sie konnte ihn nicht einmal anschauen.

»Da ist nichts. Sie ist nur eine Freundin.«

»Du lügst«, sagte sie leise. »Das habe ich an deinem Gesicht gesehen.«

Er nahm ihre Hand. »Lass uns spazieren gehen.«

Sie riss ihre Hand los. »Fass mich nicht an.«

»Juliana, bitte, geh mit mir spazieren. Lass es mich erklären.«

Da sie nicht wusste, was sie sonst tun sollte, schlüpfte Juliana in ihre Flipflops und folgte ihm nach draußen. Begleitet vom Rauschen des Meeres liefen sie über einen langen Holzsteg zum Strand hinunter. Juliana kämpfte immer noch gegen den Drang an, zu schreien. Das hier konnte einfach nicht passieren. *Nicht Jeremy. Er würde so etwas niemals tun. Oder doch?*

Mit gesenktem Kopf ging er am Wasserrand entlang. Schließlich schaute er zu ihr auf. »Du weißt, dass ich dich liebe, Baby. Ich liebe dich mehr als alles andere. Das habe ich schon immer getan.«

Juliana traute sich nicht zu, ruhig zu antworten, also sagte sie nichts.

»Ich habe dich so sehr vermisst, seitdem ich hier bin. Es ist, als wäre meine gesamte Welt aus dem Takt geraten, weil du nicht bei mir bist. Ich hatte keine Ahnung, wie essenziell du für mich bist, bis du nicht mehr jeden Tag bei mir warst.«

»Also hast du beschlossen, mich zu ersetzen?«

»Mein Gott, dich ersetzen? Dich kann man nicht ersetzen. Du bist *alles*.« Er hielt inne und wirkte schrecklich getroffen. »Aber das ist irgendwie das Problem.«

Sie blieb stehen. »Was redest du da?«

»Ich möchte, dass wir heiraten, wenn ich wieder zu Hause bin.«

»Wie bitte? Nach all den Jahren kannst du nicht einfach damit herausplatzen, wenn ganz eindeutig irgendetwas los ist.«

Er nahm ihre Hände und schaute Juliana in die Augen. »Ich liebe dich. Du bist meine Familie, Jule. Ich will dich heiraten und Babys mit dir bekommen. Ich will die Ewigkeit, die uns immer bestimmt war.«

Ein Schluchzer blieb ihr in der Kehle stecken. *Wie lange habe ich darauf gewartet, das zu hören?* »Okay, wo ist der Haken? Wenn du all das mit mir willst, wer ist dann diese Sherrie?«

Er seufzte. »Sie ist nur ein Mädchen, das mit uns abhängt. Sie ist niemand.«

»Warum ruft sie dich dann an, während du mit mir zusammen bist?«

Ein genervter Ausdruck trat auf seine Züge. »Das ist eine sehr gute Frage.«

Juliana entzog ihm ihre Hände und ging weiter.

Er holte sie ein. »Jule? Ich meine es ernst. Ich bin dieses Wochenende nicht darauf vorbereitet, dich angemessen zu fragen, aber das möchte ich. Bald.«

»Kann ich *dich* jetzt mal etwas fragen?«

»Sicher.«

»Wenn deine Nicht-Freundin Sherrie heute Morgen nicht angerufen hätte, würden wir diese Unterhaltung über Heirat, Babys und die gemeinsame Ewigkeit jetzt auch führen?«

Ein schuldbewusster Ausdruck legte sich flüchtig auf seine Züge.

»Ich kaufe es dir nicht ab, Jeremy. Du hattest jahrelang die Chance, das zu sagen, doch du hast es nicht getan. Meine Freunde raten mir schon seit Ewigkeiten, dass ich dir ein Ultimatum stellen soll. Ich habe allerdings nie einen Anlass dafür gesehen. Jetzt frage ich mich, ob ich nicht eine totale Närrin gewesen bin.«

»In den letzten zehn Jahren hat es niemanden außer dir gegeben. Du weißt, dass ich andere Frauen nicht einmal angeguckt habe.«

»Bis jetzt.«

»Aber das ist alles, was ich getan habe, Jule. Geguckt.«

Aus irgendeinem Grund glaubte sie ihm, trotzdem war ihr auf einmal eiskalt. »Du willst mehr tun, als bloß zu gucken, oder?«, erklärte sie, und ihre Stimme war so leise, dass sie sich beinahe im Rauschen des Meeres verlor.

Er verzog gequält das Gesicht. »Mein Gott, wie soll ich das sagen?«

»Spuck es einfach aus! Ich ertrage das hier nicht!«

»Ich war nie mit einer anderen zusammen. Seitdem ich siebzehn war, hat es immer nur dich gegeben. Ich erinnere mich noch so lebhaft an den Tag, an dem ich dich kennengelernt habe. Ein Blick, und ich war verloren. Wir sollten inzwischen verheiratet sein, Jule. Das ist mir klar. Ich frage mich einfach manchmal, wie es wäre … Du weißt schon …«

Ihr Herz zersprang in tausend Stücke. »Mit einer anderen zusammen zu sein.«

In seinen Augen glitzerten Tränen. »Ich liebe dich. In meinem ganzen Leben habe ich nie eine andere geliebt.«

»Und doch reiche ich dir nicht.« Ein Schluchzen stieg in ihr auf. Hatte je irgendetwas so wehgetan?

»Das stimmt nicht! Wie kannst du das sagen, nachdem wir uns gerade so geliebt haben? Es geht nicht darum, dass du mir nicht genug bist.«

Sie wischte sich die Tränen vom Gesicht. »Worum geht es dann?«

»Ich fürchte, wenn ich jetzt nicht ein paar Sachen aus meinem System kriege, werde ich dir nicht treu sein, sobald wir verheiratet sind.«

Wenn er ihr in den Magen geboxt hätte, hätte er ihr nicht mehr Schmerzen zufügen können. Ihre Knie gaben unter ihr nach, und sie sackte schluchzend auf dem Sand zusammen. Es konnte nicht sein, dass er diese Sachen aussprach. Das hier passierte nicht wirklich.

Jeremy kniete sich neben sie und nahm sie in die Arme.

Juliana hatte nicht die Kraft, ihn von sich zu stoßen.

»Jule.« Er gab ihr einen Kuss auf die Stirn, dann auf die Wange. »Bitte nicht. Es tut mir leid. Ich wollte dir nie wehtun.«

»Was hast du geglaubt, was passieren würde? Dass ich einfach sage: ›Mach es, Jeremy? Tob dich in anderen Betten aus, und ruf mich an, wenn du fertig bist‹?«

»Fragst du dich nie, wie es mit einem anderen wäre?«

»Nein!« Sie schob ihn von sich. »Nein! Nein! *Nein!*«

Die Heftigkeit ihrer Reaktion schien ihn zu überraschen.

»Du hast mir *immer* gereicht. Es wäre mir nie in den Sinn gekommen, über andere Männer nachzudenken.«

»Nie?«

»Nie.«

Er vergrub das Gesicht in den Händen. »Verdammt.« Seine Hände dämpften den Fluch.

»Ganz genau.«

»Hör mal, lass uns das alles vergessen, okay? Bitte. Ich bin ein Idiot. Dieses Mädchen bedeutet mir nichts. Das schwöre ich.«

»Ich kann das nicht einfach vergessen, Jeremy!« Sie wusste, dass sie hysterisch klang, und es war ihr egal. »Wie kann ich mit dem Wissen leben, dass du mit einer anderen zusammen sein willst?«

»Aber ich hab dir doch erklärt, dass ich deswegen nichts unternehmen werde.«

»Also soll ich jetzt nach Hause fliegen und mich die ganze Zeit fragen, was du hier unten treibst? Ich glaube nicht.«

»Ich dachte, du würdest mir vertrauen!«

»Ich wusste ja nicht, dass ich das nicht kann!«

»Das ist so eine Scheiße! Ich bin dir immer treu gewesen! Ich gebe zu, dass ich Gedanken habe über eine andere – und mehr als Gedanken sind es nicht –, und du benimmst dich, als hätte ich mich durch halb Florida gevögelt.«

Sie wimmerte auf.

Seufzend legte er die Arme um sie. »Es tut mir leid, Baby. Es tut mir so unendlich leid. Diese ganze Situation ist ätzend. Nichts von alldem wäre je passiert, hätte ich nicht diesen gottverdammten Job angenommen. Wenn ich gewusst hätte, dass der uns solche Probleme bereitet, hätte ich es nicht getan. Das ist das Extrageld nicht wert.«

Sie lehnte sich an ihn, weil sie nicht wusste, was sie sonst tun sollte. Er war so lange ihre Welt, ihr Leben gewesen, dass es für sie unvorstellbar war, ohne ihn zu sein. Aber wie sollte sie mit dem, was er gesagt hatte, weiterleben? Würde sie sich immer fragen, ob er an eine andere dachte? Würde er sie irgendwann verabscheuen, weil sie sich schon so lange kannten? Tat er das vielleicht jetzt schon?

»He«, meinte er, nachdem sie eine ganze Weile geschwiegen hatten. »Was hältst du von Frühstück? Du wirst dich besser fühlen, wenn du was gegessen hast.«

Sie stand auf, um mit ihm zu gehen, wusste jedoch, dass es nichts gab, was dafür sorgen könnte, dass sie sich besser fühlte.

KAPITEL 5

Es war die Soßenschüssel von Lenox aus mattem elfenbeinfarbenen Porzellan, die für Michael schließlich das Fass zum Überlaufen brachte. Nachdem er zwei Stunden lang zugehört hatte, wie Paige und ihre Mutter über Bettlaken aus ägyptischer Baumwolle und Handtücher von Tommy Hilfiger gesprochen hatten, hatte die zarte Sauciere von vornherein keine Chance mehr bei ihm.

»Entschuldigt mich bitte«, erklärte er. Bevor Paige oder ihre Mutter etwas erwidern konnten, war er schon aufgestanden und hatte den Raum verlassen. Mit dem nächstbesten Fahrstuhl fuhr er ins Erdgeschoss von Dillard's und wanderte in die Mall hinaus, beschäftigte sich in Gedanken mit seinem Eröffnungsplädoyer, das ihm schon den ganzen endlosen Vormittag lang im Kopf herumging.

Meine Damen und Herren der Jury, wir werden uns mit etwas befassen, was im Allgemeinen als eindeutiger Fall bezeichnet wird. Eine Augenzeugin wird aussagen, dass sie gesehen hat, wie die Angeklagten die drei Opfer erschossen haben. Wir werden ballistische Beweise anführen, die zeigen, dass Kugeln, die wir in den Opfern fanden, aus einer auf Marco Benedetti registrierten Waffe stammen. Wir können beweisen, dass beide Angeklagte an jenem schicksalhaften Abend eine Waffe abgefeuert haben. Freunde der Opfer werden aussagen, dass sie mit angehört haben, wie die Opfer sich früher am Tag mit den Angeklagten gestritten haben. Vermutlich fragen Sie sich jetzt: Wenn dieser Fall so wasserdicht ist, was tun wir dann hier? (Dramatische Pause einfügen.) Wir sind hier, weil die Verfassung der Vereinigten Staaten jedem – selbst zwei kaltblütigen Mördern – einen fairen Gerichtsprozess garantiert. Unsere Aufgabe ist es, sicherzustellen, dass die beiden den Rest ihrer Tage im Gefängnis verbringen.

Das muss ich aufschreiben! Auf der anderen Seite der Mall entdeckte er einen Drogeriemarkt und ging hinein, um sich ein Notizbuch und einen Stift zu kaufen. Er setzte sich auf eine Bank neben einem Springbrunnen und hatte beinahe das gesamte Plädoyer zu Papier gebracht, als Paige auf ihn zustürmte.

»Michael! Was machst du da?«

»Gib mir eine Sekunde.«

»Ganz bestimmt nicht! Warum bist du einfach so verschwunden? Was stimmt nicht mit dir? Interessierst du dich denn gar nicht für die Dinge, die wir in unserem Haushalt haben werden?«

»Äh, nicht wirklich«, antwortete er, ohne aufzuschauen.

Mit einer wütenden Handbewegung schlug sie ihm das Notizbuch vom Schoß.

Am liebsten hätte Michael Paige fest am Handgelenk gepackt, doch stattdessen beugte er sich vor und hob das Notizbuch auf. *Mein Gott, sie kann ganz schön zickig sein!* »Reiß dich zusammen, Paige.«

»Reiß *du* dich zusammen!« Ihre schriller werdende Stimme lenkte erste Blicke auf sie. »Was zum Teufel ist dieses Wochenende mit dir los?«

»Das kann ich dir verraten. Nächste Woche beginnt ein enorm wichtiger Prozess. Ich habe dir gesagt, dass dieses Wochenende für mich alles andere als optimal ist, aber deine Eltern und du, ihr habt diese Party geplant, ohne darauf Rücksicht zu nehmen.«

»Du weißt, dass es das einzige Wochenende war, an dem wir den Club mieten konnten.«

»Oh, wenn das natürlich so ist … Wen interessiert es da schon, ob es für den Bräutigam ein schlechter Zeitpunkt ist?«

»Ich weiß nicht, warum du so schwierig sein musst. Es ist fast so, als interessiertest du dich gar nicht für unsere Hochzeit.«

»Das stimmt. Gestern Abend habe ich versucht, es dir zu erklären, doch du wolltest es nicht hören. Unsere Hochzeit interessiert mich kein bisschen, sondern nur unsere Ehe. Allerdings frage ich mich langsam ernsthaft, ob ich die überhaupt noch will.«

Sie zuckte zurück, als hätte er sie geschlagen. »Michael!«

Ihre Mutter gesellte sich zu ihnen. »Ist alles in Ordnung?«

Die Hände aufs Herz gepresst, starrte Paige ihren Verlobten erschrocken an.

»Alles super«, antwortete Michael. »Sind wir hier fertig?«

»Ja«, erwiderte Paige. »Wir sind fertig.«

»Gut«, sagte Eleanor. »Dann lasst uns zum Lunch nach Hause fahren. Ich habe Musterbücher für das Papier der Einladungskarten zu Hause, sodass ihr euch heute Nachmittag etwas aussuchen könnt.« Sie redete weiter, ohne zu bemerken, dass das glückliche Paar ihr gar nicht zuhörte.

* * *

Michael stand vor dem Spiegel im Gästebad und kämpfte mit seiner Fliege. Er hatte nie herausgefunden, wie man so ein Ding ordentlich band, aber jedem anderen Mann in Paiges Leben war das Wissen vermutlich in die Wiege gelegt worden. Bevor er sie kennengelernt hatte, hatte diese Fertigkeit für ihn keine Rolle gespielt.

Während er einen neuen Anlauf nahm, dachte er an den Tag zurück, als er Paige zum ersten Mal gesehen hatte. Es war bei einer Versammlung von Studenten im dritten Jahr im Haus des Dekans gewesen. Sie war mit ihrem Vater, der ein alter Freund des Dekans war, gekommen, und Michael erinnerte sich noch an den lavendelfarbenen Kaschmirpullover und den dazu passenden Wollrock, die sie zu der nachmittäglichen Cocktailparty getragen hatte.

Der Admiral war in voller Ausgehmontur erschienen, und irgendwie hatte er es geschafft, in einem Raum voller Würdenträger trotzdem die erste Geige zu spielen. Als Michaels Blick dem von Paige begegnet war, hatte sie gelächelt und hinter dem Rücken ihres Vaters die Augen verdreht, der gerade mit heftiger Handbewegung ein Argument unterstrich, das er in einer Unterhaltung mit dem Dekan, dem

Polizeichef des District of Columbia, dem Juniorsenator von Maryland und dem Staatsanwalt von Baltimore vorgebracht hatte.

Michael hatte in Richtung der Bar genickt und Paige stumm auf einen Drink mit ihm eingeladen. Er hatte beobachtet, wie sie ihrem Vater etwas zuflüsterte, der nickte, ohne in seiner Rede innezuhalten.

»Puh«, sagte sie, als sie sich an der Bar zu ihm gesellte. »Danke für die Rettung.«

Michael lachte leise. »War mir ein Vergnügen. Darf ich dir einen Drink ausgeben?«

»Einen Weißwein bitte«, antwortete sie, an den Barkeeper gerichtet.

Michael bestellte sich ein weiteres Bier. »Michael Maguire.«

Sie schüttelte ihm die Hand. »Paige Simpson.«

Sie suchten sich ein Plätzchen am Kamin, abseits der anderen Gäste.

Paige zog ihre schwarzen Pumps aus. »Es tut gut, zu sitzen.«

Wie gebannt beobachtete er, wie sie ihre langen Beine ausstreckte, und bemerkte erschrocken, dass er hart wurde. *Heilige Scheiße!* Schnell hob er den Blick und sah, dass ihr Porzellanteint sich unter der Wärme des Feuers gerötet hatte. In ihren blauen Augen sah er Intelligenz, Humor und einen Hauch Mutwillen. Er räusperte sich. »Also, was bringt dich zu diesem aufregenden Treffen?«

»Mein Vater.« Sie nickte in Richtung des Admirals. »Meine Mutter hatte eine Veranstaltung, also hat er mich gebeten, ihn zu begleiten.«

»Ist er im Pentagon stationiert?«

»Nein, an der Marine-Akademie. Er ist der Kommandant.«

Michael pfiff anerkennend. »Das muss nett sein.«

Sie lächelte. »Es ist nicht so schlecht.«

»Und was machst du so?«

»Mein Vater erzählt gern, ich sei hauptberuflich Studentin. Ich bin im Grundstudium hier an der Georgetown. Weil ich mein Hauptfach ein paarmal gewechselt habe, hab ich sechs Jahre bis zum Abschluss gebraucht. Aber im Mai bekomme ich endlich mein Diplom in Kunstgeschichte.«

Dann muss sie vierundzwanzig sein, überschlug Michael im Kopf. Sie wirkte zugleich älter und jünger. Ihr Gesicht war das eines Kindes, doch ihre Augen waren die einer Frau, und sie musterten ihn mit Interesse.

»Und du studierst Jura?«

»Ja. Ich bin bald fertig – Gott sei Dank. Nur noch ein paar Monate mehr.«

»Und was dann?«

»Das weiß ich noch nicht. Ich überlege, nach Rhode Island zurückzukehren und dort eine Kanzlei zu eröffnen. Das habe ich immer gewollt. Das Leben in D. C. gefällt mir allerdings auch. Die Jury berät also noch.«

Sie lächelte über das juristische Wortspiel.

»Paige, Liebes, da bist du ja«, dröhnte eine Stimme hinter ihnen.

»Dad, darf ich dir Michael Maguire vorstellen? Er ist Jurastudent im dritten Jahr.«

Michael stand auf, um dem älteren Mann die Hand zu schütteln. »Sehr erfreut, Sie kennenzulernen, Admiral.«

»Gleichfalls.« Der Admiral wandte sich an seine Tochter. »Wir müssen zurück nach Annapolis. Ich habe heute Abend ein Fakultätsmeeting.«

»Aber mein neuer Freund Michael hat mich gebeten, mit ihm zu Abend zu essen. Da kann ich jetzt noch nicht gehen«, entgegnete sie mit einem verschmitzten Lächeln und zwinkerte Michael zu.

»Du hast dein Auto nicht hier.«

»Es wäre mir eine Freude, sie nach dem Dinner nach Hause zu bringen, Sir«, warf Michael ein. Das belohnte Paige mit einem strahlenden Lächeln, was wiederum sofort die Aufmerksamkeit eines anderen Teils seiner Anatomie erregte. *Meine Güte!*

»Nun, ich denke, das geht in Ordnung.« Der Admiral gab seiner Tochter einen Kuss auf die Stirn. »Komm nicht zu spät. Du weißt, welche Sorgen sich deine Mutter macht. Nett, Sie kennenzulernen, Michael. Fahren Sie vorsichtig, wenn Sie meine Tochter dabeihaben.«

Michael schüttelte ihm erneut die Hand. »In dem Punkt können Sie sich auf mich verlassen, Sir.«

Sie schauten dem Admiral nach, der kurz mit dem Dekan sprach, der anerkennend nickte.

»Sieht so aus, als hättest du soeben das Okay vom Dekan bekommen«, flüsterte Paige.

»Das ist gut, denn ich habe gerade überlegt, dich zum Dinner einzuladen.«

Sie lachte. »Was für eine wundervolle Idee. Sehr gerne.«

* * *

Ein leichtes Klopfen an der Tür zum Gästezimmer holte Michael in die Gegenwart zurück. Er öffnete. Vor ihm stand Paige in einem blass rosafarbenen, trägerlosen Seidenkleid, die Haare elegant und schlicht hochgesteckt.

»Du siehst umwerfend aus.« Er trat beiseite, um sie hereinzulassen.

»Danke. Bist du so weit?«

Nach ihrem Streit in der Mall hatten sie nur ein paar angestrengte Worte miteinander gewechselt.

»Nun, du weißt, dass ich mit der Fliege immer so meine Probleme habe.«

»Lass mich das machen.« Sie schob ihn in Richtung Badezimmerspiegel.

Michael ging leicht in die Knie, damit Paige ihre Arme von hinten um ihn legen konnte. Mit schnellen, sicheren Griffen band sie ihm den Knoten und legte Michael die Hände auf die Schultern.

»Ich weiß nicht, wie du das hinkriegst.« Er richtete die Fliege über seinem Smokinghemd. Als er Paiges Blick im Spiegel auffing, sah er die Tränen in ihren Augen und drehte sich um. »Was ist los?« Er wischte eine Träne ab, bevor sie ihr das Make-up verschmieren konnte.

Paige zuckte mit den Schultern.

»Paige?«

»Ich kann nicht aufhören, über das nachzudenken, was du vorhin gesagt hast. Hast du das ernst gemeint?«

»Ich will nicht leugnen, dass ich mir in letzter Zeit ein paar Sorgen mache.«

»Über uns?«

Er nickte.

»Und du hast bis zum Tag unserer Verlobungsfeier gewartet, um damit rauszurücken?«

»Genau genommen habe ich schon gestern Abend versucht, das Thema anzusprechen«, erinnerte er sie.

Sie drückte sich eine Hand auf den Magen. »Ich glaube, mir wird schlecht.«

»Paige! Michael! Kommt ihr? Wir müssen los«, rief Eleanor von unten.

»Eine Minute!«, erwiderte Michael, bevor er sich wieder Paige zuwandte. »Komm, genießen wir die Party. Später ist genug Zeit zum Reden.« Er streckte ihr die Hand hin.

»Liebst du mich noch, Michael?« Neue Tränen glitzerten in ihren blauen Augen, während sie mit angehaltenem Atem auf seine Antwort wartete.

Michael beugte sich vor, um ihr einen Kuss zu geben, und dachte mit einem Mal an Juliana und ihre sanften, faszinierenden braunen Augen. Leicht verstört sagte er: »Natürlich liebe ich dich noch. Komm. Deine Eltern warten.«

KAPITEL 6

Nach ihrer aufwühlenden Unterhaltung am Strand verschrieb Jeremy sich ganz der Aufgabe, der widerstrebenden Juliana eine gute Zeit zu bereiten. Sie fuhren in südlicher Richtung auf der A1A nach Saint Augustine, wo sie durch das spanische Viertel schlenderten. Dort zog er sie zum Schaufenster eines Juweliers, um sich Ringe anzuschauen.

»Wenn du einen davon haben könntest, welchen würdest du wählen?«, fragte er halb im Spaß.

Sie entwand ihm ihre Hand. »Nicht, Jeremy.«

»Komm schon.« Er zog sie wieder an sich. »Nur gucken.«

Die Diamanten funkelten in der spätnachmittäglichen Sonne. Erst gestern noch hätte diese Unterhaltung Julianas Herz vor Freude hüpfen lassen, aber jetzt fühlte sie sich innerlich einfach bloß tot.

»Welcher gefällt dir? Wie wäre es mit dem Eckigen? Der ist cool, oder?«

Sie zuckte die Schultern. »Ich schätze schon.«

»Gehen wir rein, damit du ihn anprobieren kannst.«

»Nein.«

»Jule …«

»Ich habe *Nein* gesagt.«

»Kann ich denn gar nichts tun?«, flehte er. »Ich möchte alles zurücknehmen, was ich heute Morgen gesagt habe. Ich möchte wieder dazu zurückkehren, wie es vorher zwischen uns war.«

»Du kannst es nicht zurücknehmen. Und das solltest du auch nicht müssen. Du warst ehrlich, was deine Gefühle angeht.«

»Dann lass mich wissen, was *du* fühlst«, erwiderte er mit leiser Verzweiflung in der Stimme.

Juliana schaute ihm direkt in die Augen. »Es tut weh«, flüsterte sie. »Überall.«

»Es tut mir unfassbar leid.« Er senkte den Blick. »Ich liebe dich so sehr. Dass ich dir Schmerz zugefügt habe, bringt mich um.«

»Können wir ins Hotel zurückfahren? Ich möchte nicht hier sein.«

»Klar.« Er legte ihr einen Arm um die Schultern und führte sie zurück zum Auto.

Wieder in ihrem Hotelzimmer, war Juliana immer noch nicht danach, zu reden, also beschloss sie, sich ein wenig hinzulegen.

»Macht es dir etwas aus, wenn ich ein Stück am Strand jogge?«

»Nein, das ist in Ordnung.«

Nachdem er fort war, streckte Juliana sich auf dem großen Bett aus und drehte sich auf die Seite, sodass sie aufs Meer schauen konnte. Würde das Brechen der Wellen am Strand sie ab jetzt immer daran erinnern, wie Jeremy ihr gesagt hatte, dass er andere Frauen wollte? Wenn sie daran dachte, ihr Leben ohne ihn zu verbringen, zerriss der Schmerz sie förmlich – ihr würden dann nur noch ihre Mutter, ihr Job und ihre endlosen Verpflichtungen bleiben. Doch wie konnte sie bei ihm bleiben, nachdem sie nun wusste, was er empfand?

Ihn zu verlieren wäre, wie sich einen Arm abzutrennen. Bloß schmerzhafter. Er war so lange ihre Zuflucht gewesen, ihr Ort des Friedens im Sturm ihres Lebens. Sie schloss die Augen und musste eingenickt sein, denn sie wachte auf, als Jeremy von seiner Joggingrunde zurückkam.

»Baby«, flüsterte er. »Schläfst du?«

Juliana hielt die Augen geschlossen, als würde sie tatsächlich schlafen. Im Moment konnte sie sich einfach nicht mit ihm auseinandersetzen. Als sie nicht antwortete, ging er ins Bad, um zu duschen. Zu Hause sang er immer unter der Dusche – wenn auch grottenschlecht –, aber hier war er still.

Kurz darauf kam er wieder raus und hockte sich neben das Bett. Er strich ihr die Haare aus dem Gesicht und gab ihr einen Kuss auf die Stirn. Dann stand er auf.

Juliana öffnete die Augen. Jeremy hatte ein Handtuch um die Hüften geschlungen und lehnte am großen Fenster.

»Jer?«

Mit verstörter Miene drehte er sich zu ihr um. »Es tut mir leid, Juliana. Es tut mir so leid.«

Sie streckte ihm die Arme entgegen.

Er setzte sich auf den Matratzenrand und lehnte sich in ihre Umarmung. »Ich weiß nicht, wie ich das wiedergutmachen soll.«

Seine aufrichtige Verzweiflung berührte sie, und sie zog ihn für einen Kuss an sich.

Er schlang die Arme um sie und schob sie sanft in die Mitte des Betts. »Jule«, flüsterte er an ihren Lippen. »Ich liebe dich so sehr. Lass es mich dir zeigen.«

Sie bog sich ihm entgegen als Zeichen, dass sie bereit war, sich dem vertrauten Akt hinzugeben.

Jeremy zog sich kurz zurück und sah sie an, bevor er ihr das T-Shirt über den Kopf streifte. Dann nahm er ihre Hände, hauchte je einen Kuss auf ihre Handflächen und drückte sie dann aufs Kissen.

»Lass sie da«, flüsterte er und strich mit dem Finger in einer geraden Linie zwischen ihren Brüsten hindurch und über ihren Bauch.

Bebend kämpfte Juliana gegen den Drang an, nach ihm zu greifen.

Jeremy knöpfte ihr die Shorts auf und schob sie ihr zusammen mit dem Slip über die Beine, wobei er sie die ganze Zeit nicht aus den Augen ließ.

Er schenkte ihr seine volle Aufmerksamkeit, küsste sie auf die Stirn, ihre Wangen und die Nasenspitze.

Juliana versuchte, seine Lippen zu erreichen, aber er konzentrierte sich auf ihren Hals.

Sie stöhnte.

Mit einer geschickten Drehung seiner Finger öffnete er den Vorderverschluss ihres BHs, befreite ihre Brüste und berührte sie mit den Lippen überall, nur nicht dort, wo sie sich am meisten nach ihm sehnte. Als er schließlich eine ihrer Brustspitzen zwischen die Zähne nahm und sanft zubiss, wurde Juliana von einem Orgasmus überrollt, der sie beide bis ins Mark erschütterte. In all ihren gemeinsamen Jahren war ihr das noch nie so passiert.

Er wartete, bis sie wieder zu Atem kam, und dann eroberte er ihren Mund mit einer Serie von Küssen, die sie schwach vor Verlangen zurückließen. Er streichelte sie zwischen den Beinen, und ein weiterer Orgasmus brandete über sie hinweg, als er sich über sie schob und langsam in sie eindrang. Er gab ihr alles, was er hatte, als wäre es das erste Mal – oder vielleicht ihr letztes.

Als es vorbei war, lag er keuchend auf ihr. In seinen Augen schimmerten Emotionen. »Ich liebe dich, Juliana. Ich werde dich immer lieben.«

Sie schloss die Augen gegen die aufsteigenden Tränen und hielt ihn ganz fest, während die Sonne über dem Strand unterging.

KAPITEL 7

Der Amelia Island Country Club funkelte und glitzerte von all den Champagnergläsern aus edlem Kristall, Kronleuchtern und Kerzen, die über kunstvollen Blumengestecken auf den Tischen zu schweben schienen. Eine Band sorgte für die Hintergrundmusik, und im Vordergrund unterhielten sich die Gäste der Simpsons bei Cocktails.

Als Michael dem Gouverneur von Florida, dem Bundesanwalt und dem Seniorsenator des Staates vorgestellt wurde, erkannte er, dass der Admiral mit dieser Feier mehrere Fliegen mit einer Klappe schlug. Als entschiedener Republikaner spielte er mit dem Gedanken, für das Repräsentantenhaus des vierten Distrikts in Florida zu kandidieren.

»Mein zukünftiger Schwiegersohn, Michael Maguire«, sagte der Admiral zum Gouverneur und zum Generalstaatsanwalt und schlug Michael auf den Rücken. »Er ist Ankläger in Tom Houlihans Team oben in Baltimore. Michaels erster Mordprozess beginnt nächste Woche.«

Der Generalstaatsanwalt Derek Gantley ergriff Michaels Hand. »Die Bandenschießerei?«

»Ja, Sir«, bestätigte Michael.

»Ich habe von dem Fall gelesen. Sieht gut aus für eine Verurteilung.«

»Ja, das schätzen wir auch so ein.«

»Viel Glück«, wünschte Gantley.

Der Admiral entführte die beiden Männer, um andere Gäste zu begrüßen.

Michael schnappte sich ein Glas Champagner von einem Tablett, das einer der Kellner vorbeitrug, und hatte es zur Hälfte geleert, als er Paige auf der anderen Seite des Raumes erblickte. Sie war umringt von ihren Highschool-Freundinnen. Bevor der Admiral erst ins Pentagon und dann an die Marine-Akademie versetzt worden war, hatte Paige die exklusive Bolles School in Jacksonville besucht. Damals war ihr Vater als befehlshabender Offizier auf der Marine-Basis dort stationiert gewesen. Viele ihrer Freunde lebten noch in der Gegend, was einer der Gründe dafür gewesen war, dass sie es kaum hatte erwarten können, nach der Pensionierung ihres Vaters von der Navy nach Florida zurückzukehren.

Michael war gerade bei seinem dritten Glas Champagner, als Paige ihn suchen kam.

»Hast du Spaß?«

»Ja«, sagte sie, ohne ihn anzusehen. »Das Essen soll jetzt serviert werden, wir müssen also unsere Plätze einnehmen.«

Michael folgte ihr zu der großen Tafel, wo sie mit ihren Eltern, den Brautjungfern und deren Begleitern sitzen sollten. Während des Essens versuchte er, sich mit dem Mann der Trauzeugin zu unterhalten, einem großen, blonden Kerl namens Brad.

»Du weißt ja, wie es im Marketing ist«, meinte Brad gerade, nachdem Michael einige Augenblicke lang abgelenkt gewesen war. »Man braucht Glück, um den Entwicklungen immer einen Schritt voraus zu sein. Deshalb sind Fokusgruppen so wichtig.«

»Mhm.« Michael zog es vor, sich seinem Steak zu widmen. Aus dem Augenwinkel sah er, dass Paige ihre Shrimps auf dem Teller herumschob, ohne wirklich etwas davon zu essen.

Brad erzählte weiter von Markteinflüssen, Direktmailings und den aktuellsten Konsumtrends. Es schien ihm zu reichen, dass Michael ab und zu nickte.

Nachdem die Kellner die Teller abgeräumt hatten, rief der Bandleader Michael und Paige auf die Tanzfläche. »Bitte einen tosenden Applaus für das glückliche Paar: Michael und Paige.«

Der Beifall war Michael peinlich. Diese ganze Feier war so unglaublich übertrieben. Aber er nahm Paige in seine Arme und lieferte den erwarteten Tanz ab, während die Band »What Are You Doing the Rest of Your Life?« spielte.

Paige schaute ihn an und lächelte traurig. »Erinnerst du dich noch?«

* * *

Sie hatten an dem Abend, nachdem sie sich kennengelernt hatten, in einem Bistro in Georgetown gegessen und gingen langsam zurück zu seinem Wohnblock, um Michaels Auto zu holen. Nach den gerade mal drei Stunden, die sie zusammen verbracht hatten, kam es Michael vor, als kenne er sie schon ewig.

Paige hakte sich bei ihm unter, als sie durch das malerische Viertel schlenderten.

»Oh, sieh nur, Michael! Da wird getanzt. Können wir da reingehen?«

Er warf einen Blick in den Jazzclub. »Musst du nicht nach Hause? Nach Annapolis ist es ziemlich weit.« Er versuchte, nicht an die zweihundert Seiten zu denken, die er in dieser Nacht noch lesen musste.

Sie grinste. »Ich habe keine offizielle Sperrstunde mehr.«

Der Hauch Mutwillen in ihren Augen hatte es ihm angetan, und er merkte, dass er dabei war, in etwas hineinzugeraten, das Potenzial hatte. Machtlos gegen den Drang, ihr Gesicht mit den Händen zu umfangen, fühlte er das Verlangen in sich auflodern, als ihr Atem in dem kurzen Moment, bevor er sie küsste, leicht stockte. Dann spürte er ihre Arme um seinen Hals, und ihr Mund öffnete sich unter seinem.

Lange Minuten verstrichen, bevor eine Gruppe vorbeigehender Collegestudenten sie anrempelte und Michael daran erinnerte, wo er war und was er da tat. Jemand murmelte: »Nehmt euch ein Zimmer.«

Paige kicherte.

In Michaels Kopf drehte sich alles, und er wusste, dass ihn nie zuvor ein Kuss so aufgewühlt hatte wie dieser.

»Heißt das, du willst tanzen?«, fragte Paige schelmisch lächelnd.

»Ja.« Er hielt ihr die Tür zum Club auf. »Lass uns tanzen.«

Auf der Fläche in der Mitte, auf der sich Paare drängten, die sich zum sinnlichen Sound der Jazzband wiegten, nahm Michael sie in die Arme, als hätte er das schon Millionen Male zuvor getan. Ihm entging nicht, wie perfekt ihre Körper zusammenpassten.

Nachdem sie lange getanzt hatten, betrat eine Frau die Bühne und begann, mit einer Stimme wie Ella Fitzgerald »What Are You Doing the Rest of Your Life?« zu singen.

Michael schaute Paige an und wollte sie mehr als alles andere noch einmal küssen.

Sie hob ihm einladend den Kopf entgegen.

Erfüllt von Zärtlichkeit und Lust und wildem Verlangen, das ihm vollkommen unvertraut war, berührte er ihre Lippen mit seinen.

»Paige«, flüsterte er, als das Lied verklang. »Wir sollten gehen.«

Sie nickte und folgte ihm durch den gut besuchten Club nach draußen.

Auf der Straße atmete Michael tief die kalte Winterluft ein, in der Hoffnung, seine rasenden Hormone in den Griff zu bekommen. Den kurzen Weg zu seinem Apartmentgebäude legten sie schweigend zurück. Dort half er ihr in seinen Toyota Camry, stieg dann neben ihr ein und fragte sich, was genau sie an sich hatte, das ihn schon nach einem einzigen Abend total verzaubert hatte.

Sie streckte eine Hand aus und strich ihm über die Wange. »Michael«, sagte sie mit ihrer rauchigen Stimme.

Als er sie dieses Mal küsste, hielt sich keiner von ihnen zurück. Der Effekt war doppelt so stark wie auf dem geschäftigen Bürgersteig. Michael zog Paige in seine Arme und vertiefte den Kuss ohne jegliche Hemmung.

Sie vergrub die Finger in seinem Haar und antwortete ihm mit gleicher Leidenschaft.

»Paige«, seufzte er nach einer gefühlten Ewigkeit. Er gab ihr einen Kuss auf den Hals und die Kehle, während er seine Hand unter ihren Pullover gleiten ließ und die zarte Haut an ihrem Rücken streichelte. »Das ist verrückt.«

»Mhm.«

»Ich will dich mit nach oben nehmen und …« Seine Stimme erstarb, weil Paige seine Unterlippe mit der Zunge nachfuhr und sein Kopf mit einem Mal komplett leer gefegt war.

»Und was?« Ihre unschuldige Miene bildete einen starken Kontrast zu der Art, wie sie ihn geküsst hatte.

Er flüsterte ihr all die Dinge ins Ohr, die er mit ihr anstellen wollte.

Paige erschauerte. »O Gott. Ich will dich so sehr. Ich habe mich noch nie so benommen, Michael. Das ist vollkommen untypisch für mich.«

»Mein übliches Verhalten sieht auch anders aus.« Er küsste sie ein weiteres Mal. »Ich sollte dich nach Hause bringen. Es ist schon spät, und der Admiral wird nicht glücklich mit mir sein.«

Sie lachte leise. »Der Admiral würde dich umbringen, wenn er uns im Moment sehen könnte.«

»Tja, wenn das nicht genauso effektiv ist wie eine kalte Dusche.« Widerstrebend löste er sich von ihr und zog ihr den Pullover zurecht.

Paige setzte sich auf den Beifahrersitz und schnallte sich an.

In der Hoffnung, dass die kalte Luft seinen Kopf klären und die beschlagenen Scheiben frei machen würde, ließ Michael das Fenster ein Stück herunter. Auf der Massachusetts Avenue, die aus dem District herausführte, ergriff er Paiges Hand. »Ich bin froh, dass deine Mutter heute einen anderen Termin hatte.«

Sie lächelte. »Geht mir genauso.«

Er bog auf die Route 50 ab und fuhr in östlicher Richtung nach Annapolis. »Ich möchte dich gerne wiedersehen.«

»Ich glaube, das lässt sich einrichten.«

»Wie oft bist du in der Stadt?«

»Dieses Semester habe ich Montag, Mittwoch und Freitag Vorlesungen. Und donnerstags arbeite ich ehrenamtlich im Smithsonian.«

»Jetzt hast du es geschafft, dass ich vergessen habe, welcher Tag heute ist.«

Sie lachte fröhlich. »Freitag.«

»Ja, das hätte ich auch geraten. Was hast du morgen vor?« Eine Alarmsirene ging in seinem Kopf los und erinnerte ihn daran, dass er am Wochenende noch Klausuren vorbereiten wollte.

Sie stöhnte. »Ich muss lernen. Am Montag habe ich zwei Prüfungen.«

»Ich auch. Vielleicht könnten wir zusammen lernen?«

»Ich weiß nicht. Ich glaube, du wärst eine zu große Ablenkung.«

»Da hast du vermutlich recht. Ich kann mir nicht vorstellen, dass dröge Gesetze meine Aufmerksamkeit fesseln können, wenn du im Zimmer bist.«

»Ich bin mir sicher, irgendwo in diesen Worten ist ein Kompliment versteckt.«

Er lachte. »Wie sieht es Sonntag aus?«

»Sonntags gehen meine Eltern und ich immer in den Offiziersclub zum Brunch. Hättest du Lust, mitzukommen?«

»Wird es ihnen etwas ausmachen?«, fragte er.

»Natürlich nicht.«

»Okay. Aber ich glaube, ich ertrage es nicht, so lange zu warten, bis ich wieder mit dir sprechen kann.« Er ließ ihre Hand los, um nach einem Zettel und einem Stift zu greifen. »Schreibst du mir deine Nummer auf?«

Sie lächelte. »Klar.«

Am Tor der Marine-Akademie zeigte Paige der Wache ihren Ausweis.

»Guten Abend, Ms Simpson«, sagte der Wachmann und winkte sie durch.

»Haben wir gerade die VIP-Behandlung erhalten?«

»So in der Art. Normalerweise bräuchtest du einen Ausweis für dein Auto, doch zu uns sind sie immer sehr nett. Ich werde dich von meinem Dad auf die Gästeliste setzen lassen, damit du am Sonntag reinfahren kannst.« Sie leitete ihn über den Campus zu dem großen Haus des Kommandanten, das direkt am Ufer des Severn River lag. Eine Lampe über der Haustür warf ihr Licht über die breite Veranda.

»Die Häuser in der Army sind wirklich schreckliche Hütten«, witzelte Michael.

»Wir kommen zurecht«, erwiderte Paige lächelnd und wandte sich ihm zu. »Danke für das Dinner.«

»Gern geschehen.« Mit dem Daumen strich er ihr über die Wange. »Ich begleite dich zur Haustür.«

»Das musst du nicht.«

»O doch.« Er stieg aus und ging um den Wagen herum, um Paige die Tür zu öffnen. Bevor sie den hellen Lichtschein der Veranda erreichten, blieb er stehen. Er merkte, dass er sie mit dem sanften Kuss überraschte. Wo sie eine Flamme erwartet hatte, gab er ihr ein Glimmen. Und als sie nach mehr verlangte, hielt er sich zurück. Als sie sich schließlich trennten, waren sie beide atemlos. »Gute Nacht«, sagte er.

Ihre geweiteten Augen und die geschwollenen Lippen weckten in ihm den Wunsch, sie sofort wieder in seine Arme zu ziehen.

»Gute Nacht.«

Er wartete, bis sie die Haustür hinter sich geschlossen hatte, bevor er zum Wagen zurückkehrte. Eine Stunde später war er wieder in seiner Wohnung, und er schmeckte sie immer noch auf seinen Lippen. Was hatte sie nur an sich?

* * *

Eine zweite Runde Applaus holte Michael wieder in die Gegenwart und auf die Verlobungsparty zurück. Er schaute Paige an und wurde von einem Gefühl der Zärtlichkeit für sie überrascht. Die Erinnerung an den Tag, an dem sie sich kennengelernt hatten, hatte ihm wieder vor Augen geführt, warum er heute hier war und sie ihre Verlobung feierten. Er hatte Paige seit diesem ersten Tag geliebt. Vielleicht sogar schon seit dem ersten Moment, in dem ihre Blicke sich quer durch den Raum im Haus des Dekans begegnet waren.

Er küsste sie, während die Band die letzten Töne des Liedes spielte, das er in seinem Heiratsantrag zitiert hatte, als er Paige gefragt hatte, was sie mit dem Rest ihres Lebens vorhatte.

Diese unerwartete Geste der Zärtlichkeit schien Paige beinahe zu erschrecken.

Die dröhnende Stimme des Admirals beendete den Moment. »Sind sie nicht ein hübsches Paar?«

Die Gäste applaudierten.

Eleanor, die in einem mauvefarbenen Abendkleid ganz zauberhaft aussah, stand neben ihrem Ehemann.

»Paiges Mutter und ich würden gerne einen Toast auf unsere Tochter und unseren zukünftigen Schwiegersohn ausbringen. Ich bin stolz, sagen zu können, dass ich dabei war, als Paige und Michael sich vor beinahe vier Jahren kennengelernt haben. Er ist ein feiner junger Mann, und wir freuen uns darauf, ihn in unserer Familie willkommen zu heißen. Eleanor und ich sind von ihrer Verlobung begeistert, und wir sind sehr erfreut, dass Sie alle heute Abend gekommen sind, um mit uns zu feiern. Sie wissen ja, dass Paige unser einziges Kind ist, also sind wir dafür bekannt, sie ein wenig zu verwöhnen.«

Das ist noch milde ausgedrückt, dachte Michael und behielt seinen Arm um Paiges Schultern.

»Die Vorstellung, dass Paige heiratet und wegzieht, bricht uns das Herz, vor allem, weil es bestimmt in nicht allzu ferner Zukunft Enkelkinder geben wird«, fügte der Admiral augenzwinkernd hinzu. Wieder applaudierten die Gäste.

Michael senkte den Blick und sah, dass Paige ganz rot geworden war.

»Wie auch immer, ich glaube, wir haben die Lösung für dieses geografische Problem gefunden. Aber bevor ich dazu komme, möchte ich, dass wir alle auf Paige und Michael die Gläser erheben. Wir wünschen euch eine lange und glückliche Ehe, die mit vielen, vielen Kindern gesegnet ist.«

»Hört, hört«, riefen die Gäste.

Weil er wusste, was von ihm erwartet wurde, stieß Michael mit Paige an und küsste sie. Sein Magen zuckte nervös, als der Generalstaatsanwalt sich auf der Bühne zum Admiral und zu Mrs Simpson gesellte. *Was wird das?*

Derek Gantley schüttelte die Hand des Admirals und trat dann ans Mikrofon. »Herzlichen Glückwunsch an das glückliche Paar. Michael, ich bin sehr beeindruckt von Ihrer Arbeit in Maryland, vor allem beim Benedetti-Fall. In Jacksonville wird die Stelle des stellvertretenden Generalstaatsanwalts frei, und ich würde mich freuen, wenn Sie herkommen würden, um mit mir zu arbeiten. Was denken Sie? Wäre Michael nicht eine wunderbare Bereicherung für das Florida-Team?«

Während die Gäste Beifall klatschten, rutschte Michaels Arm von Paiges Schulter.

»Ich weiß, heute Abend haben Sie Wichtigeres im Kopf, Michael, aber ich freue mich darauf, bald mit Ihnen zu sprechen«, beendete Gantley seine kleine Rede und schüttelte dem Admiral erneut die Hand.

»Na, wenn das keine Lösung ist«, sagte der Admiral strahlend.

Michael hörte nichts außer dem Rauschen der Wut in seinen Ohren. »Hast du davon gewusst?«, fragte er Paige.

»Ich dachte, du würdest dich darüber freuen.«

»Da hast du falsch gedacht.« Er gab sich keine Mühe, seine Verärgerung zu verbergen. »Ich brauche frische Luft.« Er ging zu den großen Glastüren, die auf eine Terrasse mit Blick über den Golfplatz hinausführten. Ein Gast nach dem anderen rief ihm Glückwünsche zu. Er lächelte höflich, blieb jedoch nicht stehen, bis er draußen angekommen war. Auf der Terrasse lief er auf und ab und versuchte, seine Wut zu zügeln. *Verdammt! Für wen hält der Admiral sich eigentlich! Er weiß, nachdem mir der Generalstaatsanwalt den Job öffentlich angeboten hat, ist es mir fast unmöglich, ihn auszuschlagen.*

Paige gesellte sich zu ihm. »Michael? Michael, Liebster, sei bitte nicht böse.«

Er schüttelte ihre Hand ab, die sie ihm auf die Schulter gelegt hatte. »So wird es ab jetzt immer sein, oder?«

»Was meinst du damit?«

»Dein Vater sagt: ›Spring‹, und ich soll nur fragen: ›Wie hoch?‹«

»Du musst den Job nicht annehmen.«

Er schnaubte. »Ja, klar. Wenn ich das nicht tue, wird dein Vater vor genau den Leuten bloßgestellt, auf die er bei seinem Vorhaben zählt, in den Kongress zu kommen. Ich bin sicher, mein zukünftiger Schwiegervater würde vor Freude überschnappen, mich danach in seiner Familie willkommen zu heißen.«

»Du musst nichts tun, was du nicht tun willst.« Paige griff nach seinen Fingern. »Mir ist es egal, wo wir wohnen, solange wir zusammen sind.«

Er entzog ihr seine Hand. »Ich habe bereits einmal zugelassen, dass er mich in einen Job drängt, den ich nicht wollte. Diesem Job habe ich alles gegeben, was ich habe, und inzwischen mag ich ihn. Ich möchte nicht mit dem Generalstaatsanwalt arbeiten, aber mehr noch, ich will nicht, dass dein Vater glaubt, er könnte berufliche Entscheidungen für mich treffen. Ich bin nicht einer seiner Matrosen, die er herumkommandieren kann.«

»Es tut mir leid.«

»Mir tut es leid, dass du dem nicht sofort ein Ende gesetzt hast, als du davon gehört hast.«

Tränen liefen ihr über die Wangen. »Ich will doch nur, dass du glücklich bist.«

»Nun ist es aber mal gut, Paige! Du hast überhaupt nicht an mich gedacht, als du das zugelassen hast.« Frustriert und verärgert schüttelte er den Kopf. »Ich muss hier raus.«

»Du kannst nicht einfach deine eigene Feier verlassen«, wandte sie panisch ein.

»Ich traue mir im Moment nicht zu, mich zivilisiert zu verhalten.«

»Du wirst mich demütigen, wenn du mich jetzt hier allein lässt. Das ist unsere *Verlobungsfeier*, Michael.«

»Unsere Verlobung ist gelöst. Ich kann dich nicht heiraten. Es würde niemals funktionieren. Tut mir leid.«

»Michael!«, rief sie, als er zu den Terrassenstufen ging. »Michael, bitte. Es tut mir leid.« Als er nicht stehen blieb, schrie sie: »Michael, ich liebe dich! Ich liebe dich!«

Mit rasendem Herzen eilte er durch die Dunkelheit. Nach ein paar Minuten hörte er ihre Schluchzer endlich nicht mehr. *Habe ich wirklich gerade mit ihr Schluss gemacht?* Seine Hände waren klamm, sein Magen zog sich zusammen. Auf dem

Weg über den Golfplatz erinnerte er sich daran, wie er sie im letzten Sommer in einer dunklen Ecke nahe dem sechzehnten Loch geliebt hatte.

Am Haus der Simpsons fand er den Schlüssel an der Pergola, die den Pool überspannte. Er gab Paiges Geburtstag auf dem Touchpad an der Tür ein, um den Alarm auszuschalten. Im großen Empfangszimmer schenkte er sich einen Whiskey ein und trank ihn in einem Zug aus. Nach zwei weiteren Gläsern zeigte der Alkohol endlich Wirkung, und Michaels Herz hörte auf zu rasen. Er riss sich die Fliege vom Hals und ging in die Küche, um zu telefonieren.

Zehn Minuten später knallte er den Hörer auf, nachdem er erfahren hatte, dass er den letzten Flug des Abends verpasst hatte und der morgige Tag komplett ausgebucht war. »Mist«, sagte er auf dem Weg nach oben ins Gästezimmer, wo er seinen affigen Smoking auszog und sich lange unter die heiße Dusche stellte. Mit einem Handtuch um die Hüften legte er sich aufs Bett. Vom Whiskey und Champagner war ihm schwindelig, und der Raum drehte sich in übelkeiterregender Geschwindigkeit um ihn herum. Er hatte mit Paige Schluss gemacht und saß nun im Haus ihrer Eltern fest. *Was für ein Albtraum*, dachte er und legte sich den Unterarm über die Augen.

Sobald der Schock von den Ereignissen des Abends nachließ, schwand auch die Taubheit. Und damit kam der Schmerz. Sicher, sie hatten ihre Probleme, doch Michael liebte Paige, und mit einem Mal konnte er nur noch daran denken, wie sehr er sie einst geliebt hatte.

* * *

Am Sonntag, nachdem er sie kennengelernt hatte, war Michael zum Brunch nach Annapolis gefahren. Danach waren sie gemeinsam über den Campus der Akademie und am Wasser in der Innenstadt entlangspaziert. Auf dem Rückweg hatte Michael in einer kleinen Seitenstraße in der Nähe des State House angehalten.

»Wann bin ich hier angekommen?«, fragte er Paige.

»Um elf. Warum?«

Er schaute auf seine Uhr. »Das war vor drei Stunden.«

»Ja«, bestätigte Paige verwirrt. »Musst du los?«

»Nein, aber ich kann keine Minute länger warten.« Damit zog er sie in seine Arme und küsste sie mit ungezügelter Leidenschaft. Mit ihr hatte er mehr Küsse in der Öffentlichkeit geteilt als in seinem gesamten Leben davor.

Sie erschauerte. »Michael.«

»Ich liebe dieses Erschauern«, flüsterte er ihr ins Ohr. »Ich liebe es, zu wissen, dass ich das in dir auslösen kann.«

»Das ist nicht alles, was du in mir auslöst.«

Michaels Mund wurde ganz trocken. »Was noch?«

»Mein Magen schlägt Purzelbäume, meine Handflächen werden feucht, und ich …«

Er verstärkte seinen Griff um sie. »Was?«

»Ich sehne mich nach dir«, antwortete sie verlegen.

»Wo?« Seine Stimme war rau.

Sie erwiderte seinen Blick fest und presste ihre Hüften gegen seine Erektion. »Da.«

Mit einem tiefen Stöhnen vergrub Michael sein Gesicht in ihren duftenden Haaren. »Komm mit mir nach Hause. Jetzt sofort.«

»Das können wir nicht machen. Es ist zu früh.«

»Ich habe nie jemanden so gewollt, wie ich dich will. Seit ich dich kennengelernt habe, Paige, habe ich nicht mehr geschlafen. Ich denke nur noch an dich. Ich kann nicht lernen. Ich kann nicht arbeiten. Ich kann nichts tun, außer dich zu wollen.« Er führte sie in eine Gasse zwischen zwei Kolonialhäusern und presste sie gegen eine Wand, um sie erneut zu küssen und keinen Zweifel daran zu lassen, wie sehr er sie begehrte. »Bitte.« Er küsste sie auf den Hals. »Komm mit mir. Lass mich dich lieben.«

»Ja«, keuchte sie und klammerte sich an ihn. »Ja, nimm mich mit zu dir, Michael.«

Wieder küsste er sie, und dann ergriff er ihre Hand, und gemeinsam liefen sie zurück zu seinem Wagen, der vor dem Haus ihrer Eltern parkte. Atemlos kamen sie dort an, und Michael wartete ungeduldig, während Paige rasch hineinging, um ihrer Mutter zu sagen, dass sie eine Spritztour unternehmen würden. Als sie endlich neben ihm saß, brach Michael auf dem Weg nach Georgetown sämtliche Geschwindigkeitsrekorde. Im Fahrstuhl zu seiner Wohnung hatte er beinahe Angst, Paige zu berühren, weil er wusste, dass er sich dann nicht mehr würde zurückhalten können.

Sobald die Wohnungstür hinter ihnen ins Schloss gefallen war, überkam sie beide eine Nervosität, mit der sie nicht gerechnet hatten.

»Kann ich dir etwas anbieten?«

»Nein, danke.«

Paige erschrak, als er von hinten an sie herantrat. »Entspann dich, Honey. Ich wollte dir nur den Mantel abnehmen.«

»Tut mir leid.« Sie ließ sich von ihm helfen. »Deine Wohnung gefällt mir.«

»Danke.«

»Du bist ein Ordnungsfreak.«

Er zuckte die Achseln. »Vermutlich hast du recht. Das Jurastudium hält mich diszipliniert, weil ich fürchte, wenn ich die Dinge schleifen lasse, werden sie mich unter sich begraben.«

Paige trat an seinen Schreibtisch und nahm eines der Lehrbücher in die Hand. »Ist es so hart, wie alle sagen?«

»Härter.«

Das Wort hing zwischen ihnen in der Luft.

Paige legte das Buch weg und drehte sich zu Michael um.

»Komm her«, verlangte er. Als ihr die Röte in die Wangen stieg, verflüchtigte sich jeglicher Zweifel daran, dass er in sie verliebt war. Zögernd trat sie einen Schritt auf ihn zu.

Er kam ihr entgegen, legte die Arme um sie und hielt sie ganz fest.

Paige hob den Kopf, und dann trafen sich ihre Münder in einem heißen, hungrigen Kuss.

Michael erzitterte, als er ihre Hände unter dem Pullover auf seinem Rücken spürte. Bald schon hielt er es nicht mehr aus, und er hob Paige auf seine Arme, um sie ins Schlafzimmer zu tragen. Doch als er sie aufs Bett legte, blitzte etwas in ihren Augen auf, das ihn abrupt innehalten ließ.

Er strich ihr über die Wange. »Paige? Was ist los? Hast du Angst?«

»Ein bisschen.«

»Vor mir?«

»Nein«, flüsterte sie.

»Wovor dann?«

»Vor dem hier. Vor allem.«

»Warum?«

Sie wandte den Blick ab, und sein Magen zog sich zusammen. Er verstand es. Sanft legte er ihr einen Finger unters Kinn und brachte sie dazu, ihn wieder anzuschauen. »Ist es dein erstes Mal?«

Wieder flammten ihre Wangen auf, und sie nickte.

»Oh.« Er ließ sich auf den Rücken fallen. Alle Luft schien aus seinen Lungen herauszuströmen. »O Gott. Und ich habe mich wie ein Verrückter aufgeführt. Meine Güte.«

»Sag so etwas nicht. Das hast du nicht, Michael.«

Er sah, dass ihr Tränen in den Augen standen, und drehte sich auf die Seite, um sie in den Arm zu nehmen.

»Es tut mir leid. Das habe ich nicht geahnt. So, wie du mich geküsst hast …«

Sie strich mit dem Finger über seine Lippen. »Ich habe noch nie jemanden so geküsst, wie ich dich küsse. Es ist, als wäre ich mit dir jemand anders.«

Und schon stieg wieder diese unbezähmbare Lust in ihm auf, die jeden klaren Gedanken in seinem Kopf vertrieb.

»Wie kommt es, dass du es nie zuvor gemacht hast? Du hast doch sicher schon einen Freund gehabt. Oder mehrere.«

Sie zuckte mit den Schultern. »Ich habe keinen von ihnen geliebt.«

Seine Kehle schnürte sich zu. »Und mich liebst du?«

»Ja.« Mit einem Ausdruck der Verwunderung in den Augen schaute sie ihn an und streckte die Hand aus, um ihm über die Wange zu streicheln. »Das tue ich wirklich.«

»Ich kann es kaum glauben, aber ich liebe dich auch. Und ich will dich so sehr.« Er küsste jeden ihrer Finger. »Allerdings erst, wenn du dazu bereit bist. Ich möchte nicht, dass du Angst hast.«

»Ich bin bereit, Michael. Ich möchte mit dir zusammen sein. Jetzt.«

»Bist du sicher?« Mit hämmerndem Herzen bemühte er sich, die Zärtlichkeit hervorzurufen, die er für sie benötigen würde.

Sie ließ ihre Hände unter seinen Pullover gleiten. »Zeig es mir. Zeig mir, was ich tun soll.«

Er zog sie ganz langsam aus und ließ sich Zeit. Bald schon lag ihre Kleidung auf dem Boden. Paiges atemloses Seufzen und Keuchen trieb ihn in den Wahnsinn, doch es gelang ihm, sich zurückzuhalten. Sanft erkundete er sie, bereitete sie langsam vor und konzentrierte sich dann auf ihre empfindsamste Stelle.

Paige kam mit einem Schrei, der sie beide erschreckte.

Schwer atmend klammerte sie sich an seine Schultern. »Mein Gott«, flüsterte sie, während sie am ganzen Körper bebte.

Leise lachend sagte er: »Du bist also eine, die schreit.«

»Das ist für mich neu.«

Er wandte sich von ihr ab, um sich ein Kondom überzustreifen. »Ich will dir nicht wehtun.«

»Ich habe gehört, dass es nur eine Sekunde lang schmerzt.«

»Halt mich auf, wenn es zu unangenehm wird.«

Sie verkrampfte sich unwillkürlich, als er in sie eindrang.

»Versuch, dich zu entspannen, Honey«, flüsterte er.

Als sie ihre Beine um ihn schlang, musste er wieder darum kämpfen, die Lust zu zügeln, die stärker war als alles, was er zuvor empfunden hatte.

Paige hingegen hielt nichts zurück und bewegte sich im Einklang mit seinen Stößen unter ihm. Bald schon ging ihr Atem hektischer. »Oh!«, schrie sie. »O Michael, hör nicht auf!« Sie kam mit einem weiteren Schrei, bei dem es mit Michaels Beherrschung vorbei war und der ihm eine Erfüllung brachte, die ihn total ausgelaugt zurückließ.

* * *

Bei dem Gedanken an dieses erste Mal schmerzte Michaels Herz. In den Monaten vor ihrem Studienabschluss hatten sie jede freie Minute, die sie erübrigen konnten, in seinem Bett verbracht, wo Paiges Enthusiasmus ihren Mangel an Erfahrung mehr als wettgemacht hatte. Es war eine Zeit des Wahnsinns, der Leidenschaft und der Lust gewesen. Und der Liebe. Ganz besonders der Liebe. Aber der Wahnsinn war nie wirklich abgeebbt.

Am Wochenende der Diplomübergabe hatten sie das erste von vielen Schlaglöchern in ihrer Beziehung erlebt, als Admiral Simpson verkündete, dass er für Michael einen Job bei seinem Freund, dem Staatsanwalt von Baltimore, arrangiert hatte. Michael war wütend gewesen, und sobald er allein mit Paige im Auto gesessen hatte, hatte er ihr das unmissverständlich mitgeteilt.

»Ich wollte einfach nur, dass du hierbleibst. Als Dad mir von dem Job in Baltimore erzählt hat, schien mir das die perfekte Lösung zu sein.«

»Verdammt, Paige, sieh mich nicht so an. Dein Schmollen mag bei deinem Dad funktionieren, bei mir tut es das nicht.«

Schüchtern lächelnd hatte sie ihm über den Oberschenkel gestrichen. »Es funktioniert gar nicht bei dir?«

Er hatte ihre Hand weggeschoben. »Hör auf damit.« Eine Woche lang hatte er wegen ihrer Einmischung geschäumt, dann aber den Job angenommen, der das einzige Angebot gewesen war, das er in der Gegend bekommen hatte. In Wahrheit wollte er genauso dringend in Paiges Nähe bleiben wie sie in seiner. Doch das

Strippenziehen des Admirals ärgerte ihn, vor allem weil der Mann keine Gelegenheit ausließ, Michael daran zu erinnern, wie er an seinen Job gekommen war.

Die nächste kleine Krise hatte sich auf seiner Abschlussfeier ergeben, als Michaels Mutter und seine Schwestern Paige auf den ersten Blick nicht hatten ausstehen können – von dieser Meinung waren sie in den folgenden vier Jahren nicht mehr abgerückt. »Sie ist nicht die Richtige für dich«, hatte seine Mutter erklärt.

Als Michael im Gästezimmer der Simpsons in einen unruhigen Schlaf fiel, träumte er von Paige, und wie üblich waren sie miteinander im Bett. Ihre Hände und Lippen waren überall auf seiner fiebrigen Haut. Dann war er in ihr, bewegte sich im Rausch der Lust, die ihn jedes Mal beim Liebesspiel mit ihr überkam. Erst als er einen explosiven Höhepunkt erlebte, erkannte er, dass er nicht träumte. Er zog sich aus ihr zurück, als hätte er sich verbrannt. »Was zum Teufel machst du da?«

»Ich liebe dich.« Schluchzer schüttelten ihren zierlichen Körper. »Ich brauche dich so sehr.«

»Meine Güte, ich habe geschlafen.« Eine weitere Erkenntnis dämmerte ihm. »Kein Kondom, Paige! Was zum Teufel!« Was das betraf, waren sie nie ein Risiko eingegangen. In seinem Kopf drehte sich alles, und von dem Alkohol hob sich sein Magen.

Paige streckte die Hände nach ihm aus. »Michael, bitte. Rede mit mir.«

Er rollte sich von ihr weg und stand auf, um ins Badezimmer zu gehen. Er knallte die Tür hinter sich zu. *Verdammt!* Während er sich kaltes Wasser ins Gesicht spritzte, versuchte er, den Drang zu unterdrücken, sie zu erdrosseln. Als er aus dem Bad kam, zog er sich seine Jogginghose an.

»Wirst du nicht mit mir reden?«, fragte sie zwischen zwei Schluchzern.

»Ich bin fertig mit Reden. Du solltest in dein Zimmer zurückgehen.«

»Du wirst diese Verlobung nicht lösen, Michael.«

»Ich bin mir ziemlich sicher, dass ich das bereits getan habe.«

»Das kannst du nicht tun!«, jammerte sie.

Er hob ihren Morgenmantel vom Boden auf und warf ihn ihr zu. »Zieh dich an. Sofort. Für heute habe ich genug.« Er beobachtete, wie sie sich wütend in den Morgenmantel hüllte.

»Ich weiß nicht, was du glaubst, mit wem du es hier zu tun hast, aber du wirst mich nach vier Jahren nicht einfach so stehen lassen, als würde ich dir nichts bedeuten.«

»Ich weiß ganz genau, mit wem ich es zu tun habe – mit einer verwöhnten Göre. Du wirst mich nicht herumschubsen, und du wirst mich auch nicht in einen Job drängen, den ich nicht möchte. Und ganz sicher wirst du mich nicht zu einer Ehe zwingen, die ich nicht länger will.«

Da holte sie aus und ohrfeigte ihn. »Du Mistkerl.«

Seine Hand ballte sich unwillkürlich zur Faust. »Raus«, sagte er mit drohender Stimme, die keinen Raum für Verhandlungen ließ. »Verschwinde gefälligst von hier!«

Nachdem sie die Tür hinter sich zugeknallt hatte, tat er etwas, das er schon früher hätte tun sollen. Er griff nach seinem Handy und rief sich ein Taxi. Dann zog er sich an, packte seine Tasche und ging in dem stillen Haus nach unten.

Admiral Simpson tauchte in der Dunkelheit auf. »Möchtest du noch wohin, Michael?«

»Ja. Nach Hause.«

»Bist du sicher, dass du das wirklich willst?«

»Ganz sicher.«

»Als Paige behauptet hat, du hättest die Verlobung gelöst, war sie also nicht überdramatisch?«

»Nein.«

»Vielleicht willst du darüber erst mal nachdenken.«

»Drohen Sie mir?«

»Natürlich nicht. Ich frage mich nur, ob du das große Ganze siehst.«

»Und was wäre das?«

»Was wird Tom Houlihan darüber denken, einen Mann in seinem Team zu haben, der seine Versprechen nicht hält? Hast du dir das überlegt?«

Michael lachte leise. »Wissen Sie, was? Es ist mir scheißegal, was Tom Houlihan über mein Privatleben denkt. Rufen Sie ihn gerne an.«

Der Taxifahrer hupte vor der Tür.

Der Admiral bedachte Michael mit diesem stählernen Blick, der Legionen von Matrosen eingeschüchtert hatte, doch auf ihn hatte er keine Wirkung. Nicht mehr. »Du bist nicht der Mann, für den ich dich gehalten habe, Michael.«

»Das ist lustig, denn Sie sind *genau* der Mann, für den ich Sie gehalten habe. Passen Sie gut auf sich auf, Admiral.«

Michael checkte in einem Hotel in der Nähe des Flughafens ein und fiel auf seinem Zimmer sofort in einen tiefen, traumlosen Schlaf. Spät am nächsten Morgen erwachte er, und die Ereignisse des Vortages gingen ihm noch einmal durch den Kopf. Dann lächelte er. Er war frei – von Paige und ihren Eltern und deren ständigen Manipulationen. Als er sich vorstellte, wie seine Mutter vor Freude über die gelöste Verlobung in die Luft springen würde, lachte er laut.

KAPITEL 8

Auf dem Weg zum Flughafen hielten Jeremy und Juliana am Sonntagnachmittag in Jacksonville Beach an, um etwas zu essen. Es war so warm, dass sie sich auf die Terrasse setzten, von der aus man auf das Meer blickte.

Nachdem sie ein köstliches Gericht mit Meeresfrüchten verspeist hatten, griff Jeremy über den Tisch nach ihrer Hand. »Was machen wir jetzt, Baby?«

Juliana trank einen großen Schluck Wein, stellte das Glas auf den Tisch und schaute Jeremy in die Augen. »Wir machen Schluss. Zumindest für den Moment.« Sie hatte sich fest vorgenommen, nicht zu weinen.

»Wie bitte?«, fragte er entsetzt.

»Drei Monate. Wir werden einander drei Monate nicht sehen und nicht sprechen.«

»Juliana …«

»Ich habe über das nachgedacht, was du gesagt hast.«

»Ich will, dass du vergisst, was ich gesagt habe.«

»Das kann ich nicht. Und wir können nicht einfach weitermachen, solange das zwischen uns steht. Mit einer Sache hattest du gestern recht.«

»Und zwar mit welcher?«

»Keiner von uns ist je mit einem anderen Partner zusammen gewesen. Wie können wir uns also sicher sein, dass das, was wir haben, halten wird?«

»Es hält schon zehn Jahre. Das muss doch was bedeuten.«

Sie drückte seine Finger. »Das tut es auch. Aber wie du angemerkt hast: Woher wollen wir wissen, dass wir überhaupt guten Sex haben?«

Er schnaubte. »Das kannst du nach letzter Nacht noch fragen?«

»Ich stimme dir nur zu, Jer. Mehr nicht.«

»Warum drei Monate? Warum nicht einen oder zwei?«

»Weil alles Kürzere nicht lang genug wäre.«

Er dachte einen Moment nach. »Angenommen, ich stimme deinem Vorschlag zu. Wie lauten die Regeln?«

»Es gibt keine Regeln. Wir sind beide Single und können tun, was immer wir wollen.«

Er zog eine Augenbraue hoch. »Aber du wirst doch nicht, du weißt schon …?«

»Du darfst, ich allerdings nicht?«

»Du hast gesagt, dass du das nie gewollt hast.«

»Das war, bevor ich wusste, dass du es willst.«

Er ließ ihre Hand fallen. »Das ist Bullshit. Dem stimme ich nicht zu.«

»Dann sind wir fertig miteinander. Ich werde nicht mein ganzes Leben mit dir verbringen und mich fragen, ob du unerfüllt oder unbefriedigt oder, schlimmer noch, untreu bist. Ich habe jahrelang zugesehen, wie mein Vater meine Mutter betrogen hat, bevor er schließlich gegangen ist. Das werde ich nicht dulden.«

»Also machen wir entweder für drei Monate Schluss oder für immer? Das ist eine verdammt beschissene Wahl.«

»Es liegt bei dir.«

»Was passiert am Ende der drei Monate?«

»Wir werden uns entweder endgültig trennen oder heiraten.«

»Und würden wir über das reden, was in den drei Monaten passiert ist?«

»Niemals.«

Mit einem tiefen Seufzer ließ er sich auf seinem Stuhl zurücksinken. »Das ist ein ziemlich riskantes Spiel, das du da vorhast, Jule.«

»Es ist kein Spiel. Und es ist das Schwierigste, was ich je getan habe. Ich kann mir nicht vorstellen, auch nur einen Tag nicht mit dir zu reden, ganz zu schweigen von neunzig Tagen. Aber ich weiß nicht, was ich sonst tun soll.« Ihre Entschlossenheit bröckelte, und ihre Augen füllten sich mit Tränen.

»Das ist alles meine Schuld.« Seine Miene wurde angespannt. »Die Vorstellung, dass du mit einem anderen …«

»Ich weiß.«

Er schaute auf die Uhr. »Verdammt. Wir müssen los.«

»Also, was sagst du?«

»Du lässt mir nicht gerade eine Wahl. Da ich dich auf keinen Fall für immer verlieren will, schätze ich, dass wir uns wohl für drei Monate trennen.« Er warf ein paar Dollarscheine auf den Tisch und geleitete Juliana aus dem Restaurant.

Schweigend fuhren sie zum Flughafen, doch die ganze Zeit hielt Jeremy fest ihre Hand. Er begleitete Juliana hinein, und als er nicht weiter mitkommen konnte, zog er sie in seine Arme. »Du wirst mir fehlen. Jede Minute eines jeden Tages werde ich an dich denken.«

Der dicke Kloß in ihrer Kehle hinderte sie am Sprechen, also nickte sie nur.

»Drei Monate«, erklärte er, und in seinen Augen schimmerten Tränen. »Nicht eine Minute länger.«

»Okay.«

»Ich rufe dich in genau drei Monaten an.«

Sie nickte.

Er hob ihr Kinn und küsste sie mit einer feurigen, besitzergreifenden Leidenschaft, die sie erst atemlos und dann, als der Kuss endete, mutlos machte. »Verlieb dich nicht in einen anderen.«

»Das werde ich nicht. Das könnte ich nicht. Du auch nicht.«

»Niemals«, erwiderte er und ließ sie höchst widerstrebend los.

»Drei Monate«, sagte sie ein letztes Mal, bevor sie sich in die Schlange vor der Sicherheitskontrolle einreihte.

»Nicht eine Minute länger.« Er sah ihr nach, bis sie auf der anderen Seite war.

Sie winkte, warf ihm eine Kusshand zu und ging.

* * *

Zwanzig Minuten später fand Michael sie auf halbem Weg zum Gate. Sie saß auf dem Boden, den Rücken gegen die Wand gelehnt, das Gesicht in den Armen vergraben. Aber er erkannte sie an ihrem schimmernden dunklen Haar und setzte sich neben sie. »Hallo.«

Erschrocken schaute sie auf und schien ihn erst nicht zu erkennen. Vermutlich, weil er Jeans und Pullover statt eines Anzugs trug. »Oh. Hi.« Sie wischte sich die Tränen vom Gesicht.

»Ich schätze, es ist nicht gut gelaufen.« Trotz ihrer vom Weinen verquollenen Augen fand Michael sie unglaublich hübsch.

Sie schüttelte den Kopf und wurde von einer neuen Reihe Schluchzer geschüttelt.

Ihr Elend berührte ihn, und nach kurzem Zögern legte er einen Arm um sie.

Ein paar Minuten lang lehnte sie sich an ihn, dann schien ihr bewusst zu werden, dass sie jemanden vollheulte, den sie kaum kannte. Schnell richtete sie sich auf. »Tut mir leid.«

»Das muss es nicht. Willst du darüber reden?«

Sie zuckte mit den Schultern.

»Du wirst dich besser fühlen, wenn du alles bei einem Fremden ablädst, den du nie wiedersehen wirst.«

»Das stimmt.«

»Ich habe drei Schwestern«, erklärte er und lächelte ermutigend. »Ich bin ein guter Zuhörer.«

Sie erwiderte sein Lächeln schwach.

Michael stand auf und bot ihr seine Hand an. »Zuerst müssen wir zum Gate, sonst verpassen wir unseren Flug.«

»Gut, dass du vorbeigekommen bist.« Sie wischte sich ein letztes Mal über die Wangen. »Sonst würde ich vermutlich noch hier hocken, wenn der Flieger abhebt.«

»Maguire zur Rettung.« Er zog sie auf die Beine und hängte sich ihre Tasche über die Schulter.

»Wie war dein Wochenende?«, fragte sie auf dem Weg zum Gate, wo das Boarding bereits begonnen hatte.

Er lächelte. »Eine totale Katastrophe. Aber du zuerst. Was ist passiert?«

Während sie in der Schlange standen und aufs Einsteigen warteten, erzählte sie ihm die ganze Geschichte.

»Hmm.« Er kratzte sich am Kinn. »Was passiert am Ende der drei Monate?« Er nahm ihren Boardingpass und reichte ihn gemeinsam mit seinem der Bodenstewardess.

»Ich habe ihm gesagt, dass wir uns dann entweder endgültig trennen oder heiraten.«

»Was, wenn er eine andere kennenlernt?«

Juliana zuckte zusammen.

»Tut mir leid.«

»Ich weiß, es ist ein großes Risiko, doch wie könnte ich ihn heiraten, wenn ich weiß, dass er neugierig auf andere Frauen ist?«

»Wie kannst du ihn heiraten, ohne zu wissen, ob er dieser Neugierde nachgegeben hat?«

Im Flugzeug fanden sie nebeneinanderliegende Plätze. »Warum konnte ich es nicht einfach gut sein lassen? Warum musste ich eine so große Sache daraus machen? Er hat behauptet, wenn er die Wahl hat zwischen mir und einer anderen, würde er immer mich wählen.«

»Wieso hast du dann auf der Trennung bestanden?«

Juliana schaute einen Moment aus dem Fenster, bevor sie antwortete. »Mein Vater hat meine Mutter jahrelang betrogen. Alle haben davon gewusst. Selbst sie, aber sie hat es ignoriert, weil er immer wieder zu ihr zurückgekommen ist. Dann hat er sich wohl ernsthaft in eine von den Frauen verliebt, weil wir ihn seit fünf Jahren nicht mehr gesehen haben.«

»Das tut mir leid.«

Sie zuckte die Achseln. »Das ist inzwischen Geschichte, doch so will ich nicht leben. Allein die Vorstellung …«

»Dann hast du das Richtige getan. Am Ende der drei Monate werdet ihr wissen, wo ihr beide steht, und dann könnt ihr herausfinden, wie es von dort aus weitergehen soll.«

In ihren Augen schimmerten Tränen. »In den letzten zehn Jahren hat es keinen Tag gegeben, an dem ich nicht mit ihm gesprochen habe. Keinen einzigen.«

Michael nahm ihre Hand. »Alles wird gut. Ich wette, du bist zäher, als du glaubst. Die Zeit wird wie im Flug vergehen.«

»Ja, klar.«

Michael behielt ihre Hand zwischen seinen, als das Flugzeug über die Startbahn raste und vor der untergehenden Sonne in den Himmel aufstieg.

»Danke«, erwiderte sie, als sie ihre Flughöhe erreicht hatten.

»Wofür?«

»Fürs Zuhören und Trösten. Du bist bestimmt ein guter Freund.«

»Ich wünschte, ich könnte etwas sagen, damit du dich besser fühlst.«

»Das hast du schon. Du hast mir geholfen, an Bord des Flugzeugs zu kommen.«

Er lachte. »Ja, das habe ich wohl.«

»Erzähl mir von deiner Katastrophe. Ich brauche etwas anderes, woran ich denken kann.«

Seufzend ließ er ihre Hand los.

»So schlimm?«

»Ein echter Super-GAU.«

Sie wandte sich ihm zu. »Was ist passiert?«

»Ich habe die Verlobung gelöst.«

Juliana keuchte. »O mein Gott! Vor oder nach der Party?«

»Während«, antwortete er und grinste schief.

»Nein. Das hast du nicht getan!«

»Doch.« Er erzählte ihr von seinem Wochenende aus der Hölle.

»Meine Güte«, erklärte sie, als er fertig war. »Wir hätten mit dir anfangen sollen. Ich weiß nicht, was ich sagen soll. Geht es dir gut?«

»Ich glaube schon. Wenn ich das in ein, zwei Tagen alles verdaut habe, wird das vielleicht anders sein, aber ich weiß, dass ich das Richtige getan habe. Ich kann nicht mein ganzes Leben von ihrem Vater bestimmen lassen. Es hätte mich nicht so sehr gestört, wenn Paige versucht hätte, ihn aufzuhalten, sie hat allerdings nur an sich gedacht. Was nicht wirklich etwas Neues ist.«

»Es ist immer schrecklich, wenn man von jemandem enttäuscht wird.«

Er war dankbar, dass sie ihn verstand. »Ja, das ist es. Aber letztendlich ist es meine Schuld. Ich habe die Zweifel lange beiseitegeschoben, weil ich so verrückt nach ihr war. Ich habe sie gebeten, mich zu heiraten, als ihre Eltern umgezogen sind, weil ich gehofft hatte, sie würde bei mir in Maryland bleiben. Sie hat den Antrag angenommen und ist mit ihnen weggezogen. Das hätte ein Zeichen dafür sein müssen, wo ihre Prioritäten liegen – oder wo sie eben *nicht* liegen.«

Juliana legte ihm tröstend eine Hand auf den Unterarm.

Die Flugbegleiterin kam mit dem Getränkewagen.

»Dieses Mal geht es auf mich«, sagte Juliana und bestellte ihm ein Bier der gleichen Marke, wie er sie auf dem Hinflug getrunken hatte, und für sich einen Gin Tonic. »Machen Sie einen Doppelten draus«, bat sie.

Er lachte. »Bei Herzschmerz hilft ein Drink.«

»Das ist das Lebensmotto meiner Mutter. Unglücklicherweise leidet sie ständig unter Herzschmerz.«

»Autsch.« Er zuckte zusammen. »Tut mir leid.«

Sie hob die Schultern. »Es ist, wie es ist.«

Er prostete ihr mit seiner Bierdose zu. »Auf ein katastrophales Wochenende und neue Freunde.«

»Auf neue Freunde.«

* * *

Um kurz nach neun Uhr abends landete das Flugzeug auf dem Baltimore/ Washington International Airport. Gemeinsam gingen Michael und Juliana durch das Terminal, um den Shuttlebus zum Parkhaus zu nehmen.

»Wo stehst du?«, fragte er.

»Langzeitparken A.«

Er lachte. »Ich auch.«

»Natürlich«, bemerkte sie lächelnd.

Im Shuttlebus holte Michael seine Brieftasche heraus und entnahm ihr eine Visitenkarte, die er Juliana reichte. »Ruf mich an, wenn du ein freundliches Ohr brauchst. Meine Handynummer steht ebenfalls darauf.«

»Danke. Und du komm im Salon vorbei, wenn du dich dafür entscheidest, dem Mopp auf deinem Kopf zu Leibe zu rücken.«

Er strich sich durch die Haare. »Meinst du, das habe ich nötig?«

»Äh, ja? Jetzt, wo du wieder auf dem Markt bist, werden die Ladys dich ohne so viel Haare noch deutlich heißer finden.«

Errötend erwiderte er: »Ernsthaft?«

»O ja.« Sie machte eine Scherenbewegung mit ihren Fingern.

»Es könnte sein, dass ich dein Angebot annehme.«

»Ich hoffe es. Das mit deiner Verlobung tut mir wirklich leid.«

»Danke. Ich denke, alles kommt immer so, wie es kommen soll, weißt du?«

»Ich schätze, das werde ich in drei Monaten herausfinden. Oh, hier muss ich raus.«

Er schaute grinsend auf. »Ich auch.«

Als sie aus dem Bus stiegen, klingelte Michaels Handy. Er war erleichtert, dass es nicht Paige war. Ihre Versuche, ihn zu erreichen, hatte er schon den ganzen Tag ignoriert. »Da muss ich ran«, stellte er widerstrebend fest. »Die Arbeit.«

»Viel Glück beim Prozess. Ich drücke dir die Daumen.«

Er umarmte sie kurz und nahm dann den Anruf entgegen. »Hallo«, sagte er. »Eine Sekunde bitte.« Er hielt das Telefon weg und wandte sich noch einmal an Juliana. »Pass gut auf dich auf.«

»Du genauso. Danke. Fürs Zuhören und für alles.«

»Es war mir ein Vergnügen.«

Mit einem Winken schloss sie ihren verbeulten Toyota auf und warf ihre Tasche auf den Rücksitz.

KAPITEL 9

Michael hob das Telefon ans Ohr und machte sich auf den Weg zu seinem Wagen. »Was gibt's?«

»Wir haben ein Problem.« Sein Kollege George Samuels klang aufgebracht.

Michael blieb stehen. »Was für ein Problem?«

»Sie hat einen Zickenanfall. Sie will dich sehen. Und nur dich.«

»Ach komm schon! Kannst du sie nicht beruhigen? Was ist mit ihrer Mutter? War sie heute schon da?«

»Nach allem, was ich gehört habe, ist ihre Mutter eine noch größere Nervensäge. Du fährst besser so schnell wie möglich her, Michael.«

»Um Himmels willen, ich bin gerade aus Florida zurück.«

»Sie benimmt sich seit Freitag so. Der Boss hatte uns nur aufgetragen, dich dieses Wochenende in Ruhe zu lassen.«

»Na gut. Ich bin in einer Stunde da.« Er legte auf. »Verdammt!« Er wollte bloß nach Hause, die Füße hochlegen und nach allem, was passiert war, tief durchatmen. In diesem Moment hörte er ein Klicken und drehte sich in die Richtung, aus der es kam.

Juliana lehnte mit der Stirn auf dem Lenkrad und versuchte, ihren Wagen zu starten.

Michael trat an ihr offenes Fenster. »Dieser Tag wird immer besser, was?«

»Du sagst es.«

»Soll ich dir Starthilfe geben?«

»Ich glaube nicht, dass das hilft. Ich hätte eigentlich schon längst eine neue Batterie kaufen sollen, bin aber bisher einfach nicht dazu gekommen.«

»Dann nehme ich dich mit.«

»Bist du sicher, dass dir das nichts ausmacht?«

»Überhaupt nicht. Ich muss allerdings nach D. C., bevor ich nach Hause kann. Wäre es für dich sehr schlimm, wenn du erst später dort bist?«

Sie schüttelte den Kopf. »Ich habe morgen noch frei, also habe ich keine Eile. Ich bin heute heimgeflogen, weil Jeremy montags arbeiten muss. Mit dem hier«, sie zeigte frustriert auf ihr altes Auto, »kann ich mich auch morgen herumschlagen. Nur eine weitere Pleite an einem pleitenreichen Tag.«

Er grinste. »Schnapp dir deine Tasche.«

Nachdem sie den Toyota abgeschlossen hatte, führte er sie zu seinem silbernen Audi-TT-Coupé.

»Oh, gehört der dir?«, fragte sie und betrachtete den Wagen bewundernd.

»Ja. Ein Anfall von Verschwendungssucht«, gestand er.

»Er ist toll.«

»Danke.« Er warf ihre Taschen in den Kofferraum und ging um das Auto herum, um Juliana die Tür zu öffnen.

»Warum musst du nach D. C.?«

Er lehnte sich gegen die offene Beifahrertür. »Okay, ich erzähle es dir, aber du darfst niemandem sagen, dass ich dich mitgenommen habe, okay? Das Leben eines Menschen hängt davon ab.«

»Natürlich erzähle ich es nicht.«

Zögernd erkannte er, dass er dabei war, eine Frau, die er auf dem Flughafen kennengelernt hatte, zu einer in Schutzhaft sitzenden Zeugin mitzunehmen. Doch er wusste ohne jeden Zweifel, dass er Juliana vertrauen konnte.

Sie schaute ihn mit ihren faszinierenden Augen an. »Ich werde es niemandem erzählen, Michael. Darauf gebe ich dir mein Wort.«

Nickend schloss er ihre Tür und ging auf die Fahrerseite, um einzusteigen.

»Die Zeugin der Benedetti-Schießerei ist fünfzehn Jahre alt und ziemlich anstrengend«, erklärte er, als er vom Parkplatz fuhr und nach Süden abbog. »Wir haben sie in D. C. in Schutzhaft. Sie macht unseren Männern Probleme, und ich muss mit ihr reden. Sie ist, nun ja, wie soll ich das ausdrücken …«

Juliana lachte, als sie seine Grimasse sah. »Sie ist in dich verknallt, oder?«

»Ja, sie scheint ein wenig für mich zu schwärmen. Mehr habe ich dazu nicht anzumerken.«

»Ich liebe es«, erwiderte sie immer noch lachend.

»Ich freue mich, dass es dich so amüsiert. In Wahrheit ist es ziemlich nervig.« Er bog auf den Baltimore-Washington Parkway ab und fuhr über die New York Avenue in Richtung der Interstate 395.

»Warum blickst du ständig in den Rückspiegel?«, wollte Juliana wissen.

»Ich muss vorsichtig sein, damit ich niemanden zu ihr führe. Wir glauben, es gibt Leute, die bereit wären, ihr etwas anzutun, um sie von ihrer Aussage abzuhalten.«

»Oh.« Juliana drehte sich um. »Ich sehe niemanden.«

»Es ist Sonntagabend. Ich denke auch, dass wir sicher sind. Außerdem glauben alle, dass ich nicht in der Stadt bin.«

»Sie beobachten dich?«, fragte Juliana entsetzt.

»In letzter Zeit hatte ich das Gefühl, aber ich habe nie wirklich jemanden entdecken können.«

»Mein Gott«, seufzte sie. »Dein Job ist gefährlich. Das hätte ich nie gedacht.«

»Normalerweise ist er das nicht. Der Prozess hat allerdings viel Aufmerksamkeit erregt und mich damit ins Scheinwerferlicht gerückt – gegen meinen Willen, wie ich anfügen möchte. Ich hasse den ganzen Presserummel, der mit so einem Fall einhergeht. Mir ist es bloß wichtig, Rachelle zu beschützen.«

»Was passiert nach dem Prozess mit ihr?«

»Zeugenschutz. Wir haben ihre Familie bereits weggebracht. Da Rachelle noch minderjährig ist, behalten wir ihre Mutter bis zum Prozess in der Nähe, doch alle anderen sind nicht mehr hier.«

»Wow. Ich schneide nur Haare.«

Er lachte. »Im Moment erscheint mir das wie ein ganz wunderbarer Beruf.«

»Das kann ich mir vorstellen. Wie ist sie so?«

»Rachelle?«

Juliana nickte.

»Sie ist ein tolles Mädchen, das zum falschen Zeitpunkt am falschen Ort war. Ihre Tante wohnt in dem Gebäude, vor dem die Schießerei stattfand. Sie war zu Besuch und ist zum Auto ihrer Mutter gelaufen, um etwas zu holen. Dabei hat sie alles beobachtet.«

»Und mit einem Mal wirken meine Probleme klein und nichtig.«

»Ja, den Effekt hat es, oder?« Er bog auf den Parkplatz eines 7-Eleven ab. »Ich bin gleich wieder da. Brauchst du etwas?«

»Nein, danke.«

Ein paar Minuten später stieg er wieder ins Auto. »Bestechung«, sagte er und reichte ihr zum Halten eine Tüte mit den neuesten Klatschmagazinen, vier Schokoriegeln, zwei Päckchen Kaugummi und sechs Rubbellosen.

»Das ist mal ein Mitbringsel.«

»Ich verwöhne sie. Deshalb mag sie mich.«

»Wenn du dir das einreden musst …«

»Was soll das heißen?«

»Sie findet dich süß«, erwiderte Juliana in einem Singsang-Tonfall.

»Ach, halt den Mund.«

Sie lachte immer noch, als er vor dem JW Marriott an der Ecke Fourteenth Street und Pennsylvania Avenue vorfuhr. »Wie nah sind wir am Weißen Haus?«, fragte sie.

»Das ist ein paar Straßen weiter.«

»Ich weiß gar nicht, warum ich so gut wie nie hier bin. Es ist nur eine Stunde von Baltimore entfernt.«

Michael zeigte dem Wachmann des Hotels seinen Ausweis, dann wurden sie hereingewunken. »Ich habe während meines Studiums wirklich gerne hier gewohnt. Washington ist meine Lieblingsstadt.«

Im fünften Stock stand ein Polizist Wache.

»Hey, Michael.« Der Beamte verzog das Gesicht. »Die Göre steht unter Strom.«

»Das habe ich gehört. Mal schauen, was ich tun kann, um sie zu beruhigen.«

»Wir sind dir sehr dankbar.« Mit der Schlüsselkarte öffnete der Cop die Tür und nickte dabei in Richtung von Juliana. »Wer ist sie?«

»Meine Begleitung. Alles gut.«

Das Hotelzimmer sah aus, als wäre darin der Kleiderschrank eines Teenagers explodiert.

Michael stöhnte, als er das Chaos registrierte. »Rachelle!«

Durch die Tür zum angrenzenden Raum kam ein großes, umwerfend schönes Mädchen mit kaffeefarbener Haut und wilden dunklen Locken. Sie trug enge Jeans und ein pinkfarbenes T-Shirt, auf das in Pailletten »Queen Bee« geschrieben war. Als sie Michael entdeckte, hellte sich ihre Miene auf. »Du bist da! Was hast du mir mitgebracht?«

Er hielt die Tüte hinter seinem Rücken versteckt. »Mädchen, die sich nicht benehmen können, bekommen keine Geschenke.«

Rachelle griff um ihn herum, um zu sehen, was er für sie hatte. »Gib her.«

»Ah!« Michael hielt die Tüte außer Reichweite. »Was tust du im Gegenzug für mich?«

»Wer ist das?«, fragte Rachelle und warf Juliana einen missmutigen Blick zu.

»Meine Freundin Juliana. Sei höflich, und gib ihr die Hand.«

»Schön, dich kennenzulernen«, sagte Juliana.

Rachelle tat, wie ihr geheißen, und schüttelte Julianas Hand. »Ist sie die ›Verlobte‹?«

Michael zwickte ihr in die Nase. »Nein, Miss Superneugierig, das ist sie nicht.«

Rachelle schenkte ihm ein freches Grinsen. »Weiß ›die Verlobte‹, dass du Freundinnen hast?«

Michael schaute Juliana mit solcher Verzweiflung an, dass sie sich beherrschen musste, um nicht laut loszuprusten.

»Konzentrieren wir uns lieber auf dein Verhalten als auf meins, okay?«, erwiderte Michael.

»Ich würde lieber über deins reden«, schmollte Rachelle.

»Warum machst du es allen so schwer?«

»Es ist hier so langweilig! Ich hasse dieses Zimmer. Ich bin es leid, hier zu sein. Ich vermisse meine Freunde. Ich vermisse meine Familie. Ich vermisse sogar die Schule. Das ist alles so ätzend.«

Er legte einen Arm um sie und setzte sich mit ihr aufs Bett. »Ich weiß. Es ist *total* ätzend. Aber der Prozess beginnt in nicht einmal einer Woche, und ich werde dafür sorgen, dass du so früh drankommst, wie es möglich ist, okay?«

»Ich habe sie heute reden gehört. Es kann Wochen dauern, allein die Jury auszuwählen.«

Michael unterdrückte einen Fluch. »Sie sollen nicht da über den Prozess reden, wo du sie hören kannst.«

»Ich höre alles. Ich will meinen Dad und meine Brüder sehen.«

»Darüber haben wir doch schon gesprochen. Sobald du deine Aussage gemacht hast, werdet ihr alle wiedervereint werden. Das verspreche ich dir.«

Sie trat gegen den Teppich. »Ich wünschte, du würdest mich öfter besuchen.«

»Ich versuche, diese Woche noch mal vorbeizukommen, wenn du mir versprichst, dich zu benehmen. Du bist nicht die Einzige, die nicht hier sein will, okay?«

Sie nickte. »Es tut mir leid. Und ich verspreche, brav zu sein. Also, was ist in der Tüte?«

Er lachte leise und reichte sie ihr. »Das war *sehr* glaubwürdig.«

Freudestrahlend packte sie alles aus, was er mitgebracht hatte, und gab ihm einen Kuss auf die Wange, was ihm überaus peinlich war. »Danke!«

»Gern geschehen. Wenn du bei den Rubbellosen was gewinnst, gehört die Hälfte mir.«

»Ha, das hättest du wohl gerne. Geschenkt ist geschenkt.«

Wieder lachte er und schaute zu Juliana.

»Weißt du, was lustig sein könnte?«, fragte sie.

»Was?«, hakte Michael nach.

»Ich könnte dir die Haare stylen, Rachelle. Ich bin Friseurin und hätte große Lust, sie dir zu waschen und zu föhnen, wenn du magst.«

Rachelles Augen leuchteten auf. »Wirklich? Gleich jetzt?«

Juliana wandte sich an Michael. »Dreißig Minuten?«

Mit einem dankbaren Lächeln bedeutete er ihr, loszulegen, und ging ins Nebenzimmer, um mit den anderen Cops zu sprechen, die für Rachelles Schutz abgestellt waren.

* * *

Juliana zog sich mit dem Mädchen ins Bad zurück und wusch ihr die Haare im Waschbecken. Sie schenkte ihr das volle Verwöhnprogramm, inklusive Kopfmassage und Conditioner, wobei sie die Produkte benutzte, die auf der Ablage herumstanden. »Fühlt sich das gut an?«, fragte sie.

»Mhm. Wirklich gut. Wo arbeitest du?«

»Bei Panache in Baltimore.«

»Da bin ich mal mit meiner Tante gewesen. Es war super. Macht es Spaß, dort zu arbeiten?«

»O ja. Mir gefällt es.«

»Ich liebe deine Leggins.«

»Danke.« Ihr Überschwang amüsierte Juliana.

»Woher kennst du Michael?«

»Du wirst es nicht glauben, aber wir haben uns auf einem Flug kennengelernt.«

»Dann geht ihr beide miteinander?«

Juliana lächelte, als sie die Eifersucht in der Stimme des Mädchens hörte. »Nein, wir sind nur Freunde.« Zum ersten Mal seit zwei Stunden dachte sie an Jeremy und ihr Chaos. Wenn sie Michael nicht begleitet hätte, säße sie jetzt vermutlich heulend zu Hause. »Ich habe einen Freund.«

»Du musst mir von ihm erzählen. Ich kann es kaum erwarten, selbst einen zu haben.«

Da Juliana nicht wirklich darauf erpicht war, über Jeremy zu sprechen, wickelte sie ein dickes Handtuch um Rachelles Haar und half ihr, aufzustehen. »Willkommen in meinem Salon«, sagte sie und zeigte auf den geschlossenen Toilettensitz.

»Sehr schick.«

»Für dich nur das Beste. Auf welcher Seite trägst du den Scheitel?«

Rachelle schnaubte. »Ich habe keine Ahnung. Meine Haare sind total außer Kontrolle.«

Juliana schnappte sich einen breitzinkigen Kamm und eine Rundbürste aus dem Chaos auf der Ablage. »Wollen wir doch mal sehen, was wir dagegen unternehmen können.«

* * *

Dreißig Minuten später kehrte Michael zurück, um nach ihnen zu schauen, und blieb im Türrahmen zum Badezimmer abrupt stehen. »Wo ist Rachelle?«

Rachelle kicherte. »Ich weiß nicht, wie sie das gemacht hat. Es ist ein Wunder.«

Die krausen Locken waren zu fließenden Wellen gezähmt worden, die ihr Gesicht weich umrahmten und ihr auf die Schultern fielen.

»Du siehst wunderschön aus«, bemerkte Michael. »Wirklich hübsch.«

Rachelle errötete unter dem Kompliment ihres Lieblingsmannes.

Juliana sprühte ein letztes Mal mit dem Haarspray über die Frisur. »Nun bist du fertig.«

Rachelle betrachtete sich eine gute Minute im Spiegel, bevor sie Juliana spontan umarmte. »Tausend Dank. Ich *liebe* es!«

»Es war mir ein Vergnügen.«

»Ich wünschte, ich könnte ein Foto machen. Meine Mom wird es nicht glauben, und ich werde nie wieder im Leben so gut aussehen.«

Juliana lachte. »Versuch es einfach so, wie ich es dir mit der Rundbürste und dem Föhn gezeigt habe. Mit ein bisschen Übung hast du den Dreh bald raus.«

»Kommst du noch mal?«, fragte Rachelle. »Michael, bringst du sie wieder mit? Wir könnten uns nächstes Mal die Nägel machen oder so.«

Juliana warf Michael einen fragenden Blick zu.

»Klar«, antwortete er.

»Dann ja, sehr gern.« Juliana gab dem Mädchen einen Kuss auf die Wange. »Es ist schon spät. Du gehörst ins Bett, und wir müssen noch bis nach Baltimore. Ich komme allerdings nur wieder, wenn ich höre, dass du brav warst, okay?«

Rachelle nickte. »Versprochen.«

»Benimm dich, du Göre.« Michael tätschelte ihr die Schulter. »Das meine ich ernst.«

»Und wieder zwingst du mich, zu sagen: und das hättest du wohl gerne?«

»Geh ins Bett«, befahl Michael, bevor er die Hotelzimmertür hinter sich zuzog.

»Wie ist es gelaufen?«, wollte der Polizist vor der Tür wissen.

»Ich glaube, wir haben sie beruhigen können«, erwiderte Michael. »Aber nehmt sie nicht so hart ran, okay? Das hier ist für sie ziemlich schwierig, und unser Fall steht und fällt mit ihr.«

»Verstanden, Michael. Mach dir keine Sorgen.«

Michael schüttelte ihm die Hand. »Danke.«

»Sind das Cops aus Baltimore oder aus D. C.?«, wollte Juliana wissen, als sie auf den Fahrstuhl warteten.

Michael hielt ihr die Tür auf und trat hinter ihr in die Kabine. »Aus Baltimore. Es ist ein Sondereinsatz, doch die Polizei aus D. C. weiß, dass sie hier sind, für den Fall, dass sie Unterstützung benötigen.«

»Das Mädchen ist bezaubernd.«

»Ich weiß.«

»Sie hat dich fest um den kleinen Finger gewickelt. Das weißt du, oder?«

»Ja«, sagte er seufzend. »Ich habe mich mehr auf sie eingelassen, als ich sollte.«

»Es würde jedem schwerfallen, sie auf Abstand zu halten.«

»Danke, Juliana. Du hast da etwas ganz Wunderbares für sie getan.«

»Ich habe es genossen.«

»Ja, das konnte ich sehen.« Als er ins Bad gekommen war, hatte er gespürt, dass Juliana voll in ihrer Aufgabe aufging. Er konnte sich nicht vorstellen, dass Paige jemals so selbstlos handeln würde. »Ich weiß das wirklich zu schätzen.«

»Es hat Spaß gemacht«, bekräftigte Juliana. »Du musst mir nicht danken.«

»Ich weiß nicht, wie es dir geht, aber ich habe seit ein paar Stunden nicht mehr an meine Probleme gedacht.«

Sie lächelte ihn an. »Ich auch nicht.«

Kapitel 10

Sie hatten den normalerweise verstopften Baltimore-Washington Parkway auf dem Rückweg nach Baltimore ganz für sich allein. Je näher sie der Stadt kamen, desto stiller wurde Juliana.

»Wie geht es dir da drüben?«

Sie zuckte mit den Schultern.

»Du solltest mir vermutlich sagen, wo du wohnst.«

»Butchers Hill. Collington Avenue.«

Er lachte. »Nein, da wohnst du nicht!«

»Warum?«

»Weil ich an der Chester wohne.«

»Du machst Witze! Ich fasse es nicht, dass wir uns im Viertel noch nie gesehen haben.«

»Ich weiß. Wie lange wohnst du schon dort?«

»Seit vier Jahren. Es war mal das Haus von Jeremys Mutter, aber sie hat wieder geheiratet und ist nach Texas gezogen, da hat er ihr das Haus abgekauft. Was ist mit dir?«

»Ich bin vor ungefähr einem Jahr an dieses unglaubliche Stadthaus gekommen. Meine Wohnung lag auf der anderen Straßenseite, und ich habe mich mit dem Besitzer des Hauses angefreundet, während er es renoviert hat. Er ist unerwartet versetzt worden und musste schnell verkaufen, also hat er mir einen guten

Deal angeboten. Er meinte, er will, dass es an jemanden geht, der sich gut darum kümmert.«

»Was für eine tolle Geschichte.«

»Für mich allein ist es ein wenig zu groß. Als ich es gekauft habe, dachte ich noch, dass Paige irgendwann mit mir dort wohnen würde. Na ja.«

»Du wärst nicht zufällig daran interessiert …« Sie hielt inne und schüttelte den Kopf.

»Woran?«

»Nichts. Nur ein lächerlicher Gedanke.«

»Komm schon, raus damit.«

»Ich wollte fragen, ob du an einer Mitbewohnerin interessiert bist, aber das ist verrückt.«

»Warum?«

»Wir kennen einander kaum.«

»Ich meine, warum willst du umziehen?«

»Bei allem, was zwischen mir und Jeremy los ist, ertrage ich den Gedanken nicht, jeden Abend in dem Haus zu verbringen, für das er bezahlt. Und wenn ich zu einer meiner Freundinnen ziehe, muss ich einen Grund nennen, warum ich aus dem Haus wegwill.«

»Ich bin sicher, du leistest deinen Anteil.«

Sie senkte den Blick auf die Hände. »Hier und da. Ich zahle das Haus meiner Mutter ab und habe nicht viel Geld übrig. Deshalb hätte ich das mit der Mitbewohnerin nicht erwähnen sollen. Ich kann es mir nämlich gar nicht leisten.«

»Warum bezahlst du das Haus deiner Mutter?«

»Das ist eine lange Geschichte«, erwiderte sie zögernd. »Wenn ich es nicht tue, landet sie auf der Straße. Als mein Vater gegangen ist, hat er das Konto leer geräumt. Wir haben einen Privatdetektiv angeheuert, um ihn aufzuspüren, aber er war schon über alle Berge.«

»Falls es dir etwas bedeutet, ich hätte dich gerne als Mitbewohnerin«, erklärte Michael, weil er spürte, dass sie nicht über ihren Vater reden wollte. »Wir verstehen uns bereits besser als die meisten Menschen, mit denen ich zusammengelebt habe, und ich bin sowieso kaum zu Hause. Mein Haus ist groß, und ich nutze lediglich einen Teil davon. Du bist herzlich willkommen, wenn es dir für den Moment weiterhilft.«

»Du bist süß, die Idee ist allerdings zu verrückt. Außerdem kann ich es mir wirklich nicht leisten.«

»Das Geld brauche ich nicht, doch gegen die Gesellschaft hätte ich nichts einzuwenden.«

Sie schaute ihn an. »Du meinst das ernst.«

»Natürlich.« Er nahm die Ausfahrt Inner Harbor der Interstate 95.

»Ich müsste irgendetwas bezahlen.«

Er zuckte die Achseln. »Wie du willst. Mir ist es egal. Also ist das ein Ja?«

Nach einem langen Moment des Schweigens sagte sie plötzlich: »Ja. Ja, das würde mir sehr gefallen.«

»Was ist denn jetzt schon wieder los?«, fragte er lächelnd, als er ihre plötzlich ernste Miene sah.

»Das ist irgendwie … nun ja … peinlich.«

»Was?«

»Der Grund, warum Jeremy und ich diese Auszeit nehmen. Ich hatte beschlossen, es niemandem zu erzählen, weil die Leute dann wüssten, dass ich ihm … nicht genug bin.« Die letzten Worte waren bloß ein Flüstern.

Michael streckte den Arm aus und drückte ihre Hand. »Er ist ein Idiot.«

»Vielleicht bin eher ich die Idiotin.«

»Das glaube ich nicht. Sollen wir nach Hause fahren?«

»Jetzt?«

»Warum nicht? Du hast deine Sachen bei dir, oder? Wird irgendjemand heute noch versuchen, dich zu erreichen?«

»Nein. Außerdem haben Jeremy und ich sowieso nur Handys. Im Haus gibt es keinen Festnetzanschluss.«

»Cool. Dann kannst du morgen alles holen, was du brauchst. Und nach der Arbeit kümmern wir uns um dein Auto.«

Sie lachte.

»Was ist so lustig?«

»Ich fühle mich auf einmal einfach sehr viel besser.«

»Gut.«

* * *

»O Michael, das Haus ist umwerfend!« Juliana fuhr mit der Hand über die freigelegte Backsteinwand im Wohnzimmer. Wie die meisten Stadthäuser war auch dieses schmal, hoch und tief. Das Wohnzimmer ging in ein Esszimmer über, das wiederum zur Küche führte. Die Fußböden waren aus glänzendem Parkett, und es gab einen Kamin mit Mahagoni-Umrandung.

»Danke, aber das Lob dafür gebührt nicht mir. Der vorherige Besitzer hat die ganze Arbeit geleistet. Guck dir das hier mal an.« Er öffnete eine Tür, hinter der drei Stufen zu einem kleinen Badezimmer mit dunkelroten Wänden und dem winzigsten Waschbecken führten, das Juliana je gesehen hatte.

»Wie süß ist das denn!« Sie schaute sich um. »Ist das ein Telefon?«

Michael lachte leise. »Die hat er in jedem Badezimmer installiert. In diesem Haus verpasst man garantiert keinen Anruf.« Er führte sie in die Küche, in der die Schränke über der Arbeitsplatte aus Schiefer von der Decke hingen.

»Wow! Was für eine Küche!«

»Ja, oder?« Er öffnete die Tür des Edelstahlkühlschranks und blickte hinein. »Ich habe Bier, Wasser und Bier.«

»Äh, dann nehme ich ein Bier.«

»Gute Wahl.«

Er öffnete zwei Flaschen und reichte ihr eine.

»Du musst nicht das Gefühl haben, mich unterhalten zu müssen. Bestimmt willst du ins Bett.«

»Ich bin ehrlich gesagt noch ziemlich aufgedreht. Komm, gehen wir nach oben. Ich zeige dir den Rest des Hauses.«

Die Treppe befand sich im Wohnzimmer. Im ersten Stock führte Michael sie in das Gästezimmer mit eigenem Bad. »Die Laken sind sauber, und im Badezimmer findest du Handtücher.«

Juliana ließ ihre Tasche auf das Bett fallen. »Danke.«

Das zweite Zimmer war eine Mischung aus Büro und Fitnessraum.

»Benutzt du den Bowflex, oder sammelt er nur Staub an wie bei uns?«

»In letzter Zeit habe ich ihn nicht oft benutzt«, gestand er. »Komm, ich zeig dir meine Aussicht.«

Sie folgte ihm eine weitere Treppe hinauf in sein Schlafzimmer im obersten Stockwerk. Der Raum nahm die gesamte zweite Etage ein und verfügte ebenfalls über ein angrenzendes Badezimmer. »O Gott, ist das schön!«, entfuhr es ihr.

»Das ist mein Lieblingsraum im ganzen Haus.« Er trat zu der großen Glastür, die auf einen Balkon hinausführte, und bedeutete Juliana, mitzukommen.

»Von hier aus kann man ja die ganze Stadt überblicken!«, rief sie erstaunt aus.

»Es wird noch besser.« Er ging über eine hölzerne Treppe voraus aufs Dach.

Juliana schaute hinunter auf die Lichter von Fell's Point und dem Inner Harbor. »Was für eine Aussicht.«

»Manchmal kann ich es gar nicht glauben, dass ich wirklich hier wohne. Ich bin in einem winzigen Haus voller Menschen aufgewachsen. Hier habe ich das Gefühl, atmen zu können.« Er streckte sich auf einer der Sonnenliegen aus und lud Juliana ein, es sich auf der zweiten bequem zu machen.

Sie zog ihre Schuhe aus und setzte sich. »Die ganze harte Arbeit während des Studiums und jetzt in deinem Job hat sich rückblickend sicher gelohnt, wenn man sich davon so etwas Schönes leisten kann.«

»Ja«, pflichtete er ihr bei. »Das stimmt.« Er trank einen großen Schluck von seinem Bier. »Weißt du, was Paige gesagt hat, als sie das erste Mal hier war?«

»Was?«

»Dass es im Erdgeschoss müffelt und der Teppich hässlich ist, sie allerdings damit leben könnte, wenn sie müsste.«

Juliana schnaubte. »Und du hast sie nicht geohrfeigt?«

»Sie hätte es nie so sehen können wie du – dass etwas wie das hier zu besitzen die ganze harte Arbeit wert ist.« Er knibbelte am Etikett seiner Bierflasche herum. »Sie musste in ihrem Leben nie für irgendetwas arbeiten, also weiß sie die Dinge nicht zu schätzen. Manchmal hatte ich das Gefühl, ich wäre auch nur eines der Dinge, die sie einfach haben musste.«

»Mir scheint, es war die richtige Entscheidung, die Verlobung zu lösen.«

»Das weiß ich. Heute habe ich den ganzen Tag versucht, nicht an das zu denken, was gestern Abend passiert ist. Aber dann kehrt es auf einmal wie eine schmerzhafte Welle zurück. Es ist komisch – sie hat mich so wütend gemacht, und trotzdem tut es ziemlich weh. Was glaubst du, woran das liegt?«

»Daran, dass du sie geliebt hast und von ihr im Stich gelassen worden bist. Du bist vermutlich mehr enttäuscht als alles andere.«

»Ja, da hast du wohl recht.« Er trank sein Bier in einem langen Zug aus. »Sie hat mich geschlagen.«

»Wie bitte? Sie hat dich geschlagen?«

»Nach der Party, als sie schließlich verstanden hatte, dass ich es ernst meinte, als ich gesagt habe, das mit uns wäre vorbei.« Er strich sich mit der Hand über das Gesicht. »Ich spüre den Handabdruck beinahe immer noch.«

»Jemand sollte sie tatsächlich mal ohrfeigen«, meinte Juliana empört.

»Wir sind schon ein Paar, was?«

Sie lachte. »Eine Zwei-Mann-Support-Gruppe für die Loser der Liebe.«

Er lehnte seinen Kopf zurück und lächelte sie an. »Ich bin froh, dass du hier bist.«

»Das bin ich auch.«

* * *

Am nächsten Morgen wachte Juliana desorientiert in dem fremden Schlafzimmer mit den blauen Wänden und Vorhängen auf – bis die Ereignisse des Vortages wie eine Flut über sie hereinbrachen. *Was tue ich hier? Ich kann nicht bei einem Mann wohnen, den ich im Flugzeug kennengelernt habe! Ich muss in Florida den Verstand verloren haben.*

Sie stand auf, machte das Bett, sorgte im Zimmer für Ordnung und zog sich an. Während sie ihre Sachen in ihrer Tasche verstaute, berührte sie das seidene Nachthemd, das sie sich erst letzte Woche, in Gedanken bei Jeremy, gekauft hatte. Ein stechender Schmerz schoss durch sie hindurch, als sie sich ihn mit der gesichts-lo-sen Sherrie vorstellte. Hatte er seine neu gewonnene Freiheit schon ausprobiert?

Juliana setzte sich auf das Bett, um durchzuatmen, und bekämpfte den Drang, Jeremy anzurufen. War es zu viel, dass sie seine Stimme hören wollte, wie sie es seit so langer Zeit jeden Morgen getan hatte? »Du wirst ihn *nicht* anrufen!« Entschlossen stand sie auf, schloss den Reißverschluss ihrer Tasche und ging nach unten. In der Küche suchte sie nach einem Zettel, um Michael eine Nachricht zu hinterlassen, und fand stattdessen eine von ihm, darauf einen Schlüssel für die Haustür.

Guten Morgen! Ich habe schon alles für Deinen Kaffee vorbereitet. Du musst die Maschine nur einschalten. In dem Schrank über dem Herd findest Du Müsli, ansonsten sieht es eher mager aus. Hier ist der Schlüssel für die Haustür. Fühl Dich wie zu Hause. Die Dachterrasse und alles andere stehen Dir zur freien Verfügung. Ich sollte gegen acht wieder zurück sein, dann können wir uns um Dein Auto kümmern. Ruf mich auf dem Handy an, wenn Du irgendetwas brauchst (die Nummer steht auf der Visitenkarte, die ich Dir gegeben habe). Hab einen schönen Tag! M.

Juliana las die Nachricht noch einmal. Er war so nett, und bei dem Gedanken, dass seine Verlobte ihn geohrfeigt hatte, wurde sie wieder wütend. Das hatte er nicht verdient. Was er hingegen sehr wohl verdient hatte, war eine Freundin.

Mit seiner Nachricht in der Hand stand sie da und überlegte, was sie tun könnte, um ihn zu unterstützen, während er wie ein Verrückter arbeitete. Da sie ihm nicht viel Miete zahlen konnte, könnte sie die Lebensmitteleinkäufe, das Kochen und Waschen übernehmen. Vielleicht würde das mit ihnen beiden doch gut funktionieren. Er hatte ihr einen Platz gegeben, an dem sie eine Weile bleiben konnte, und sie würde ihm im Gegenzug das Leben während des Prozesses leichter machen.

Sie steckte den Schlüssel ein und drückte auf den Knopf an der Kaffeemaschine.

* * *

Michaels Tag begann um sieben Uhr morgens mit einem Meeting mit den Beratern, die sie angeheuert hatten, damit sie ihnen halfen, die zwölf Personen auszuwählen, bei denen es am wahrscheinlichsten war, dass sie die Benedettis verurteilen würden. Sie brüteten über demografischen Berichten, Zensus-Informationen und einer PowerPoint-Präsentation, die ihnen die perfekte Jury aus Sicht der Berater vorstellte.

Die kriegen wir niemals, dachte Michael.

Die Verteidigung hatte ihre eigene ideale Jury, und er wusste, dass sie der auf dem Bildschirm in nichts ähnelte. In einer Woche würde die Schlacht beginnen. Wenn sie Glück hätten, würden sie die Hälfte der idealen Jurymitglieder bekommen, die die Berater identifiziert hatten.

Als das Meeting in die vierte Stunde ging, entschuldigte Michael sich und überantwortete die Besprechung den fähigen Händen seines Kollegen George Samuels.

Michael war gerade in sein Büro zurückgekehrt, als Tom Houlihan an seine Tür klopfte. Ganz dem Bild des aufstrebenden Politikers entsprechend, hatte Tom kurz geschnittene blonde Haare, blaue Augen und ein jungenhaftes Gesicht, das ihn wesentlich jünger wirken ließ als seine fünfzig Jahre. Michael hatte großen Respekt vor diesem Mann, doch Toms Miene, als dieser eintrat und die Tür hinter sich schloss, gefiel ihm gar nicht.

»Was ist los?« Michael lehnte sich auf seinem Schreibtischstuhl zurück und bedeutete seinem Chef, sich zu setzen.

»Ich habe gehört, du hattest ein ziemlich aufregendes Wochenende.«

»Ich sehe, er hat keine Zeit verloren«, stieß Michael durch zusammengebissene Zähne aus.

»Er ist aufgebracht. Seine Tochter ist verzweifelt. Seine Frau ebenso.«

Michael hasste es, diese Unterhaltung ausgerechnet mit seinem Boss führen zu müssen.

Tom stützte sich mit den Händen auf Michaels Schreibtisch ab. »Hier ist der Deal, Michael. Dein Privatleben geht mich nichts an, und das habe ich auch dem Admiral gesagt. Was mich hingegen etwas angeht, ist der Prozess, der heute in einer Woche beginnt. Du hast deine Verlobung gelöst, und ich würde meinen Job nicht richtig erledigen, wenn ich dich nicht fragen würde, ob du so bei der Sache bist, wie es im Moment notwendig ist.«

Ohne mit der Wimper zu zucken, erwiderte Michael: »Das bin ich. Ich denke an nichts anderes als an den Prozess. Darüber musst du dir keine Gedanken machen.«

Tom musterte ihn einen Moment, dann erklärte er: »Gut. Du weißt, meine Tür steht immer offen, wenn ich dir in den nächsten Wochen irgendwie helfen kann.«

»Danke, Tom.«

»Oh, eine Sache noch. Ich habe heute Morgen den Bericht von Rachelles Sicherheitsteam gelesen. Du hast gestern jemanden mitgebracht, der nicht auf der Liste steht. Was hatte es damit auf sich?«

»Sie ist eine Freundin, die bei mir war, als George angerufen hat. Rachelle hat sie sofort ins Herz geschlossen und möchte, dass sie wieder mitkommt. Ich werde sie auf die Liste setzen lassen.«

»Ich muss dich nicht daran erinnern, vorsichtig zu sein.«

»Ich würde niemals etwas tun, das Rachelle in Gefahr bringt, Tom.«

»Das ist mir klar.« Er zögerte einen Moment. »Geht es dir gut? Du weißt schon, wegen der Sache mit Paige und so ...«

»Ja, mir geht es gut. Danke, dass du fragst.«

Tom nickte. »Dann mach weiter.«

Michael sah ihm gedankenversunken hinterher, da vibrierte das Handy auf seinem Schreibtisch. Er schaute aufs Display, erkannte Paiges Nummer und ignorierte den Anruf. Seit Samstagnacht hatte sie ihm schon sechs hysterische Nachrichten auf der Mailbox hinterlassen, doch er hatte nicht vor, sie zurückzurufen. In zwanzig Minuten würde sein Treffen mit dem Ballistikexperten beginnen, was ihm gerade genügend Zeit ließ, um den Bericht noch einmal zu lesen.

Das Telefon auf seinem Tisch klingelte. »Maguire.« Er zog die Akte, die er brauchte, aus dem großen Stapel.

»Michael.«

Er stöhnte. »Nicht jetzt, Paige.«

»Du musst mit mir reden.«

»Ich muss gar nichts.«

»Aber wir sind verlobt …«

»Nein, das sind wir nicht mehr. Die Hochzeit ist abgesagt. Ich werde mit dir reden, allerdings erst, wenn der Prozess vorbei ist. Nicht eine Sekunde früher. Habe ich mich klar ausgedrückt?«

»Was soll ich denn bis dahin machen?«

»Vielleicht solltest du die Zeit nutzen und darüber nachdenken, was du mit deinem Leben anfangen willst. Es ist an der Zeit, dass du das herausfindest. Ich habe jetzt ein Meeting und muss los. Ruf mich nicht mehr auf der Arbeit an, Paige. Das meine ich ernst.«

»Michael, *bitte* …«

Fluchend knallte er den Hörer auf die Gabel.

»Alles okay da drin?«, rief seine Assistentin.

»Ja, alles gut«, zischte er.

* * *

Juliana betrat das Haus in der Collington Avenue, das in den letzten vier Jahren ihr Zuhause gewesen war. Als sie die Alarmanlage ausschaltete, hatte sie beinahe das Gefühl, in Jeremys Haus einzubrechen. Es war überraschend, wie fremd sie sich hier bereits an ihrem ersten Tag ohne ihn fühlte. Sie ging die Post durch und bezahlte ein paar Rechnungen von ihrem gemeinsamen Konto, das sie eröffnet hatten, als Jeremy nach Florida gezogen war. Er stellte das Geld zur Verfügung, und sie schrieb die Schecks aus.

Nach dem Chaos in ihrer Familie hatte Juliana dieses Haus immer geliebt. Jeremys Mutter hatte sich sehr gut darum gekümmert, und nach ihrem Einzug hatten sie und Jeremy ihm ihren eigenen Stempel aufgedrückt. Doch nachdem sie nun Michaels Haus gesehen hatte, wirkte das hier im Vergleich langweilig. Ihm fehlten sowohl der Charme als auch der Stil.

Oben im Schlafzimmer packte sie schnell alles ein, was sie zu Michael mitnehmen wollte. Das Schlafzimmer steckte voller Erinnerungen – die Kerzen auf den Nachttischen, die gerahmten Fotos von ihr und Jeremy, seine Kleidung, die neben ihrer im Schrank hing. Juliana nahm ein Foto von ihnen in die Hand, das im letzten Sommer am Strand gemacht worden war. Sie betrachtete Jeremys braun gebranntes, strahlendes Gesicht und fragte sich, ob er da auch schon andere Frauen begehrt hatte. Atemlos vor Schmerz stellte sie das Foto wieder zurück und packte hastig zu Ende.

Dann eilte sie mit zwei Taschen nach unten. Ihr war beinahe schwindelig vor Erleichterung, weil sie einen Platz gefunden hatte, an dem sie die nächsten Monate leben konnte. Auf keinen Fall hätte sie nach dem, was passiert war, weiter hierbleiben können. Sie schaltete die Alarmanlage wieder ein und schloss die Tür ab. Auf dem Spaziergang zurück zu Michaels Haus atmete sie ein paarmal tief durch, um ihre Nerven zu beruhigen.

Als sie die Chester Street hinaufkam, fiel ihr ein Mann auf, der vor Michaels Haus stand und zur Haustür schaute. Er war jung und wirkte wie ein Latino. »Kann ich Ihnen helfen?«, fragte sie und erschreckte ihn damit.

»Wohnen Sie hier?«

Sie nickte.

Er sah sie misstrauisch an. »Nur Sie?«

Ein Anflug von Angst kroch ihr über den Rücken. »Ja«, antwortete sie und war froh, dass ein paar Menschen in der Nähe waren, die sie um Hilfe bitten könnte, wenn es nötig wäre.

Er musterte sie noch einmal von Kopf bis Fuß und ging.

Juliana eilte die Treppe hinauf und steckte mit zitternden Fingern den Schlüssel ins Schloss. Drinnen verriegelte sie die Tür, holte Michaels Visitenkarte aus der Handtasche und rief auf seinem Handy an.

»Hi«, begrüßte er sie. »Alles okay?«

»Ja, danke.« Sie zögerte und fragte sich, ob sie überreagierte.

»Juliana? Was ist los?«

»Ich, äh … Ich hatte eben eine seltsame Begegnung auf der Straße vor dem Haus und dachte, dass du davon wissen solltest.«

»Was für eine Begegnung?«

Sie wiederholte die Unterhaltung mit dem Mann auf der Straße. »Mir ist eingefallen, dass du erwähnt hast, du würdest vielleicht beobachtet, also habe ich gesagt, dass ich allein hier lebe.«

»Juliana!« Seine Sorge war ihm durch die Leitung anzuhören. »Ich weiß es zu schätzen, dass du versuchst, mich zu beschützen, aber du hättest dich nicht selbst so in Gefahr bringen dürfen! Was, wenn er dich angegriffen hätte oder so? Geht es dir gut?«

»Jetzt ja.«

»Wie sah er aus?«

Sie beschrieb ihn.

»Das klingt nicht nach einem der uns bekannten Männer, die wir mit den Benedettis in Zusammenhang bringen. Da er dich nicht wirklich bedroht hat, kann ich keinen Sinn darin erkennen, die Polizei zu rufen.«

»Da hast du vermutlich recht. Ich dachte nur, du solltest es wissen. Tut mir leid, dass ich dich damit belästigt habe.«

»Das ist keine Belästigung«, erklärte er, klang allerdings weiter beunruhigt. »Es war richtig von dir, mich zu informieren. Aber bitte tu so etwas wie vorhin nie wieder. Ich will, dass du vorsichtig bist.«

»Das werde ich. Mach dir keine Sorgen.«

»Wir sehen uns heute Abend.«

* * *

Michael legte auf, nahm den Hörer seines Bürotelefons zur Hand und wählte Tom Houlihans Durchwahl.

»Hey, Michael hier. Du musst mir die Genehmigung dafür ausstellen, einen Cop vor meinem Haus zu postieren, bis der Prozess vorbei ist.«

»Ich dachte, du willst keinen Personenschutz.«

»Ein Typ hat gerade auf der Straße meine Mitbewohnerin gefragt, ob sie allein in dem Haus wohnt. Das war ihr unheimlich. Und ich hatte in letzter Zeit ein paarmal das Gefühl, beobachtet zu werden, wenn ich unterwegs war.«

»Betrachte es als erledigt«, antwortete Tom.

»Danke.«

KAPITEL 11

Nachdem sie mit Michael gesprochen hatte, rief Juliana ihren Bruder Vincent an.

»Hallo«, sagte er. »Bist du wieder da?«

»So ähnlich.«

»Was soll das denn heißen?«

»Mein blödes Auto steht kaputt am Flughafen. Kannst du dich einen Tag länger um Ma kümmern? Ich schaue dann morgen vor der Arbeit bei ihr vorbei.«

Er stöhnte. »Muss das sein? Sie war das ganze Wochenende über unerträglich.«

»Das ist sie jeden Tag. Du bekommst es nur nicht mit. Machst du es?«

»Ja, okay.«

»Danke«, antwortete Juliana erleichtert.

»Dafür bist du mir was schuldig.«

»Fang damit gar nicht erst an, Vin.«

Er lachte. »Und, wie geht es Mr Wundervoll?«

»Gut.«

»Immer noch kein Ring?«

»Fang auch damit gar nicht erst an«, schob sie einem der Lieblingsthemen ihres Bruders einen Riegel vor. Er verstand einfach nicht, warum sie Jeremy nicht zur Ehe gedrängt hatte, was Juliana wiederum ironisch fand, denn Vincent war selbst bereits zu zwei katastrophalen Ehen gedrängt worden.

»Du weißt doch: Wenn er die Milch umsonst bekommt, warum soll er dann die Kuh kaufen?« Er lachte über seinen eigenen Witz. »Muh.«

»Es reicht, Vincent«, sagte sie leise.

»Hab ich da einen Nerv getroffen?«

»Ich muss los. Vergiss Ma nicht.«

»Und vergiss du nicht, dass du mir was schuldig bist. Brauchst du übrigens Hilfe mit deinem Auto?«

Bei der Frage verflog Julianas Ärger ein wenig. »Nein, danke. Ein Freund hilft mir. Wir reden später.«

Nachdem sie aufgelegt hatte, hallten seine Worte in ihrem Kopf nach. *Warum sollte er die Kuh kaufen, wenn er die Milch umsonst bekommt?* »Tja, leider ist es nicht meine Milch, die er haben will!«, schrie Juliana in das stille Haus. »Was hältst du davon, Vin? Er will meine Milch nicht.« Diesen dummen Spruch hatte sie von Vin in den letzten Jahren schon unzählige Male gehört, aber jetzt bekam er eine ganz neue Bedeutung.

»Es reicht!« Wütend auf sich stand sie auf. »Jetzt ist endgültig Schluss.«

* * *

Michael kam um kurz nach sieben nach Hause und wurde von Musik empfangen, die durch das Haus pulsierte. Dazu stieg ihm ein Aroma in die Nase, bei dem ihm das Wasser im Mund zusammenlief. Er folgte dem Lärm und dem Geruch in die Küche, wo Juliana tanzend am Herd stand und in einem Topf rührte. Sie bewegte sich mit der Unbekümmertheit eines Menschen, der nicht wusste, dass er einen Zuschauer hatte. Ihr hoher Pferdeschwanz wippte im Takt der Musik. Als er sie so beobachtete, regte sich etwas tief in seinem Innern. Es war das gleiche seltsame Gefühl, das er schon empfunden hatte, als er im Flughafen den Kopf gedreht und sie neben sich hatte sitzen sehen.

»Hey«, sagte er schließlich von der Tür aus. Juliana hörte ihn nicht, also wiederholte er es etwas lauter.

Sie zuckte zusammen. »Oh! Michael! Du hast mich erschreckt!«

»Tut mir leid.«

Ihre Wangen liefen rot an, und sie stellte das Radio leiser. »Wie lange bist du schon da?«

Lächelnd löste er seine Krawatte. »Lange genug. Was kochst du da? Das riecht köstlich.«

»Parmesan-Hühnchen. Hast du Hunger?«

»Ich bin kurz vorm Verhungern. Das ist eine nette Überraschung. Ich hatte kein selbst gekochtes Dinner mehr, seitdem ich das letzte Mal zu Hause in Rhode Island war.«

Juliana schmeckte die Soße ab. »Es ist alles fertig.«

Sie setzten sich zum Essen, und Michael stöhnte auf, als er sich den ersten Bissen des zarten Hühnchens in den Mund schob. »O mein Gott. Das ist unglaublich. Wo hast du gelernt, so zu kochen?«

»Ich bin mit einer italienischen Großmutter aufgewachsen. Sie hat es mir beigebracht.«

»Das hat sie gut gemacht. Vielen Dank.«

»Gern geschehen.«

Als sie fertig waren, schlug er vor: »Komm, waschen wir schnell ab und holen dann dein Auto.«

»Den Abwasch übernehme ich.«

»Auf keinen Fall. Meine Mutter könnte erfahren, dass ich nicht geholfen habe, und das nähme für mich kein gutes Ende.«

Juliana lachte. »Ich werde es ihr nicht verraten. Los, geh dich umziehen. Du kannst nächstes Mal helfen.«

Auf dem Weg zum Flughafen hielten sie an einem Walmart an und kauften eine neue Autobatterie. Michael baute sie ein, und als Juliana den Wagen startete, ließ er die Motorhaube zufallen.

»Läuft«, verkündete er und legte die alte Batterie in ihren Kofferraum. »Wir sehen uns zu Hause.«

Die Aussage hing einen Moment zwischen ihnen in der Luft. Dann wandte Juliana den Blick ab. »Danke für die Hilfe.«

»Kein Problem.«

* * *

Sie parkte hinter ihm auf der anderen Straßenseite vor dem Haus.

»Komm mal kurz her.« Er winkte sie zu einem Wagen, der ein Stück weiter die Straße hinauf stand, und klopfte an die Fensterscheibe. Als diese herunterfuhr, streckte Michael die Hand in den Wagen und schüttelte die des Fahrers. »Michael Maguire.«

»John Tanner.«

»Das ist meine Mitbewohnerin Juliana Gregorio. Juliana, John ist Polizist. Er und seine Kollegen werden ein Auge auf uns haben, bis der Prozess vorbei ist.«

Juliana schüttelte ihm ebenfalls die Hand. »Nett, Sie kennenzulernen.«

»Lassen Sie es mich wissen, wenn Sie etwas benötigen, Mr Maguire.«

»Danke. Ich wünsche eine gute Nacht.«

Auf dem Weg zum Haus fragte Juliana: »Ist das wegen dem, was heute passiert ist?«

»Ja, und wegen ein paar anderer Vorfälle. Sie wollten mir die ganze Zeit schon Polizeischutz verpassen, aber ich habe mich bisher geweigert.«

»Dann hast du meinetwegen darum gebeten?« Sie folgte ihm hinein. »Vielleicht sollte ich doch lieber wieder nach Hause ziehen. Das Letzte, was du jetzt gebrauchen kannst, ist, dir auch noch meinetwegen Gedanken zu machen.«

»Ich möchte nicht, dass du nach Hause ziehst. Ich möchte nur, dass du vorsich-tig bist.«

»Heute Morgen wäre ich beinahe sowieso gegangen.«

Er blieb stehen und drehte sich zu ihr um. »Warum?«

Sie zuckte die Achseln. »Bei Tageslicht betrachtet wirkte das alles so bizarr. Ich meine, ich habe dich Freitag am Flughafen kennengelernt, und jetzt wohne ich schon bei dir.«

»Es ist ja bloß vorübergehend, richtig?«

Sie nickte.

»Warst du heute bei dir zu Hause?«

»Ja.«

»Und wie war das?«

»Ich war froh, dass ich woanders unterkommen konnte«, gestand sie.

»Siehst du? Mach nicht etwas daraus, das es nicht ist. Wir sind Freunde, stimmt's?«

»Stimmt.«

»Und Freunde helfen einander. So wie du mir mit dem Dinner heute.« Er rieb sich den Bauch. »Daran werde ich noch tagelang denken.«

Sie lächelte. »Du bist aber einfach zufriedenzustellen.«

»Das stimmt.« Er tat beleidigt. »Hast du damit ein Problem?«

Sie hob abwehrend die Hände und setzte sich lachend aufs Sofa. »Nein, überhaupt nicht. Wegen Rachelle: Ich habe ihr versprochen, sie diese Woche wieder zu besuchen. Das könnte ich Mittwoch nach der Arbeit einschieben, wenn das für dich passt.«

»Klar. Das sollte klappen.« Er ging die Stufen hoch. »Ich muss noch was tun.«

»Danke noch mal, dass du mir mit dem Auto geholfen hast.«

»Gern geschehen.« Er zögerte auf der Treppe, als wollte er etwas sagen.

»Was ist los?«

»Paige hat mich heute im Büro angerufen.«

»Hast du mit ihr geredet?«

»Nicht so richtig. Ihr Vater hat natürlich auch mit meinem Boss telefoniert. Zum Glück ist Tom ein netter Kerl. Er hat nicht wirklich was dazu gesagt, sondern mich nur gefragt, ob ich voll auf den Prozess konzentriert bin. Es kotzt mich bloß an, dass ihr Vater glaubt, er könne meinen Chef mit meinem Privatleben belästigen.«

Juliana schüttelte den Kopf. »Das ist echt ätzend.«

»Das Timing könnte nicht schlechter sein. Das ist ehrlich das Letzte, womit ich mich jetzt herumschlagen will.« Müde rieb er sich das Gesicht. »Ich habe das dumpfe Gefühl, dass das mit ihr noch hässlich wird, bevor es endgültig vorbei ist.«

»Es wurde schon hässlich, als sie dich geohrfeigt hat.«

Er sah so erschöpft und traurig aus, dass Juliana den Drang verspürte, ihn in den Arm zu nehmen. Sie schluckte schwer. »Versuch, heute Nacht ein wenig zu schlafen. Das hast du nötig.«

Er nickte. »Gute Nacht.«

»Gute Nacht.«

* * *

Früh am nächsten Morgen packte Juliana die Reste vom Parmesan-Hühnchen ein und fuhr zu ihrer Mutter nach Highlandtown. In den letzten vier Jahren war sie diese Strecke fast jeden Tag gefahren und kannte sie im Schlaf. Vor dem schäbigen Reihenhaus nahm Juliana sich einen Moment, um die Kraft aufzubringen, die nötig war, um das Haus zu betreten, in dem sie aufgewachsen war. Sie hatte nicht viele glückliche Erinnerungen an die Jahre, in denen es nie genug von irgendwas gegeben hatte – Geld, Liebe, Zuneigung … Mit zwölf hatte sie angefangen, als Babysitter auf die Kinder der Nachbarn aufzupassen, damit sie ihre eigene Kleidung kaufen konnte, und seitdem hatte sie nicht wieder aufgehört zu arbeiten.

Sie merkte, dass ihr die Zeit davonlief, und stieg aus dem Wagen.

»Ma?«, rief sie, nachdem sie die Haustür aufgeschlossen hatte.

Juliana stellte das Essen in den Kühlschrank und begab sich auf die Suche nach ihrer Mutter. Sie fand sie schlafend im Bett und stupste sie an, um sie zu wecken.

»Was willst du?«, fragte Paullina und schlug mit der Hand nach ihr.

»Ich bin nur vorbeigekommen, um dir was zu essen für später zu bringen.« Juliana machte sich daran, das unordentliche Schlafzimmer aufzuräumen. Überall lagen Kleidung und Zeitungen verstreut, dazwischen ein überquellender Aschenbecher und die Überreste einer nächtlichen Happy Hour auf dem Nachttisch. *Ich bin so froh, dass die Hälfte meines Gehalts dafür draufgeht, diese Müllhalde zu finanzieren.* »Hast du wieder im Bett geraucht, Ma? Was haben wir dir dazu gesagt? Eines Tages wirst du noch das Haus abfackeln.«

Paullina setzte sich auf und zündete sich trotzig eine weitere Zigarette an. »Wie spät ist es überhaupt?«

»Acht.«

Stöhnend massierte sie sich den Kopf. »Das ist verdammt noch mal zu früh.«

»Ich muss um neun bei der Arbeit sein, und wenn ich nach Feierabend vorbeikäme, wäre es zu spät fürs Abendessen.« Juliana musste fast würgen, als sie den Aschenbecher und das schmutzige Glas vom Nachttisch nahm und in die Küche trug. Diese Frau, die es nicht fertigbrachte, sich selbst Essen zuzubereiten, schaffte es irgendwie, den ständigen Nachschub an Zigaretten und Alkohol zu organisieren. Trotz unzähliger Versuche war es ihren Kindern nie gelungen, herauszufinden, wer sie damit versorgte.

»Wie war dein ›romantisches Wochenende‹?«, fragte Paullina höhnisch und nahm einen langen Zug von ihrer Zigarette.

Juliana brachte den leeren Aschenbecher zu ihr zurück. »Es war super«, antwortete sie mit gezwungenem Lächeln.

»Ich weiß nicht, warum du bei dem Loser bleibst. Er wird dich niemals heiraten.«

»Dann ist es ja gut, dass ich nicht scharf aufs Heiraten bin«, gab Juliana angespannt zurück und war dann sauer, weil sie sich hatte provozieren lassen. Die vielen Jahre der Verbitterung und des Alkohols hatten ihre einst so schöne Mutter in einen hässlichen Menschen verwandelt. Juliana focht einen täglichen Kampf aus, um sich nicht in ihr Elend hineinziehen zu lassen.

Julianas Handy klingelte, und sie sah, dass es Mrs Romanello war, die im Haus neben Jeremys wohnte. Paullina war zwar Julianas leibliche Mutter, aber Mrs R war ihre Herzensmutter.

Juliana ging ins Wohnzimmer, um den Anruf entgegenzunehmen. »Guten Morgen.«

»Hallo, Liebes. Wo versteckst du dich? Ich habe hier etwas für dich.«

»Was denn?«

»Eine Lieferung. Du musst kommen und sie dir selbst ansehen.«

Juliana schaute auf ihre Uhr. »Ich bin bei meiner Mutter. Ich fahre auf dem Weg zum Salon kurz bei dir vorbei.«

»Bis dann.«

Sie ging ins Schlafzimmer zurück. »Ich muss los.«

»Lass dich von mir nicht aufhalten.«

»Brauchst du noch etwas?«

Paullina winkte ab. »Mit alldem hier? Was könnte ich noch brauchen?«

»Ich habe morgen nach der Arbeit etwas vor. Hast du noch das Geld, das ich dir letzte Woche gegeben habe? Dann könntest du dir zum Abendessen eine Pizza bestellen.« Juliana bezweifelte, dass ihre Mutter sich die Mühe machen würde. Wenn niemand da war, der dafür sorgte, dass sie etwas aß, trank sie nur.

»Hör auf, mich zu beglucken.«

»Für heute Abend habe ich dir Parmesan-Hühnchen mitgebracht. Ich möchte, dass du es isst, hörst du?«

»Fahr zur Arbeit, Juliana.«

Juliana drehte sich um und verließ das Zimmer ohne ein weiteres Wort. *Warum plage ich mich eigentlich damit? Wenn sie sich zu Tode trinken will, sollte ich sie einfach lassen. Es interessiert niemanden, wenn sie es tut. Warum sollte es also mich interessieren?*

Auf dem Weg über die Eastern Avenue nach Butchers Hill dachte Juliana über diese Fragen nach. Sie war acht Jahre nach Vincent geboren und wusste, dass sie ein Unfall gewesen war. Ihre beiden ältesten Geschwister – Serena und Domenic – waren in dem Moment von zu Hause geflohen, in dem sie ihr Abschlusszeugnis von der Highschool in der Tasche gehabt hatten. Beide hatten jetzt Familien an der Westküste, die Juliana kaum kannte.

Verdammt, sie kannte ihre Geschwister ja kaum. Sie waren ausgezogen, als Juliana gerade einmal sechs Jahre alt gewesen war. Sie konnte ihnen nicht vorwerfen, dass sie um ihr Leben gerannt waren, nachdem sie einige der schlimmsten Jahre in der Ehe ihrer Eltern miterlebt hatten. Donatella und Vincent wohnten zwar in Baltimore, kümmerten sich aber nur um ihre Mutter, wenn Juliana sie dazu zwang.

Ihr ganzes Leben lang war Juliana in der Beziehung mit ihrer Mutter die Erwachsene gewesen. *Vielleicht ist es meine Schuld, dass sie nichts allein auf die Reihe bekommt. Wenn ich aufgehört hätte, mich um sie zu kümmern, hätte sie sich vielleicht mit dem Chaos ihres Lebens beschäftigen müssen.* Doch noch während sie das dachte, wusste Juliana, dass sie niemals aufhören könnte, ihre Mutter mit allem Notwendigen zu versorgen.

Ihre Stimmung hob sich, als sie in der Collington Avenue parkte. Ohne einen Blick auf ihr eigenes Haus ging sie auf das von Mrs Romanello zu. »Hallo!«

»Ich bin hier hinten!«

Das Erste, was Juliana sah, als sie in die Küche kam, war eine riesige Vase mit mindestens zwei Dutzend roten Rosen. »Oh, wow!« Sie beugte sich vor, um den Duft einzuatmen. »Von wem hast du die?«

Mrs Romanello gab Juliana einen Kuss auf die Wange. »Die sind nicht für mich, Liebes.« Sie reichte Juliana eine Karte.

»Für mich?«, fragte Juliana überrascht.

Mrs R nickte. »Mach sie auf.«

Juliana riss den Umschlag auf und zog die Karte heraus. *88 Tage. Ich liebe Dich. Jeremy*

»Jeremy?«, fragte Mrs R.

Juliana nickte und blinzelte die Tränen zurück.

Mrs R griff nach ihrer Hand. »Ist an diesem Wochenende ir-gend-et-was vorgefallen?«

»Wieso fragst du?«

»Tränen und zwei Dutzend Rosen? Da muss etwas passiert sein.«

»Ich will wirklich nicht darüber reden, okay?«

»Natürlich. Wie wäre es mit einem Kaffee oder Frühstück?«

Juliana lächelte. Mrs R, die verwitwet war und deren vier Kinder im ganzen Land verstreut lebten, liebte es, sie und Jeremy zu füttern. »Danke, aber ich muss zur Arbeit. Warum behältst du die Blumen nicht und genießt sie?«

»Sei nicht albern. Bring sie rüber in dein Haus.«

»Äh, ich wohne im Moment bei einem Freund.«

Mrs R kniff die Augen leicht zusammen. »Was für ein Freund? Was ist da los, Juliana?«

Juliana seufzte. »Jeremy und ich machen eine Pause. Es ist nichts, wirklich. Wir brauchen nur ein wenig Abstand zueinander, um uns über ein paar Dinge klar zu werden.«

»Das gefällt mir gar nicht. Menschen, die einander lieben, nehmen sich keine Auszeit.«

Autsch. »Alles wird wieder gut«, erklärte Juliana mit mehr Überzeugung, als sie empfand. »Ich nehme die Blumen mit in den Salon.« Sie schüttete das Wasser aus der Vase über der Spüle aus.

»Wo wohnst du im Moment?«

»Bei einem Freund. Mir geht es gut, versprochen.« Juliana küsste sie zum Abschied. »Ich muss los.«

Mrs R umfasste Julianas Kinn. Ihre weisen alten Augen musterten ihr Gesicht. »Dir geht es *nicht* gut. Ich kenne dich. Aber ich werde dich nicht bedrängen. Wenn du mich brauchst, weißt du, wo du mich findest.«

»Ja. Danke.« Juliana umarmte sie, schnappte sich die Rosen und ging.

Im Salon stellte sie die Blumen auf den Empfangstresen. Der Salon schien nur aus Glas, gezielt gesetzten Lichtern, Spiegeln, hellem Holzboden und moderner Kunst zu bestehen. Juliana gefiel der cleane, stylishe Look des Ladens – und der Duft von Schönheit, der in der Luft hing.

»Wo hast du die denn her?«, fragte ihre Freundin Carol. »Sind die von Jeremy?«

Juliana nickte.

»Aha. Was hat er angestellt?«

»Seit wann bedeuten Rosen Ärger?«

»Ein Dutzend Rosen bedeutet ›Ich liebe dich‹.« Carol folgte Juliana in den Pausenraum, wo sie ihre Mäntel und Taschen verstauten. »Zwei Dutzend bedeuten, dass ihm etwas leidtut.«

»Hast du wieder die *Glamour* gelesen?«, erkundigte sich Juliana amüsiert. Doch ihr Humor schwand, als sie an die andere Sache dachte, die sie ihrer Freundin erzählen musste. »Hey, du wirst nicht glauben, wen ich im Flugzeug kennengelernt habe.«

»Wen?« Carol schenkte zwei Becher Kaffee ein. Ihre kurzen roten Haare waren hochgestylt und hätten an jedem anderen lächerlich ausgesehen, an ihr wirkten sie allerdings sehr avantgardistisch.

»Den Staatsanwalt im Benedetti-Prozess.«

Carol wurde blass. Der Verlust ihres jungen Cousins war immer noch eine offene Wunde. »Michael Maguire?«

Juliana nickte.

»Ich habe ihn ein paarmal bei meiner Tante und meinem Onkel zu Hause getroffen. Er gibt sich Mühe, sie auf dem Laufenden zu halten.«

Das überraschte Juliana nicht. Sie nahm Carol einen der Kaffeebecher ab und drückte ihr den Arm. »Er sagt, er kriegt sie dran, Car. Daran hat er keinen Zweifel.«

Carol nickte und betupfte sich die Augen, bevor die Tränen ihr Make-up ruinieren konnten.

»Juliana, dein Viertel-nach-neun-Termin ist da!«, verkündete die Rezeptionistin über die Gegensprechanlage.

»Geht es dir gut?«, fragte Juliana ihre Freundin.

»Ja. Ich bin einfach nur froh, wenn der Prozess endlich vorbei ist. Das werden wir alle sein.«

»Kann ich mir vorstellen.«

»Wir machen uns besser an die Arbeit. Aber ich will immer noch wissen, warum Jeremy auf der stillen Treppe sitzt.«

»Da bildest du dir was ein«, meinte Juliana, dann gingen sie gemeinsam nach vorn, um ihre Kunden zu begrüßen.

KAPITEL 12

Am Mittwoch war Michael kurz nach sechs am Salon, um Juliana abzuholen.

Sobald sie im Auto saß, schlüpfte sie aus ihren Schuhen und stöhnte. »Mein Gott, meine Füße bringen mich um!«

»Ich weiß nicht, wie du neun Stunden am Stück stehen kannst.«

»Ich bin daran gewöhnt, doch manchmal lassen mich meine Füße im Stich«, sagte sie und massierte einen von ihnen.

»Was hast du da in der Tüte?«

»Shampoo-Proben für Rachelle.«

»Oh, dafür wird sie dich lieben.«

»Ich habe auch meine Scheren mitgebracht. Ich dachte, sie hat vielleicht Lust, dass ich ihr die Spitzen schneide.«

»Danke, Jule.«

Erstaunt sah sie ihn an.

»Was ist?«

»So nennt Jeremy mich«, erklärte sie leise.

Michael zuckte zusammen. »Tut mir leid.«

»Das muss es nicht. Es ist egal. Es ist nur … so nennt mich sonst keiner.«

»Wie geht es dir? Der wievielte Tag ist heute? Der dritte?«

Sie nickte. »Drei geschafft, noch siebenundachtzig vor mir. Aber wer zählt schon mit?«

»Du natürlich nicht.«

»Kann ich dich um deine Meinung zu etwas fragen?«

»Schieß los.«

»Wenn ein Mann einer Frau zwei Dutzend Rosen schickt, was will er damit ausdrücken?«

»Welche Farbe?«

»Rot.«

»Dass er etwas vermasselt hat.«

Juliana lachte. »Bin ich die Einzige, die das nicht weiß?«

»Warum fragst du?«

»Weil Jeremy mir die gestern geschickt hat.«

»Und nun fragen die Leute dich, was er angestellt hat?«

»Ganz genau.«

»Das war nett von ihm«, gestand Michael ihm zu. »Das hätte er nicht tun müssen.«

»Ich frage mich nur, was er sonst noch so alles tut«, sagte Juliana und fing an, an ihrem Daumennagel zu knabbern.

Michael schaute immer wieder in den Rückspiegel, während sie sich langsam durch den dichten Verkehr auf dem Baltimore-Washington Parkway quälten. »Versuch, nicht daran zu denken.«

»Ich kann an nichts anderes denken. Ich frage mich ständig, ob er es gerade mit einer anderen tut. Also jetzt, in diesem Moment.«

»Damit wirst du dich in den Wahnsinn treiben.«

Seufzend lehnte sie den Kopf gegen die Kopfstütze. »Ich weiß.« Sie warf ihm einen Blick zu und bemerkte, wie attraktiv er in dem dunklen Nadelstreifenanzug aussah. Vor einer Woche hatten sie einander noch nicht gekannt, und jetzt kam es ihr vor, als gäbe es nichts, worüber sie nicht mit ihm reden könnte. »Hast du was von Paige gehört?«

»Sie ist seltsam still. Nicht, dass ich mich darüber beschweren will, aber ich frage mich, wann der nächste Schlag kommt.«

»Vielleicht hat sie aufgegeben.«

Er schnaubte. »Das bezweifle ich. Ich hoffe bloß, dass sie mich während des Prozesses in Ruhe lässt.«

Nach einer Stunde im dichten Feierabendverkehr fuhr Michael an dem Hotel vorbei, um sicherzugehen, dass sie nicht verfolgt wurden. Es war beinahe halb acht, als sie endlich vor dem JW Marriott anhielten.

Rachelle freute sich sichtlich, sie zu sehen, und vor allem über Julianas Geschenke und das Angebot, ihr die Haare zu schneiden.

»Lasst euch von mir nicht aufhalten«, meinte Michael. »Ich bestelle uns was zu essen. Irgendwelche Vorlieben?«

»Was immer du isst«, erwiderte Juliana.

»Ich habe schon gegessen«, sagte Rachelle und wandte sich an Juliana. »So ganz in Schwarz siehst du echt cool aus.«

»Das ist meine Uniform im Salon. Macht die morgendliche Auswahl leicht.« Juliana legte dem Mädchen den Umhang, den sie von der Arbeit mitgebracht hatte, um die Schultern und strich mit den Fingern durch ihre Haare. »Offensichtlich hast du den Dreh mit der Rundbürste raus.«

Rachelles Gesicht hellte sich auf. »Meinst du? Ich habe mir heute extra viel Mühe gegeben, als ich gehört habe, dass du kommst.«

Juliana lächelte ihr im Spiegel zu. »Wie wäre es mit ein paar Stufen und einem Pony?«

»Du bist die Expertin – was immer du meinst.«

»Dann waschen wir die Haare erst mal.«

Während sie Rachelles nasses Haar ausbürstete, fiel Juliana auf, dass das Mädchen nicht so lebhaft war wie beim letzten Mal. »Was ist los?«

»Nichts.«

»Bist du sicher?«

Rachelle zuckte mit den Schultern. »Ich werde bald meine Aussage machen müssen.«

»Bist du deswegen nervös?«

»Irgendwie schon. Das sind echt miese Kerle, weißt du? Michael hat mir erzählt, dass sie versuchen werden, mich einzuschüchtern, wenn ich im Zeugenstand sitze, also soll ich sie nicht ansehen, außer wenn ich gebeten werde, sie zu identifizieren. Ich muss einfach nur die Wahrheit sagen.«

»Das stimmt.« Juliana hatte Mitleid mit dem Mädchen.

»Diese Jungs haben nichts falsch gemacht«, bemerkte Rachelle leise, und der Ausdruck in ihren Augen verriet, dass sie Millionen Meilen weit entfernt war.

Juliana bürstete ihr weiter die Haare.

»Sie sind mit ihren Skateboards auf dem Parkplatz herumgefahren, als das Auto kam. Es war klar, dass sie Angst hatten, als sie gemerkt haben, wer in dem Wagen saß. Daher wusste ich, dass sie die Typen kannten. Die beiden Männer im Wagen haben angefangen, herumzubrüllen, und dann haben sie geschossen. Mich haben sie nicht gesehen, sonst hätten sie mich vermutlich auch erschossen.«

»Gott sei Dank, dass sie dich nicht gesehen haben. Was hast du dann getan?« Juliana legte Rachelle die Hände auf die Schultern und schaute sie im Spiegel an.

»Nachdem sie weggefahren sind, war ich ein paar Minuten wie erstarrt. Ich konnte mich nicht bewegen. Und dann bin ich zur Wohnung meiner Tante zurückgelaufen. Meine Mom sagt, ich hätte geschrien. Ich kann mich nicht daran erinnern. Die Polizei kam, aber ich konnte nicht reden. Ganze drei Tage habe ich nicht ein Wort rausgebracht. Die Ärzte meinten, ich hätte unter Schock gestanden.«

»Natürlich hast du das.« Während Rachelle redete, hatte Juliana angefangen, ihr die Haare zu schneiden. »Es muss ziemlich furchteinflößend gewesen sein, als du schließlich mit der Polizei reden konntest.«

Michael kam an die Tür.

Juliana schüttelte den Kopf und teilte ihm mit ihren Augen mit, dass er in einem wichtigen Moment störte.

Er nickte kurz und zog sich zurück.

»Ich glaube, die Benedettis hatten früher am Tag in einer Spielhalle einen großen Streit mit den Jungs. Einige der Freunde waren dabei. Sie haben die Benedettis beschreiben können, sodass ich sie, nachdem sie verhaftet worden waren, bei einer Gegenüberstellung nur noch herauspicken musste.«

»Du machst da etwas sehr Gutes, Rachelle, indem du dafür sorgst, dass sie so etwas niemand anderem antun können. Dafür bringst du große Opfer, doch du weißt, dass es wichtig ist, oder?«

Rachelle nickte. »Ich wünschte bloß, wir müssten nicht umziehen. Ich wünschte, ich wäre an jenem Abend nicht rausgegangen. Darüber denke ich oft nach, weißt du? Wenn ich meine Handtasche nicht im Auto vergessen hätte, wäre meiner Familie oder mir nichts von alldem passiert.«

»Aber die Benedettis hätten die Jungen trotzdem ermordet, sie wären nur damit davongekommen, wenn du nicht Zeugin des Ganzen geworden wärst.«

Ihre Blicke trafen sich im Spiegel. »Das stimmt. Michael sagt, ich wäre sein Slam Dunk«, erzählte Rachelle. Ein kleines Lächeln breitete sich auf ihrem Gesicht aus, als sie ihre neue Frisur sah, die Juliana ihr während des Gesprächs geschnitten hatte. Vorsichtig berührte sie die nun deutlich kürzeren Haare. »Wow«, hauchte sie.

»Lass mich dich noch föhnen, damit du den vollen Effekt bewundern kannst.« Juliana drehte Rachelle vom Spiegel weg und bearbeitete ihre Haare einige Zeit mit Föhn und Bürste. »Okay, bist du bereit?«

»Ich sterbe vor Neugier!«

Als Juliana sie wieder herumdrehte, keuchte Rachelle auf. »O mein Gott! Bin *ich* das?«

Juliana lachte leise. »Ja, das bist du.«

Rachelle strich mit den Fingern durch die gestuften Wellen. »Ich liebe es! Danke!«

»Das freut mich. Das hatte ich schon seit meinem ersten Besuch hier für dich im Kopf.« Juliana stylte Rachelles Haare noch ein wenig, dann erklärte sie: »Weißt du, wer *wirklich* einen Haarschnitt nötig hat?«

»Michael«, sagten sie gemeinsam.

»Hilfst du mir, ihn zu überreden?«, bat Juliana.

»Ich bin dabei.«

Sie gingen in das angrenzende Zimmer, wo die für Rachelles Schutz abgestellten Polizisten ein großes Gewese um ihren neuen Look machten. Juliana beobachtete, wie Rachelle nach Michaels Bestätigung suchte.

»Es ist perfekt«, meinte er. »Du siehst fabelhaft aus.«

Rachelle errötete. »Danke.«

Während Juliana den Burger aß, den Michael ihr beim Zimmerservice bestellt hatte, fing Rachelle an, ihn zu bearbeiten.

»Du solltest Juliana auch was mit deinen Haaren tun lassen«, bemerkte sie und klaute sich Pommes frites von Julianas Teller.

»Hm …« Er schaute von Rachelle zu Juliana. »Wieso habe ich das Gefühl, es hier mit einer Verschwörung zu tun zu haben?«

»Bitte, Michael«, flehte Rachelle. »Lass sie dir die Haare schneiden.«

»Wenn du es nicht tun willst, Maguire, könnte ich vielleicht einspringen«, warf eine der Polizistinnen ein, die mit einer Zeitung auf dem Bett lag.

»Was kriegst du dafür?«, wollte Michael von Rachelle wissen.

»Unterhaltung«, antwortete sie und grinste breit.

»Okay.«

»Er ist sofort eingeknickt, was?«, fragte die Polizistin eine ihrer Kolleginnen, dann lachten beide.

»Seid still«, zischte Michael den beiden zu und ließ sich von Rachelle ins Badezimmer ziehen.

Juliana folgte ihnen.

»Nur die Spitzen. Das meine ich ernst. Mir gefallen meine Haare etwas länger.«

»Lass sie tun, was sie will«, widersprach Rachelle. »Sie ist die Expertin.«

»Spitzenschneiden. Das ist alles, dem ich zustimme.«

Rachelle verdrehte die Augen. »Was für ein Baby«, sagte sie zu Juliana.

Juliana lächelte und legte Michael den Umhang um die Schultern. Er hatte sein Jackett und die Krawatte ausgezogen und die Ärmel seines Hemds hochgekrempelt. Ein paar Minuten lang strich ihm Juliana mit den Fingern durch die Haare und dachte darüber nach, was sie tun wollte. Als ihre Blicke sich im Spiegel begegneten, überraschte sie, was sie in seinen Augen erkannte: Er war sich ihrer als Frau bewusst, und er begehrte sie. Es dauerte lange, bis einer von ihnen wegschaute.

»Komm schon!«, rief Rachelle von der Tür her und brach den Bann. »Fang an zu schneiden.«

Juliana atmete tief durch und machte sich an die Arbeit. Als sie fertig war, merkte sie, dass er unter dem ganzen Haar wirklich sexy war, und mit einem Mal schien ihr das Badezimmer viel zu klein und zu eng.

»Du siehst so … anders aus«, erklärte Rachelle mit einem verzückten Seufzen.

»Ist das gut oder schlecht?«, wollte Michael wissen und betrachtete sich im Spiegel.

»Gut.« Rachelle hatte förmlich Herzchen in den Augen. »Definitiv gut.«

Michael wischte sich die losen Haare vom Nacken. »Definitiv gut. Ich schätze, das ist besser als ›grottenhässlich‹.«

Juliana lachte leise.

»Wir brechen besser auf«, meinte Michael. »Es ist schon spät.«

»Lass mich erst die Haare zusammenfegen«, antwortete Juliana.

»Da kann sich das Housekeeping drum kümmern«, erwiderte Michael. »Ich bitte einen der Beamten, dort anzurufen.«

»Bist du sicher? Ich hasse es, so ein Chaos zu hinterlassen.« Juliana kam immer noch nicht darüber hinweg, wie anders er mit kurzen Haaren aussah.

»Ist schon gut«, versicherte ihr Rachelle. »Wenn wir anrufen, schicken sie gleich jemanden rauf.«

»Okay.« Juliana gab nach. »Tja, ich schätze, wir sehen uns bald wieder.« Sie zog Rachelle in ihre Arme. »Halte durch, Süße.«

»Danke. Für den Haarschnitt und für die ganzen Sachen.«

»Gern geschehen.«

»Wir versuchen, am Wochenende noch mal vorbeizukommen.« Auch Michael umarmte das Mädchen kurz. »Benimm dich weiter gut.«

»Ja, ja.«

Sie sammelten ihre Sachen ein, und Michael wechselte ein paar Worte mit den Polizisten, bevor er gemeinsam mit Juliana in den Flur hinaustrat. Der dort wartende Officer stieß bei Michaels Anblick einen Pfiff aus. »Schicke Frisur, Maguire. Hattet ihr Mädels Spaß dabei, euch gegenseitig die Haare zu machen?«

Juliana grinste, als sie den wütenden Ausdruck in Michaels Gesicht bemerkte.

Das Lachen des Polizisten folgte ihnen bis zum Fahrstuhl.

»Ich hatte gesagt, nur die Spitzen schneiden, Juliana«, stellte Michael fest und drückte auf den Knopf. »Was sagt dir das?«

Ihr Lächeln verschwand. »Oh. Es gefällt dir nicht.«

»Habe ich das behauptet?«

»Du scheinst nicht glücklich zu sein.«

»Gibst du zu, dass du dich nicht darauf beschränkt hast, nur die Spitzen zu schneiden?«

»Meine Güte, ich komme mir ja vor wie im Zeugenstand. Es tut mir leid. Ich war einfach im Flow.«

Er lächelte. »Ich weiß. Ich habe dich beobachtet.«

Ihre Wangen erhitzten sich. »Wirklich?«

»Ja. Ich hätte dich jederzeit aufhalten können.«

Wieder dieser Anflug von Bewusstheit, gemischt mit einem Hauch von Verlangen.

Da sie nicht in der Lage war, all das, was sie in seinen Augen las, auf einmal zu verarbeiten, wandte sie den Blick ab. »Warum hast du es dann nicht getan?«, fragte sie, als sie im Fahrstuhl standen.

»Weil du vollkommen in deiner Welt warst und ich es genossen habe, dich dabei zu beobachten.«

Sie hätte beinahe aufgekeucht, als er die Hand ausstreckte und ihre Haare berührte.

»Das scheint mir nur fair zu sein.«

»Was?« Sie musste sich ermahnen, das Atmen nicht zu vergessen.

»Du durftest mit deinen Fingern durch mein Haar streichen. Ich habe mich gefragt, ob deins wohl so weich ist, wie es aussieht.« Als er sich eine Strähne um den Finger wickelte und zu sich heranzog, um daran zu riechen, keuchte Juliana wirklich auf. »Es ist sogar noch weicher. Und du riechst immer so gut.«

Sie rückte gerade rechtzeitig von ihm ab, bevor die Fahrstuhltüren sich in der Lobby öffneten. »Was machst du da?«, flüsterte sie. »Warum tust du das?«

»Was tue ich denn?«

»Wenn du nach Sex zur Ablenkung suchst, bist du bei mir falsch.«

Er blieb abrupt stehen. »Das denkst du also von mir?«

»Ich weiß nicht, was ich denken soll. Ich habe geglaubt, wir wären Freunde.« Entsetzt bemerkte Juliana, dass ihre Augen sich mit Tränen füllten. In letzter Zeit war sie viel zu nah am Wasser gebaut.

Michael legte ihr einen Arm um die Schultern und zog sie eng an sich.

Mit einem Mal brachen die Spannung, die Unsicherheit und die Qual der letzten Tage über sie herein, und bevor sie wusste, was sie tat, schluchzte sie mitten in der geschäftigen Hotellobby in Michaels Armen.

»Es tut mir leid«, flüsterte sie nach ein paar Minuten. Sie versuchte, nicht darauf zu achten, wie sicher und getröstet sie sich bei ihm fühlte. Oder dass sie ihre Arme ebenfalls um ihn geschlungen hatte.

Er sagte nichts, gab sie jedoch nicht frei.

Schließlich löste sie sich von ihm. »Es geht mir gut«, behauptete sie.

Ohne den Arm von ihren Schultern zu nehmen, führte er sie nach draußen. Im Auto wandte er sich ihr zu. »Ich suche nicht nach Ablenkung, Juliana. Darum geht es hier nicht.«

»Worum dann?«, fragte sie leise.

Mit dem Zeigefinger wischte er ihr eine Träne von der Wange. »*Nicht* um Ablenkung.«

»Ich will das nicht, Michael. Was auch immer es ist. Ich liebe Jeremy.«

»Ich weiß, dass du das tust. Aber siehst du, mein Problem ist, dass ich dabei bin, mich in dich zu verlieben.«

»Was?«, fragte sie entgeistert und schob seine Hand weg. »Das kann nicht dein Ernst sein.«

Er hielt ihren Blick fest. »In den fünf Tagen, seitdem ich dich kennengelernt habe, hast du mir mehr gegeben, warst mehr für mich da, hast mehr für mich getan als Paige in vier Jahren. Schon als ich dich das erste Mal gesehen habe, wusste ich, dass du mir gefährlich werden könntest. Und als du am Sonntag weinend am Flughafen gesessen hast, wollte ich dich nur auf meine Arme heben und mit nach Hause nehmen.«

Neue Tränen benetzten Julianas Wangen. »Du weißt nicht, was du da redest.«

Er ergriff ihre Hand. »Am Freitagabend habe ich versucht, Paige dazu zu bringen, mich auf der Stelle zu heiraten. Weißt du, warum?«

Sie schüttelte den Kopf.

»Weil ich, nachdem ich dich kennengelernt hatte, Angst hatte. Ich wusste bereits, dass sich alles verändern würde, und ich schätze, ein Teil von mir hat gedacht, ich sollte versuchen, es aufzuhalten. Aber ich war machtlos. In diesen ersten Minuten mit dir wusste ich, dass ich Paige nicht heiraten würde.«

»Michael«, schluchzte sie. »Stopp. Hör auf, solche Sachen zu sagen.«

»Juliana, jeder Mann, der dich auch bloß für den Bruchteil einer Minute glauben lässt, du wärst nicht genug für ihn, hat dich nicht verdient.«

»Bitte«, flehte sie. »Bitte hör auf.«

Er drehte ihren Kopf vorsichtig zu sich herum. »Ich wusste, dass ich dabei bin, mich in dich zu verlieben, als du dich am Sonntagabend sofort um Rachelle gekümmert hast. Ich wusste es, als ich dich tanzend in der Küche vorfand und du mir Abendessen gekocht hast. Ich wusste es, weil mein Herz beinahe stehen geblieben wäre, als du mir erzählt hast, dass du auf der Straße belästigt worden bist. Ich wusste es, als ich dich mit Rachelle darüber sprechen hörte, was sie gesehen hat, und du all die richtigen Dinge gesagt hast – all die Dinge, die sie hören musste.« Er strich ihr mit dem Daumen übers Kinn. »Und als ich deine Finger in meinen Haaren spürte, wusste ich, dass ich sie immer dort fühlen will. Sag mir also nicht, dass ich nicht weiß, wovon ich rede.«

Er beugte sich vor, um sie sanft zu küssen – ohne etwas zu fordern –, und für einen atemlosen Moment ließ sie es zu. Dann entzog sie sich ihm. »Michael. Mir dreht sich der Kopf. Bitte, tu das nicht.«

»Es tut mir leid. Ich weiß, es ist kein guter Zeitpunkt für dich, um das zu hören, aber ich konnte nicht zulassen, dass du glaubst, es geht hier um Ablenkungssex. Ich werde dich nicht bedrängen, also musst du dir darüber keine Sorgen machen. Ich werde in den nächsten ein, zwei Monaten so sehr mit dem Prozess beschäftigt sein, dass ich keine Zeit für etwas anderes haben werde. Ich wollte nur, dass du es weißt.«

»Jetzt kann ich nicht mehr bei dir wohnen bleiben.«

»Warum? Ich habe dir doch gerade gesagt, dass ich deswegen nichts un-ter-neh-men werde.«

»Aber jetzt wird es zwischen uns komisch sein.«

Erneut fasste er ihre Hand. »Es wird nicht komisch sein, weil du mich kaum zu Gesicht bekommen wirst. Ich will nicht, dass du gehst.«

»Ich weiß nicht … Ich bleibe, wenn du versprichst, das hier nie wieder zu erwähnen. Ich kann mich zusätzlich zu allem anderen nicht auch noch darum kümmern.«

»Ich verspreche, ich werde kein Wort mehr darüber verlieren, bis du etwas sagst.«

Sie zog ihre Hand zurück. »Das wird nicht passieren.«

»Wir werden sehen.« Er startete den Motor und fuhr los. »Warten wir es einfach ab.«

KAPITEL 13

Am nächsten Morgen saß Michael gedankenverloren an seinem Schreibtisch. Er konnte immer noch nicht glauben, dass er Juliana am Vorabend alles offenbart hatte. Er bedauerte es jedoch nicht. Alles, was er gesagt hatte, entsprach der Wahrheit.

Auf dem Heimweg hatten sie kein Wort gesprochen. Sobald sie zu Hause angekommen waren, war sie in ihr Zimmer gegangen und hatte die Tür hinter sich geschlossen. Trotz ihres Schweigens wusste Michael, dass sie auch Gefühle für ihn hatte. Das sah er an der Art, wie sie ihn anschaute, wenn sie glaubte, er merkte es nicht.

Dass sie weiter an ihrer zehnjährigen Beziehung hing, ließ ihn innehalten. »Aber hey«, überlegte er laut. »Sie wohnt in *meinem* Haus, und mit *ihm* spricht sie nicht einmal.« Der Gedanke stimmte ihn optimistischer, was seine Chancen bei ihr anging. Bis er sich daran erinnerte, wie sehr er sich bei Paige geirrt hatte. Doch Juliana war vollkommen anders als Paige. »Das weiß ich mit Gewissheit.«

Seine Assistentin Angela kam an die Tür. »Führst du Selbstgespräche, Michael?«

»Was?«

»Deine Mutter ist auf Leitung zwei.« Die Anfragen der Presse waren in den letzten Tagen so außer Kontrolle geraten, dass Angela seine Anrufe filterte.

»Danke.«

Angela ging, und er nahm den Hörer ab.

»Hi, Mom.«

»Wie geht es dir, Michael? Heute haben sie den Prozess in der *Today-Show* erwähnt.«

»Wir bekommen viel Aufmerksamkeit. *Zu* viel.«

»Wie hältst du dich, Süßer?«

»Gut. Ich bin bereit, loszulegen.«

»Du weißt, dass wir alle hinter dir stehen. Wie war der Debütantenball für die Südstaatenschönheit letztes Wochenende?« Seine Mutter hatte es schon vor langer Zeit aufgegeben, so zu tun, als würde sie die Simpsons oder ihren Lebensstil gutheißen.

»Sehr interessant. Ich wollte dich schon längst angerufen haben.«

»Oh? Warum?«

»Tja, es tut mir leid, dir mitteilen zu müssen, dass die Hochzeit abgesagt ist.«

»Was? Ist das dein Ernst?«

»Versuch, deine Begeisterung ein wenig zu zügeln, Mutter«, erwiderte Michael und lachte trocken.

»Was ist passiert?«

»Das ist eine lange Geschichte. Lass es mich einfach so ausdrücken: Ich sehe die ganze Sache unterdessen in einem anderen Licht.«

»Halleluja! Deine Schwestern werden sich freuen, das zu hören.«

»Davon bin ich überzeugt.«

»Geht es dir gut, Michael? Ich weiß, du hast sie geliebt. Ich habe zwar nie verstanden, warum, aber ich bin mir sicher, dass du traurig bist. Ich wollte mich nicht darüber lustig machen.«

Michael lachte. »O doch, das wolltest du. Mir geht es gut. Glaub mir, als mir das Ganze um die Ohren geflogen ist, konnte ich mich kaum daran erinnern, was ich mal an ihr geliebt habe.«

»Sie hat es bestimmt ganz ruhig und gefasst aufgenommen.« Maureens Stimme troff vor Sarkasmus.

»Ja, das lief eher nicht so gut. Ehrlich gesagt bin ich mir ziemlich sicher, dass ich von ihr hören werde. Im Moment kann ich allerdings nur an den Prozess denken.« Nun ja, nicht nur, aber noch war er nicht bereit, seiner Mutter von Juliana zu erzählen.

»Ich weiß, dass du viel zu tun hast, also will ich dich nicht länger aufhalten. Es tut mir leid, wenn du verletzt worden bist, Michael.«

»Mach dir keine Sorgen. Es geht mir gut. Wirklich.«

»Halte uns über den Prozess auf dem Laufenden. Wir drücken dir die Daumen.«

»Danke, Mom. Grüß alle schön von mir.«

»Mach ich. Wir lieben dich.«

Nachdem sie versprochen hatte, sich in einer Woche wieder bei ihm zu melden, legte sie auf. Michael lächelte bei dem Gedanken, wie die Nachricht von seiner geplatzten Verlobung die Telefonleitungen ihres Viertels in Newport zum Glühen bringen würde, und er hatte keinen Zweifel, dass er vor Ende des Tages von seinen Schwestern hören würde.

* * *

Abends, auf dem Weg von ihrer Mutter nach Hause, ging Juliana kurz in ihr Haus in der Collington Avenue, um den Kühlschrank auszuräumen, den Müll rauszubringen und die Post in ihre Handtasche zu stecken, um sich später darum zu kümmern. Das alles dauerte keine zehn Minuten. Selbst nach der emotionalen Unterhaltung mit Michael am Vorabend ertrug sie es nicht, in dem Haus zu sein, das sie mit Jeremy geteilt hatte.

Michaels Worte hatten sie den ganzen Tag über verfolgt, während sie höflichen Small Talk mit ihren Kundinnen gehalten hatte. *Wie kann er dabei sein, sich in mich zu verlieben? Das ist absurd. Wir kennen uns nicht einmal eine Woche!*

Aber sie musste zugeben, dass da etwas war. Sie hatte es auch gespürt. Und zwar mehr als einmal. Doch das war auf keinen Fall Liebe. So etwas passierte nur in Filmen, nicht im echten Leben.

Manchmal fragte sie sich, ob ihr Kopf wohl irgendwann von dem ganzen Grübeln explodieren würde. Seltsamerweise hatte sie heute den ganzen Tag nicht ein einziges Mal den Wunsch verspürt, Jeremy anzurufen.

Sie betrat Michaels Haus, schaltete die Lichter ein und überlegte, dass sie es genauso gut als ihr Haus betrachten konnte, denn schließlich hatte sie Michael einen Scheck über zweihundertfünfzig Dollar ausgestellt. Es war nicht viel, aber mehr konnte sie sich im Moment nicht leisten. Er hatte das Geld bloß angenommen, weil sie darauf bestanden hatte.

Die Koteletts, die sie aus der Tiefkühltruhe in der Collington Avenue mitgebracht hatte, legte sie in die Mikrowelle und zwei große Kartoffeln in den Ofen. Während das Fleisch auftaute, ging sie nach oben, um die Schmutzwäsche aus ihrem und Michaels Schlafzimmer zusammenzusammeln und die Waschmaschine anzuwerfen. Sie versuchte, an nichts anderes zu denken als an das, was sie gerade tat. Ihr Gehirn war müde und überdreht.

Wieder unten, würzte sie die Koteletts und stellte sie unter den Grill im Ofen, machte einen Salat und setzte sich dann hin, um die Post durchzugehen. Zwischen den Rechnungen und Werbesendungen lag ein Brief von Jeremy.

Sie öffnete den Umschlag mit zitternden Händen. Allein der Anblick der vertrauten Handschrift ließ ihr Herz schneller schlagen, während Vorfreude und Angespanntheit in ihr kämpften.

Liebe Jule,

seit zwei Tagen habe ich nicht mehr mit Dir gesprochen — es waren die zwei längsten Tage meines Lebens. Du hast gesagt, dass wir nicht miteinander reden dürfen, aber von Schreiben hast Du nichts gesagt. Ich hoffe, dass Du diesen Brief liest und nicht einfach wegwirfst. Ich kann nicht glauben, dass ich Deinem verrückten Plan zugestimmt habe, allerdings kann ich auch nicht glauben, wie dumm ich gewesen bin. Wenn ich die Zeit zurückdrehen und irgendetwas in meinem Leben ändern könnte, dann wäre es unsere Unterhaltung am Strand.

Seitdem Du weg bist, habe ich entdeckt, dass Freiheit eine seltsame Sache ist. Letzte Woche habe ich mich nach ihr gesehnt. Diese Woche habe ich furchtbare Angst davor. Ich will keine andere als Dich. Ich weiß, Du wirst mir nicht glauben, weil ich so ein Idiot war, doch es stimmt. Ich habe versucht, mit einer anderen auszugehen. Wir waren essen, aber alles war falsch, weil sie nicht Du war. Es hat mich nicht interessiert, was sie gesagt hat, ich wollte sie nicht küssen, und ganz sicher wollte ich keinen Sex mit ihr haben. Ich wollte nur Dich. Ich habe einen fürchterlichen Fehler gemacht, Jule, und ich weiß, wenn ich Dich verliere, werde ich es für den Rest meines Lebens bitter bereuen.

Ich kann an nichts anderes denken als daran, dass Du einen anderen kennenlernst. Darüber mache ich mir konstant Sorgen. Es hält mich nachts wach. Bitte, triff nicht jemanden, den Du mehr magst als mich. Ich glaube, das würde mich umbringen. Ich habe meine Vorgesetzten darüber informiert, dass ich in drei Monaten von hier weggehe, egal, ob das Projekt beendet ist oder nicht. Selbst wenn ich meinen Job kündigen muss, komme ich zu Dir nach Hause.

Ich habe Fehler gemacht, das weiß ich. Wir hätten schon vor Jahren heiraten sollen. Es ist meine Schuld, dass wir es nicht getan haben, aber ich habe vor, das wiedergutzumachen, sobald wir wieder zusammen sind. Bis dahin sollst Du wissen, dass ich ständig an Dich denke.

Mit all meiner Liebe,

Jeremy

Juliana las den Brief noch einmal. Da stand alles, was sie seit Jahren hatte hören wollen – vermischt mit ein paar Dingen, auf die sie gut hätte verzichten können. Er hatte sich danach gesehnt, frei zu sein. Frei von ihr. Und er hatte nur zwei Tage gebraucht, um mit einer anderen Frau auszugehen – an dem gleichen Tag, an dem er ihr die Rosen geschickt hatte. Ganz eindeutig war er an diesem Tag schwer beschäftigt gewesen.

Nach ein paar Minuten, in denen sie über seine Worte nachdachte, stand sie auf, um die Koteletts umzudrehen und sich ein Glas Wein einzuschenken. Als alles fertig war, schob sie das Essen lustlos auf ihrem Teller herum. Sie machte Michael eine Portion zurecht und stellte sie mit Alufolie abgedeckt zum Warmhalten in den Ofen. Gerade als sie damit fertig war, die Küche aufzuräumen, klingelte es an der Tür.

Nachdem Juliana einen Blick durch den Spion geworfen hatte, schluckte sie schwer und überlegte kurz, was sie tun sollte. Dann öffnete sie widerstrebend die Tür.

»Wer sind Sie?«, fragte Paige und schob sich an Juliana vorbei. Sie hatte eine große Schultertasche dabei und musterte Juliana so, wie sie vermutlich eine Putzfrau mustern würde.

Juliana räusperte sich und streckte Paige die Hand hin. »Ich bin Michaels Mitbewohnerin, Juliana.«

Paige ignorierte die dargebotene Hand. »Michael hat keine Mitbewohnerin.«

Juliana ließ den Arm sinken. »Jetzt schon.«

»Wo ist er?«

»Bei der Arbeit.« Juliana fiel auf, dass Paige noch ihren Verlobungsring mit dem großen Diamanten trug.

»Also gut.« Paige zog den Mantel aus und ließ sich aufs Sofa fallen. »Ich warte.«

»Fühlen Sie sich wie zu Hause«, erwiderte Juliana und ging zur Treppe.

»Danke, das tue ich«, entgegnete Paige zickig.

Juliana stieg die Stufen hoch, zog die Schlafzimmertür hinter sich zu und griff nach ihrem Handy.

»Hi«, sagte sie, als Michael ranging. »Wo bist du?«

»Warum? Vermisst du mich?«

»Nein, im Ernst. Wo bist du?«

»Juliana? Was ist los?«

»Äh, Paige ist hier.«

Er stöhnte. »Sag mir, dass du Witze machst.«

»Tut mir leid.«

»O Gott, das ist das *Letzte*, was ich heute Abend gebrauchen kann.«

»Ich hätte sie nicht reinlassen dürfen, aber ich wusste nicht, was ich tun sollte.«

»Ist schon gut. Sie hätte, egal wie, auf mich gewartet. So bin ich wenigstens vorgewarnt. Geht es dir gut? War sie fies zu dir?«

»Sie war nicht sonderlich erfreut, zu entdecken, dass du eine Mit-be-woh-ne-rin hast.«

Er lachte. »Das kann ich mir vorstellen. Ich bin in einer Viertelstunde zu Hause.«

»Soll ich eine Schüssel Popcorn vorbereiten?«

»Es freut mich, dass du die Situation amüsant findest«, witzelte er.

»Das war nur ein Scherz. Ich finde das überhaupt nicht amüsant.«

»Ich weiß.«

»Michael?«

»Ja?«

»Lass dich nicht wieder von ihr ohrfeigen.«

Nach einem langen Moment des Schweigens antwortete er: »Werd ich nicht.«

* * *

Michael parkte auf der Straße und lehnte seinen Kopf einen Moment auf das Lenkrad. Er hatte einen Vierzehn-Stunden-Tag hinter sich und wollte einfach nur etwas essen, die Füße hochlegen und bei Juliana sein. Doch stattdessen stand ihm eine weitere Konfrontation mit Paige bevor.

Er stieg aus und betrat das Haus. Nachdem er sich einen Augenblick gegönnt hatte, um sich innerlich zu wappnen, ging er ins Wohnzimmer.

Paige sprang auf. »O Gott, Michael! Was hast du mit deinen Haaren angestellt?« Sie verzog das Gesicht. »Na ja, bis zur Hochzeit ist es nachgewachsen.«

Er zählte bis zehn, bevor er den Mund öffnete. »Was machst du hier?« Er kehrte in den Flur zurück, um seine Aktenmappe mit den Unterlagen, die er heute Abend noch durcharbeiten wollte, abzustellen und seinen Mantel aufzuhängen. Dann ging er in die Küche.

Paige folgte ihm. »Wer ist diese Frau, die behauptet, deine Mitbewohnerin zu sein?«

»Meine Mitbewohnerin.« Er griff nach dem Telefonbuch und nahm dabei den köstlichen Duft wahr, der aus dem Ofen kam und bei dem ihm das Wasser im Mund zusammenlief. Sein Magen knurrte laut. In den Gelben Seiten fand er, was er suchte, und griff nach dem Telefon. »Guten Abend. Ich brauche ein Taxi in der South Chester Street 8. In dreißig Minuten? Okay. Danke.«

»Michael, was soll das? Wir müssen reden.«

»Wir haben nichts zu bereden, aber *du* musst endlich mal zuhören.« Er atmete tief durch, um die Ruhe in sich zu finden, die er benötigte, um das hier zu überstehen. »Am Montag beginnt der vermutlich größte Prozess meiner Karriere. Heute ist Donnerstag. Was bedeutet, ich habe noch *drei* Tage. Ich kann das hier im Moment nicht gebrauchen! Also wirst du in …«, er schaute auf seine Uhr, »achtundzwanzig Minuten dieses Haus verlassen. Fahr zurück zu deinen Eltern, und lass mich in Ruhe. Habe ich mich klar ausgedrückt, oder gibt es irgendeinen Teil, den du nicht verstanden hast?«

»Wo soll ich denn um neun Uhr abends hin?«

Michael zuckte mit den Schultern. »Das ist nicht mein Problem.«

»Ich werde nicht gehen. Das Mindeste, was du tun kannst, ist, mich über Nacht bleiben zu lassen.«

»Du wirst die Nacht nicht hier verbringen. Check in ein Hotel ein. Es ist mir egal, was du machst, doch du wirst dieses Haus verlassen.«

Sie riss die Augen auf. »O mein Gott! Du hast eine andere. Die ganze Zeit, während ich in Florida war, hattest du eine andere. Sie wohnt hier!«

Michael zwang sich, ruhig zu bleiben. »Ich habe keine andere.«

Paige ignorierte ihn und stürmte ins Wohnzimmer. »Bring sie sofort hier runter. Ich will mir die Frau genauer ansehen, die meinen Verlobten vögelt.«

»Das reicht!« Michaels Geduldsfaden riss endgültig. »Das hier ist mein Haus, und ich will dich nicht hierhaben.« Er öffnete die Haustür und warf Paiges Tasche auf den Bürgersteig. »Ich will, dass du gehst. Sofort!«

»Warum? Damit du deine Hure ficken kannst?«

Dieses Mal sah Michael es kommen und fing ihren Arm ab, bevor sie ihn treffen konnte. »Ich glaube nicht, Paige. Ich habe dich einmal damit durchkommen lassen, aber kein zweites Mal.« Während er ihre Hand festhielt, nutzte er die Gelegenheit, um ihr den Verlobungsring vom Finger zu ziehen und ihn in die Tasche zu stecken. »Den nehme ich zurück, nur damit klar ist, wo wir beide stehen. Und jetzt raus.« Er ließ ihren Arm los.

Paige schnappte sich ihren Mantel vom Sofa. »Das wird dir noch leidtun, Michael! Das wirst du bereuen.«

»Nein, werde ich nicht.«

»Ist alles okay, Mr Maguire?«, fragte Officer Tanner vom Bürgersteig aus.

»Jetzt ja. Ms Simpson wollte gerade gehen. In ein paar Minuten kommt ihr Taxi.«

Paige schob sich an ihm vorbei.

Sobald sie draußen war, knallte Michael die Tür zu und lehnte den Kopf eine Minute dagegen. Als er sich umdrehte, kam Juliana gerade die Treppe herunter.

Sie breitete die Arme aus.

Und wie ein Mann, der nach Tagen in der Wüste endlich auf Wasser gestoßen war, trat er zu ihr.

Auf der zweiten Stufe stehend hielt sie ihn lange fest.

Als er sich nach ein paar Minuten von ihr löste, schaute er ihr direkt in die Augen. Seine Finger legten sich wie von selbst um ihren Hinterkopf, und als er Juliana dieses Mal küsste, hielt er sich nicht zurück. Während es bei den Küssen mit Paige darum gegangen war, Hitze und Feuer zu finden, fühlte Juliana zu küssen sich an, wie nach Hause zu kommen. Die Hitze war auch da, aber die war beinahe zweitrangig gegenüber allem anderen, was er empfand, als sie den Kuss mit gleicher Leidenschaft erwiderte.

Sein Herz drohte zu platzen, als sie ihre Lippen für ihn öffnete. Erst als er sich daran erinnerte, was Juliana über Ablenkungssex gesagt hatte, löste er sich von ihr, denn das war das Letzte, was sie denken sollte.

»Es tut mir leid.« Er lehnte seine Stirn gegen ihre. »Das wollte ich nicht.«

Sie legte ihre Hand an seine Wange. »Sie war so gemein zu dir.«

»Zu uns beiden.«

»Ich weiß. Ich habe es gehört.«

Er verzog das Gesicht. »Es tut mir leid, dass du das mit anhören musstest. Ich habe bis letzte Woche nicht geahnt, wie grausam sie sein kann.«

»Sie hat es vor dir verborgen.« Juliana hielt ihn weiter an sich gedrückt.

»Entweder das. Oder ich habe mich entschieden, es nicht zur Kenntnis zu nehmen.«

»Nach dem heutigen Abend wird sie verstanden haben, dass es dir ernst ist. Geht es dir gut?«

»Es ging mir von dem Moment an gut, in dem ich mich umgedreht und dich die Treppe herunterkommen gesehen hab.« Er verstärkte seinen Griff um sie und vergrub sein Gesicht in ihrem Haar.

»Michael«, sagte sie atemlos. »Ich habe dir etwas zu essen gemacht.«

»Ich weiß. Das riecht gut.« Aber er ließ sie nicht los. Weitere fünf Minuten oder mehr vergingen, bevor er bereit war, sie loszulassen. »Danke.«

»Wofür?«

»Dafür, dass du da bist. Dass du mich tröstest.« Arm in Arm gingen sie in die Küche.

Juliana holte das Essen aus dem Ofen und schaltete ihn aus.

»Was ist das?« Er nahm Jeremys Brief in die Hand, der auf dem Tisch lag.

»Oh. Ein Brief. Von Jeremy.«

Michael reichte ihn ihr, ohne einen Blick darauf zu werfen, und setzte sich zum Essen. »Er gibt wohl nicht auf, hm?«

Juliana schüttelte den Kopf. »Er fühlt sich wirklich schlecht wegen dem, was letztes Wochenende passiert ist.«

»Es klingt vermutlich egoistisch, wenn ich antworte, dass er sich deswegen auch schlecht fühlen sollte. Das Essen ist übrigens köstlich. Vielen Dank.«

»Ich bin froh, dass es dir schmeckt.« Sie trug zwei Gläser Wein an den Tisch und setzte sich. »Er war mit einer anderen aus.«

Michaels Hand mit der Gabel erstarrte auf halbem Weg zum Mund. »Das hat er dir erzählt?«

»Und ich habe herausgefunden, dass er sein Date an dem gleichen Tag hatte, an dem ich die Rosen bekommen habe. Er schreibt, die Verabredung sei schrecklich gewesen, weil es keine mit mir war.«

Michael trank einen großen Schluck Wein. »Was dieses Thema angeht, kann ich dir kein guter Freund sein, weil ich nicht aussprechen kann, was ich tatsächlich denke.«

»Ist schon gut. Du könntest nichts sagen, was ich mir nicht schon selbst die ganze Zeit sage.«

Er nahm ihre Hand. »Es tut mir leid.«

»Wirklich?« Sie verschränkte ihre Finger mit seinen und hob den Blick, um ihn mit ihren sanften braunen Augen anzuschauen.

Michael zog an ihrer Hand, bis Juliana nachgab und sich auf seinen Schoß setzte. Dann schlang er die Arme um ihre Taille. »Nein, eigentlich nicht. Er ist ein Idiot. Aber das habe ich dir ja schon gesagt.«

Juliana lehnte ihren Kopf an seine Schulter. »Er meinte, er will das mit uns geraderücken, bevor ich einen anderen kennenlerne.«

Michael küsste sie auf den Scheitel. »Zu spät.«

KAPITEL 14

»Erzähl mir von deiner Familie«, bat Juliana. Sie hatten die Wäsche zusammengelegt, die sie vorhin gewaschen hatte, und saßen jetzt beim Rest aus der Weinflasche vom Essen zusammen.

Michael streckte sich und ließ den Kopf gegen die Sofalehne sinken. Er hatte sich umgezogen und trug nun ein Red-Sox-T-Shirt und eine Jogginghose. »Ich habe dir schon erzählt, dass ich drei Schwestern habe, oder?«

»Mhm. Wo sind die jetzt?«

»Sie wohnen alle im gleichen Viertel wie meine Eltern in Newport. Und sie haben Jungs geheiratet, mit denen sie aufgewachsen sind. Mal sehen, Mary Frances ist die Älteste. Sie hat John Doncaster geheiratet. Die beiden haben fünf Kinder: Connor, Colm, Cormac, Catherine und Clara«, sagte er und zählte die Namen an den Fingern seiner rechten Hand ab.

»Ich liebe irische Namen.«

»Da kommen noch mehr. Maggie hat Luke O'Shea geheiratet, und sie haben drei Kinder. Patrick, Sean und Emma. Meine Schwester Shannon ist mit Hughie Sullivan verheiratet, aber wir sollen ihn nicht mehr Hughie nennen. Sie haben Lauren, Ailish, Hannah und Grace.«

»Wow, vier Mädchen!«

Michael lachte. »Ich weiß. Hughie – ich meine Hugh – ist total überwältigt. Er war früher immer der größte Rabauke. Es ist lustig, ihn zwischen all den Frauen zu erleben.«

»Wie sind deine Eltern so?«

»Meine Mutter Maureen liebt es, Großmutter zu sein. Wenn sie nicht gerade als Haushälterin für die Preservation Society arbeitet, hat sie immer mindestens drei Kinder an ihrem Rockzipfel hängen. Die Society kümmert sich um die berühmten Villen von Newport. Mein Dad Sean ist stellvertretender Feuerwehr-Chef.«

»Sie sind bestimmt stolz auf dich.«

Er zuckte die Achseln. »Das sind sie, aber ich glaube, sie wünschten, ich hätte ein Mädchen aus der Nachbarschaft geheiratet und würde bei ihnen in der Nähe wohnen, so wie die anderen.«

»Und dass du sechs irische Nachkommen hättest?«, zog Juliana ihn lächelnd auf.

Michael wand sich. »Ich bin sehr zufrieden damit, meinen Schwestern die Versorgung meiner Eltern mit Enkeln zu überlassen. Mein Dad war enttäuscht, dass ich nicht in seine Fußstapfen getreten und Feuerwehrmann geworden bin. Sein Vater, seine Brüder und deren Söhne sind alle bei der Feuerwehr, doch für mich war das nichts. Ich wollte aufs College und studieren.«

»Wo warst du?«

»Auf dem Boston College. Danach habe ich ein paar Jahre in Boston gearbeitet, um Geld für mein Jurastudium zu sparen.«

»Wolltest du schon immer Anwalt werden?«

»Solange ich denken kann. Und ich wollte immer auf die Georgetown. Als ich noch auf der Highschool war, kam ein Anwerber in unsere Schule, und seitdem konnte ich an nichts anderes mehr denken als daran, auf die Georgetown zu gehen und in Washington zu leben. Allein mit meinen Noten habe ich es nicht geschafft, was sehr enttäuschend war. Aber ich habe mir für den LSAT – den Test, den man für ein Jurastudium ablegen muss – den Hintern aufgerissen und bin reingekommen.«

»Wurden deine Erwartungen erfüllt?«

»Total. Ich habe jede Minute geliebt. Okay, abgesehen von dem ständigen Lernen. Das wurde schnell langweilig, vor allem, weil ich in der Zwischenzeit ein paar Jahre außerhalb der Uni verbracht und dabei meine Disziplin verloren hatte.«

»Ich wollte auch immer aufs College gehen«, sagte sie sehnsüchtig.

»Warum hast du es nicht getan?«

»Kein Geld.« Sie zuckte mit den Schultern. »Mein Dad war Busfahrer, da hatten wir gerade genug, um über die Runden zu kommen. Es hat auch nicht geholfen, dass mein Bruder Vincent aus der Towson rausgeflogen ist. Das hat meinen Vater wahnsinnig geärgert. Ständig hat er sich beschwert, wie viel Geld ihn das gekostet hat. Danach wusste ich, dass er nie für mein Studium zahlen würde.«

»Du kannst es immer noch nachholen. Es ist nie zu spät.«

»Ich habe immer noch kein Geld«, meinte sie und lächelte traurig.

»Es gibt viele Möglichkeiten – finanzielle Unterstützung, Stipendien. Du könntest es schaffen.«

»Ich glaube, der Zug ist für mich abgefahren. Außerdem mag ich meinen Job, und ich bin froh, ihn zu haben. Panache ist einer der besten Salons der Stadt. Ich habe mir einen ziemlich guten Kundenstamm aufgebaut und nur ganz selten freie Termine.«

»Du bist gut in dem, was du tust. Ich kann das beurteilen, denn ich habe dich dabei gesehen.« Er fuhr sich mit der Hand durchs Haar, um seine Worte zu unterstreichen.

Juliana verzog das Gesicht. »Ich hasse es, dass du einer meiner wenigen unzufriedenen Kunden bist.«

»Ganz im Gegenteil. Ich bin ein sehr zufriedener Kunde. Die Frauen im Büro waren heute ganz aus dem Häuschen.«

»Ach ja?«

Er nickte grinsend. »Und Paige hat es *gehasst*. Also gut gemacht.«

Juliana warf ein Kissen nach ihm. »Freut mich, dass ich helfen konnte.« Sie griff nach ihrem Weinglas. »Du hast ziemliches Glück, weißt du das?«

Er nahm ihre freie Hand. »Weil ich hier mit dir sitze?«

Sie bedachte ihn mit einem Blick, der Blumen auf der Stelle hätte welken lassen können. »Nein. Weil du so eine nette Familie hast. Meine ist das reinste Katastrophengebiet. Deine klingt so normal.«

Seine Miene wurde ernst. »Wir hatten auch unsere Herausforderungen.« Nach einer langen Pause fügte er an: »Ich hatte noch einen Bruder.«

»Wirklich?«

»Patrick. Er ist mit zwölf Jahren gestorben. Da war ich sieben.«

Juliana drückte seine Hand. »O Michael, das tut mir so leid.«

»Er hatte Leukämie. Mitten im Sommer ist er krank geworden, und im Oktober war er schon tot.«

»Das muss ein Schock gewesen sein.«

»Ja. Danach waren meine Eltern nie wieder dieselben.«

»Natürlich nicht.«

»Das Schlimmste war, nachdem er gestorben war, haben wir nie wieder über ihn geredet. Es war, als hätten wir Angst, seinen Namen auszusprechen, weil wir unsere Mutter nicht traurig machen wollten. Also haben wir einfach aufgehört, über ihn zu reden.«

Julianas Augen füllten sich mit Tränen.

»Er war für mich der wichtigste Mensch auf der Welt. Und dann, von einer Sekunde auf die andere, war er weg, und ich musste so tun, als hätte es ihn nie gegeben.«

Juliana legte ihren Kopf an Michaels Schulter und hielt seine Hand. »Wie war er so?«

»Er war ein toller Sportler – Baseball und Football. Die Trainer haben meinem Dad immer gesagt, dass er mal Profi wird. Die Frage war nur, in welcher Sportart. Doch ich glaube, er wäre Feuerwehrmann geworden. Er hat mich immer überall mit hingenommen und sich nie darüber beschwert. Er hat mich Mikey genannt.«

»Das ist süß.«

»Das durfte sonst niemand. Er ist jetzt schon seit fünfundzwanzig Jahren fort, aber ich vermisse ihn immer noch.« Michael hob den Arm und legte ihn Juliana um die Schultern. »Kann ich mal eine Minute egoistisch sein?«

Sie lächelte ihn an. »Wenn es sein muss.«

»In all den Jahren, die ich mit Paige zusammen war, habe ich ihr nie von Pat erzählt. Es gab einfach nie einen Zeitpunkt, zu dem mir danach gewesen wäre.«

»Danke, dass du es *mir* erzählt hast.« Juliana war tief berührt von seinem Geständnis.

»Ich bin es nicht allein, oder?«

»Was?«

Ihr hielt ihren Blick fest. »Du fühlst es auch, oder? Wenigstens ein kleines bisschen?«

Sie konnte nicht wegschauen. Nach einem Moment des Schweigens biss sie sich auf die Unterlippe und nickte.

Er beugte sich vor, um sie zu küssen.

Unter ihrer Hand, die auf seiner Brust lag, spürte sie, wie sein Herz zu pochen anfing. Sie sagte sich, dass sie aufhören sollte, dass ihn so zu küssen falsch war, weil sie immer noch mit Jeremy zusammen war. Doch dann erinnerte sie sich daran, dass das im Moment nicht mehr stimmte, also war das hier technisch betrachtet nicht falsch. Und verdammt, es fühlte sich so gut an, in Michaels Armen zu liegen, sein Gewicht zu spüren, während er sie mit unendlicher Zärtlichkeit küsste.

»Juliana«, flüsterte er an ihrem Ohr. »Mein Gott, du riechst so gut. Ich kann einfach nicht genug von dir kriegen.« Er küsste sie ein weiteres Mal und stöhnte, als sie ihn in die Arme schloss. Während seine Zunge ihre umspielte, streichelte er Juliana den Rücken unter dem schwarzen T-Shirt, das sie zur Arbeit getragen hatte.

»Michael, warte.« Sie machte sich von ihm los. »Das geht mir alles zu schnell.«

Er nahm ihre Hand und legte sie wieder auf sein hämmerndes Herz. »Fühlst du das? Das bist du.«

»Bitte.« Ihr eigenes Herz setzte einen Schlag aus. »Ich kann das nicht. Ich kann nicht von einem Mann zum nächsten springen. So bin ich einfach nicht.«

»Ich weiß. Es tut mir leid.« Er half ihr, sich aufzurichten, und stützte den Kopf in die Hände. »Sorry. Ich habe versprochen, dich nicht zu drängen.«

»Das hast du auch nicht.« Sie berührte ihn am Rücken. »Es ist nur … Im Moment ist alles so kompliziert. Für uns beide. Wenn wir das hier außer Kontrolle geraten lassen, wird jemand verletzt werden.«

»Du hast recht.«

»Ich werde nicht leugnen, dass da was zwischen uns ist«, fuhr sie fort und musste lächeln, als er bei diesem Eingeständnis strahlte. »Aber wir brauchen Zeit. Du hast gerade eine Verlobung gelöst, und ich bin immer noch irgendwie mit Jeremy zusammen. Wir haben im Moment zwar unsere Probleme, doch das zwischen uns ist nicht vorbei.«

»Ich weiß. Wir gehen es langsam an und schauen, was passiert.«

»Versprochen?«

Er küsste ihre Hand. »Versprochen.«

* * *

Am nächsten Tag musste Juliana erst ab Mittag arbeiten, also schlief sie bis halb zehn. Nachdem sie aufgewacht war, lag sie noch lange im Bett und wünschte, es gäbe jemanden, mit dem sie über all das reden könnte, was in der letzten Woche passiert war. Die meisten ihrer Freundinnen gehörten zu Paaren, mit denen sie und Jeremy befreundet waren, also schieden sie aus.

Dann war da Carol, aber so kurz vor Prozessbeginn wollte sie sie nicht mit ihren Problemen belasten. Und ihre Schwester Dona würde viel zu viel Vergnügen daran finden, zu hören, dass es zwischen ihr und »Mr Wundervoll« Probleme gab – das war der sarkastische Spitzname, den Vincent und sie Jeremy vor Jahren verpasst hatten.

Es erschreckte sie, dass es niemanden sonst gab. Seit so langer Zeit hatte sie sich bei allem, was sie brauchte, an Jeremy gewandt, dass sie sich aus anderen Beziehungen nach und nach zurückgezogen hatte. *Interessant*, dachte sie und stand auf, um zu duschen. Als sie sich die Haare föhnte, fiel ihr ein, dass es doch einen Menschen gab, der weder sie noch Jeremy verurteilen würde. Denn das Letzte, was sie wollte, war, dass irgendjemand ihn anders behandelte, sollte es ihnen gelingen, ihre Probleme zu überwinden.

Sie zog sich an und ging dann zu Fuß den kurzen Weg zur Collington Avenue. Mrs Romanellos Tür war nie abgeschlossen, und so trat Juliana ein und rief: »Hallo? Ich bin's.«

»Komm rein!«, rief Mrs R von oben. »Ich bin gleich da. In der Küche steht Kaffee, wenn du magst.«

Auf der Arbeitsplatte plärrte der Fernseher, während Juliana sich einen Becher Kaffee einschenkte. Jeremy behauptete immer, dass der Kaffee bei Mrs R besser wäre als in jedem Coffeeshop. Wenn er zu Hause war, schaute er morgens oft bei ihr vorbei, um sich einen Becher – und seinen Magen – zu füllen, bevor er zur Arbeit musste. Die Erinnerung machte Juliana traurig. Mit einem Mal fühlte es sich an, als wäre es hundert Jahre her, dass sie glücklich zusammen nebenan gewohnt hatten.

»Das ist aber eine schöne Überraschung.« Mrs R begrüßte Juliana mit einem Kuss auf die Wange. Sie trug einen der stylishen Jogginganzüge, die Juliana ihr letztes Jahr zu Weihnachten geschenkt hatte.

»Kaffee?« Als die ältere Frau nickte, schenkte Juliana auch ihr einen Becher ein.

»Du bist wie für eine Beerdigung angezogen, also nehme ich an, dass du heute arbeiten musst«, bemerkte Mrs R und stellte den Fernseher leise.

Juliana lachte. »Ich weiß, ich weiß. Junge Mädchen sollten kein Schwarz tragen. Das musst du mir nicht sagen.«

»Es ist lächerlich. Die Besitzer dieses Salons sollten sich mal die Köpfe untersuchen lassen.«

»Sieh es doch einfach so: Ich muss mir morgens keine Sekunde lang Gedanken machen, was ich zur Arbeit tragen soll.«

»Das stimmt, aber du bist nicht hier, um dieses uralte Streitgespräch mit mir zu führen, oder? Was hast du auf dem Herzen, Liebes?«

Juliana zuckte mit den Schultern und setzte sich an den Küchentisch. »Ich habe mich irgendwie in einen Schlamassel hineinmanövriert.«

»Was für einen Schlamassel?«

Und schon sprudelte die ganze Geschichte aus Juliana heraus – angefangen bei der Begegnung mit Michael auf dem Flughafen bis hin zu Jeremys Wunsch, mit anderen Frauen zusammen zu sein, und ihrer Entscheidung, sich für ein paar Monate zu trennen. Sie berichtete davon, dass sie bei Michael eingezogen war, von seiner geplatzten Verlobung, seinem Geständnis, dass er dabei war, sich in sie zu verlieben, von ihren wachsenden Gefühlen für ihn und Jeremys Kampagne, sie in seinem Leben zu behalten. Das Einzige, was sie auslieiß, war der Teil mit Rachelle, weil sie Michael versprochen hatte, mit niemandem darüber zu reden.

»Nun«, erwiderte Mrs R erstaunt. »Und das ist alles innerhalb einer Woche passiert?«

»Ich weiß! Es ist einfach zu viel. Ich kann das nicht alles verarbeiten. Was soll ich nur tun? Ich bin so verwirrt.«

»Ich will ehrlich zu dir sein, Liebes. Ich bin von Jeremy enttäuscht. Ich kann mir nicht vorstellen, was er sich dabei gedacht hat. Wenn du dich in diesen Michael oder irgendeinen anderen Mann verliebst, muss Jeremy akzeptieren, dass er sich das ganz allein zuzuschreiben hat.«

»Sei nicht böse auf Jeremy«, bat Juliana. »Ich will nicht, dass du ihn hasst, falls wir es schaffen, das hier durchzustehen, und wieder zusammen sind.«

»Ich könnte ihn niemals hassen. Ich liebe euch beide wie meine eigenen Kinder, das weißt du, Juliana.«

»Ja«, flüsterte sie.

»Ich liebe ihn, und ich bin von ihm enttäuscht. Er hat dich in eine schreckliche Lage gebracht, indem er dir seine privatesten Gedanken verraten hat.«

»Aber wäre es nicht schlimmer gewesen, wenn er sie ausgelebt und mir verheimlicht hätte? Ich meine, er hätte damit durchkommen können, oder? Ich hätte es nie erfahren.«

»Doch, du hättest es gewusst. Du kennst ihn besser als jeder andere auf dieser Welt, und er weiß, dass er nie damit durchgekommen wäre, dich zu betrügen. Ich muss ihm widerwillig ein paar Punkte dafür zugestehen, dass er dich ausreichend respektiert, um das nicht zu tun.« Sie nippte an ihrem Kaffee.

Im Fernsehen begannen die regionalen Nachrichten mit Neuigkeiten über den Benedetti-Prozess. »Oh, hör nur. Sie berichten über Michaels Prozess.«

»Heute treffen sich die Anwälte zu einem vorbereitenden Termin mit Richter Harvey Stein«, erklärte der Nachrichtensprecher. »Am Montag beginnt die Auswahl der Geschworenen für den umstrittenen Prozess gegen Marco und Steven Benedetti, die beschuldigt werden, Jose Borges, Timothy Sargant und Mark Domingos, drei Teenager aus Baltimore, auf offener Straße erschossen zu haben.« Es folgte eine Schaltung zu den Stufen vor dem Gerichtsgebäude, wo die Reporter Michael und andere Männer in Anzügen belagerten.

»Oh, sieh nur! Das ist er. Das ist Michael.«

»Mr Maguire!«

Die Reporter redeten alle gleichzeitig.

»Was können Sie uns über Ihre Strategie verraten?«

»Nicht viel«, erwiderte Michael ruhig und selbstbewusst. »Außer dass wir bereit sind, am Montag loszulegen, und uns darauf freuen, zu sehen, wie den Familien Borges, Sargant und Domingos Gerechtigkeit widerfahren wird. Mehr werde ich zu diesem Zeitpunkt nicht sagen.«

»Mr Maguire, stimmt es, dass Ihr Fall an der Aussage einer einzigen Zeugin hängt, die Sie in Schutzhaft genommen haben?«

»Kein Kommentar.«

Juliana schaute zu, wie er sich durch die Reportermenge drängte. Als der Sender wieder ins Studio zurückschaltete, merkte sie, dass Mrs R sie mit einem seltsamen Ausdruck in den Augen beobachtete.

»Oje«, entfuhr es Mrs R.

»Was ist?«

»Du bist in ihn verliebt. Das steht dir ins Gesicht geschrieben. Du konntest den Blick nicht von ihm wenden.«

»Ich bin *nicht* in ihn verliebt«, protestierte Juliana. Ihr Herz klopfte wie wild. »Ich mag ihn allerdings. Sehr sogar.«

»Du könntest in Gefahr sein, wenn du während des Prozesses bei ihm wohnst.«

Juliana griff quer über den Tisch nach Mrs Rs Hand. »Ich bin in Sicherheit. Wir haben vor dem Haus einen Polizisten stehen, der aufpasst. Es gibt nichts, worüber du dir Sorgen machen müsstest.«

»Das alles gefällt mir nicht, Juliana. Versprichst du mir, dass du, solltest du Angst haben, zu mir kommst und bei mir bleibst?«

»Das verspreche ich, aber wie gesagt, du musst dir keine Sorgen machen. Außerdem habe ich größere Probleme. Was soll ich nur tun?«

Mrs R schien über Julianas Frage gründlich nachzudenken, bevor sie antwortete. »Mein Tony – Gott hab ihn selig – und ich waren dreiundfünfzig Jahre lang verheiratet. Dreiundfünfzig wundervolle Jahre.« Ihre faltigen Züge wurden weicher. »In all der Zeit habe ich mich nicht ein einziges Mal gefragt, ob er an eine andere denkt. Nicht *ein* Mal.«

Juliana senkte den Blick und schaute in ihre Kaffeetasse.

»Jeremy liebt dich. Das weiß ich. Doch was er von dir verlangt hat, ist beinahe zu viel. Ich habe mich immer gefragt, wieso ihr beide nicht schon längst geheiratet habt.«

Juliana zuckte mit den Schultern. »Wir sind irgendwie nie dazu gekommen.«

»Du solltest darüber nachdenken, wieso das so ist.«

»Vincent meint, es liege daran, dass Jeremy die Kuh nicht kaufen muss, weil er die Milch ja umsonst bekommt«, erklärte Juliana errötend.

Mrs R zog eine Augenbraue in die Höhe. »Vincent ist ein Idiot, aber da hat er möglicherweise recht. Vielleicht warst du zu gut zu Jeremy, und er hat dich als selbstverständlich angesehen. Allerdings musst du dich Folgendes fragen: Wenn ihr es schafft, das zu überstehen, und es ihm gelingt, dich zurückzuerobern, wird es ihn dann in ein, zwei Jahren wieder in den Fingern jucken, wenn ihr verheiratet seid und vielleicht ein Baby unterwegs ist?«

»Ich weiß aber nicht, wie ich *ohne* ihn sein soll. Er war immer alles für mich, weißt du? Er hat mich aus der Hölle meiner Familie gerettet, und er hat mir so viele Jahre Sicherheit geboten. Wie kann ich das einfach hinter mir lassen?«

»Du hast das Richtige getan, indem du eine Pause verlangt hast, Liebes. Ihr müsst beide herausfinden, was ihr wollt. Nur weil du zehn Jahre mit ihm zusammen warst, bedeutet das nicht, dass es dir bestimmt ist, dein Leben mit ihm zu verbringen. Warum lässt du dir nicht die Zeit, herauszufinden, wie es dir ohne ihn ergeht? Wenn die drei Monate um sind, wirst du sehen, was du fühlst, und kannst dich dann entscheiden.«

»Was ist mit Michael?«

»Was soll mit ihm sein?«

»Ich habe Gefühle für ihn, aber ich will keines dieser Mädchen sein, die von einem Mann zum anderen ziehen, als wüssten sie nicht, wie sie allein klarkommen sollen.«

Mrs R lachte. »Du bist *zehn Jahre* mit dem gleichen Mann zusammen gewesen, Juliana. Wenn du jetzt deinen Gefühlen für *einen* anderen Mann auf den Grund gehst, ist das noch kein Wandel im Lebensstil. Außerdem, so wie du dich all die Jahre um deine Mutter gekümmert hast, hast du bewiesen, dass du keinen Mann brauchst, der sich um dich kümmert. Ich habe keinen Zweifel, dass du sehr gut in der Lage bist, in jeder Situation auf deinen eigenen beiden Füßen zu stehen.«

Juliana beugte sich vor und umarmte sie. »Danke«, flüsterte sie.

»Jederzeit.« Mrs R hob Julianas Kopf an und sah sie mit ihren weisen alten Augen an. »Du weißt, wenn du dich auf Michael einlässt, wird es irgendwann darauf hinauslaufen, dass du dich zwischen ihnen entscheiden musst. Bist du bereit, das zu tun?«

»Ich habe mich bereits auf Michael eingelassen«, gab Juliana zu.

Die alte Frau zog sie an sich. »Dann vertrau auf dein Herz, Juliana. Und nur auf deines.«

Juliana nickte und genoss einen Moment die tröstende Wärme von Mrs Rs Umarmung.

KAPITEL 15

Die Auswahl der Jury zog sich acht schmerzhafte, endlose Tage lang hin. Am Ende bekam Michael genau das, womit er gerechnet hatte: sechs Geschworene, die für die Anklage perfekt passten, sechs, die für die Verteidigung perfekt passten, und zwei Ersatzleute, die nicht so leicht zugeordnet werden konnten. Er sorgte sich wegen der italienischen Großmutter, die die Verteidigung durchgesetzt hatte. Wenn sie in den Benedetti-Brüdern einen ihrer eigenen kostbaren Enkel sah, könnte das ausreichen, um ein einstimmiges Urteil zu verhindern.

Aber immer, wenn er das Bedürfnis hatte, sich Sorgen zu machen, rief Michael sich in Erinnerung, wie überzeugend die Fakten in diesem Fall waren. Egal, welchen ethnischen Hintergrund, welches Alter, welchen Beruf und welche vorgefasste Meinung die Geschworenen hatten, es handelte sich vermutlich um rationale Menschen, die, wenn sie die Beweise und Rachelles Augenzeugenbericht hörten und sahen, keine andere Wahl hatten, als die Benedettis zu verurteilen. Das hoffte er zumindest.

Am Abend vor einem Prozessbeginn war er immer nervös. Dieses Mal war es allerdings von Anfang noch mal etwas ganz anderes gewesen. Das lag nicht nur an der landesweiten Aufmerksamkeit der Medien, sondern auch daran, dass die Hoffnung vieler Menschen auf seinen Schultern ruhte. Drei zerstörte Familien und die Öffentlichkeit vertrauten darauf, dass er ihnen einen Abschluss verschaffte.

Und den wollte er. Für die Familien und für Rachelle, die an jenem schicksalhaften Abend ihre Kindheit verloren hatte.

Michael gestand sich ein, dass er diesen Abschluss genauso für sich selbst wollte. Er wollte jeden Fall gewinnen, den er vor Gericht brachte, und zum Großteil war ihm das gelungen. Doch dieses Mal wollte er es mehr als je zuvor. Manchmal hatte er das Gefühl, alles in seinem Leben hätte ihn zu diesem Punkt geführt, und er hoffte, dass er der Aufgabe gewachsen sein würde.

Am Nachmittag des Sonntags, bevor er sein Eröffnungsplädoyer halten sollte, fuhr er mit Juliana ins Hotel, um sich mit Rachelle und ihrer Mutter zu treffen. Rachelle war in ein anderes Hotel in Annapolis verlegt worden, das näher am Gericht lag. Dieser Termin war rein geschäftlich, und Juliana hatte ihn eigentlich nicht begleiten wollen, bis er ihr gesagt hatte, dass Rachelle um ihren Besuch gebeten hatte.

»Rate mal, wer mich heute angerufen hat«, bemerkte Michael, als sie in südlicher Richtung auf der Interstate 97 nach Annapolis fuhren. Im spätnachmittäglichen Licht erstrahlte das Herbstlaub in den schönsten Farben.

»Ellen DeGeneres? Jimmy Fallon?«, zählte Juliana bekannte Talkshow-Moderatoren auf.

»Ja, die beiden auch, aber die meinte ich nicht. Derek Gantley, der General-staatsanwalt von Florida.«

»Oh. Das ist der, der dir den Job angeboten hat, oder?«

»Ganz genau.«

»Was wollte er?«

»Mir viel Glück für den Prozess wünschen und mich an sein Angebot erinnern. Stell dir seine Überraschung vor, als ich erwähnt habe, dass ich nicht länger mit Paige verlobt bin.«

»Er wusste nichts davon?«

»Nope. Er hat seinerseits *mich* überrascht, als er erwiderte, das Angebot bestünde trotzdem weiter.«

»Das hat sich doch bestimmt gut angefühlt.«

Michael zuckte die Achseln. »Schon. Ich habe ihm gesagt, dass ich im Moment gerade nicht über meinen weiteren Berufsweg nachdenken kann, ihm jedoch für das Angebot danke, bla, bla, bla.« Er nahm die Ausfahrt Annapolis und wurde mit einem Mal von einer Flut von Erinnerungen an die Zeiten überfallen, die er hier mit Paige verbracht hatte. Das schien sich auf seinem Gesicht widerzuspiegeln.

»Was ist los?«

»Nichts.«

Juliana griff nach seiner Hand. »Erzähl es mir.«

»Ich war oft mit Paige hier, als ihr Vater noch an der Marine-Akademie war.«

Juliana legte ihre andere Hand auf seine.

Er war ihr dankbar, dass sie erkannte, wann sie nichts sagen musste.

»Weißt du, ich habe nachgedacht«, begann er, um das Thema zu wechseln. »Am nächsten Freitag muss ich nicht vor Gericht, weil Richter Stein sich um irgendwelche Verfahrensdinge für seinen nachfolgenden Prozess kümmern muss. Wenn keine unvorhergesehene Krise eintritt, habe ich drei ganze Tage frei. Ich hatte überlegt, einen Kurztrip zu meiner Familie in Rhode Island zu machen.«

»Das klingt nach einer guten Idee.«

»Begleitest du mich?«

Überrascht schaute Juliana ihn an. »Ich weiß nicht, Michael …«

»Bitte. Ich fahre nicht, wenn du nicht mitkommst.«

»Das ist doch verrückt. Warum nicht?«

»Ich lass dich während des Prozesses nicht drei Tage allein in meinem Haus.«

»Ich dachte, du machst dir keine Sorgen, dass es Probleme geben könnte.«

»Ich lass dich hier nicht allein, Juliana. Komm schon, sag Ja.«

Sie musste über seine flehende Miene lächeln. »Ich sage nicht Ja, aber ich sage, dass ich am nächsten Freitag und Samstag frei habe, weil Jeremy eigentlich nach Hause kommen sollte.«

»Dann klappt es also!«

»Ich habe noch nichts versprochen«, protestierte sie lachend.

Er lenkte den Wagen an den Straßenrand und hielt an.

»Was gibt das?«

»Das hier.« Entschlossen griff er nach ihr und küsste sie mit all dem Frust, der sich in den letzten zehn Tagen aufgebaut hatte, in denen er sich bemüht hatte, Distanz zu wahren. Er vergrub die Finger in ihrem Haar und vertiefte den Kuss.

Sie schlang ihm die Arme um den Nacken.

»Ich habe es versucht, Juliana«, flüsterte er. »Doch ich kann dir nicht widerstehen. Ich denke die ganze Zeit an dich. Ich träume sogar von dir.«

»Michael!« Sie zog ihn näher zu sich.

Nach einigen hitzigen Minuten löste er sich bedauernd von ihr. »Ich habe mir noch nie im Leben so sehr eine Rückbank in diesem Wagen gewünscht wie jetzt.«

»Und was, glaubst du, würde passieren – bei Tageslicht am Straßenrand –, wenn du eine Rückbank hättest?«

Er sah sie bedeutungsvoll an, gab ihr einen Kuss auf die Hand und einen weiteren auf den Mund. »Du lässt mein Herz schneller schlagen«, flüsterte er an ihren Lippen. »Und du hast es geschafft, meine Erinnerungen an Annapolis zu verändern.«

Mit einem leisen Lachen drückte sie ihn auf seinen Sitz zurück. »Du hast einen Termin. Fahr weiter.«

Er stieß frustriert den Atem aus und fädelte sich wieder in den Verkehr ein.

* * *

Juliana saß neben Rachelle, während Michael ihr die neue Prozessstrategie erklärte. »Wir werden die Freunde der Opfer, die den Streit in der Spielhalle mitbekommen haben, als Erste aufrufen, gefolgt von den Detectives und dem Ballistiker. Wir haben beschlossen, dich als Letzte in den Zeugenstand zu bringen, Rachelle.«

»Ich dachte, sie sollte als Erste drankommen«, wandte Rachelles Mutter Monique ein, das attraktive Gesicht ärgerlich verzogen.

»Wir haben das lange und gründlich besprochen«, erwiderte Michael. »Wir glauben, die Wirkung ist stärker, wenn Rachelles Zeugenaussage das Letzte ist, was die Geschworenen hören, bevor die Verteidigung dran ist.«

Da Juliana wusste, wie sehr ihm das Theater von Monique auf die Nerven ging, war sie überrascht, wie geduldig er mit ihr war. Als Monique aufstand, um im Zimmer auf und ab zu laufen, drückte Juliana Rachelles Finger. Ihr war bei ihren vorherigen Besuchen aufgefallen, dass Rachelle ihr Strahlen verlor, wenn ihre überdrehte Mutter mit im Raum war.

»Ich habe meinen Mann und meine Söhne seit sieben Wochen nicht mehr gesehen«, beschwerte sich Monique. »Für Rachelle ist es noch länger her. Sind Sie sicher, dass wir es so machen müssen? Sie könnten sie als Erste aufrufen, dann wären wir morgen weg.«

Michael stand auf und stellte sich vor sie. »Ich würde nicht darum bitten, wenn ich nicht glauben würde, dass es das beste Vorgehen ist.« Er hockte sich vor Rachelle hin und nahm ihre Hände in seine. »Süße, ich weiß, wie schwer das alles für dich ist, und du warst unglaublich tapfer. Ich bitte dich nur um ein wenig mehr Durchhaltevermögen – eine Woche, vielleicht zwei. Kannst du das für mich schaffen?«

Als Juliana sah, wie er das junge Mädchen mit solcher Sanftheit behandelte, spürte sie, wie ihre Verteidigungsmauern bröckelten und sich ihr Herz für ihn öffnete. Sie liebte ihn. Das war ihr mit einem Mal so klar, als hätte sie es schon ihr Leben lang gewusst.

In Rachelles großen braunen Augen schwammen Tränen, aber sie nickte. »Für dich schaff ich das.«

»Danke. Das ist sehr tapfer von dir.«

Nach einer weiteren halben Stunde verkündete Michael, dass sie gehen müssten. Er umarmte Rachelle und sagte ihr, dass sie sich das nächste Mal vor Gericht sehen würden. »Vergiss nicht, worüber wir gesprochen haben. Beantworte lediglich die Fragen, die dir gestellt werden, mehr nicht, und schau die beiden nicht an, außer wenn ich dich bitte, sie zu identifizieren, okay?«

Sie nickte.

Er gab ihr einen Kuss auf die Wange. »Alles wird gut. Du bist mein Slam Dunk, vergiss das nicht.«

»Das werde ich nicht.« Sie lächelte. »Michael?«

»Ja?«

»Hol sie dir«, sagte sie leise. »Sorg einfach dafür, dass sie kriegen, was sie verdienen.«

»Das mach ich.«

Juliana umarmte das Mädchen ebenfalls. »Ich bin so froh, dass ich dich kennenlernen durfte, Rachelle.«

»Danke«, erwiderte Rachelle. »Danke, dass du meine Freundin bist.«

»Ich bin stolz darauf, dich meine Freundin nennen zu können.« Juliana zog das Mädchen noch einmal an sich, bevor Michael sie bei der Hand nahm und aus dem Zimmer führte.

Monique folgte ihnen auf den Flur hinaus und schloss die Tür hinter sich. »Michael?«

Er ließ Julianas Hand fallen und drehte sich zu Monique um.

»Versprechen Sie mir, dass meiner Kleinen nichts passiert«, bat Monique und blinzelte Tränen zurück.

Michael legte ihr eine Hand auf den Arm. »Der Polizeichef von Baltimore hat uns für den Prozess all seine Ressourcen zur Verfügung gestellt. Sie haben mein Wort darauf, dass ihr nichts passieren wird.«

Monique drückte seine Hand. »Danke.«

»Es tut mir leid, was Ihre Familie durchmachen muss. Ich werde alles in meiner Macht Stehende tun, um dafür zu sorgen, dass es sich lohnt.«

Sie nickte. »Okay.«

»Es ist bald vorbei. Bleiben Sie stark für sie, Monique.«

»Ich gebe mein Bestes.«

* * *

Zurück im Auto, überraschte Michael Juliana, als er vorschlug: »Lass uns zusammen was essen gehen.«

»Hast du denn Zeit dafür?«

»Ich muss mal eine Weile meinen Kopf frei kriegen. Hilfst du mir dabei?«

»Natürlich. Aber bevor wir das Thema wechseln, will ich dir noch sagen, dass du das mit den beiden ganz wunderbar gemacht hast. Sowohl mit Rachelle als auch mit ihrer Mutter.«

»Findest du?«

Die Unsicherheit in seiner Miene berührte sie. »Ja.«

»Danke.«

»Okay. Keine weiteren Gespräche über den Prozess mehr für …«, sie schaute auf ihre Uhr, »die nächsten drei Stunden. Einverstanden?«

Er beugte sich zu ihr hinüber und küsste sie. »Einverstanden.«

Sie gingen ins Chart House, das in Annapolis direkt am Wasser lag, und sprachen über alles, nur nicht über die Arbeit. Sie schafften es sogar, die Themen Jeremy und Paige auszuklammern. Michael steckte gerade seine Kreditkarte zurück in die Brieftasche, als ein älteres Paar an ihren Tisch trat.

»Mr Maguire?«, fragte die Frau.

»Ja.« Er stand auf, um ihnen die ausgestreckten Hände zu schütteln.

»Wir wollten Ihnen für den Prozess alles Gute wünschen«, sagte der Mann. »Ganz Maryland steht hinter Ihnen, junger Mann.«

»Vielen Dank. Das weiß ich sehr zu schätzen.«

»Genießen Sie das Dinner und die hübsche Begleitung«, fügte die Frau noch hinzu.

Michael lächelte. »Das werde ich.« Nachdem die beiden fort waren, streckte er Juliana die Hand hin.

»Ich speise mit einem Promi«, zog sie ihn auf.

Er legte einen Arm um sie. »Sei still.«

Weiter lachend gingen sie über den Steg, der zum Parkplatz führte.

»Juliana?«

Juliana drehte den Kopf und hatte Pam und David Newman vor sich – Freunde von ihr und Jeremy, die offenkundig erstaunt waren, sie im Arm eines anderen Mannes zu sehen.

»Pam. David.« Sie versuchte, ihren Schreck zu verbergen. *O Gott! Sie werden Jeremy davon erzählen.*

Die beiden küssten sie zur Begrüßung auf die Wange und bemühten sich, Michael nicht anzustarren.

»Das ist Michael, ein Freund von mir.« Sie versuchte, möglichst normal zu klingen, als sie alle einander vorstellte. »Michael, das sind Pam und David Newman, Freunde aus der Highschool.«

Mit offensichtlichem Widerstreben schüttelte David Michael die Hand.

»Was bringt euch nach Annapolis?«, fragte Juliana ein wenig zu fröhlich.

»Heute ist unser Hochzeitstag.« Pam musterte Michael interessiert. »Der dritte.«

»Schon? Das ist ja kaum zu glauben.«

»Wie geht es Jeremy?« David gab sich keine Mühe, seine Verwunderung darüber zu verbergen, sie mit Michael zusammen zu sehen.

»Super. Er arbeitet hart in Florida. Ich habe ihn erst vor ein paar Wochen besucht.«

»Dann grüß ihn schön von uns«, sagte David. »Wenn er wieder zurück ist, müssen wir uns mal wieder treffen.«

»Kenne ich Sie nicht irgendwoher?«, fragte Pam an Michael gewandt.

»Nein, ich glaube nicht. Wir müssen los, Juliana.«

»Nun, es war schön, euch zu treffen.« Juliana umarmte die beiden zum Abschied. »Alles Gute zum Hochzeitstag.«

»Danke.« Pam warf Michael noch einen intensiven Blick zu, bevor David sie wegzog.

»O mein Gott«, flüsterte Juliana und versuchte, ihren Atem zu beruhigen. »O Gott.«

Michael legte wieder den Arm um sie und führte sie zum Parkplatz. »Hey«, versuchte er sie zu beruhigen, als sie im Auto saßen. »Du hast nichts falsch gemacht.«

»Sobald sie zu Hause sind, wird David unverzüglich Jeremy anrufen. Vielleicht wartet er nicht einmal so lang. Jeremy war Davids Trauzeuge. Ich war Brautjungfer bei ihrer Hochzeit. Das ist wirklich schlimm.«

»Juliana, sieh mich an.« Als sie den Kopf zu ihm drehte, erklärte er: »Du tust nichts, was er nicht auch getan hat. Und das wird Jeremy ihm sicher sagen, sollte David ihn wirklich anrufen.«

»Nein«, flüsterte sie. »Jeremy wird ausflippen. Er wird David nicht sagen, dass wir uns vorübergehend getrennt haben. Das würde er niemals zugeben. Sie werden glauben, dass ich ihn betrüge, während er nicht in der Stadt ist.«

»Aber das tust du nicht. Komm schon. Tu dir das nicht an. Du kennst die Wahrheit.«

Sie konnte die Tränen nicht länger zurückhalten.

Michael zog sie in seine Arme. »Ach Juliana, nicht. Du brichst mir das Herz.«

»Tut mir leid«, schniefte sie. »Es ist nicht so, dass ich mich schäme oder nicht mit dir gesehen werden will, Michael. Im Gegenteil, ich bin stolz, bei dir zu sein.«

»Wirklich?«

»Natürlich. Ich will nur nicht, dass sie glauben, ich würde Jeremy betrügen. Das kann ich nicht ertragen.«

»Dann solltest du ihnen vielleicht sagen, was los ist.«

»Ja«, stimmte sie zu. »Das muss ich wohl.« Sie schaute zu ihm. »Es tut mir leid, dass ich uns den Abend verdorben habe. Danke für das Dinner.«

Er gab ihr einen Kuss auf die Wange. »Ich danke *dir*, dass du mir geholfen hast, ein paar Stunden nicht an den Prozess zu denken.«

»Können wir jetzt bitte nach Hause fahren?«

»Auf jeden Fall.«

Auf der Fahrt schwiegen sie, doch er behielt ihre Hand in seiner. Zu Hause fragte er sie, welchen Anzug und welche Krawatte er am nächsten Tag fürs Gericht anziehen sollte. Er legte beide Optionen aufs Bett. »Was meinst du? Den blauen Anzug mit roter Krawatte oder den grauen Anzug mit der blauen Krawatte?«

Juliana musterte die Auswahl. »Blauer Anzug, rote Krawatte«, antwortete sie schließlich.

»Wieso?«

»Du repräsentierst die Regierung, oder?«

»Ja.«

»Rot und Blau sind patriotisch.«

»Stimmt. Danke.«

»Ich gehe ins Bett.«

Er legte einen Arm um sie. »Bist du sicher, dass alles in Ordnung ist?«

Die Hände an seine Brust gelegt, nickte sie. »Viel Glück morgen. Ich werde die ganze Zeit an dich denken.«

»Und ich an dich.« Er gab ihr einen kurzen Kuss.

»Du sollst an die Arbeit denken, nicht an mich.«

»Das ist unmöglich.«

»Gute Nacht.«

»Nacht.«

* * *

Stunden später lag Juliana immer noch wach im Bett. Unangenehme Szenarien schossen ihr durch den Kopf. Die Begegnung mit Pam und David hatte sie aus der Bahn geworfen. Sie war nicht bereit, ihnen oder sonst wem ihre Beziehung mit Michael zu erklären. Verdammt, sie konnte sie sich ja selbst nicht mal erklären.

Als die Decke über ihr knarrte, erkannte sie, dass Michael in seinem Zimmer auf und ab lief. Sie stand auf, zog sich ihren Morgenmantel über und band den Gürtel auf dem Weg nach oben zu.

In Gedanken verloren tigerte Michael durch sein Zimmer. Er trug nur eine weite Pyjamahose, die tief auf seinen schmalen Hüften saß.

Juliana versuchte, nicht seine muskulöse Brust und den Waschbrettbauch anzustarren. »Michael?«

»Hey«, sagte er überrascht. »Wieso bist du noch wach?«

»Ich konnte nicht schlafen. Was ist mit dir?«

»Das Gleiche.« Er tippte sich an die Schläfe. »Ich kann den Kopf nicht ausschalten.«

Sie ging zu ihm und nahm seine Hand. Überrascht folgte er ihr, als sie ihn sanft in Richtung Bett zog.

»Leg dich hin.« Er tat, worum sie ihn bat, und sie merkte, dass sie ihn erneut schockierte, als sie sich neben ihn setzte.

Er stöhnte. »Soll das irgendwie helfen?«

»Dreh dich um.«

Den Blick fest auf sie gerichtet, rollte er sich auf die Seite.

»Nein, ganz herum, auf den Bauch.«

Er gehorchte und hob den Kopf, um sie ansehen zu können.

Sie begann, ihm den Rücken zu massieren. Als ihre Hände seine Haut be-rührten, wurde ihr Mund ganz trocken.

Michael seufzte.

»Schließ die Augen.« Sie richtete sich auf die Knie auf, um beide Hände nehmen zu können. »Fühlt sich das gut an?«

»Hmm.«

»Schlaf jetzt.«

Er schnaubte. »Ja, klar. Ich habe das schönste Mädchen der Welt in meinem Bett, und du erwartest, dass ich schlafe?«

Seine Worte schossen ihr direkt ins Herz – und in ein paar andere Körperteile. Als sie sich vorbeugte, um ihm einen Kuss auf die Wange zu geben, riss er die Augen auf. »Schlaf«, sagte sie und strich ihm mit der Hand über die Lider, damit er sie wieder schloss.

Sie knetete ihm die Anspannung aus den Schultern, bevor sie sich langsam an seinem Rücken hinunterarbeitete. Als sein Atem ruhiger und gleichmäßiger wurde, übte sie immer weniger Druck aus, bis sie sicher war, dass er eingeschlafen war. Sie wollte sich leise davonschleichen, aber sein Arm schoss vor und zog sie neben ihn aufs Bett.

Vor die Wahl gestellt, sich zu wehren und ihn dadurch aufzuwecken oder zu bleiben, entschied sie sich fürs Bleiben.

KAPITEL 16

Michael wurde eine halbe Stunde vor dem Wecker wach. Als er sich umdrehte und Juliana neben sich liegen sah, glaubte er zu träumen. Dann erinnerte er sich daran, wie sie sich letzte Nacht um ihn gekümmert hatte, und eine neue Welle der Liebe zu ihr erfüllte ihn. Ihre seidigen Haare waren fächerförmig über das Kissen ausgebreitet, einen Arm hatte sie über ihren Kopf gelegt.

Michael musterte ihr Gesicht und erkannte, dass er für den Rest seines Lebens neben ihr aufwachen wollte. Diese Gewissheit hatte er bei Paige nie empfunden, und er hatte keinen Zweifel, dass er sein Leben mit Juliana verbringen und dabei vollkommen zufrieden sein könnte.

Nachdem er sie gute zehn Minuten lang betrachtet hatte, fiel ihm wieder ein, dass heute der Prozessauftakt war und er besser aufstehen sollte. Es amüsierte ihn, dass nur neben Juliana aufzuwachen ausreichte, und schon hätte er ihn ausgerechnet heute fast vergessen. Er beugte sich vor, um ihr einen Kuss auf die Wange zu geben, dann schaltete er den Wecker aus und verschwand unter die Dusche.

Er war gerade dabei, sich die rote Krawatte zu binden, die Juliana am Vorabend für ihn ausgewählt hatte, als sie sich rührte.

»Guten Morgen«, sagte sie gähnend. »Wie spät ist es?«

Er schlüpfte in sein Sakko und setzte sich auf die Bettkante, um sich die Schuhe zuzubinden. »Halb sieben. Schlaf noch ein wenig.«

Sie strich über seine Seidenkrawatte. »Geht es dir gut?«

Wie gebannt starrte er auf ihre Finger, die mit seiner Krawatte spielten. »Ja«, brachte er schließlich hervor.

Sie streckte die Arme nach ihm aus, und er ließ sich hineinsinken. »Hol sie dir«, wiederholte sie flüsternd Rachelles Worte als Ermutigung.

Er wich ein wenig zurück, um sie anzusehen. Sanft ließ er seine Fingerspitzen über ihr Gesicht gleiten, schob ihr die Haare aus der Stirn und küsste sie. »Ich ruf dich an, wenn ich aus dem Gericht komme.«

»Ich warte darauf.«

Nach einem letzten Kuss ging er.

* * *

Juliana legte sich noch mal für zwei Stunden hin. Nachdem sie aufgestanden war, machte sie das Bett und stellte eine Maschine Wäsche an, bevor sie nach unten ging, um den Fernseher anzuschalten und ihr Handy zu suchen.

In den Nachrichten erhaschte sie einen Blick auf Michael, wie er das Ge-richts-ge-bäu-de betrat. Eine Gruppe Reporter war ihm dicht auf den Fersen, während er die Treppe hinaufeilte. Die Kamera schaltete zu einer blonden Reporterin, die auf eine Flotte von Übertragungswagen mit großen Satellitenschüsseln auf dem Dach zeigte. »Wie Sie sehen, herrscht hier vor dem Gerichtsgebäude ein regelrechter Zirkus. Zurück ins Studio.«

Juliana schaltete den Ton aus und wählte Pams Nummer bei der Arbeit.

»Pam Newman.«

»Pam, ich bin's, Juliana.«

»Oh. Hi.«

»Äh, hör mal, wegen gestern Abend …«

»Wenn du dir Sorgen machst, dass David Jeremy davon erzählt … Ich glaube, das habe ich ihm ausgeredet.«

»Das weiß ich sehr zu schätzen, doch es gibt da etwas, das ihr wissen solltet.«

»Und zwar?«

»Jeremy und ich sind … Nun ja, wir …«

»Spuck es aus, Juliana.«

»Wir haben uns vorübergehend getrennt.«

»Wann? Was ist passiert?«

»Vor beinahe einem Monat.« Es fiel ihr selbst schwer, das zu glauben.

»Weil du dich mit diesem anderen Mann triffst? Er ist der Staatsanwalt, der wegen dem Benedetti-Fall in den Nachrichten ist. Das ist mir heute Morgen aufgefallen.«

»Ja, das ist er. Aber er ist nicht der Grund dafür, dass Jeremy und ich nicht zusammen sind. Das schwöre ich bei Gott, Pam.«

»Was ist es dann? Ich kann mir diese Welt gar nicht ohne Jeremy und dich als Paar vorstellen. Was ist passiert?«

»Hattest du je einen Streit mit David, von dem du allen erzählt und dir später gewünscht hast, du hättest es nicht gemacht, weil er etwas Wundervolles getan hat und ihr euch wieder vertragen habt?«

»Natürlich. Wenn ich ehrlich bin, passiert das ständig.«

»Nun, ich würde lieber nicht ins Detail gehen bei dem, was vorgefallen ist, wenn das okay ist. Ich möchte nur nicht, dass du und David denkt, ich würde Jeremy betrügen, während er weg ist. Das tue ich nicht.«

»Was ist da zwischen dir und dem sexy Anwalt, Juliana? Ihr beide habt wahnsinnig vertraut gewirkt.«

»Ich bin mir nicht sicher. Aber ich möchte nicht, dass Jeremy gerüchteweise davon hört. Das wäre nicht richtig.«

»Von mir wird er nichts erfahren. Was David angeht, kann ich allerdings nichts versprechen. Er war gestern Abend ziemlich aufgebracht.«

Juliana zuckte zusammen. »Das tut mir leid. Es war euer Hochzeitstag.«

»Zerbrich dir deswegen nicht den Kopf. Brauchst du irgendetwas, Juliana? Geht es dir gut?«

»Ja, danke, und nein, ich brauche nichts.«

»Ruf mich bald mal wieder an, okay? Ich möchte wissen, was los ist.«

»Mach ich«, erwiderte Juliana und legte auf. Sie hatte getan, was sie konnte. Nachdem sie den Fernseher ausgeschaltet hatte, ging sie nach oben, um zu duschen und sich anzuziehen, damit sie ihren freien Tag damit verbringen konnte, im Haus ihrer Mutter zu putzen.

* * *

Juliana war wie gebannt von der ausführlichen Berichterstattung über den vierten Prozesstag in den Vier-Uhr-Nachrichten, zu der auch das tägliche Interview mit Michael auf den Stufen vor dem Gerichtsgebäude gehörte. Laut seinen Berichten, die er ihr jeden Abend gab, lief der Prozess so gut, wie er es erhofft hatte, aber die Versuche der Verteidigung, alles in die Länge zu ziehen, frustrierten ihn. Ein Zeuge, von dem er erwartet hatte, ihn bloß einen halben Tag zu benötigen, hatte zwei volle Tage im Zeugenstand verbracht.

Vor ein paar Stunden hatte Michael angerufen, um ihr zu sagen, dass er gegen acht Uhr zu Hause wäre – und um sie ein weiteres Mal zu bitten, am nächsten Tag mit ihm nach Rhode Island zu kommen. Juliana hatte ihn wieder abblitzen lassen, weil es sich für sie nicht richtig anfühlte. Was würde seine Familie denken, wenn er nur wenige Wochen nach dem Ende seiner Verlobung eine andere Frau mitbringen würde? Ganz zu schweigen davon, dass sie sich noch nicht wirklich von ihrem Freund getrennt hatte.

Weil sie von Jeremy nichts gehört hatte, hegte sie die Hoffnung, dass David dem Drang widerstanden hatte, ihm alles brühwarm mitzuteilen. Bei der Vorstellung, wie Jeremy auf die Nachricht reagieren würde, dass sie ein Date mit einem anderen gehabt hatte, erschauderte sie. Egal, was sonst passierte, sie wollte ihm nicht wehtun, wenn es sich vermeiden ließ.

Die Nachrichten waren vorbei, und Juliana streckte sich auf dem Sofa nach der Fernbedienung, um umzuschalten. Sie hatte sich gerade wieder hingesetzt, als das Geräusch von splitterndem Glas und quietschenden Reifen auf der Straße sie zusammenschrecken ließ. Bevor sie sich rühren konnte, um zu sehen, was da los war, zersprang die Glasplatte des Couchtischs vor ihr. Geschockt saß Juliana wie erstarrt da, bis sie etwas Feuchtes an ihrem Gesicht spürte. Sie tastete vorsichtig danach und schrie auf, als sie erkannte, dass ihre Finger voller Blut waren.

Jemand hämmerte an die Tür. »Juliana, öffnen Sie! Hier ist Officer Tanner.« Er klopfte erneut an die Tür. »Juliana!«

Sie krabbelte über die Rückenlehne des Sofas, um den Scherben auszuweichen, die überall waren, und öffnete die Haustür.

»Geht es Ihnen gut? O Gott, Sie bluten ja. So eine Scheiße! Ich bin nur kurz um die Ecke gegangen, um zu pinkeln.« Er rief Verstärkung und einen Krankenwagen. Dann zog er ein Taschentuch aus der Tasche. »Setzen Sie sich. Hier, auf die Stufen.« Er presste das Taschentuch gegen ihre Stirn, wo das Blut herzukommen schien, das ihr übers Gesicht rann.

Vor Julianas Augen tanzten Sterne. In der Ferne hörte sie das Heulen einer Sirene, während sie darum kämpfte, nicht ohnmächtig zu werden. Innerhalb weniger Minuten wimmelte es im Haus von Polizisten und Sanitätern. Sie brachten sie ins Esszimmer und legten sie dort auf den Boden, damit sie die Wunde reinigen und mit einem Schmetterlingspflaster schließen konnten.

Die Polizisten suchten im Zimmer nach Beweisen. Unter den Überresten von Michaels Couchtisch fanden sie einen großen Stein. Juliana schluckte schwer, als sie ihn sah. Hätte sie sich nur eine Sekunde später vorgebeugt, um umzuschalten, hätte der Stein sie und nicht den Tisch getroffen. Die Vorstellung verursachte ihr Übelkeit.

Eine nervöse Anspannung breitete sich im Zimmer aus, als die Polizisten eine Nachricht fanden, die in roter Farbe auf den Stein geschrieben war. »Was steht da?«, fragte einer von ihnen.

»Wir werden sie finden.‹«

»Was zum Teufel soll das heißen? ›Wir werden sie finden.‹«

»Rachelle«, flüsterte Juliana panisch. »Damit meinen sie Rachelle, die Zeugin, die in Schutzhaft sitzt. Jemand muss Michael benachrichtigen. Sofort!« Sie versuchte, sich aufzusetzen, aber der Raum drehte sich um sie, und ihr wurde schlecht. »Rufen Sie Michael an«, flehte sie Tanner an.

Er nahm sein Handy vom Gürtel. »Wie lautet seine Nummer? Ich habe die nur im Auto.«

Juliana nannte ihm Michaels Handynummer und presste die Augen zusammen, weil ihr Kopf fürchterlich pochte.

»Mr Maguire, Officer Tanner hier. Wir hatten ein paar Probleme bei Ihnen zu Hause. Bitte kommen Sie schnell her.«

Juliana hörte Michaels gedämpfte Stimme durch das Telefon.

»Sie ist verletzt, aber es geht ihr gut.« Er erzählte Michael von dem Stein, der Botschaft und Julianas Sorgen um Rachelle. »Ja, natürlich. Ich bleibe bei ihr.« Er legte auf und wandte sich an Juliana. »Er ist auf dem Weg.«

* * *

Michaels Herz hämmerte in seiner Brust. *Verletzt, aber es geht ihr gut. Was zum Teufel soll das heißen? Wie schwer verletzt?* Er fuhr wie ein Wahnsinniger durch die Stadt. Als er in die Chester Street einbog und die blinkenden Streifenwagen, den Krankenwagen und die Schaulustigen sah, die sich auf dem Bürgersteig vor seinem Haus versammelt hatten, gefror ihm das Blut in den Adern.

Er stellte sein Auto auf dem erstbesten Parkplatz an der Straße ab, und es war ihm egal, dass er in seiner Eile die Autotür offen ließ. Er konnte nur daran denken, zu Juliana zu kommen. »Lassen Sie mich durch!«, rief er, während er sich zwischen den Neugierigen hindurchdrängte. »Verdammt! Lassen Sie mich durch!«

Schließlich teilte sich die Menge, und ein Officer, der Michael erkannte, hob das gelbe Absperrband für ihn. Michael rannte die Stufen hinauf und ins Haus. Als er Juliana mit Blut befleckt auf dem Fußboden im Esszimmer liegen sah, blieb er abrupt stehen. »O mein Gott«, keuchte er. Für einen kurzen Moment glaubte er, ohnmächtig zu werden.

Juliana hob eine Hand. »Mir geht es gut. Das sieht schlimmer aus, als es ist.«

Er sank neben ihr auf die Knie. »O Baby. Was ist denn passiert?«

»Wir glauben, dass sie von einer Scherbe des Couchtischs an der Stirn getroffen wurde«, sagte Officer Tanner.

»Wo zum Teufel sind Sie gewesen? Sie hätte getötet werden können!«

Der junge Officer wurde blass. »Es tut mir leid, Mr Maguire. Ich war nur fünf Minuten weg, um mich zu erleichtern. Sie müssen das genau abgepasst haben.«

»Ach wirklich?«

»Michael, bitte.« Juliana strich ihm mit den Fingern übers Haar. »Schrei ihn nicht an. Es ist nicht seine Schuld.«

Als er Juliana in die Arme zog, zitterte Michael am ganzen Körper. »Du hättest getötet werden können«, flüsterte er.

»Michael, die Nachricht auf dem Stein. Was ist mit Rachelle?«

»Darum habe ich mich gekümmert. Wir haben ihre Bewachung verdoppelt. Mach dir um sie keine Sorgen.«

Ein Lieutenant kam auf sie zu. »Mr Maguire?«

Michael schaute zu ihm hoch.

»Wir werden eine Weile hier sein, also haben wir Sie beide für die Nacht in einem Hotel untergebracht.«

»Sie muss ins Krankenhaus«, erklärte Michael.

»Wir haben sie versorgt«, beruhigte ihn einer der Sanitäter. »Kopfwunden bluten wie verrückt, selbst wenn es nur eine oberflächliche Schnittwunde ist.«

»Wirklich, Michael, es geht mir gut. Ich hab mich furchtbar erschreckt, muss aber nicht ins Krankenhaus.«

»Warum packen Sie nicht eine Tasche, damit wir Sie ins Hotel fahren können?«, schlug der Lieutenant Michael vor.

»Kann ich dich ein paar Minuten allein lassen?« Michael hatte Angst, dass er, wenn er Juliana bloß einen Moment aus den Augen ließe, bei seiner Rückkehr feststellen würde, dass es ihr nicht gut ging, dass sie von einem Stein und nicht von einer Glasscherbe getroffen worden war. Der Gedanke daran, wie knapp sie diesem Schicksal entronnen war, ließ ihn zittern.

Juliana strich ihm über die Wange. »Mit mir ist nichts. Und jetzt los, pack eine Tasche für uns. Kannst du mir auch ein anderes T-Shirt mitbringen?« Das Shirt, das sie trug, war voller Blut.

Er nickte und gab ihr einen Kuss, dann lief er nach oben, um zu packen. Als er ein paar Minuten später zurückkehrte, erhielt Tanner den Befehl, die beiden zum Hyatt im Inner Harbor zu fahren.

»Ich habe zwei Leute zum Schutz vor Ihrer Tür abkommandiert«, sagte der Lieutenant.

Michael half Juliana, aufzustehen, und hielt sie fest, bis sie sicher auf den Beinen stand. »Brauchst du Hilfe?«

»Nein, ich schaff das.« Sie nahm das T-Shirt, das er ihr mitgebracht hatte, und verschwand damit in dem kleinen Bad neben dem Esszimmer.

»Können Sie die Straße räumen?«, bat Michael die Polizisten. »Ich will nicht, dass Juliana fotografiert wird.« Als sie aus dem Badezimmer kam, reichte er ihr ein großes Kapuzensweatshirt und half ihr, es überzustreifen. »Ich will nicht, dass sie dein Gesicht kennen«, flüsterte er und zog ihr die Kapuze über den Kopf.

Sie wurden auf die Straße und in den wartenden Streifenwagen eskortiert. Auf der Rückbank hielt Michael sie ganz fest an sich gedrückt, während er gegen die Gefühle ankämpfte, die in ihm brodelten – Wut, Erleichterung, Liebe und Angst. Zum ersten Mal in seiner beruflichen Laufbahn hatte er Angst. Allerdings nicht um sich. »Ich muss meinen Chef anrufen, Süße.« Mit seiner freien Hand holte er sein Handy heraus und wählte die Nummer. Juliana bettete ihren Kopf an seine Schulter. »Tut mir leid. Ich möchte mich ganz auf dich konzentrieren, aber ich muss ihn über das Vorgefallene unterrichten.«

»Natürlich. Das verstehe ich.«

Michael rief Tom Houlihan zu Hause an und erstattete ihm Bericht.

»Das ist unfassbar!«, regte Tom sich auf. »Wenn wir aufgelegt haben, werde ich sofort Richter Stein anrufen. Bist du sicher, dass es deiner Freundin gut geht?«

»Ja, sie ist aufgewühlt und hat eine Schnittverletzung an der Stirn, von einer Scherbe des Couchtisches, doch die Sanitäter sagen, es sei nur oberflächlich. Sie bringen uns über Nacht im Hyatt unter, während die Kriminaltechniker mein Haus untersuchen.«

»Ruf mich an, wenn du irgendetwas brauchst.«

»Ich möchte, dass du ihren Namen aus der Presse raushältst, Tom. Das meine ich ernst. Ich will nicht, dass sie erfahren, wie sie heißt.«

»Natürlich. Darum kümmere ich mich persönlich. Ich bin sicher, der Prozess wird ausgesetzt, bis der Vorfall geklärt ist.«

»Das würde ich gerne vermeiden, wenn es möglich ist«, entgegnete Michael. »Je länger das alles dauert, desto größer ist die Gefahr für Rachelle. Versuch, den Richter zu überzeugen, dass wir am Montag weitermachen.«

»Ich seh mal, was ich tun kann. Ich ruf dich morgen früh an. Das tut mir alles sehr leid, Michael.«

»Danke. Wir sprechen uns morgen.«

»Glaubst du wirklich, dass Rachelle in Gefahr ist?«, fragte Juliana leise. »Ich habe solche Angst um sie.«

»Sie ist in Sicherheit. Sie hat sieben Polizisten bei sich. Ich möchte nicht, dass du dir Sorgen machst.« Er stieß bebend den Atem aus. »Was zum Teufel habe ich mir nur dabei gedacht, dich in all das hineinzuziehen?«

Juliana hob den Kopf und schaute ihm in die Augen. »Ich bin nicht in all das hineingezogen worden. Ich habe mich lediglich auf dich eingelassen.«

Überwältigt von ihren Worten drückte Michael ihren Kopf wieder sanft an seine Schulter.

KAPITEL 17

Als sie vor dem Hyatt vorfuhren, drehte Officer Tanner sich zu ihnen um. »Ein Zimmer oder zwei?«

Michael warf Juliana einen Blick zu.

»Eins«, antwortete sie.

»Kommt sofort. Ich bin in ein paar Minuten wieder da.«

»Ich habe schon immer mal hier übernachten wollen«, sagte Juliana. Das Hotel mit der glänzenden schwarzen Glasfassade befand sich am berühmten Inner Harbor von Baltimore, wo das Bombardement von Fort McHenry während des Krieges von 1812 Francis Scott Key zu seinem Gedicht inspiriert hatte, das später zu »Star-Spangled Banner«, der Nationalhymne der USA, geworden war. »Aber es ist schwer, eine Nacht im Hyatt zu rechtfertigen, wenn man in der gleichen Stadt wohnt.«

»Zu schade, dass du beinahe umgebracht werden musstest, um dir diesen Traum zu erfüllen.«

»Michael, hör auf.« Sie strich mit dem Finger über die angespannten Muskeln an seinem Kinn. »Mir geht es gut.«

Tanner kehrte zurück und begleitete sie zu einem Zimmer im siebten Stock.

»Wir sind direkt vor der Tür, Mr Maguire. Rufen Sie einfach, wenn Sie etwas brauchen.«

»Danke.«

»John?« Juliana ging auf Tanner zu.

»Ja?«

»Vielen Dank für alles, was Sie im Haus getan haben.«

»Das hätte nicht passieren dürfen.« Er wirkte fürchterlich zerknirscht. »Es tut mir leid.«

Sie legte eine Hand auf seinen Arm. »Wenn jemand entschlossen ist, so etwas zu tun, wird er immer einen Weg finden.«

»Ich bin nur froh, dass Ihnen nichts Schlimmeres passiert ist«, bemerkte er auf dem Weg zur Tür hinaus. »Ich hoffe, Sie können schlafen.«

Juliana versuchte, sich das Sweatshirt auszuziehen, und keuchte auf, als es über den Schnitt an ihrer Stirn strich.

Michael war sofort bei ihr. »Komm, ich helfe dir.« Sanft schob er den Pullover über ihren Kopf, ließ ihn zu Boden fallen und schloss Juliana in seine Arme. »Es ist nett von dir, so verständnisvoll zu sein.«

»Es war nicht seine Schuld, Michael. Er hat den Stein nicht geworfen.« Sie schmiegte sich an ihn. »Ich muss duschen.«

Michael zog sie fester an sich. »Warte. Bleib eine Minute so.«

Sie schlang die Arme um ihn und spürte, wie ihn ein Schauer überlief.

»Als man mir gesagt hast, dass du verletzt bist«, erklärte er mit vor Gefühlen rauer Stimme, »hatte ich so viel Angst wie noch nie zuvor im Leben. Und als ich dann das ganze Blut gesehen habe …«

»Still, Michael. Nicht.«

Er schaute sie an. »Ich liebe dich«, flüsterte er. »Diese Worte kommen mir angesichts dessen, was ich für dich empfinde, so unzulänglich vor. Es gibt kein Wort, das groß genug ist, um meine Gefühle zu beschreiben.«

»Ich liebe dich auch.«

Er schien den Atem anzuhalten. »Wirklich?«

Sie streckte die Hand aus und legte sie ihm an die Wange. »Das ist mir bei unserem letzten Besuch bei Rachelle bewusst geworden. Wie du dich um sie gekümmert hast … Du warst wundervoll, und da wusste ich es einfach.«

Michael atmete tief aus, schloss die Augen und küsste Juliana langsam und innig, als versuche er, all seine Liebe in diesen Kuss zu legen.

Nach einer Weile löste sie sich von ihm. »Ich will mir das Blut abwaschen. Sieh nur, dein Hemd hat schon was abbekommen.«

»Das ist mir egal.«

Sie begann, ihm das hellblaue Oberhemd aufzuknöpfen, das er morgens für den Tag vor Gericht ausgesucht hatte. »Zieh es aus. Ich weiche es ein.«

»Mach dir darüber keine Gedanken. Hast du Hunger?«

»Ich glaube nicht, dass ich jetzt etwas essen kann.«

»Ich auch nicht.«

»Ich bin gleich zurück.«

Er stahl sich noch einen Kuss von ihr, bevor er sie losließ. »Ich werde hier sein.«

Sie schob ihm das Hemd über die Schultern und nahm es mit ins Badezimmer. Unter der Dusche zuckte sie zusammen, als das Wasser über die Wunde an ihrem Kopf rann. Sie wusch sich ganz vorsichtig die Haare und spülte sie aus. Der pulsierende Massagestrahl half, die Spannung in ihren Schultern ein wenig zu lösen. Endlich trat sie aus der Dusche, schlang sich ein Handtuch um die nassen Haare und schlüpfte in den dicken weißen Bademantel, der an der Tür hing.

Nachdem sie den beschlagenen Spiegel freigewischt hatte, sah sie sich die Wunde an ihrer Stirn genauer an. Der kleine Schnitt wirkte überhaupt nicht so, als hätte aus ihm so viel Blut kommen können. Aber die Haut darum herum hatte sich schon bläulich-schwarz verfärbt.

Während sie sich die Haare kämmte und föhnte, erschauderte sie jedes Mal, wenn sie daran dachte, wie viel schlimmer es hätte sein können. Ihre Beine fühlten sich immer noch an, als wären sie aus Wackelpudding.

Sie hatte Michael gesagt, dass sie ihn liebte, weshalb sich auch ihr Magen anfühlte wie mit Wackelpudding gefüllt – nicht nur, weil es stimmte, sondern weil sie Jeremy ebenfalls liebte. Doch in jenem Moment hatte sie nicht an ihn gedacht. Nein, ihre Gedanken waren bei Michael gewesen und seiner Blässe, als er ins Haus gestürmt war und sie verletzt vorgefunden hatte.

In diesem herzzerreißenden Moment hatte sie seine Liebe für sie gesehen. Und als er hinzugefügt hatte, es gäbe kein Wort, das groß genug wäre, um seine Gefühle zu beschreiben … Das war ganz einfach der romantischste Augenblick ihres Lebens gewesen.

* * *

Michael ignorierte sein dauerklingelndes Handy, schaltete es aus und trat ans Fenster. Der Vollmond hing über dem Inner Harbor. Zu seiner Rechten konnte Michael die Backsteinwände der Camden Yards ausmachen, des Zuhauses der Baltimore Orioles.

Nachdem er endlich aufgehört hatte zu zittern, wurde er von einer Wut erfasst, die so intensiv war, dass sie ihm den Atem raubte. Diese verdammten, arroganten *Mistkerle* glaubten tatsächlich, sie kämen mit so etwas durch …

Der Föhn wurde ausgeschaltet, und Michael drehte sich zur Badezimmertür um. Als Juliana herauskam, wusste er, dass er nie etwas Schöneres als diese Frau in dem weißen Bademantel gesehen hatte. Ihre dunklen Haare fielen ihr schimmernd über die Schultern. Ihre normalerweise leicht getönte Haut war blasser als sonst, wodurch ihre braunen Augen noch größer wirkten. Sein Magen zog sich zusammen, als er sich daran erinnerte, wie sie zu dem Pflaster auf ihrer Stirn gekommen war und was hätte passieren können, wenn …

Er schob diesen Gedanken beiseite und streckte eine Hand aus. »Ich habe die richtige Medizin gefunden.« Er zeigte auf zwei kleine Fläschchen Wein aus der Minibar.

»Her damit. Aber ich warne dich, der wird mir sofort zu Kopf steigen.«

»Tut der Schnitt weh?«

»Nein.«

»Ich habe die Polizisten gebeten, Schmerztabletten zu besorgen. Sie liegen dort, wenn du eine brauchst.«

»Danke.« Sie trat ans Fenster und schaute hinaus auf den Hafen. »Ich habe gehört, dass dein Handy die ganze Zeit geklingelt hat.«

»Ich habe es ausgeschaltet.«

Sie drehte sich zu ihm um. »Kannst du das so einfach tun?«

Er reichte ihr ein Glas Wein. »Tom kann sich heute Abend um die Presse kümmern. Dafür ist er der Chef. Fühlst du dich nach der Dusche besser?«

»Sehr viel besser. Glaubst du, es wird schon in den Nachrichten von dem Vorfall berichtet?«

»Vermutlich ja. Sie werden deinen Namen allerdings nicht erwähnen. Dafür hat Tom gesorgt.«

»Was bedeutet das Ganze für den Prozess?«

»Ich weiß es nicht. Und im Moment ist es mir auch egal. Ich möchte nicht darüber nachdenken.«

Sie strich mit der Hand über seine nackte Brust und spielte mit dem Christophorus-Anhänger, den er an einer dünnen Goldkette um den Hals trug.

Er erzitterte unter ihrer Berührung.

»Ich habe Angst um dich, Michael. Was, wenn sie dir wehtun? Oder Schlimmeres? Du versuchst immerhin, sie ins Gefängnis zu bringen ...«

»Nicht.« Er hob ihr Kinn, damit sie ihm in die Augen sah. »Lass sie nicht hierher zu uns ins Zimmer. Ich möchte sie nicht in unserer Nähe haben. Vor allem nicht heute Nacht.« Er küsste sie. »Nicht heute Nacht«, wiederholte er flüsternd.

Dann nahm er ihr das Weinglas ab und stellte es auf den Tisch. Sanft fuhr er mit dem Daumen über ihr Kinn, bevor er seine Finger in ihr Haar schob. Seine Lippen strichen leicht und zärtlich über ihre, doch schnell wurde ein leidenschaftlicher Kuss daraus.

Sie liebte ihn. Er musste nicht mehr hoffen, sich nicht mehr fragen. Und als sie ihm die Arme um den Nacken schlang und die Lippen teilte, war er verloren. Er hob sie hoch, trug sie quer durchs Zimmer und legte sie auf das große Bett. Ohne ihren Blick loszulassen, streifte er sich die Hose ab, griff nach dem Gürtel ihres Bademantels und öffnete ihn.

Bewundernd strich er mit den Händen über sie. »O Juliana«, seufzte er und presste seinen Mund auf ihren Bauch. »Du verkörperst jede Fantasie, die ich je hatte.«

Er umfasste ihre Brüste und musste sich ermahnen, dass sie die ganze Nacht zusammen hatten. Juliana war so wunderschön, so perfekt, dass er dem Drang widerstehen musste, sofort über sie herzufallen. Denn er wollte sie genießen. Dass sie ihn auch liebte, war wie ein wahr gewordener Traum. *Sie* war ein wahr gewordener Traum. Mit der Zunge strich er über ihre aufgerichteten Brustspitzen, und Juliana keuchte vor Lust.

»Du riechst so gut«, erklärte er. »Ich weiß nicht, was es ist, aber es macht mich mehr an als alles je zuvor.«

Sie lachte leise. »Das ist Aveda.«

»Hmmm, ich liebe Aveda.« Widerstrebend löste er sich für einen Moment von ihren Brüsten und küsste sich an ihrem Bauch entlang nach unten. Sanft drückte er ihr die Beine auseinander und begann, sie mit Lippen und Zunge zu verwöhnen. Das tat er so lange, bis Juliana unter ihm ganz wild wurde. Schließlich konzentrierte er sich mit seinem Mund auf den Punkt, der vor Verlangen pulsierte, und ließ einen Finger in sie hineingleiten.

Mit einem weiteren, bebenden Stöhnen hob sie ihm die Hüften entgegen und vergrub ihre Finger in seinen Haaren, um ihn dort festzuhalten. Er bedurfte nur einiger weniger Schläge mit seiner Zunge, um sie zum Höhepunkt zu bringen.

Als Michael aufschaute, bemerkte er überrascht, dass Julianas Wangen feucht von Tränen waren. »Juliana? Geht es dir gut?«

Sie nickte und streckte die Hände nach ihm aus.

»Was ist los?«, flüsterte er an ihrem Hals. Er spürte ihre Finger durch sein Haar streichen, was ihn an das erste Mal erinnerte, als sie das getan hatte. In dem Moment hatte er gewusst, dass er sie liebte. Er hob den Kopf und sah sie an. »Erzähl es mir.«

Sie biss sich auf die Unterlippe und musterte ihn. »Du weißt, dass ich das hier will. Dass ich *dich* will, oder?«

»Ich glaube schon.«

»Und dass ich dich liebe? Ich liebe dich wirklich.«

»Daran muss ich mich weiter gewöhnen«, räumte er lächelnd ein. Wie hatte er bloß so viel Glück haben können?

Sie legte ihre Hände an seine Wangen. »Es ist nur, dass ich noch nie … Also das hier …«

»Du hast es noch nie mit einem anderen Mann getan.«

»Genau.«

»Und du hast Schuldgefühle.«

»So in der Art.«

Da er Angst hatte, dass sie sich von ihm zurückziehen würde, beugte er sich vor, um sie sanft zu küssen. Er ignorierte seine eigene Lust und sagte: »Wir müssen das nicht tun, Juliana. Nicht, wenn es sich für dich nicht richtig anfühlt.«

»Aber das tut es. Es fühlt sich richtig an. *Du* fühlst dich richtig an.«

Ihre Hände wanderten von seinem Gesicht zu seinem Rücken und weiter nach unten, wo sie seinen Po umfassten. »Liebe mich, Michael.« Sie schlang die Beine um seine Hüften und bog sich ihm entgegen. Lächelnd nahm sie ihn in sich auf.

Eingehüllt in ihre Hitze überkam ihn das Bewusstsein, dass er genau da war, wo er hingehörte. Das hier war das Richtige. *Sie* war die Richtige.

»Sieh mich an, Juliana.« Ihr erstes Mal hätte unbehaglich sein können, doch das war es nicht. Sie bewegten sich mit einer Harmonie, als wären sie schon seit Jahren und nicht erst seit Wochen zusammen. »Schau nicht weg. Du sollst sehen, wie sehr ich dich liebe.« Er wartete, hielt sich zurück, beobachtete sie. Er bemerkte, dass ihre Lider sich flatternd senkten, aber trotzdem ließ er nicht zu, dass sie den Blick abwandte, ging nicht das Risiko ein, dass sie an irgendetwas – oder irgendjemand – anderes dachte als an ihn.

Unter Aufbietung enormer Selbstbeherrschung trieb er sie ein weiteres Mal in den Orgasmus, bevor er sich seinem eigenen, welterschütternden Höhepunkt hingab und nach Luft ringend auf ihr zusammensackte.

Das bedeutete es also, wirklich mit jemandem den Liebesakt zu erleben. Noch nie zuvor hatte er sich nach einer sexuellen Begegnung so unwiderruflich verändert gefühlt.

»Ich liebe dich, Juliana«, flüsterte er an ihrem Hals. »Für mich wird es nie mehr eine andere geben.«

»Ich liebe dich auch.« Sie strich ihm mit den Fingerspitzen über den Rücken, während ihre Lippen die empfindliche Stelle fanden, an der sein Hals in die Schulter überging.

Er erschauerte. »Was ist, falls wir gerade ein Baby gemacht haben?«, fragte er und konnte selbst nicht fassen, dass er nicht früher daran gedacht hatte. Das war ebenfalls ein erstes Mal.

»Ich nehme die Pille.«

»Verdammt.«

Sie lachte. »Ich dachte, du wolltest das Babymachen deinen Schwestern überlassen.«

Er hob den Kopf, um sie anzusehen. »Jetzt nicht mehr.« Er verteilte leichte Küsse auf ihren Wangen, ihrer Nase, ihrem Kinn und dem Schmetterlingspflaster auf ihrer Stirn, bevor er sie auf die Lippen küsste. »Sag es mir noch einmal, Juliana. Ich muss es noch mal hören.«

Sie schaute ihm in die Augen. »Ich liebe dich, Michael. Ich liebe dich«, flüsterte sie und zog seinen Kopf für einen weiteren Kuss zu sich heran.

Er rollte sich auf den Rücken, sodass sie auf ihm lag. »Zeig es mir.«

* * *

Ein schmerzhaftes Pochen auf ihrer Stirn weckte Juliana um fünf Uhr am nächsten Morgen. Sie löste sich aus Michaels Armen, griff nach ihrem Bademantel, der auf dem Boden lag, und schlüpfte hinein. Michael seufzte, wachte allerdings nicht auf. Juliana fand die Schmerztabletten, die er ihr am Vorabend besorgt hatte, und nahm eine. Dann trank sie einen weiteren Schluck Wasser und trat ans Fenster.

Der Sonnenaufgang färbte den äußersten Rand des Horizonts rosa und tauchte den Inner Harbor in seinen zarten Schein. Von diesem erhöhten Aussichtspunkt aus konnte sie beinahe den Friseursalon am anderen Ende der Reihe von Läden und Restaurants erkennen, die den Hafen säumten. Die normalerweise so geschäftige Uferstraße lag ruhig und still da. Juliana hatte sie noch nie so friedlich gesehen.

In der Ferne bemerkte sie eines der Partyboote, die im Hafen und in der Chesapeake Bay herumfuhren, und wurde von einer Erinnerung an den Abschlussball ihrer Highschool überrascht, den sie und Jeremy mit ihren Freunden auf einem dieser Boote gefeiert hatten. *O Jer. Was soll ich nur tun?*

Sie drehte sich um und schaute zu Michael. Ihr Herz galoppierte, als die Erinnerungen an die letzte Nacht in ihrem Kopf aufblitzten, und ihr Körper kribbelte bei dem Gedanken an den intensiven Sex. Sie konnte nicht genau sagen, warum, doch mit ihm war es anders gewesen als mit Jeremy. Vielleicht lag es an dem, was sie in ihrer kurzen gemeinsamen Zeit schon alles durchgemacht hatten, aber nie in ihrem Leben hatte sie sich so geliebt gefühlt wie in Michaels Armen. Er gab ihr das Gefühl, die Erfüllung jeden Wunsches zu sein, den er je gehabt hatte.

Erneut schaute sie über den Hafen und nahm dabei allen Mut zusammen, den sie für das, was ihr bevorstand, benötigte. Nicht mehr lange, und sie würde einen der beiden Männer, die sie liebte, enttäuschen – einen der beiden Männer, von denen sie geliebt wurde. Mrs Romanello hatte sie gewarnt, dass diese Entscheidung auf sie zukäme, und sie hatte recht gehabt.

Juliana wurde aus ihren Gedanken gerissen, als Michael hinter sie trat und die Arme um sie schlang. Mit der Nase schob er ihre Haare beiseite und barg sein Gesicht an ihrem Hals.

»Wieso bist du schon so früh auf?«

Sie legte ihre Hände auf seine, erbebte unter dem, was er an ihrem Hals anstellte. »Ich konnte nicht mehr schlafen. Was ist mit dir?«

»Du warst weg.«

An ihrem Rücken spürte sie seine Erregung.

»Komm mit mir«, flüsterte er.

Mit einem letzten Blick zum Sonnenaufgang ließ sie sich von Michael zum Bett führen.

* * *

Michael hielt sie dicht an sich gedrückt und versuchte, wieder zu Atem zu kommen. Das Herz hämmerte in seiner Brust. Würde es mit Juliana immer so sein? Was mit Paige heiß und leidenschaftlich gewesen war, war mit Juliana all das und so viel mehr. »Es ist immer noch früh.« Er gab ihr einen Kuss auf den Scheitel. »Warum versuchst du nicht, wieder einzuschlafen?«

Sie lachte leise. »Du hast dafür gesorgt, dass ich hellwach bin.«

Er stützte sich auf einen Ellbogen. »Lass uns übers Wochenende von hier verschwinden, Juliana«, bat er. »Ich möchte dich mit nach Rhode Island nehmen. Bitte, komm mit mir.«

Nachdem sie ihn einen Moment gemustert hatte, sagte sie: »Okay.«

»Ja?«

Sie zog ihn für einen Kuss zu sich. »Ich muss vorher meinen Bruder bestechen, damit er sich am Wochenende um unsere Mutter kümmert, aber ich bin sicher, dass er das übernimmt.«

»Dann lass uns aufstehen und uns fertig machen. Ich muss noch ein paar Dinge erledigen, dann können wir los.«

»Ich springe nur schnell unter die Dusche.«

»Und ich bestelle uns Frühstück.« Er gab ihr einen letzten Kuss, bevor er sie losließ. »Irgendwelche Wünsche?«

»Was immer du magst, ist für mich in Ordnung.«

Wieder einmal war Michael erstaunt über die Unterschiede zwischen Juliana und Paige. Letztere hätte sehr genaue Wünsche gehabt. In den wenigen Wochen mit Juliana hatte die Vorstellung, dass er Paige hatte heiraten wollen, etwas beinahe Absurdes bekommen. Er zog sich eine Jogginghose an, rief beim Zimmerservice an und öffnete dann die Tür zum Flur, um die Zeitung hereinzuholen.

»Guten Morgen, Mr Maguire«, begrüßte ihn der diensthabende Beamte. »Ist alles in Ordnung?«

»Ja. Ich fahre ungefähr in einer Stunde nach Hause, wenn das okay ist?«

»Das ist es.«

»Danke.«

Michael nahm die Zeitung mit ins Zimmer und war nicht überrascht, auf der oberen Hälfte der Titelseite einen Artikel über die Vorfälle an seinem Haus zu sehen.

Benedetti-Ankläger Opfer von Vandalismus

Das Haus von Michael Maguire, dem leitenden Staatsanwalt in dem laufenden Mordprozess gegen Marco und Steven Benedetti, wurde am Donnerstagabend zum Ziel von Vandalismus. Ein großer Stein wurde durch ein Fenster in das in Butchers Hill stehende Haus von Maguire geworfen. Seine Mitbewohnerin erlitt dabei leichte Verletzungen. Er selbst war zu dem Zeitpunkt nicht anwesend.

Die Benedetti-Brüder müssen sich vor Gericht wegen heimtückischen Mordes an drei Teenagern verantworten. Der Prozess, der heute aus einem nicht mit dem Vorfall in Zusammenhang stehenden Grund ruht, wird nächste Woche im Gericht von Baltimore City fortgesetzt.

Die Polizei verweigert jeglichen Kommentar dazu, ob der Angriff auf das Haus von Maguire mit dem Prozess in Verbindung steht, und gibt keine weiteren Einzelheiten preis.

Aus dem Büro von Tom Houlihan, Staatsanwalt von Baltimore und Maguires Arbeitgeber, gab es ebenfalls keinen Kommentar.

Richter Harvey Stein, der den Prozess leitet, war bis zum Redaktionsschluss für Presseanfragen nicht zu erreichen.

Michael war erleichtert, dass es Tom gelungen war, Julianas Namen aus der Presse herauszuhalten.

Sie kam aus dem Badezimmer. »Die Dusche gehört ganz dir.«

»Die Geschichte steht in den Zeitungen.« Er reichte ihr die Ausgabe. »Allerdings ohne Einzelheiten.«

»Gut.« Doch als sie den Artikel überflog, zuckte sie zusammen. »Hier steht, dass deine Mitbewohnerin verletzt wurde. Ich muss schnell einen Anruf tätigen.« Sie holte ihr Handy aus der Handtasche. Als sie es anschaltete, piepten mehrere Nachrichten. Sie fand die Nummer, die sie suchte, und wählte. »Hallo, Mrs R, ich bin's.« Sie hielt kurz inne. »Es ist nur eine kleine Platzwunde, ehrlich.« Eine weitere Pause. »Wir sind von Polizisten umgeben. Du musst dir keine Sorgen machen. Übers Wochenende werden wir die Stadt verlassen, aber ich komme noch mal vorbei, bevor wir abfahren, okay?« Juliana nickte. »Das tue ich.« Sie legte auf.

»Worum ging es da?«, fragte Michael auf dem Weg zur Dusche.

»Das war unsere Nachbarin. Sie ist wie eine Mutter für mich. Sie ist die Einzige, der ich mitgeteilt habe, dass ich bei dir wohne, also wusste ich, dass sie nach dem Lesen des Artikels besorgt sein würde.«

»Dann hast du also jemandem von mir erzählt, hm?«, fragte er und lächelte zufrieden.

Sie grinste. »Geh duschen.« Nachdem Michael die Badezimmertür hinter sich zugezogen hatte, rief Juliana ihren Bruder an.

»Was ist?«, knurrte er.

»Sorry, ich habe vergessen, dass es noch so früh ist.«

»Was willst du, Juliana?«

»Du musst dich dieses Wochenende um Ma kümmern.«

»Ich muss gar nichts.«

»Ich fahre für ein paar Tage weg, also bist du dran. Außer du kriegst Dona dazu, dir zu helfen.«

Er schnaubte. »Ja, klar. Fliegst du wieder zu Mr Wundervoll?«

»Nein. Ich komme Sonntagabend wieder. Sieh nach ihr, Vin. Es geht ihr in letzter Zeit schlechter als sonst.«

»Sie lebt nur von Alkohol. Ich schaffe es nicht, sie dazu zu bringen, etwas zu essen.«

»Deswegen werden wir in naher Zukunft etwas unternehmen müssen.«

»Jaja.«

»Danke für deine Hilfe.«

»Ich geh jetzt wieder schlafen.«

* * *

Eine Stunde später wurden Michael und Juliana von einem Polizisten nach Hause gefahren.

»Lassen Sie mich vorgehen«, sagte der Cop.

»Das Fenster ist bereits ersetzt worden«, bemerkte Michael.

»Darum hat sich Ihr Boss höchstpersönlich gekümmert. Irgendjemand, der mit Houlihan zusammen aufgewachsen ist, kam gestern Abend um elf vorbei, um es zu reparieren.«

»Das ist nett von ihm«, meinte Juliana.

»Sieht aus, als wäre alles in Ordnung«, erklärte der Polizist, als er kurz darauf wiederkam. »Ich bin gleich hier draußen, falls Sie mich brauchen.«

»Wir werden bis Sonntagabend wegfahren«, informierte Michael ihn.

»Ich muss wissen, wo Sie hinwollen. Houlihan hat angeordnet, dass bis zum Prozessende – und vielleicht darüber hinaus – immer jemand bei Ihnen ist.«

»Wir fahren nach Rhode Island. Dort brauchen wir keinen Schutz«, erwiderte Michael. »Ich werde mit Houlihan reden. Es muss nur jemand für eine knappe Stunde auf Juliana aufpassen, während ich mich um ein paar Dinge kümmere, danach kommen wir bis Sonntag allein klar.«

»Okay«, antwortete der Polizist und ging.

Michael beobachtete Juliana, die den freien Platz im Raum anstarrte, an dem die Lücke, die der fehlende Couchtisch hinterlassen hatte, wie ein Mahnmal an die Vorfälle des gestrigen Abends erinnerte.

Michael zog an ihrer Hand. »Komm.«

»Sie haben gründlich sauber gemacht«, sagte sie leise. »Man würde nie ahnen, was hier passiert ist.«

Er führte sie die Treppe hinauf. »Lass uns packen, und dann nichts wie weg.«

* * *

Zwei Beamte in einem Streifenwagen folgten ihnen zum Haus von Mrs Romanello.

»Kommst du eine Minute mit rein?«, fragte Juliana. »Ich würde dich ihr gerne vorstellen.«

»Sicher«, erwiderte Michael.

Er trug einen schwarzen Pullover zu einer verwaschenen Jeans, aber Juliana wusste, wenn sie ihn vor ihrem geistigen Auge sähe, würde er immer einen Anzug tragen.

»Welches ist euer Haus?«

Juliana zeigte darauf. »Das da.«

Er schaute es sich kurz an, dann folgte er Juliana die Treppe hinauf zur Haustür von Mrs R.

»Hallo«, rief Juliana, als sie eintraten. Sie folgten dem Geräusch eines Mixers, der in der Küche lief. Dort angekommen küsste Juliana die ältere Frau auf die Wange.

»Oh, Liebes, lass mich mal sehen.« Mrs R schaltete den Mixer aus und drehte Julianas Kopf so, dass sie sich die Wunde besser anschauen konnte. »Da sollte keine Narbe zurückbleiben.«

»Darüber mache ich mir keine Gedanken«, erklärte Juliana, doch die Sorge ihrer Freundin berührte sie. »Darf ich dir Michael Maguire vorstellen?«

Mrs R musterte ihn von Kopf bis Fuß, dann streckte sie ihm die Hand hin. »Guten Tag.«

»Nett, Sie kennenzulernen.«

»Ich bin hierüber nicht sonderlich erfreut, junger Mann.« Sie zeigte auf Julianas Verletzung.

»Glauben Sie mir, das bin ich auch nicht.«

»Du solltest zu mir ziehen«, meinte Mrs R und sah Juliana an.

»Das ist eine gute Idee«, stimmte Michael ihr zu. »Wir werden für ein paar Tage wegfahren, aber danach bleibt Juliana bei Ihnen, bis der Prozess zu Ende ist.«

»Hallo, ich bin direkt hier!«, protestierte Juliana. »Ich werde nicht ausziehen, Michael, also könnt ihr beide aufhören, über mein Leben zu bestimmen.«

»In meinem Haus bist du nicht sicher«, beharrte er.

»Bleibst du dort wohnen?«

»Äh … ja.«

»Wenn du bleibst, bleibe ich auch.« Sie warf ihm einen Blick zu, der keinen Zweifel daran ließ, dass das Thema für sie erledigt war. »Los, mach, was du noch machen musst, damit wir endlich loskönnen«, verlangte sie und stupste ihn an.

»Ich bin in weniger als einer Stunde zurück«, sagte er zu Juliana. An Mrs R gewandt fügte er hinzu: »Hat mich wirklich gefreut, Sie kennenzulernen.«

»Gleichfalls. Passen Sie gut auf dieses Mädchen auf, hören Sie?«

»Ja, Ma'am.« Er zögerte.

Juliana spürte, dass er sie küssen wollte, also begleitete sie ihn zur Tür.

Dort legte er die Arme um sie. »Während ich weg bin, könntest du nach nebenan gehen und dir etwas raussuchen, das du dort tragen kannst, wo es Kerzen und Wein und Musik gibt, okay? Etwas, das du für einen besonderen Anlass aufbewahrt hast.«

Amüsiert fragte sie: »Woher weißt du, dass ich so etwas besitze?«

»Weil ich dich kenne.«

»Beeil dich«, erwiderte sie und küsste ihn.

Mit einem leisen Stöhnen riss er sich von ihr los. »Versprochen.«

Juliana schaute ihm einen Moment nach, bevor sie in die Küche zurückkehrte.

»Ach, Juliana.« Mrs R presste sich eine Hand aufs Herz. »O Liebes. Was um alles in der Welt wirst du tun?«

»Ich liebe ihn.«

»Das sehe ich.« Mrs R legte einen Arm um sie und führte sie zu einem der Stühle, die um den Küchentisch herumstanden. »Und du bist mit ihm zusammen gewesen. Das sehe ich auch.«

Julianas Wangen brannten. »Ja«, flüsterte sie.

»Wo fahrt ihr dieses Wochenende hin?«

»Nach Rhode Island. Dort lebt seine Familie.«

»Jede Minute, die du mit ihm verbringst, zieht dich tiefer in die Sache hinein. Das weißt du, oder?«

Juliana nickte. »Ich muss im Moment einfach mit ihm zusammen sein. Vielleicht empfinde ich anders, wenn ich Jeremy wiedersehe, aber jetzt ist das hier das, was ich will. *Er* ist, was ich will.«

Mrs Romanello umfasste Julianas Hand. »Pass bloß auf dich auf, meine Liebe. Pass bloß gut auf dich auf.«

KAPITEL 18

Juliana ging nach nebenan, um die Post zu holen und das Kleid, um das Michael sie gebeten hatte. Zwei weitere Briefe von Jeremy ließ sie ungeöffnet auf dem Küchentisch liegen. Im Haus roch es muffig, und auf allem lag eine dünne Staubschicht. Sie würde nächste Woche durchwischen müssen.

Michael kehrte eine Dreiviertelstunde später zurück. Sie verabschiedeten sich von Mrs R und ihrem Polizeischutz und fuhren auf der Interstate 95 in nördlicher Richtung zur Delaware Memorial Bridge. Während sie Baltimore und ihre Sorgen hinter sich ließen, fing Juliana an, sich zu entspannen.

»Wie lange brauchen wir?«

»Sechs oder sieben Stunden, das hängt vom Verkehr auf dem Jersey Turnpike, dem Cross Bronx Expressway und dem Verkehrsaufkommen in Connecticut ab. Da ist es immer am schlimmsten.«

»Fliegst du normalerweise, oder fährst du immer mit dem Auto?«

»Normalerweise fliege ich, weil ich meist nicht genügend Zeit habe, aber eigentlich nehme ich lieber das Auto.«

»Wenn ich so ein Auto hätte, würde ich auch lieber fahren.«

»Willst du mal?«

Sie riss die Augen auf. »Meinst du das ernst?«

»Natürlich.« Er hielt am Straßenrand.

Juliana klatschte vor Freude in die Hände und sprang aus dem Wagen, um mit Michael die Plätze zu tauschen. Sobald sie hinter dem Lenkrad saß, schnallte sie sich an, stellte die Spiegel ein, legte den ersten Gang ein und trat aufs Gaspedal.

»Himmel!«, entfuhr es Michael, und er umklammerte den Türgriff.

Juliana lächelte ihn an. »Halt dich gut fest, Baby.«

* * *

»So schnell bin ich noch nie nach Connecticut gekommen«, stellte Michael ungefähr drei Stunden später fest. »Wie wäre es, wenn ich wieder übernehme?«

Juliana lächelte. »Nope. Ich habe zu viel Spaß.«

Er zuckte zusammen, als sie zwischen zwei Lkw hindurchflitzte. »Du stresst mich.«

»Sieh einfach nicht hin.«

»So wie du die Fahrspuren wechselst, würde mir schlecht werden, wenn ich die Augen geschlossen hätte.«

»Ich wusste gar nicht, dass du so ein Weichei bist.«

»Letzte Nacht hast du mich nicht Weichei genannt.«

Schnaubend warf sie ihm einen Blick zu. »Da ist aber jemand ein bisschen arg stolz auf sich, oder?«

»Guck auf die Straße!«

Während sie an der südlichen Küste von Connecticut entlangfuhren, gestand Juliana ihm, dass sie noch nie in New England gewesen war.

»Noch nie?«

»Noch nie. Als ich klein war, sind wir eigentlich nie irgendwohin gefahren. Ein Tagesausflug nach Ocean City war schon eine große Sache.«

Er griff nach ihrer Hand. »Es war für dich als Kind nicht leicht, oder?«

Sie zuckte mit den Schultern. »Es war, wie es war. Meistens gab es bloß meine Eltern und mich, da mein nächstälterer Bruder – Vincent – acht Jahre älter ist als ich.«

»Und deine Eltern waren nicht glücklich?«

»Das ist milde ausgedrückt. Sie haben sich gezofft wie Hund und Katze – vor allem, wenn meine Mutter betrunken war.«

»Und deine Geschwister waren nicht da?«

»Nur, wenn es unbedingt sein musste. Sie sind alle ausgezogen, sobald sie achtzehn waren.«

»Warum hast du das nicht gemacht?«

»Zu dem Zeitpunkt war mein Vater schon sehr in seine außerehelichen Aktivitäten verstrickt, wie meine Mutter es immer genannt hat. Und sie hing an der Flasche. Ich hatte einfach das Gefühl, dass ich bei ihr bleiben sollte.«

»Wie hast du es dann geschafft, doch auszuziehen?«

Sie warf ihm einen kurzen Blick zu und schaute gleich wieder auf die Straße.

»Juliana?«

»Jeremy hat mehr oder weniger ein Machtwort gesprochen. Er hasst es, wie meine Familie mich behandelt, deshalb hat er darauf bestanden, dass ich zu ihm ziehe.«

»Er hat darauf bestanden?«

»Er hat mir den nötigen Schubs versetzt, damit ich etwas an meiner schlimmen Situation ändere.«

»Also ein Ultimatum?«

»Natürlich nicht.«

»Tut mir leid.«

»Er hat mir kein Ultimatum gestellt, Michael. So war das nicht.«

»Es geht mich auch nichts an«, sagte Michael und schaute aus dem Beifahrerfenster.

Juliana zupfte an seiner Hand. »Hey. Schließ mich nicht aus. Was denkst du?«

»Ich vergesse manchmal, dass du nicht wirklich frei bist. Dann fällt es mir mit einem Mal wieder ein, und es trifft mich direkt hier.« Er legte eine Hand auf sein Herz.

Juliana seufzte.

Er sah sie an. »Was soll ich tun, wenn du wieder zu ihm zurückgehst?«

»Können wir darüber bitte nicht sprechen?«, bat sie. »Ich will weder heute noch morgen oder übermorgen eine Entscheidung treffen. Können wir im Moment nicht einfach zusammen sein?«

Er musterte sie lange, bevor er antwortete. »Ja, ich denke, das können wir.« Dann küsste er sie auf den Handrücken und fügte hinzu: »Für den Moment.«

* * *

In Mystic, Connecticut, hielten sie für eine Mittagspause an, und Michael gelang es, Juliana den Autoschlüssel wieder abzunehmen.

»Hier ist es wirklich schön«, meinte sie eine Stunde später, als sie von der Newport Bridge über die Narragansett Bay schaute. »Diese Brücke erinnert mich an die Bay Bridge.« Das war die Brücke, die sich über die Chesapeake Bay spannte und Annapolis mit der Ostküste Marylands verband.

»Die Brücke sieht aus, als wäre sie aus Teilen zusammengebaut, die jemand auf dem Flohmarkt gekauft hat. Sie ist wie zehn verschiedene Brücken auf einmal.«

Juliana lachte. »Da hast du recht. Oh, sieh nur, direkt da auf dem Felsen steht ein Haus!«

»Es heißt ›Clingstone‹.«

»Wie schön!«

Er nahm die Ausfahrt nach Newport, und als sie zwischen zwei Friedhöfen hindurchfuhren, fragte er: »Rate mal, wie diese Straße heißt.«

»Friedhofsstraße?«

Er schüttelte den Kopf. »Lebwohlstraße.«

»Oh«, erwiderte sie und lachte leise. »Das ist ein guter Name.«

»Diese Straße ist im Sommer vollgepackt mit Autos«, bemerkte er auf der America's Cup Avenue.

»Irgendwie kommt sie mir bekannt vor, ich weiß bloß nicht, warum.«

»Annapolis erinnert mich sehr an Newport. Die Kolonialhäuser und die von Gaslaternen beleuchteten Kopfsteinpflasterstraßen sind sich sehr ähnlich.«

»Und es gibt hier auch einen Hafen, genau wie in Annapolis.«

Er bog rechts in die Lower Thames Street ein. »Dieser Teil von Newport heißt Fifth Ward«, erklärte Michael nach ungefähr einer Meile. »Hier wohnen die ganzen Iren.«

»Wie die Italiener in Little Italy in Baltimore.«

»Ja, so in der Art.«

Auf der Carroll Avenue bog er in eine Einfahrt, parkte den Wagen und streckte sich nach der langen Fahrt. »Wir sind da.« Er zeigte auf den kleinen Bungalow. »Hier bin ich aufgewachsen. In dem Park da vorne an der Ecke haben wir immer Baseball gespielt.«

»Sind deine Eltern zu Hause?«

»Ich bin mir nicht sicher, wie ihre Termine heute aussehen. Ich habe ihnen nicht gesagt, dass wir kommen.«

»Wie bitte?«

Lachend legte er einen Arm um sie und gab ihr einen Kuss. »Keine Panik, Baby. Sie werden sich freuen, dich kennenzulernen.« Er zog sie mit sich und schloss mit seinem eigenen Schlüssel die Haustür auf. Es dauerte knapp fünf Minuten, Juliana das gesamte kleine, ordentliche Haus zu zeigen, in dem es nach Zitronenpolitur und getrockneten Blumen roch.

»Oh, bist du das?«, fragte Juliana und wies auf ein verblasstes Foto, das im Flur an der Wand hing.

Michael verzog das Gesicht. »Ich glaube, das war in der siebten Klasse.«

»Du warst echt süß.«

»Warst?«

Lächelnd schaute sie sich die anderen Fotos an der Wand an.

»Das ist Pat.«

»Ihr seht euch sehr ähnlich.«

»Das habe ich schon oft gehört.«

Michaels ehemaliges Kinderzimmer war jetzt voller Spielzeug, das seinen Neffen und Nichten gehörte. In einem anderen Zimmer standen zwei Stockbetten.

»Damit vier Enkel gleichzeitig hier schlafen können«, erklärte Michael und führte Juliana zurück in die Küche. Dann trat er an eine Tür und warf einen Blick in die Garage, bevor er Juliana an sich zog. »Es ist niemand zu Hause«, flüsterte er an ihren Lippen.

Sie schob ihn von sich. »Hör sofort auf.«

»Was ist denn?« Er grinste amüsiert.

»Wir sind im Haus deiner *Eltern*. Benimm dich.«

»Warum?« Er drückte sie rückwärts gegen die Arbeitsplatte und küsste sie leidenschaftlich.

»Michael, stopp!«, flehte sie.

»Das brauche ich schon seit Stunden.« Er hielt sie fest und neckte sie mit seinen Lippen, bis Juliana ganz atemlos war.

Sie stöhnte auf, als er heiße Küsse auf ihren Hals presste. »Hör auf«, flüsterte sie.

Er umfasste ihre Brüste und strich mit den Daumen über die Spitzen. »Ich will dich.«

»Das merke ich«, sagte sie und lachte nervös.

Entschlossen packte er ihren Po und zog sie gegen seine Erektion, bevor er ihren Mund erneut eroberte. Selbst als Julianas Handy anfing zu klingeln, ließ er sich nicht stören, bis sie sich von ihm löste, um nach ihrer Handtasche zu greifen. »Das ist Mrs R«, stellte sie fest.

»Juliana?«

»Hi. Was ist los?«

»Jeremy ist in der Stadt. Und er sucht nach dir.«

»O mein Gott! Wieso ist er denn da?«

Michael sah sie fragend an. Sie hob einen Finger, um ihm anzuzeigen, dass sie sich gleich um ihn kümmern würde.

»Er meinte, er hätte das Flugticket für dieses Wochenende schon gehabt und beschlossen, wie geplant zu kommen. Er will wissen, wo du bist. Was soll ich ihm sagen?«

»Ich rufe ihn an.«

»Bist du sicher, dass das eine gute Idee ist?«

»Mach dir keine Sorgen«, beruhigte Juliana ihre Freundin. »Ich kümmere mich darum.«

»Er ist, äh …«

»Was?«

»Er ist aufgebracht, weil er gemerkt hat, dass du nicht zu Hause wohnst. Er ist ein bisschen ausgeflippt.«

Juliana stöhnte.

»Seid ihr gut angekommen?«

»Ja. Vor ungefähr einer halben Stunde.«

»Gut. Ruf mich an, wenn du mich brauchst.«

»Mach ich. Danke.«

»Was ist los?«, fragte Michael, nachdem Juliana aufgelegt hatte.

»Jeremy ist in der Stadt. Ich schätze, er kriegt gerade einen Mega-Anfall, weil ich nicht da bin. Mrs R sagt, er hätte bemerkt, dass ich nicht im Haus wohne. Mir ist vorhin aufgefallen, wie staubig dort alles ist. Er weiß, dass ich das nie zulassen würde, wenn ich dort wäre.« Sie hielt inne, bevor sie hinzufügte: »Ich muss ihn anrufen.«

»Okay.«

»Tut mir leid.«

»Das muss es nicht.« Er gab ihr einen Kuss auf die Stirn und schob sie sanft ins Wohnzimmer. »Ich warte in der Küche auf dich.«

Juliana atmete tief durch, um sich zu beruhigen, bevor sie die Kurzwahltaste für Jeremys Nummer drückte.

»Baby?«, rief Jeremy, der offensichtlich am Telefon gewartet hatte. »Wo zum Teufel bist du?«

»Nicht in der Stadt. Ich musste mal eine Weile raus.«

»Ich wollte dich dieses Wochenende wirklich gern sehen. Ich hatte gehofft, wir könnten den ganzen Wahnsinn hinter uns lassen.«

»Wir haben uns auf drei Monate geeinigt. Es ist gerade mal einer vorbei.«

»Komm schon, Juliana! Das wird langsam lächerlich.«

»Tut mir leid, dass du das so empfindest, aber ich brauche diese Zeit, um mir über ein paar Dinge klar zu werden.«

»Was für Dinge?«

»Ich muss los, Jer. Wir sprechen uns in zwei Monaten.«

»Wo wohnst du im Moment, Juliana? Es ist nicht zu übersehen, dass du nicht hier warst.«

»Bei einem Freund.«

»Du hast keine Freunde, die ich nicht kenne.«

»Jetzt schon.«

»Du fehlst mir, Baby«, sagte er mit drängendem Unterton. »Das macht mich krank. Ich vermisse dich so sehr.«

»Bye, Jer.« Überwältigt von Gefühlen und der Anspannung, die sie in seiner Stimme gehört hatte, vergrub Juliana ihr Gesicht in den Händen.

»Alles in Ordnung?«, fragte Michael von der Tür aus.

Juliana zwang sich zu einem Lächeln. »Ja.«

Er kam ins Wohnzimmer und setzte sich neben sie, um sie an sich zu ziehen.

Juliana entspannte sich in seiner Umarmung. Sein steter Herzschlag tröstete sie.

»Besser?«, fragte er nach ein paar Minuten des Schweigens.

Sie hob den Kopf und gab ihm einen sanften Kuss. »Sehr viel besser.«

Er legte ihr eine Hand auf die Wange und wollte sie gerade inniger küssen, als sie hörten, wie das Garagentor aufging.

Juliana wich von ihm zurück.

Er stöhnte. »Du bist mir was schuldig«, flüsterte er und half ihr, aufzustehen.

Mit einem unterdrückten Lachen folgte Juliana ihm in die Küche.

Michaels Mutter kam mit einem breiten Lächeln im Gesicht herein. »Ich hab ein Kennzeichen aus Maryland in meiner Einfahrt entdeckt!« Als sie erkannte, dass ihr Sohn nicht allein war, blieb sie abrupt stehen. »Oh. Und du warst endlich beim Friseur. Sieht gut aus.«

»Hi, Mom.« Lächelnd beugte Michael sich vor, um sie zu umarmen und ihr einen Kuss auf die Wange zu geben. Seine Mutter war eine kleinere, etwas rundlichere Version von ihm. Ihre braunen Haare waren kurz geschnitten und zeigten schon ein paar silberne Strähnen. Ihre hellwachen blauen Augen blickten von ihrem Sohn zu Juliana und zurück. »Das ist Juliana Gregorio. Sie ist für den Haarschnitt verantwortlich«, erklärte Michael.

Maureen streckte Juliana die Hand hin. »Freut mich, Sie kennenzulernen, Juliana. Das mit der neuen Frisur haben Sie ganz wunderbar gemacht.«

Juliana schüttelte ihre Hand. »Vielen Dank, Mrs Maguire.«

»Bitte, nennen Sie mich Maureen.«

»Wo ist Dad?«, fragte Michael und nahm sich ein Bier aus dem Kühlschrank.

Juliana schüttelte den Kopf, als er ihr auch eines anbot.

»Er muss bis fünf arbeiten. Er wird sich so freuen, dich zu sehen.« Maureen gab Michael einen Klaps. »Warum hast du mir nicht gesagt, dass ihr kommt? Dann hätte ich aufgeräumt.«

»Was denn aufgeräumt?« Michael schaute sich suchend im makellos ordentlichen Zimmer um.

»Ihr Haus ist ganz zauberhaft, Maureen.«

Maureen blickte Juliana beinahe überrascht an. »Danke.« Dann wandte sie sich wieder an Michael. »Wieso bist du überhaupt hier? Musst du heute nicht vor Gericht?«

»Nein. Der Richter hatte etwas anderes vor.«

»Wie läuft der Prozess denn bisher?«, wollte Maureen wissen.

»Ganz gut.«

Michael und Juliana hatten beschlossen, die Probleme zu Hause vor seiner Familie nicht zu erwähnen, weil seine Eltern sich dann nur Sorgen machen würden.

»Deine Schwestern werden sich freuen, dass du hier bist. Bleibt ihr bei Maggie?«

»Wenn sie Platz für uns hat.«

»Jetzt ist Nebensaison, da ist sie nicht ausgebucht.«

»Maggie und Luke gehört ein Bed and Breakfast«, wandte sich Michael an Juliana.

»Ich rufe sie eben an«, verkündete Maureen. »Und ich lade alle auf Pizza zu uns ein. Klingt das gut?«

»Das klingt perfekt«, antwortete Michael mit einem Blick zu Juliana, die zustimmend nickte.

* * *

Viele Stunden später führte Michaels Schwester Maggie sie in ein schönes Zimmer im zweiten Stock ihres Hauses.

Maggie, blondhaarig und im Aussehen ihrem Vater ähnlich, zeigte auf eine Tür. »Dahinter ist das Bad. Im Schrank findet ihr ausreichend Handtücher. Braucht ihr sonst noch was?«

»Nein, danke, Maggie. Sag nur Mom, dass du uns in getrennten Zimmern untergebracht hast.«

Sie lachte und gab ihrem Bruder einen Kuss auf die Wange. »Was denkst du denn? Es ist wirklich schön, dich kennenzulernen, Juliana. Sehr, sehr schön.«

»Danke, gleichfalls, Maggie. Danke für alles.«

»Wir sehen uns morgen früh. Kommt einfach runter, wenn ihr aus-ge-schla-fen habt.«

»Gute Nacht.« Michael schloss die Tür und wandte sich zu Juliana um. »Meine Schwestern sind restlos begeistert von dir.«

»Sie sind so nett. Und die Kinder sind einfach bezaubernd.«

»Wie viele französische Zöpfe hast du heute Abend geflochten?«

»Wie viele Mädchen sind es noch mal?«

»Sieben.«

»Ja, das kommt ungefähr hin.«

Michael legte ihr die Hände auf die Schultern und beugte sich für einen Kuss vor. »Sie haben dich alle ins Herz geschlossen. So wie ich.«

»Ich kann mir nicht vorstellen, wie es sein muss, Teil einer Familie wie deiner zu sein. Ihr zieht euch auf und zankt euch mal, doch es ist offensichtlich, wie sehr ihr einander liebt. Du hast sehr viel Glück, Michael.«

»Ich weiß. Paige war nur ein Mal hier. Es war eine totale Katastrophe. Sie hat sich am laufenden Band beschwert: Die Kinder seien zu laut, meine Schwestern seien zickig zu ihr, meine Mom würde sie nicht mögen. Und so weiter.«

»Ich verstehe einfach nicht …« Sie schüttelte den Kopf und verwarf den Gedanken.

»Was wolltest du sagen?«

»Ich verstehe nicht, wie du es so lange mit ihr ausgehalten hast. Ich weiß, das sollte ich nicht sagen, aber ich wundere mich.«

»Ich habe erkannt, dass ich mit ihr bloß meine Zeit totgeschlagen habe.«

»Welche Zeit?«

»Bis ich dich gefunden habe.«

»Du sagst immer so süße Sachen.« Sie strich ihm zärtlich über die Wange.

»Ich meine es ernst.« Er umarmte sie. »Und das weißt du.«

In seinen Armen entspannte sie sich. »Michael?«

»Hmm?«

»Können wir jetzt ins Bett gehen?«

»Ich dachte schon, du würdest niemals fragen.«

Lachend ließ sie sich von ihm rückwärts zum Bett schieben. »Ich wusste nicht, dass ich fragen muss.«

»Das musst du auch nicht.« Er zog eine heiße Spur aus Küssen über ihren Hals. »Ich gehöre dir. Wann immer du mich willst.«

Unter seinen Küssen erschauerte sie. Sie streckte die Hand aus und umfasste durch die Jeans seine Erektion. »Wie wäre es mit jetzt?«

Er stöhnte. »Juliana …«

Verspielt ließ sie ihre Finger über ihn gleiten. »Ja?«

Mehr brauchte es nicht, damit er begann, sie mit fiebrigen Händen auszuziehen, bis er das berühren konnte, wonach er sich sehnte.

Juliana lachte, als sie sich vorstellte, was sie wohl gerade für ein Bild abgab: das T-Shirt um den Hals, den BH heruntergezogen, die Jeans um die Knöchel.

»Was ist so lustig?«, fragte er durch zusammengebissene Zähne, während er in sie glitt.

Julianas Lachen wurde zu einem Keuchen. Sie bog den Rücken durch, um ihn tiefer in sich aufzunehmen, und brachte gerade noch hervor: »Ich dachte, wir würden uns fürs Bett fertig machen, wie es zivilisierte Leute tun.«

Michael verlangsamte die Bewegung seiner Hüften und knabberte sanft an Julianas Ohrläppchen. »Wie machen sich zivilisierte Leute denn fürs Bett fertig?«

»Meistens ziehen sie sich aus.«

»Ich habe die entscheidenden Teile ausgezogen.«

Sie ließ ihre Hände unter sein Hemd gleiten und streifte es ihm über den Kopf. »Hmm, noch mehr entscheidende Teile«, murmelte sie und strich mit den Daumen über seine Brustwarzen.

Stöhnend stieß er erneut in sie hinein, während sie sich unter ihm wand. »Was tust du da?«

Wieder musste Juliana lachen. »Ich versuche, meine Jeans auszuziehen.«

Mit dem Fuß schob er ihre Jeans runter und legte sich dann Julianas Bein um die Taille. »Viel besser.«

»Hmm«, murmelte sie. »Michael …«

»Ich liebe es, wie du meinen Namen sagst.« Er strich mit den Lippen über ihre. »Hör nicht auf, okay?«

Er lachte. »Keine Sorge, Aufhören gehört nicht zu meinem Plan. Fühlt sich das gut an?«

Sie schlang die Arme um seinen Nacken. »Unglaublich gut.«

»Also ist es vielleicht doch gar nicht so schlecht, nicht zivilisiert zu sein.«

»Oh, ja …«

Er kam tiefer in sie, und Juliana schrie auf, als der Orgasmus heiß in ihr aufstieg.

»Mein Gott, Juliana …«

Sie öffnete die Augen und sah, wie er sich in ihr verlor. Dieses Wunder zu beobachten berührte sie tief, und sie hielt ihn ganz fest an sich gepresst.

»Jetzt können wir es auf deine Art tun«, erklärte er nach einem Moment der Stille.

»Und wie wäre die?«

»Zivilisiert.«

»Warum sollten wir das tun, wo deine Art doch so viel besser ist?«

Lächelnd strich er ihr die Haare aus dem Gesicht und gab ihr einen Kuss.

Als er sie so voller Liebe anschaute, wusste Juliana, dass sie diesen besonderen Moment niemals vergessen würde.

KAPITEL 19

Am nächsten Morgen schauten Michael und Juliana zu, wie seine Neffen bei einem Baseballspiel der Little League gegen ihre Cousins antraten.

»Für welches Team sind wir?«, erkundigte Juliana sich halblaut bei Michael.

»Für beide. Definitiv für beide.«

»Willkommen in meiner Welt«, erklärte Maureen, die ihre Unterhaltung mit angehört hatte. »Im nächsten Jahr versuchen die Mütter, sie alle in eine Mannschaft zu kriegen. So ist es einfach zu anstrengend für uns.«

Nachdem das Team von Colm und Cormac das von Patrick und Sean geschlagen hatte, fuhren Michael und Juliana mit seinen Eltern zum Mittagessen in die Stadt. Michael focht einen zum Scheitern verurteilten Kampf um die Rechnung mit seinem Vater aus, und als seine Eltern gingen, um noch ein paar Besorgungen zu machen, kehrten Michael und Juliana zu Fuß zu Maggies Haus zurück. Sie nutzten die Gelegenheit für einen kleinen Schaufensterbummel an den Läden und Boutiquen vorbei, die die Uferstraße säumten.

»Siehst du etwas, das dir gefällt?«

»Alles«, sagte Juliana.

Er lachte.

Ein seltsamer Ausdruck trat auf ihr Gesicht.

»Was ist?«

»Der Typ da auf der anderen Straßenseite. Den habe ich schon mal irgendwo gesehen.«

Michael drehte sich um.

»Welchen?«

»Den mit der braunen Jacke. Siehst du ihn?«

Der fragliche Mann auf der anderen Straßenseite verschwand in die andere Richtung.

»Bist du sicher, dass du ihn kennst?«

»Nein. Vermutlich ähnelt er nur jemandem, den ich auf der Arbeit oder so getroffen habe. Vergiss es.«

Michael schaute dem Mann nach, doch er war schon gute drei Blocks weiter. Arm in Arm legten Michael und Juliana den restlichen Weg zum Haus zurück.

Als sie dort ankamen, war niemand da, also eilten sie die Treppe hinauf. Nachdem Michael die Tür hinter ihnen geschlossen hatte, drehte er sich zu Juliana um.

»Wenn du so weitermachst, hast du mich bald über«, meinte sie und lächelte schüchtern, als er ihr den Mantel von den Schultern streifte.

»Ich werde dich *niemals* überhaben.« Sie wandte den Kopf ab, und Michael legte einen Finger an ihr Kinn, damit sie ihn wieder anschaute. »Das hast du schon mal gehört, oder?«

Sie zuckte mit den Schultern.

»Juliana. Sieh mich an.«

Widerstrebend hob sie den Blick.

»Ich werde dich niemals, niemals, *niemals* überhaben – nicht in zehn Jahren und nicht in fünfzig.« Er küsste sie und zog ihr den Pullover aus. »Niemals.« Während er ihren BH öffnete, flüsterte er: »Nie.«

»Woher weißt du das?«

Er schlüpfte aus seinem Hemd und legte sich Julianas Hand auf die Brust. »Weil du mein Herz heftiger klopfen lässt. Das hat noch niemand geschafft, und niemand außer dir wird es je schaffen. Ich liebe dich. Und ich werde dich immer lieben.«

»Das macht mir Angst.«

»Warum?« Er knöpfte ihr die Jeans auf und schob sie zusammen mit dem Slip nach unten.

»Was ist …« Sie biss sich auf die Lippe.

Michael richtete sich auf und warf seine Jeans auf den Haufen am Boden. »Was ist was?«

»Was ist, wenn es zwischen uns nicht funktioniert?«

»Das wird es«, antwortete er voller Überzeugung und schloss sie in seine Arme. Bei dem Gefühl ihrer Brüste an seinem nackten Oberkörper baute sich eine Welle der Lust in ihm auf.

»Wie kannst du dir da so sicher sein?«

»Das bin ich einfach.« Er hob sie hoch und glitt in sie hinein. »Ich weiß es.«

Juliana schlang Arme und Beine um ihn und ließ den Kopf in den Nacken fallen. »Du wirst dir noch wehtun«, flüsterte sie. »Ich bin viel zu schwer …«

»Pst.« Mit den Händen unter ihrem Po bewegte er sie langsam hoch und runter. »Hmm«, seufzte er. »Das ist so gut! Spürst du, wie tief ich in dir bin?«

»Ja«, sagte sie leise. »Ja!« Sie klammerte sich an ihn, und als er mit ihr zum Bett ging, zog sie ihn mit sich auf die Matratze.

Er füllte sie mit tiefen, langen Stößen aus. »Nichts hat sich je so angefühlt, Juliana. Ich werde es nie leid werden, mich so zu fühlen, wie ich mich mit dir fühle.« Er behielt den steten Rhythmus seiner Bewegungen bei und neigte den Kopf, um eine ihrer Brustspitzen zwischen die Lippen zu nehmen.

»Michael!«, schrie sie und wurde von ihrem Orgasmus erschüttert.

Er folgte ihr unmittelbar.

* * *

»Michael.«

Wie aus weiter Ferne hörte Michael sie, aber er konnte sich nicht aus dem Nebel des Schlafs befreien.

Juliana rüttelte ihn an der Schulter.

»Hmm.«

»Michael, wach auf.«

»Ich bin wach«, brummte er, hielt die Lider jedoch geschlossen. »Was ist los?«

»Der Typ, den ich heute gesehen habe, ist der gleiche Mann, der mich vor deinem Haus angesprochen hat.«

Er riss die Augen auf. »Was?«

»Erinnerst du dich? Als ich frisch bei dir eingezogen war? Er hat mich gefragt, ob ich allein dort lebe.«

Michael setzte sich auf und strich sich mit der Hand übers Gesicht, um wach zu werden. »Bist du dir sicher?«

Sie nickte.

Er griff nach seinem Handy.

»Was machst du?«

»Ich rufe Tom an.« Als er seinen Boss am Apparat hatte, erzählte er ihm von dem Mann, den Juliana nun schon zwei Mal gesehen hatte. »Wir haben es beim letzten Mal nicht bei der Polizei gemeldet, weil er sie nur gefragt hat, ob sie dort allein wohnt. Er hat sie in keiner Weise bedroht.«

»Ist sie sicher, dass es sich um den gleichen Mann handelt?«, wollte Tom wissen.

Michael schaute zu Juliana, die ganz blass und mit weit aufgerissenen Augen dasaß. »Ja.«

»Soll ich dir da oben Polizeischutz besorgen?«

Michael zögerte. »Wenn ich allein wäre, würde ich Nein sagen, aber mit Juliana will ich kein Risiko eingehen. Ja, bitte schick jemanden vorbei.« Michael nannte ihm die Adresse. »Hier in dem Haus wohnt meine Schwester. Sie hat drei Kinder, Tom. Sorg dafür, dass die Polizisten davon wissen.«

»Ich kümmere mich darum«, versicherte ihm Tom. »Wenn du wieder in Baltimore bist, bring Juliana vorbei, damit sie sich ein paar Verbrecherfotos der Red Devils anschaut. Vielleicht kann sie ihn identifizieren.« Die Red Devils waren die Gang der Benedettis.

»In Ordnung.«

»Hör mal, ich bin froh, dass du anrufst. Wir haben von dem Stein einen Fingerabdruck nehmen können. Du wirst nie erraten, von wem der stammt.«

»Puh. Ist es ein Red Devil?«, fragte Michael.

»Ja. Doch es kommt noch besser. Er gehört zu Nick Dimitri.«

Michael keuchte auf. »Ihrem Cousin? Was für eine Bande von Idioten die sind.«

»Wir haben Dimitri bereits abgeholt, aber er redet nicht. Wenn es uns gelingt, Dimitri das Geständnis zu entlocken, dass die Benedettis ihn angestiftet haben, können wir auf unsere Anklage einen weiteren Punkt draufsetzen.«

»Er wird sie niemals verpfeifen.«

»Vielleicht doch. Er hat sich fast in die Hose gemacht, als er gehört hat, was für eine Strafe auf die Bedrohung eines Mitarbeiters der Staatsanwaltschaft steht. Ich habe heute auch mit Richter Stein gesprochen. Er will alle Anwälte am Montagmorgen um neun bei sich im Büro haben. Ich werde ebenfalls da sein.«

»Okay. Danke, Tom. Für alles.«

»Sei vorsichtig, Michael. Die Benedettis wissen, dass du sie an den Eiern hast. Sie haben nichts zu verlieren.«

»Ich weiß, was du meinst. Wir sehen uns Montag.« Michael legte auf und erzählte Juliana, dass der Steinewerfer in Haft saß und Tom Polizeischutz für sie organisieren würde, solange sie in Newport waren. »Aber genug davon. Heute Abend gehen wir aus.«

»Wohin denn?«

»Das verrat ich dir nicht. Du musst dich nur so sexy anziehen, dass ich an nichts anderes als dich denken kann, okay?« Er küsste sie und stand auf. »Ich geh duschen, dann muss ich mich um ein paar Dinge kümmern. Kannst du in ungefähr zwei Stunden fertig sein? Sagen wir, um halb acht?«

»Bis dahin sollte ich was Passendes gefunden haben.«

»Du bist die Beste.« Er beugte sich vor, um sie zu küssen.

Juliana versuchte, ihn wieder zu sich ins Bett zu zerren, doch er leistete Widerstand. »Lass mich los, Weib! Ich habe Dinge zu erledigen«, protestierte er stöhnend, bevor er aufgab.

Zehn Minuten später ließ Juliana ihn endlich gehen.

* * *

Michael trat aus dem Haus seiner Schwester und stellte sich den Polizisten vor, die bereits Position bezogen hatten. Ein Streifenwagen blieb dort, während ein anderer ihn zum Haus seiner Eltern begleitete, wo Maureen ihn schon erwartete.

Sie gab ihm einen Kuss auf die Wange und richtete dann seinen Kragen. »Du siehst gut aus.«

»Danke. Wo ist Dad?«

»Ein Treffen in der Hibernian Hall.« Sie führte ihn in die Küche. »Ich habe die Sachen, um die du gebeten hast.«

Michael schaute in die Tasche, um sicherzustellen, dass alles da war. »Das ist super. Danke.«

»Sie ist bezaubernd, Michael. Wirklich bezaubernd.«

»Ich weiß.«

»Ich freue mich so, dich mit jemandem wie ihr zu sehen. Sie passt einfach perfekt zu dir.«

»Das glaube ich auch. Ich bin froh, dass du sie magst.«

»Wir alle mögen sie. Deine Schwestern sind ganz verrückt nach ihr.«

»Damit hatte ich beinahe gerechnet. Es ist nur …«

»Was?«

»Es ist ein wenig kompliziert«, erwiderte er und erzählte ihr die Kurzfassung von Julianas Situation.

Maureen wirkte, als wolle sie gleich weinen. »O Michael! Und du liebst sie so sehr! Das spüre ich einfach, wenn ich in eurer Nähe bin.«

»Ja«, sagte er. »Es ist so schnell gegangen, aber schon als ich sie das erste Mal gesehen habe, habe ich etwas für sie empfunden. Ist das nicht seltsam?«

»Nein, das ist überhaupt nicht seltsam, wenn sie die Richtige ist. Lass sie erst mal in Ruhe darüber nachdenken. Am Ende wird sie sich für dich entscheiden.«

»Ich hoffe, dass du recht hast. Nun, ich gehe jetzt besser. Danke für deine Hilfe.«

»Habt einen schönen Abend.« An der Haustür blieb sie abrupt stehen. »Michael, warum sind da Polizisten vor meinem Haus?«

»Oh, das hat was mit dem Prozess zu tun. Tom Houlihan hat das angeordnet. Kein Grund, sich Sorgen zu machen«, erklärte er und gab ihr einen Kuss auf die Stirn.

»Bist du sicher?«

»Ganz sicher. Wir kommen morgen noch mal vorbei, bevor wir wieder nach Hause fahren.«

»Okay«, antwortete sie und warf einen letzten nervösen Blick zu dem Streifenwagen.

* * *

Als Michael wieder bei Maggie ankam, fand er Juliana mit seiner Nichte Emma im Wohnzimmer, wo sie der Kleinen vorlas. Da Emma auf Julianas Schoß saß, konnte er nicht erkennen, was genau sie anhatte, aber er bemerkte nackte Schultern und zarte Haut und spürte, wie ihm warm wurde.

»Onkel Michael!«, rief die vierjährige Emma. »Juliana liest mir ›Gute Nacht, lieber Mond‹ vor.«

Er gab seiner Nichte einen Kuss und setzte sich neben die beiden. »Das sehe ich. Und ich sehe auch, dass du sie überredet hast, dir noch einen Zopf zu flechten.« Er zupfte am Ende der langen, blonden Haare.

Maggie schaute ins Zimmer. »Komm, Emma. Zeit für die Badewanne.«

»Muss ich? Juliana liest mir vor.«

»Ja, du musst. Juliana will heute Abend ausgehen.«

Mit großer Geste umarmte und küsste das Mädchen seinen Onkel und Juliana, bevor es die ausgestreckte Hand seiner Mutter ergriff.

»Viel Spaß heute Abend«, wünschte Maggie ihnen und zwinkerte Michael zu.

»Danke, werden wir haben.«

»Was war das?«, fragte Juliana, als sie allein waren.

»Ich weiß es nicht«, erwiderte er schulterzuckend. »Du siehst umwerfend aus. Steh mal auf, und lass dich von mir anschauen.«

Sie tat ihm den Gefallen.

Mit dem Finger bedeutete er ihr, sich einmal um sich selbst zu drehen.

Juliana wirbelte herum, sodass er das schwarze Kleid im Hippie-Stil von allen Seiten bewundern konnte.

»Hm, hm, hm«, machte Michael und fächelte sich Luft zu. »Das ist heiß.«

Sie lachte leise, und sein Herz zog sich vor Liebe zu ihr zusammen.

»Dann gefällt es dir also?«

Er stand auf und legte ihr die Stola um die Schultern. »O ja.« Er küsste sie. »Auf jeden Fall.« Dann geleitete er sie durch die Haustür nach draußen.

Als sie nicht in den Wagen einstiegen, fragte sie: »Wo gehen wir hin?«

»Wir unternehmen einen kleinen Spaziergang«, sagte er und legte ihr einen Arm um die Schultern. »Ist dir warm genug?«

Juliana nickte.

Welkes Laub lag auf dem Bürgersteig, und aus den Kaminen stieg aromatischer Rauch in die kühle Herbstluft.

Michael warf einen Blick über seine Schulter und sah, dass die beiden Polizisten, die zu ihrem Schutz abgestellt waren, ihnen in respektvollem Abstand folgten.

Sie spazierten an der Lower Thames entlang, bis Michael vor einem dreistöckigen Haus im viktorianischen Stil stehen blieb. Die großen Fenster rechts und links der Haustür waren von innen mit Papier abgeklebt.

»Wo sind wir?«

Mit einem Schlüssel schloss er die Tür auf. »In meinem Haus.«

»Dein Haus? Das verstehe ich nicht.«

»Komm rein, dann erzähle ich es dir.«

Drinnen schaltete er das Licht in einer kleinen Diele ein, von der eine Treppe nach oben führte. Er brachte Juliana in das Zimmer, das links von der Treppe lag. »Als ich fünfzehn war, haben mein Großvater und ich zusammen dieses Haus gekauft.«

Juliana sah ihn überrascht an. »Wirklich?«

»Wirklich«, bestätigte er lächelnd. »Wir haben immer lange Spaziergänge in diesem Viertel unternommen, und er hat mir Geschichten über die Menschen erzählt, die in den Häusern gewohnt haben, als er noch ein Kind war. Sein Vater ist im zweiten Stock dieses Hauses aufgewachsen, und als es zum Verkauf angeboten wurde, haben er und ich einen Plan ausgeheckt, um es zu erwerben. Ich habe jahrelang Zeitungen ausgetragen und Rasen gemäht, und mein Großvater wusste, dass ich jeden schwer verdienten Dollar gespart hatte.«

»Ich fasse es nicht, dass du mit fünfzehn ein Haus gekauft hast!«

Er lachte leise. »Mein Großvater hat immer gesagt: ›Michael, mein Junge, mit Immobilien kann man nichts falsch machen.‹ Also haben wir beide je zehntausend Dollar Eigenkapital auf den Tisch gelegt und das Haus für fünfundsiebzigtausend Dollar gekauft. Als mein Großvater vor gut sieben Jahren gestorben ist, habe ich herausgefunden, dass er den Kredit abbezahlt und mir seine Hälfte des Hauses hinterlassen hat. Wie es aussieht, war sein Rat genau richtig. Inzwischen ist es ungefähr eine Dreiviertelmillion Dollar wert.«

»Was für eine unglaubliche Geschichte. Was hast du mit dem Haus vor?«

»Immer, wenn ich hier bin, erledige ich einen Teil der notwendigen Renovierungsarbeiten. Letztes Frühjahr habe ich ein ganzes Wochenende damit zugebracht, die Zierleisten um eines der Fenster oben zu erneuern. An den Tagen, an denen ich keine Lust mehr habe, mich mit den kriminellen Elementen Baltimores herumzuschlagen, träume ich davon, hier im Erdgeschoss eine Kanzlei zu eröffnen und in den oberen Etagen zu wohnen.«

»Das kann ich mir gut vorstellen. Ich sehe dich förmlich als Anwalt der Nachbarschaft vor mir, der sich um alle Probleme des Viertels kümmert.«

»Echt?«

»Total. Du solltest das machen. Du wärst darin bestimmt gut.«

»Danke.« Er zuckte die Achseln. »Vielleicht eines Tages. Komm, gehen wir nach oben.«

Zurück im Flur, fragte Juliana, was sich auf der anderen Seite der Treppe befände.

»Eine Ladenfläche, die ich untervermieten könnte.«

Der erste Stock hatte hohe Decken, große Fenster, eine altmodische Küche, zwei Bäder und zwei große Schlafzimmer. »Ganz oben gibt es noch eine weitere Wohnung.«

»Irgendetwas riecht hier gut. Was ist das?«

»Gehen wir nach oben und finden es heraus.« Er zeigte auf die Treppe zum zweiten Stock und bedeutete Juliana, vorzugehen.

Juliana schnappte nach Luft, als sie den von Kerzen beleuchteten Raum betrat, in dessen Mitte sie ein für zwei Personen gedeckter Tisch erwartete. Auf dem Tisch stand eine Vase mit Rosen, und im Hintergrund spielte sanfte Musik. »Ach, das hast du heute also erledigen müssen?«

»Die Lorbeeren kann ich nicht komplett einheimsen. Meine Mom und meine Schwestern haben mir ein wenig geholfen.«

»Ein wenig?« Sie sah ihn fragend an.

Er lächelte. »Okay. Sehr. Meine Mom hat die Kerzen gespendet, und Maggie und Shannon haben sich um das restliche Arrangement gekümmert.«

Juliana schlang die Arme um ihn. »Aber es war deine Idee.«

»Ich wollte dir das Haus zeigen, und da ich heute nicht in der Stimmung für ein voll besetztes Restaurant bin, dachte ich, das hier wäre ein guter Ersatz.«

»Es ist sogar noch besser.« Sie gab ihm einen Kuss. »Vielen Dank.«

»Hast du Hunger? Im Ofen haben wir Scampi von Sardella's.«

»Ich bin kurz vorm Verhungern.«

Er rückte ihr den Stuhl zurecht, öffnete eine Flasche Wein und schenkte ihnen beiden ein Glas ein, bevor er das Essen aus der Küche holte.

»Was für ein hervorragender Service«, sagte Juliana, als er mit den Tellern zurückkehrte. »Und verdammt attraktive Kellner.«

»Bitte nicht das Personal anbaggern.«

»Ich versuche, mich zurückzuhalten.«

»Aber nicht zu sehr.«

Sie lachte. »Hmm, das ist so lecker!«, meinte sie, nachdem sie den ersten Bissen von den würzigen Scampi gegessen hatte.

»Schön, dass du es magst. Mary Frances meinte, mit Scampi aus dem Sardella's könnte ich nichts falsch machen.«

»Deine Schwester ist sehr klug. Wann hattest du überhaupt die Zeit, das alles vorzubereiten? Du warst doch seit unserer Ankunft hier ständig an meiner Seite.«

»Während du gestern mit den kleinen Mädchen Friseursalon gespielt hast, habe ich mit den großen Mädchen Pläne geschmiedet.«

»Ich glaube, ich muss dich in Zukunft besser im Auge behalten.«

»Nichts würde mich mehr freuen.«

Nach dem Dinner forderte er sie zum Tanzen auf.

Juliana legte ihre Hand in seine und folgte ihm in die Mitte des großen Raums, während das Licht der Kerzen Schatten an die Wände warf.

Sie tanzten sehr lange. Michael hielt sie ganz nah und atmete diesen einzigartigen Duft ein, der seine Sinne schon seit ihrem ersten Zusammentreffen betörte.

»Wer ist das?«, fragte sie und meinte die Musik.

»Alison Krauss.« Flüsternd sang er mit. »Das Lied heißt ›When You Say Nothing at All‹.«

»Es gefällt mir.«

»Und *du* gefällst *mir*.« Sanft strich er mit den Lippen über ihre nackte Schulter und an ihrem Hals hinauf. Als er mit der Zunge ihre Ohrmuschel berührte, stöhnte Juliana auf. »Ehrlich gesagt liebe ich dich sogar.«

Sie schloss ihn fester in die Arme. »Ich liebe dich auch.« Dann hob sie ihm ihr Gesicht für einen so heißen, sinnlichen Kuss entgegen, dass Michael beinahe zu atmen vergaß.

Schwindelig löste er sich von ihr. »Komm, setz dich mit mir hierher.« Er führte sie zu einer breiten, mit Kissen ausgestatteten Fensterbank, von der man über die Thames Street und den dahinterliegenden Hafen schauen konnte. Er setzte sich und zog Juliana auf seinen Schoß. »Es gibt einen weiteren Grund, warum ich heute Abend mit dir hier sein wollte.«

»Ach ja?«

»Ich möchte dir etwas sagen, und ich möchte dich etwas fragen. Aber du musst mich ausreden lassen, bevor du etwas erwiderst, okay?«

Ihre Augen weiteten sich vor Verwunderung, doch sie nickte.

Michael nahm ihre Hand und hob sie an seine Lippen. »Vor Kurzem habe ich dir erzählt, dass ich keine Worte für das habe, was ich für dich empfinde. Die habe ich immer noch nicht. Und ich bezweifle, dass ich sie je haben werde. Wir kennen einander nicht wirklich lang, aber ich hab nicht mehr als fünf Minuten gebraucht, um zu wissen, dass ich mit dir alles haben könnte, wovon ich je geträumt habe. Ich bin vielleicht nicht der letzte Mann, der dir diese Frage stellt, doch ich möchte der erste sein. Juliana, willst du mich heiraten?«

»Michael«, keuchte sie.

»Warte. Ich bin noch nicht fertig. Ich weiß, du kannst mir im Moment keine Antwort geben, aber in den nächsten paar Wochen wirst du einige große Entscheidungen treffen müssen. Und ich möchte, dass du dann keinerlei Zweifel daran hast, was ich von und mit dir will.«

Er holte einen Ring aus der Tasche. Die antike Fassung war wie für Juliana gemacht, und der Diamant war zwar groß, allerdings wesentlich geschmackvoller als der, den er Paige gegeben hatte. Er wusste, die Größe des Steins würde Juliana nichts bedeuten. Er schob ihr den Ring auf den Finger und gab ihr einen Kuss auf den Handrücken. »Ich wollte mir nur anschauen, wie er an dir aussieht.«

»Er ist wunderschön.« Juliana wischte sich die Tränen von den Wangen.

Erneut küsste Michael ihre Hand. »Er passt perfekt. Genau wie du.«

»Ich weiß nicht, was ich sagen soll.«

Äußerst widerstrebend zog Michael ihr den Ring wieder vom Finger und griff nach der goldenen Kette mit dem Christophorus-Anhänger um seinen Hals. Er öffnete den Verschluss, fädelte den Ring auf, schloss die Kette wieder und ließ sie unter seinem Hemd verschwinden. »Ich bewahre ihn für dich auf. Sobald du für ihn bereit bist, ist er da – genau wie ich.«

»Ich bin überwältigt, Michael, und ich habe dich nicht verdient. Du solltest mit einer Frau zusammen sein, die ohne Zögern Ja sagen kann. Was für ein wunderschöner Antrag.«

»Ich will keine andere als dich. Und ich nehme dich so, wie ich dich kriegen kann.«

»Ich muss erst noch ein paar Dinge klären, und zwar bald. Ich weiß, es ist viel verlangt, aber du musst Geduld mit mir haben. Schaffst du das?«

»Für dich schaffe ich alles.«

»Das war ein wundervoller Abend, den ich nie vergessen werde.«

»Erinnere dich nur immer daran, wer zuerst gefragt hat.«

Sie gab ihm einen Kuss. »Auch das werde ich nie vergessen.«

KAPITEL 20

Am nächsten Morgen standen sie früh auf, um am Easton's Beach spazieren zu gehen und danach in Michaels Lieblingsdiner zu frühstücken. Die Polizisten folgten ihnen unauffällig.

»O mein Gott.« Juliana hielt sich auf dem Weg zurück zum Auto den Bauch. »Warum hast du zugelassen, dass ich so viel esse?«

Er lachte leise. »Du hast reingehauen wie ein Trucker.«

»Vermutlich habe ich an diesem Wochenende fünf Kilo zugenommen. Zu Hause fangen wir mit einer Diät an.«

»Ich auch?«

»Wenn ich das muss, musst du auch.«

»Ach, verstehe.« Er lachte laut. »So wird das Leben mit dir also aussehen?«

Julianas Lächeln verschwand.

Er nahm ihre Hand. »Tut mir leid.«

»Das muss es nicht.« Sie legte ihm eine Hand an die Wange und schaute ihm in die Augen, die im hellen Sonnenlicht noch blauer erschienen als sonst. »Es gibt Zeiten, da wünsche ich mir …«

Er lehnte sich gegen das Auto und zog sie in die Arme. »Was wünschst du dir, Baby?«

»Dass es nichts – und niemanden – gäbe, der uns im Weg steht. Ich sehe förmlich vor mir, wie es mit uns wäre. Ich glaube, wir hätten ein sehr glückliches Leben zusammen.«

»Das glaube ich nicht nur, ich weiß es.« Er hob die Hand und berührte den Ring unter seinem Hemd. »Wir können es haben, Juliana. Du musst es bloß sagen, dann können wir alles haben.«

Sie gab ihm einen Kuss. »Ich weiß.«

»Komm.« Er hielt ihr die Wagentür auf. »Verabschieden wir uns von meinen Eltern und machen uns auf den Rückweg.«

Im Haus der Maguires blieb Juliana mit Maureen drinnen, während Michael mit seinem Vater nach draußen ging, weil der darauf bestand, den Ölstand beim TT zu prüfen.

»Ich bin so froh, dass du ihn dieses Wochenende begleitet hast, Juliana«, erklärte Maureen. »Ich hoffe, wir sehen dich mal wieder.«

Der Blick von Michaels Mutter verriet Juliana, dass sie wusste, was los war. »Das hoffe ich auch. Vielen Dank für eure Gastfreundschaft.«

Maureen umarmte sie. »Komm jederzeit wieder.«

Michael trat ein. »Bereit?«

Juliana nickte, und Michael umarmte seine Mutter.

»Pass während des Prozesses auf dich auf«, verlangte Maureen. »Das meine ich ernst, Michael.«

»Das verspreche ich. Keine Sorge.«

»Ja, klar.«

Draußen zog Sean die beiden nacheinander in seine Arme.

Als Michael rückwärts aus der Ausfahrt fuhr, winkten seine Eltern von der Veranda.

Juliana fragte sich, ob sie die beiden jemals wiedersehen würde.

* * *

Je näher sie Baltimore kamen, desto stiller wurde Michael.

»Was ist los?«, fragte Juliana.

Er warf ihr einen kurzen Blick zu und schaute dann wieder auf die Straße.

»Was?«

»Du weißt, dass ich dich immer bei mir haben will, oder?«

Sie lächelte. »Das hast du ziemlich deutlich gemacht.«

»Ich habe nach allem, was passiert ist, nur solche Angst um dich, wenn du bei mir bleibst. Ich möchte wirklich, dass du bis zum Prozessende bei Mrs R wohnst. Kannst du das für mich tun?«

»Nein.«

»Juliana …«

»Nein!«

»Die wissen, wo ich wohne, Baby. Sie wissen, dass ich mit einer Frau zusammenlebe. Wie könnten sie besser an mich herankommen als über dich? Wenn dir etwas passiert, würde ich wahnsinnig werden.«

Sie legte ihm eine Hand auf den Oberschenkel. »Mir wird nichts pas-sie-ren, Michael.«

»Nur bis der Prozess vorbei ist?«

»Ich werde dich nicht verlassen, bis es nicht mehr anders geht.«

Erneut schaute er zu ihr. »Also kannst du dir vorstellen, dass das eines Tages der Fall ist?«

»Du weißt, dass ich mich irgendwann mit Jeremy befassen muss.«

In seinem Kiefer zuckte ein Muskel. »Wir sprechen über den Prozess. Ich will, dass du in Sicherheit bist, und das kann ich nicht garantieren, wenn du bei mir wohnst.«

»Ich gehe nirgendwohin.«

»Wie soll ich morgens zur Arbeit fahren und dich allein im Bett zurücklassen? Wie soll ich an irgendetwas anderes denken können als daran, was gerade mit dir ist?«

»Das Haus hat doch eine Alarmanlage, oder?«

Er nickte.

»Dann werden wir die benutzen.«

»Das hält aber keinen Stein davon ab, durchs Fenster zu fliegen.«

»So etwas werden sie nicht noch einmal tun«, entgegnete Juliana überzeugt.

»Ach, dann bist du jetzt also eine Expertin für das Verhalten von Kriminellen?«, fragte er amüsiert. »Willst du nicht wenigstens darüber nachdenken, ein paar Wochen zu Mrs R zu ziehen?«

»Nein.«

* * *

Zu Hause angekommen zeigte Michael ihr, wie die Alarmanlage funktionierte. Außerdem sagte er der Polizei Bescheid, dass sie wieder in der Stadt waren. Mit zwei Beamten im Schlepptau suchten sie zum Abendessen ein Restaurant in der Nähe auf.

»Ich gewöhne mich langsam daran, auf Schritt und Tritt verfolgt zu werden«, meinte Juliana, als sie nach dem Essen Hand in Hand zurückschlenderten. Dabei hielt sie die ganze Zeit nervös nach Jeremy Ausschau, für den Fall, dass er nicht wie geplant nach Florida zurückgeflogen war.

»Gut, denn nach dem, was vor Kurzem passiert ist, hast du jetzt deinen eigenen Personenschutz.«

Juliana verzog das Gesicht. »Oje.«

»Ich möchte, dass du morgen bei uns im Büro vorbeikommst, um ein paar Fotos von den Mitgliedern der Red Devils durchzugehen. Vielleicht erkennst du den Typen wieder, den du in Newport gesehen hast.«

Sie nickte.

»Ich rufe dich an, um einen Termin zu vereinbaren. Um neun Uhr habe ich ein Treffen mit dem Richter. Ich weiß nicht, ob der Prozess danach weiter ausgesetzt wird oder wir wie geplant weitermachen.«

»Ich habe frei, also kann ich kommen, wann immer es euch passt.«

Zu Hause riefen sie bei Rachelle an, um zu fragen, wie es ihr ging. Erst sprach Michael mit ihr und erzählte ihr, dass er sie, je nach Entscheidung des Richters am nächsten Tag, vielleicht schon am Donnerstag, spätestens Freitag in den Zeugenstand rufen wolle. Dann reichte er den Hörer an Juliana weiter.

Rachelle und sie plauderten eine Weile, bevor Juliana merkte, dass das Mädchen ihr irgendetwas sagen wollte.

»Süße, was ist los?«

»Es geht mich nichts an, und ich erinnere mich, dass du mir erklärt hast, Michael und du wärt bloß Freunde, weil du einen festen Freund hast und so, aber …«

»Was?«

»Ich glaube, du gehörst zu Michael.«

»Wie kommst du darauf?« Juliana versuchte, ihre Stimme neutral zu halten.

»Ich weiß es nicht. Es ist nur so ein Gefühl.«

»Nun, deine Meinung bedeutet mir viel, also danke, dass du es mir gesagt hast. Und jetzt solltest du schlafen gehen. Du hast eine große Woche vor dir. Ich werde in Gedanken bei dir sein.«

»Danke«, erwiderte Rachelle leise. »Mach's gut, Juliana.«

»Gute Nacht, Liebes.«

»Was hat sie gesagt?«, wollte Michael wissen, nachdem Juliana aufgelegt hatte.

»Dass wir beide zusammengehören.« Juliana kämpfte darum, das seltsame Gefühl zu definieren, das sie während ihrer Unterhaltung mit Rachelle überkommen hatte.

Er lächelte. »Kindermund tut Wahrheit kund.«

»Du lässt auch keine Gelegenheit für Eigenwerbung aus, was?«, fragte sie lächelnd.

»Das kann ich mir nicht leisten.« Er stand auf und streckte ihr seine Hand hin.

»Wo willst du hin?«

»Das wirst du schon sehen.«

Sie gingen hoch in sein Zimmer, wo er sich eine dicke Decke schnappte und Juliana hinauf auf die Dachterrasse führte. Die Lichter der Stadt funkelten vor dem klaren Nachthimmel, als Michael sich auf die Decke setzte und Juliana zu sich herunterzog. Dann streifte er erst ihr das Shirt über den Kopf und dann sich selbst.

Julianas Blick blieb an dem Verlobungsring an der Kette um seinen Hals hängen.

»Glaubst du, wir könnten für einen Moment so tun?«, flüsterte er und öffnete den Kettenverschluss. »Als ob du, nur für eine Nacht, die Meine wärst und der hier genau hierhin gehören würde?« Er ließ den Ring auf ihren Finger gleiten. »Ich möchte sehen, wie du nichts außer meinem Ring trägst.«

Er öffnete den Verschluss ihres BHs, warf den Rest ihrer Kleidung zur Seite und legte die Decke um sie beide. »Lass mich mal schauen.« Er griff nach ihrer Hand und küsste jeden Finger einzeln, wobei er sich mit dem Ringfinger besonders viel Zeit ließ. »Wusstest du, dass ich ihn am Freitag gekauft habe, während du bei Mrs R auf mich gewartet hast?«

Sie schüttelte den Kopf. »Ich hab mich schon gefragt, wann du die Zeit dafür gefunden hast.«

»Lass uns miteinander schlafen, Juliana. Lass uns miteinander schlafen, als wären wir verlobt und würden uns auf alles freuen, was das Leben noch für uns bereithält.«

Sie schmiegte sich an ihn. »Ich liebe dich, Michael. Egal, was passiert, ich liebe dich so sehr.«

»Mehr brauche ich nicht.«

* * *

Am nächsten Morgen ließ Michael eine schlafende Juliana im Bett zurück. Er schaltete die Alarmanlage ein, schloss die Haustür ab und überquerte die Straße, um mit den Polizisten zu sprechen, die für Julianas Schutz abkommandiert waren.

»Meine Freundin schläft im Haus, und die Alarmanlage ist an. Bleiben Sie den ganzen Tag in ihrer Nähe, okay?«

»Ja, Mr Maguire. Machen Sie sich keine Sorgen, wir passen auf.«

»Danke.«

Nach einem letzten angespannten Blick zum Haus stieg Michael in seinen Wagen und fuhr zur Arbeit. Nun, da er zum ersten Mal seit Tagen gezwungen war, Juliana zu verlassen, zog sich sein Magen vor Nervosität zusammen. Sie hatte ihm versprochen, vorsichtig zu sein, und da er sich nicht selbst um ihre Sicherheit kümmern konnte, blieb ihm nur, zu hoffen, dass sie wachsam sein würde.

Auf dem Weg dachte er an ihr Liebesspiel auf der Dachterrasse zurück. Und danach noch einmal in seinem Bett, nachdem die kühle Nachtluft sie ins Haus getrieben hatte. Er griff nach dem Ring und stellte fest, dass er vergessen hatte, ihn an die Kette zurückzuhängen, was bedeutete, er steckte weiter an Julianas Finger, wo er hingehörte. Sich vorzustellen, dass sie mit seinem Ring am Finger durch den Tag ging, entlockte ihm ein Lächeln.

Gefolgt von zwei Polizisten erreichte er das Gerichtsgebäude, wenige Minuten vor dem Treffen mit Richter Stein. Im Flur vor dem Richterzimmer begrüßte er Tom Houlihan mit Handschlag. Die Anwälte der Verteidigung hatten sich in eine andere Ecke des Korridors zurückgezogen.

»Hattest du ein gutes Wochenende in Rhode Island?«, fragte Houlihan.

»Es war super. Und deins?«

»Den Großteil der Zeit habe ich am Telefon verbracht und mich um den Presseansturm nach dem Vorfall mit dem Steinwurf gekümmert. Gerüchte besagen, der Richter sei deswegen außer sich. Das Treffen könnte interessant werden.«

Wenige Minuten später wurden sie von Steins Gerichtsdiener in sein Büro gerufen.

Der Richter lief hinter seinem riesigen Mahagonischreibtisch auf und ab. Sein drahtiger Körper vibrierte förmlich vor Energie. »Was zum Teufel geht hier vor?«, fragte er die Anwälte der Verteidigung. »Haben Ihre Klienten total den Verstand verloren?«

Die leitende Anwältin, eine kräftige blonde Frau, hob abwehrend die Hände. »Sie behaupten, keine Ahnung von dem Plan ihres Cousins gehabt zu haben.«

»Irgendwie fällt es mir schwer, das zu glauben.« Stein fuhr sich mit den Fingern durch seine schütteren Haare. Der Blick aus seinen scharfen blauen Augen landete auf Michael. »Mr Maguire, waren die Verletzungen Ihrer Mitbewohnerin so minimal, wie behauptet wurde?«

»Ja, Euer Ehren. Wir hatten sehr viel Glück. Sie hat keinen halben Meter entfernt neben der Stelle gesessen, an der der Stein gelandet ist.«

»Das ist unfassbar.« Der Richter wandte sich wieder an die Verteidiger. »Ich will, dass Sie Ihren Klienten sagen, dass ich keine weiteren Einschüchterungen und Angriffe auf Mr Maguire oder sonst jemanden aus dem Team der Anklage dulden werde. Sie möchten sie vielleicht daran erinnern, wer das Strafmaß festlegt, sollten sie verurteilt werden. Habe ich mich klar ausgedrückt?«

»Ja, Euer Ehren.«

»Angesichts der Publicity, die dieser Vorfall generiert hat, werde ich die Jury für den Rest des Prozesses von der Außenwelt isolieren. Die Verhandlung wird morgen früh um neun Uhr fortgesetzt«, verkündete er. »Mr Maguire?«

»Euer Ehren?«

»Seien Sie vorsichtig. Die Angeklagten sehen sich bereits einer Strafe von dreimal ›lebenslänglich‹ gegenüber. Ich habe nichts Schlimmeres, womit ich ihnen drohen kann, und das wissen sie.«

Michael nickte. »Ja, Sir.«

Vor dem Gerichtsgebäude wartete schon ein Schwarm von Reportern und Kamerateams auf Michael. Sie bombardierten ihn mit Fragen, während er sich zusammen mit Tom durch die Menge drängte.

»Mr Maguire, wie bewerten Sie den Vorfall bei Ihnen zu Hause?«

»Kein Kommentar.« Er und Tom hasteten weiter.

»Mr Maguire, sind Sie in Sorge um Ihre persönliche Sicherheit?«

»Nein.«

»Mr Maguire, können Sie uns den Namen Ihrer Mitbewohnerin und die Art ihrer Verletzung verraten?«

»Kein Kommentar.«

»Mr Houlihan, was hatte der Richter heute Vormittag zu sagen?«

»Der Prozess wird morgen fortgesetzt.«

»Mr Maguire, ist es wahr, dass Sie Ihre schwangere Verlobte haben sitzen lassen?«

Michael blieb stehen und drehte sich zu dem Reporter um, der die Frage gestellt hatte. »Wie bitte?«

Schweigen senkte sich über die Menge.

»Ist es wahr, dass Sie Ihre schwangere Verlobte haben sitzen lassen?«

»Nein. Das ist nicht wahr. Wo haben Sie das gehört?«

Tom legte ihm eine Hand auf die Schulter. »Komm, Michael.«

»Warte.« Michael kämpfte gegen den Drang an, dem Reporter ins Gesicht zu schlagen. »Woher haben Sie das?«

Der junge Reporter zuckte mit den Schultern. »Gerüchte auf der Straße.«

»Tja, es ist nicht wahr, und ich sehe das besser nirgendwo gedruckt oder höre es im Fernsehen, haben Sie mich verstanden?« Er ließ seinen Blick über die Gruppe schweifen, um sie wissen zu lassen, dass er alle von ihnen meinte.

»Wenn es nicht wahr ist, können Sie mich ja verklagen«, erklärte der Reporter.

Bevor Michael seinem Drang, ihm eine zu verpassen, nachgeben konnte, zog Tom ihn von der Menge fort.

»Was zum Teufel war das?«, fragte Michael, nachdem sie außer Hörweite der Reporter waren. »Das ist genau das, was die Geschworenen jetzt dringend hören sollten. Dann wäre meine Glaubwürdigkeit komplett dahin.«

»Sie werden isoliert«, erinnerte ihn Tom. »Selbst wenn es in die Nachrichten kommt, erfahren sie nichts davon.«

»So ein Scheiß!«

»Besteht irgendeine Chance, dass es wahr ist? Ich frage nur als Freund, Michael.«

»Nein, es ist nicht wahr.« Aber dann schien sich die Erde unter seinen Füßen aufzutun, als er sich an das letzte Mal mit Paige erinnerte. Sie hatten kein Kondom benutzt. »O Mist«, flüsterte er. »O mein Gott, ich muss los.«

KAPITEL 21

Um zehn Uhr verließ Juliana das Haus und ging über die Straße, um ihre Beschützer wissen zu lassen, dass sie erst in die Collington Avenue und dann zu ihrer Mutter nach Highlandtown fahren würde. Die beiden Polizisten folgten ihr in ihrem Wagen.

Jeremy sollte am Vorabend nach Florida zurückgeflogen sein, daher hatte sie vor, einmal durchzuwischen und die Post einzusammeln, um dann so schnell wie möglich wieder zu verschwinden.

Da das Haus mit einer Alarmanlage gesichert war, ließen die Polizisten sie allein hineingehen.

Juliana war überrascht, zu sehen, dass der Alarm nicht eingeschaltet war. Sofort beschleunigte sich ihr Herzschlag, und sie bekam Angst. Sie drehte sich um, um zu den Polizisten zurückzugehen.

»Hallo, Juliana.« Jeremy kam die Treppe herunter. »Nett von dir, zu Hause vorbeizuschauen.«

»Warum bist du noch hier?«, fragte sie verstört und steckte schnell ihre linke Hand in die Jackentasche, um sich den Verlobungsring abzustreifen. »Du hast mich erschreckt.«

»*Du* hast *mich* erschreckt, weil du drei Tage lang nicht hier aufgetaucht bist.«

»Ich habe dir doch gesagt, dass ich übers Wochenende weg bin.«

»Mit wem warst du zusammen?«

»Wir beide sind im Moment kein Paar mehr, Jeremy. Ich muss mich vor dir nicht rechtfertigen.«

»Was ist los, Jule? Wo wohnst du? Ich weiß, dass es nicht hier ist, dazu war es hier zu dreckig. Wenn ich nicht gerade damit beschäftigt war, herauszufinden, wo du steckst, habe ich geputzt.«

»Ich bin heute hergekommen, um sauber zu machen.«

»Wo wohnst du?«

Sie schluckte schwer und antwortete dann: »Bei einem Freund. Du kennst ihn nicht.«

»Was für Freunde hast du, die nicht auch meine Freunde sind?«

»Darüber bin ich dir keine Auskunft schuldig.« Ihr Herz raste vor Anspannung.

Er musterte sie lange. In seiner Wange zuckte ein Muskel. »Was ist mit deiner Stirn passiert?«

»Ich habe mir den Kopf gestoßen.«

Er nahm die Briefe in die Hand, die sie auf dem Küchentisch hatte liegen lassen. »Du liest deine Post nicht?«

»Hör mal, Jer, ich weiß nicht, warum du hier bist oder was du dir von diesem Wochenende erwartet hast. Wir waren uns einig, drei Monate getrennt zu verbringen. Davon ist erst einer rum. Du bist nicht fair.«

»Ich will diese alberne Vereinbarung beenden.« Er trat einen Schritt auf sie zu. »Ich war mit keiner anderen zusammen. Und das will ich auch nicht sein. Das war schließlich der Grund, warum wir das Ganze überhaupt tun, oder? Also können wir das jetzt beenden.«

»Nein, können wir nicht.«

»Wieso fällt es dir so schwer, mich anzusehen, Juliana?«

»Stimmt doch gar nicht.« Sie reckte das Kinn und blickte ihm in die Augen.

»Es ist beinahe so, als fühltest du dich wegen irgendetwas schuldig. Triffst du dich mit einem anderen?«

»Auch das werde ich dir nicht beantworten. Wir haben eine Abmachung. Ich gebe in dieser Sache nicht nach. Wir sprechen uns in zwei Monaten, nicht eher.«

»Irgendetwas ist hier los, und ich will wissen, was.«

»Wir reden in zwei Monaten«, wiederholte Juliana und nahm ihre Handtasche, um zu gehen. Jeremy hatte geputzt, also musste sie nicht länger hierbleiben.

Er packte sie am Handgelenk. »In einem Monat, Jule. Ich bin zur Not bereit, das einen Monat auszuhalten, aber nicht zwei.«

Sie schaute in sein so vertrautes Gesicht und wusste, dass sie ihm das nicht abschlagen konnte. »Gut. Ein Monat. Von heute an.«

»Wir treffen uns hier.«

»Okay.«

»Jule? Darf ich dich umarmen?« Er breitete die Arme aus. »Nur für eine Minute?«

Sie neigte den Kopf und lehnte sich an seine Brust, während er sie an sich zog. Ihre Hände ruhten auf seinen Hüften, und sie spürte, wie seine Lippen über ihr Haar strichen.

»Du fehlst mir, Baby«, flüsterte er. »Ich vermisse dich so sehr. Ohne dich werde ich noch verrückt.«

Juliana schaute auf und war überrascht, als seine Lippen sich auf ihre senkten. In dem Moment, in dem seine Zunge zwischen ihre Lippen glitt, löste sie sich von ihm. »Nicht, Jer«, sagte sie und trat einen Schritt zurück. »Wir sehen uns in einem Monat.« Sie eilte zur Tür hinaus und brauste los, bevor ihm auffallen konnte, dass ihr ein Streifenwagen folgte.

* * *

Michael fuhr vom Gericht direkt zu seinem Büro und versuchte, die Möglichkeit zu verarbeiten, dass Paige schwanger war. Er hatte in den letzten Tagen eine neue Welle von Anrufen von ihr ignoriert, doch jetzt hatte sie dafür gesorgt, dass er sie auf keinen Fall mehr ignorieren konnte. Er parkte den Wagen und griff nach seinem Handy.

»Hallo, Michael. Wie schön, dass du mich endlich zurückrufst.«

»Was versuchst du da für eine Nummer abzuziehen, Paige? Erwartest du wirklich von mir, dass ich glaube, du bist bei dem einzigen Mal, bei dem wir nicht verhütet haben, schwanger geworden? Hältst du mich für so dumm?«

»Du kannst glauben, was du willst – ich *bin* schwanger. Und zwar genau seit vier Wochen.«

Michael atmete tief ein. »Ich glaube dir nicht.«

»Tja, das solltest du aber besser. Du wirst Vater, Michael, also kannst du diesen Unsinn, unsere Verlobung zu lösen, vergessen. Wie gut, dass ich die Hochzeit noch nicht abgesagt habe. Wir können so weitermachen wie geplant.«

»Ja, in deinen Träumen.«

»Ich bin schwanger. Du *wirst* mich heiraten.«

»Ich werde dich *nicht* heiraten. Es ist mir egal, selbst wenn du Dril-lin-ge bekommst.«

»Dann wirst du dieses Kind niemals zu sehen kriegen. Hast du mich verstanden? *Niemals.*«

Michael lachte. »Hast du vergessen, dass ich Anwalt bin, Paige? Nur zu. Wenn ich mit dir fertig bin, wirst *du* dieses Phantomkind von uns nie mehr wiedersehen. Außerdem, woher weiß ich, dass es von mir ist?«

»Fahr zur Hölle, Michael.«

»Ich lass mich von dir nicht erpressen. Und es ist dir auch nicht gelungen, meinen Prozess zu sabotieren, indem du das an die Presse hast durchsickern lassen, denn der Richter wird die Geschworenen isolieren. Und ganz sicher wirst du mich nicht davon abhalten, mein Kind zu sehen – das Kind, dessen Existenz ich stark anzweifle. Also kannst du genauso gut aufgeben. Oh, und es ist vermutlich besser, wenn du die Hochzeit abbläst. Der Bräutigam wird nämlich nicht anwesend sein.« Er beendete den Anruf.

»Scheiße!«, schrie er in seinem Auto. »Verdammte Scheiße!« Gerade als er frustriert mit der Faust aufs Lenkrad schlug, klingelte sein Handy. Weil er erwartete, dass es noch mal Paige war, ging er ran und brüllte: »Was?«

»Michael?«, fragte Juliana.

Allein der Klang ihrer Stimme verscheuchte seine Wut. »Oh, Baby, tut mir leid.«

»Was ist los?«

»Jetzt, wo ich mit dir spreche, nichts mehr. Geht es dir gut?«

»Ich hatte gerade eine Begegnung mit Jeremy.«

Michael erstarrte. »Was für eine Begegnung? Was ist passiert?«

Sie erzählte ihm, dass sie Jeremy in ihrem Haus angetroffen hatte, und von ihrem Gespräch.

»Warum hast du eingewilligt, einen Monat zu streichen?« Michael war niedergeschlagen, nachdem er gehört hatte, dass ihre beiden verbliebenen Monate halbiert worden waren. »Es waren doch drei vereinbart.«

»Es tut mir leid, Michael, aber ich kann das nicht noch zwei Monate so weiterlaufen lassen. Bis dahin habe ich ein Magengeschwür.«

»Du hättest ihm heute einfach sagen können, dass es zwischen euch aus ist. Warum hast du das nicht getan?«

»Weil es nicht aus ist. Das weißt du. Wieso bist du so?«

Er seufzte. »Es tut mir leid. Paige ist schwanger – zumindest behauptet sie das.«

Juliana keuchte auf. »Wie? Ich meine …«

»Können wir uns bei mir am Büro treffen? Dann erzähle ich dir alles.« Er gab ihr die Adresse.

»Ich bin in zehn Minuten da.«

»Ich warte im Auto auf dem Parkplatz auf dich.«

Zehn Minuten später glitt Juliana auf den Beifahrersitz von Michaels Wagen und streckte die Arme nach ihm aus.

Er hielt sie sehr lange fest. »Mein Gott, Baby, ich bin so froh, dich zu sehen.«

Als Juliana sich schließlich zurückzog, um ihn anzuschauen, behielt sie ihre Hände an seinen Wangen. »Wie kann sie schwanger sein?«

»In der letzten Nacht, nach der Verlobungsfeier, ist sie zu mir ins Bett gekommen, als ich geschlafen habe. Ich hatte viel getrunken, also habe ich geglaubt, ich würde träumen, und habe es erst gemerkt, als es zu spät war, wenn du verstehst, was ich meine. Ich habe erst heute davon erfahren, als ein Reporter mich gefragt hat, ob es stimmt, dass ich meine schwangere Verlobte sitzen gelassen habe. Ich hatte Paiges Anrufe nicht erwidert, also hat sie es zur Presse durchsickern lassen.«

»O Michael. Was wirst du jetzt tun?«

Er zuckte hilflos mit den Schultern. »Ich glaube ihr nicht, also werde ich erst mal gar nichts tun. Zumindest im Moment nicht. Sie meinte, wenn ich sie nicht heirate, werde ich das Kind niemals zu sehen bekommen.«

»Das kann sie nicht machen!«

»Ich weiß, Süße. Ich habe ihr geantwortet, dass sie es nicht mit einem Idioten zu tun hat. Sie ist diejenige, die das Kind nicht zu sehen bekommt, wenn sie versucht, mich unter Druck zu setzen.«

Juliana legte erneut die Arme um ihn. »Ich werde nie verstehen, warum eine Frau sich zu Erpressung hinreißen lässt, um einen Mann dazu zu bringen, sie zu heiraten.«

»Das liegt daran, dass du niemals so gemein sein könntest. Sie hat die Hochzeit immer noch nicht abgeblasen. Ist das zu fassen?«

»Sie denkt weiter, dass die Feier wie geplant stattfindet?«, fragte Juliana ungläubig. »Nach allem, was passiert ist?«

»Es geht ihr nicht mehr darum, mich zu heiraten. Es geht darum, das Gesicht zu wahren. Wenn sie die Hochzeit absagt, muss sie sich mit der Demütigung herumschlagen, sitzen gelassen worden zu sein. Sie würde mich eher mit einer vorgetäuschten Schwangerschaft erpressen, als diese Schande zu ertragen.«

»Das tut mir leid. Ausgerechnet jetzt musst du dich auch noch damit herumschlagen.«

»Was genau der Grund dafür ist, dass sie die Bombe mitten im Prozess hat platzen lassen.« Er griff nach Julianas Hand. »Wo ist der Ring?«

Juliana holte ihn aus der Tasche und streckte die Hand aus, um Michaels Kette zu öffnen und ihn an seinen Platz neben dem Christophorus-Anhänger zu tun.

Michael presste seine Lippen auf ihre linke Hand. »Da hat er mir besser gefallen.«

Juliana beugte sich vor, um ihn zu küssen, und strich ihm mit den Fingern durchs Haar. Michael drückte ihren Kopf sanft nach hinten und vertiefte den Kuss. Einen Moment lang vergaßen sie beide, wo sie sich befanden und dass vier Polizisten sie beobachteten, während sie einander den Trost spendeten, den sie nur in den Armen des anderen fanden.

Schließlich löste Michael sich mit einem Stöhnen von ihr. »Warum kannst *du* nicht mit meinem Baby schwanger sein?«

Juliana zog ihn fester an sich.

Nachdem er sich ein paar Minuten gesammelt hatte, nahm Michael sie mit in sein Büro, wo er Juliana seine Assistentin Angela vorstellte, die ihm einen Stapel rosafarbener Notizzettel reichte. Michael bat Angela, die Verbrecherfotos der Red Devils zu holen, dann führte er Juliana in sein Büro und bedeutete ihr, sich zu setzen.

»Schön hier.«

»Danke.« Michael warf die Nachrichten auf seinen unordentlichen Schreibtisch und hängte sein Jackett über die Lehne seines Drehstuhls.

Angela kam mit den Fotos herein. »Hier, bitte sehr. Sag Bescheid, wenn du noch etwas brauchst.« Sie schloss die Tür hinter sich und ließ sie beide allein.

Michael setzte sich neben Juliana und reichte ihr das Buch. »Lass dir Zeit, Süße. Schau, ob du irgendeinen wiedererkennst.«

Juliana nickte und schlug das Album auf. »Du musst nicht bei mir sitzen. Ich bin sicher, dass du viel zu tun hast.«

Er blickte zu dem Chaos auf seinem Schreibtisch. »Ja, da gibt es durchaus ein paar Dinge, die ich tun könnte.« Er küsste sie auf die Wange, stand auf und machte sich daran, die Nachrichten herauszusuchen, die seine sofortige Aufmerksamkeit erforderten. Dann krempelte er sich die Hemdsärmel hoch und wandte sich seinen E-Mails zu. Als Angela ihn wegen des Anrufs eines Reporters ansprach, antwortete er, sie solle »Kein Kommentar« sagen. Er sah zu Juliana und merkte, dass sie ihn musterte. »Was ist?«

Sie lächelte. »Ich schaue dir gerne bei der Arbeit zu. Das ist ziemlich sexy.«

»Die Fotos, Juliana. Du lenkst mich ab.«

»Du bist aber leicht abzulenken.«

»Von dir immer.«

»Der Computer, Michael«, äffte sie ihn nach. »Du lenkst mich ab.«

Grinsend wandte er sich wieder seinem Bildschirm zu.

Juliana ging das Album zweimal durch, entdeckte jedoch niemanden, der ihr bekannt vorkam. »Es tut mir leid.«

»Ist schon okay. Danke, dass du es versucht hast.« Er stand auf und kam zu ihr. »Was hast du mit dem Rest des Tages vor?«

»Das Haus meiner Mutter putzen.«

»Du kümmerst dich wirklich gut um sie. Sie hat Glück, dich zu haben.«

Juliana zuckte mit den Schultern. »Man tut, was man tun muss.«

Er zog sie in seine Arme und küsste sie. »Ich sollte heute früh zu Hause sein.«

»Gut. Ich werde uns etwas kochen.«

»Hmm«, sagte er an ihren Lippen. »Ich kann es kaum erwarten.«

»Geht es dir gut?«

»Jetzt, wo ich dich gesehen habe, ja. Irgendwie schaffst du es, dass alles gleich wieder besser ist.« Nach einem letzten Kuss begleitete er sie nach draußen, wo ihre Beschützer schon warteten.

KAPITEL 22

An dem Abend, bevor Rachelle in den Zeugenstand treten sollte, lag Michael wach im Bett, während Juliana, die Arme um ihn geschlungen, schlief.

Als die Zeiger der Uhr auf vier vorrückten, dachte er daran, wie sehr er sich wünschte, dass dieser Prozess endlich zu Ende wäre. Nach dem morgigen Tag würde die Anklage ruhen, und die Verteidigung würde eine, vielleicht zwei Wochen benötigen, um ihren Fall darzulegen. Dann folgten die Abschlussplädoyers und die Beratung der Jury.

Bisher war alles perfekt gelaufen. Die Polizisten und Ballistiker hatten ihre Fakten ruhig und sachlich vorgebracht. Die Kinder, die den Streit zwischen den späteren Opfern und den Benedettis in der Spielhalle mitbekommen hatten, waren nervös gewesen, hatten es aber geschafft, ihre Aussagen zu machen und eine schlüssige Geschichte zu erzählen, die ein starkes Motiv präsentierte.

Laut der Jury-Berater, die die Körpersprache der Geschworenen analysierten, hatte Michael sie bislang auf seiner Seite. Doch es war Rachelles Zeugenaussage, die ihm den Sieg bescheren würde. Sie war wirklich sein Slam Dunk. Nach ihrer erschütternden Schilderung würde die Jury die Benedettis auf keinen Fall freisprechen. Das hoffte er zumindest.

Michael hatte am Vorabend mit Rachelle geredet. Sie hatte etwas bedrückt gewirkt, ihm allerdings versichert, dass sie bereit war, auszusagen und das alles endlich hinter sich zu lassen. Nach ihrem Auftritt vor Gericht würde eine Polizeieskorte sie und ihre Mutter zu einem Privatflugzeug bringen, das sie zu ihrem neuen Leben in St. Louis, Missouri, fliegen würde, wo sie endlich wieder mit Rachelles Vater und ihren Brüdern vereint wären.

Juliana regte sich und schmiegte ihre Wange an seine Schulter. Sein T-Shirt, das sie sich übergestreift hatte, war hochgerutscht, und er legte seine Hand auf ihren Rücken und zog sie an sich.

Im Schlaf seufzend kuschelte sie sich näher an ihn.

Wie habe ich vor ihr überhaupt gelebt? Wie soll ich ohne sie leben, wenn sie sich für Jeremy entscheidet? Nein, das wird sie nicht tun. Das kann sie nicht. Nicht nach allem, was wir miteinander geteilt und durchgemacht haben. Die Alternative war unvorstellbar.

Er bemühte sich, nicht an Paige und die Möglichkeit zu denken, dass sie wirklich schwanger war. Darum würde er sich kümmern, wenn der Prozess vorbei war, und nicht eine Minute früher. Wenn sie es tatsächlich war, würde sie das nach dem Prozess auch noch sein.

Michael musste weggedöst sein, denn um kurz nach sechs riss ihn das Klingeln seines Handys aus dem Schlaf.

»Maguire«, meldete er sich verschlafen.

»Michael!« Beim panischen Tonfall seines Kollegen George Samuels war Michael sofort hellwach.

»George? Was ist los?«

»Mein Gott, Michael, sie sind *vergiftet* worden«, rief George.

Michael setzte sich auf. »Wer ist vergiftet worden? Wovon redest du da?« Sein Magen zog sich schmerzhaft zusammen, als ihm einfiel, dass er George dafür abkommandiert hatte, in dem Hotel in Annapolis zu bleiben, damit er Rachelle am Morgen zum Gericht begleiten konnte.

»Rachelle, die Cops, alle«, flüsterte George.

Michael keuchte auf.

»Michael!«, rief Juliana. »Was ist los? Was ist passiert?«

Er kämpfte gegen die wachsende Panik an. »Ist sie tot?«

»Nein, aber es war knapp. Einer der Polizisten liegt im Koma.«

»Ruf mich an, sobald du mehr weißt.«

Michael ließ das Handy fallen und vergrub den Kopf in den Händen. »Mein Gott«, flüsterte er. »O mein Gott.«

»Michael, du machst mir Angst«, sagte Juliana. »Was ist los?«

Er griff nach ihrer Hand. »Rachelle ist vergiftet worden«, stieß er hervor. »George meint, es geht ihr wirklich schlecht.«

Juliana atmete scharf ein. »Nein!«

Michael zog sie in seine Arme, und sie hielten einander fest, während das konstante Klingeln seines Handys ihn daran erinnerte, dass er viel zu tun hatte. »Ich muss herausfinden, was passiert ist.« Er deckte Juliana zu und griff nach seinem Handy.

»Ja«, meldete er sich leise.

»Michael.« Tom Houlihan klang grimmig.

»Wie konnte das passieren, Tom? Wie um alles in der Welt haben sie sie erwischt?«

»Ihr Essen ist vergiftet worden. Vermutlich mit Arsen.«

»Arsen?«, fragte Michael ungläubig.

»Ihre Mutter hat sie gefunden, Michael. Sie ist verrückt vor Angst.«

»Mein Gott, ich habe ihr versprochen, dass so etwas niemals passieren wird. Ich habe ihr mein Wort gegeben!«

Juliana setzte sich auf und schlang von hinten die Arme um Michael. Er griff nach ihrer Hand und umklammerte sie fest.

»Du hast alles getan, was möglich war, um sie zu schützen«, erklärte Tom. »Das haben wir alle.«

»Ganz eindeutig hat es nicht gereicht. Wo muss ich jetzt sein?«

»Bleib im Moment da, wo du bist. Ich bin auf dem Weg zum Krankenhaus. Nachdem sie dich schon einmal ins Visier genommen haben, will ich dich nicht in ihrer Nähe haben.«

»Sie ist meine Zeugin. Ich muss zu ihr.«

»Nein. Bleib, wo du bist, bis du wieder von mir hörst, verstanden?«

»Okay.« Nachdem Michael aufgelegt hatte, streckte er sich neben Juliana aus. »Ich hätte sie gleich am Anfang drannehmen sollen. Dann wäre sie jetzt schon lange weg und in Sicherheit.« Er ballte die Fäuste. »Warum habe ich sie nicht als Erste aufgerufen und zugesehen, dass sie so schnell wie möglich von hier wegkommt?«

»Tu dir das nicht an, Michael. Es ist nicht deine Schuld.«

»Ich hätte es verhindern können.«

»Nein. Sie waren fest entschlossen.«

»Ich weiß nicht, was ich jetzt machen soll.«

»Solltest du ins Büro fahren?«

»Tom will, dass ich hierbleibe. Er macht sich wirklich Sorgen. Das habe ich an seiner Stimme gehört.«

»Michael«, flüsterte Juliana und strich ihm mit den Lippen übers Haar. »Was, wenn sie versuchen, auch dir etwas anzutun?«

»Was, wenn sie versuchen, *dir* etwas anzutun?« Er stand abrupt auf. »Ich habe dir die ganze Zeit zu sagen versucht, dass so etwas passieren kann.« Er marschierte ins Bad und schlug die Tür hinter sich zu.

Juliana vergrub ihr Gesicht im Kissen und dachte an Rachelle, die davon träumte, einen Freund zu haben, und die ihren Vater und ihre Brüder wiedersehen wollte. Sie betete inbrünstiger als je zuvor für dieses Mädchen, das mit seinen fünfzehn Jahren mehr Mut bewiesen hatte als die meisten Menschen in ihrem ganzen Leben.

Frisch rasiert und mit nassem Haar kam Michael aus dem Badezimmer. Er zog sich einen Anzug an und setzte sich aufs Bett, um sich die Krawatte zu binden.

»Ich möchte, dass du dir im Salon mindestens eine Woche freinimmst«, erklärte er mit einer ausdruckslosen Stimme, die sie noch nie zuvor bei ihm gehört hatte. »Ruf deinen Bruder an, und sag ihm, dass du dich nicht um deine Mutter kümmern kannst. Ich möchte, dass du zu Hause bleibst, bis wir die Situation unter Kontrolle haben. Ich kann es mir jetzt nicht erlauben, mir deinetwegen Sorgen zu machen. Wenn sie uns beobachten, wissen sie inzwischen, dass du meine Schwachstelle bist. Mir ist klar, das ist viel von dir verlangt, und du kannst es dir nicht leisten, doch ich werde mich um alles kümmern, was du brauchst. Wirst du das für mich tun, Juliana? Bitte?«

»Natürlich. Wo willst du hin?«

»Zum Krankenhaus.«

»Aber dein Boss hat gesagt, du sollst hierbleiben.«

Er schob das Kinn vor. »Ich kann nicht einfach hier sitzen und nichts tun.«

Sie strich ihm über die Wange. »Schließ mich nicht aus, Michael. Lass dir von mir helfen.«

Er stand auf. »Du kannst nichts tun. Bleib einfach hier. Ich komme zurück.«

Sie hörte ihn nach unten gehen, die Alarmanlage aktivieren und die Haustür schließen. Keine Minute später klingelte das Telefon.

»Hier ist Tom Houlihan. Kann ich bitte mit Michael sprechen?«

»Er ist auf dem Weg ins Krankenhaus.«

»Verdammt! Ich habe ihm ausdrücklich gesagt, er soll zu Hause bleiben.«

»Er ist sehr aufgebracht und hatte das Gefühl, etwas unternehmen zu müssen.«

»Okay.«

»Mr Houlihan?« Juliana schluckte schwer. »Wie schlecht geht es ihr?«

»Sie hat sich die letzte Stunde übergeben, jetzt scheint es ihr allerdings langsam besser zu gehen. Sie wurde ins Krankenhaus gebracht, bevor irreversibler Schaden entstehen konnte.«

»O Gott sei Dank.«

»Ich rufe Michael auf dem Handy an«, ließ er sie wissen. »Danke.«

Juliana quälte sich aus dem Bett und unter die Dusche. Dann zog sie eine Jogginghose und ein T-Shirt an und ging nach unten, um sich einen Kaffee zu kochen. Die Geschichte war schon überall in den Nachrichten im Fernsehen. Reporter und Analysten prophezeiten, dass Michael einen Aufschub des Prozesses beantragen würde, bis klar war, wie es mit seiner im Krankenhaus liegenden Hauptzeugin weiterging.

»Zum Glück sind die Geschworenen Anfang der Woche isoliert worden«, sagte einer der Experten, »sodass sie hiervon nichts mitbekommen.«

»Wird die Verteidigung trotzdem versuchen, einen Antrag auf Abbruch wegen Verfahrensfehlern zu stellen?«

»Ich schätze, sie wird es versuchen, aber Richter Stein ist ein harter Hund. Wenn er einen Weg findet, diesen Prozess fortzusetzen, wird er das tun.«

»Werden die Geschworenen über den Angriff auf die Zeugin informiert?«, wollte der Nachrichtensprecher von dem Experten wissen.

»Da es einen negativen Einfluss auf die Verteidigung hätte, werden die Geschworenen erst nach der Urteilsverkündung von den heutigen Ereignissen erfahren.«

»Um es noch einmal zusammenzufassen«, erklärte der Nachrichtensprecher. »Die Hauptzeugin der Anklage im Mordprozess gegen die Benedetti-Brüder wurde in Annapolis in dem Hotelzimmer vergiftet, in dem sie in Schutzhaft saß. Ein Beamter der Polizei von Baltimore befindet sich in kritischem Zustand, nachdem er, wie die Polizei annimmt, mit Arsen vergiftet wurde. Das fünfzehnjährige Mädchen ist die einzige Zeugin der Schießerei, bei der letztes Jahr drei Teenager aus Baltimore getötet wurden. Sie sollte heute Vormittag vor Gericht aussagen. Das Mädchen und drei ihrer Bewacher wurden heute Morgen um kurz vor sechs von der Mutter des Mädchens in schlechtem Zustand aufgefunden. Zwei der Beamten wurden behandelt und schon wieder aus dem Krankenhaus entlassen. Polizeichef Dennis Noonan und Staatsanwalt Tom Houlihan werden innerhalb der nächsten Stunde eine gemeinsame Pressekonferenz abhalten, die wir hier live übertragen.«

Juliana schaltete den Ton des Fernsehers aus und rief im Salon an. Nachdem sie sich für das Chaos entschuldigt hatte, das damit einhergehen würde, ihre Termine zu verlegen, teilte sie der Salonbesitzerin mit, dass es bei ihr einen persönlichen Notfall gegeben habe und sie ein paar Tage freinehmen müsse. Da Juliana nur selten um etwas bat, erhob ihre Chefin gegen diese ungewöhnliche Bitte keine Einwände.

»Nimm dir so viel Zeit, wie du brauchst, Juliana. Ich hoffe, dass alles wieder in Ordnung kommt.«

»Danke.«

Als Nächstes rief sie Mrs R an, um ihr zu versichern, dass sie trotz der neuesten Entwicklungen in Sicherheit war.

»Kennst du das Mädchen, das vergiftet worden ist?«

»Ja«, flüsterte Juliana. »Sie ist ganz bezaubernd. Michael und ich haben sie sehr ins Herz geschlossen.«

»Das tut mir so leid. Was für eine schreckliche Geschichte. Ihr wisst, dass ihr jederzeit zu mir kommen könnt, wenn es nötig ist, ja?«

»Danke. Ich melde mich morgen wieder, okay?«

»Pass auf dich auf, Liebes.«

Juliana legte das Handy weg und schaltete den Ton am Fernseher wieder ein, um sich die Pressekonferenz anzuschauen. Michael und Tom standen hinter Chief Noonan. Ihre Mienen waren grimmig, von Müdigkeit und Wut gezeichnet.

»Heute Morgen betet die gesamte Stadt Baltimore für einen hochdekorierten Polizisten und ein fünfzehnjähriges Mädchen, die, während sie im Dienst der Stadt standen, angegriffen wurden.« Chief Noonan lobte den Officer in den höchsten Tönen, und während der Chief sprach, wurde ein Foto des Beamten gezeigt.

Juliana schlug sich die Hand vor den Mund, als sie Scott Brown erkannte, der damals über Michaels neue Frisur gelacht hatte.

Der Chief hielt einen Moment inne, um sich zu sammeln. »Ich weiß, für diesen Vorfall wird es schnell Verurteilungen regnen, aber ich bitte Sie alle, die Detectives ihren Job machen zu lassen. Wir werden den oder die Schuldigen finden, die diese abscheuliche Tat begangen haben, und dafür sorgen, dass sie ihre gerechte Strafe erhalten. Nun übergebe ich an Mr Houlihan, danach stehen wir Ihnen für Fragen zur Verfügung.«

Tom trat ans Mikrofon. »Die Zeugin der Schießerei ist ein mutiges und intelligentes junges Mädchen. Jeder von uns, der mit ihr zusammengearbeitet hat, war von ihrer Courage unter diesen schwierigen Bedingungen tief berührt. Wir wissen, dass Mut und Entschlossenheit sie auch durch diese Krise tragen werden. Die Herzen und Gebete aller meiner Mitarbeiter sind derzeit bei ihr und ihrer Familie.«

»Können Sie uns ihren Namen nennen?«, rief ein Reporter.

»Um sie und ihre Familie vor weiteren Angriffen zu schützen, werden wir ihre Anonymität wahren«, erläuterte Tom. »Wir werden nicht ruhen, bis der Gerechtigkeit für die Opfer Genüge getan ist.«

In dem Moment, in dem Tom vom Mikrofon zurücktrat, begannen die Reporter, Fragen in den Raum zu rufen.

»Chief, woher wissen Sie, dass es Arsen war?«

»Das haben wir anhand einiger typischer Symptome erkannt.«

»Können Sie das genauer ausführen?«

»Nein.«

»Wie lautet Ihre Theorie, wie die Opfer mit dem Gift in Kontakt ge-kommen sind?«

»Wir überprüfen den Zimmerservice und die Lieferdienste, um zu sehen, was die Opfer gegessen haben, wann es gebracht wurde und von wem. In den Fluren und Hotelzimmern gibt es Videokameras, deren Aufzeichnungen gerade gesichtet werden.«

»In welchem Krankenhaus liegt die Zeugin?«

»Kein Kommentar.«

»Können Sie uns etwas zu ihrem Zustand sagen?«

»Ihr Zustand ist nicht mehr lebensbedrohlich.«

»Glauben Sie, dass die Benedetti-Brüder für diesen Angriff verantwortlich sind?«

»Kein Kommentar.«

»Mr Houlihan, wie stehen die Chancen, dass es zu einem Pro-zess-abbruch kommt?«

»Wir glauben nicht, dass das passiert, aber die Entscheidung darüber liegt bei Richter Stein, nachdem er beide Seiten angehört hat.«

»Mr Maguire, können Sie sagen, wie die Chancen für eine Verurteilung ohne die Aussage Ihrer Hauptzeugin aussehen?«

Tom bedeutete Michael, die Frage zu beantworten. Michael räusperte sich. »Ich hoffe, dass sich die Zeugin vollständig erholt und ihre Aussage machen kann. Bis dahin werden wir eine Aussetzung des Prozesses beantragen.«

»Wie gut kennen Sie die Zeugin, Mr Maguire?«

»Sehr gut«, erwiderte Michael leise. Im Raum wurde es ganz still, während die Reporter darauf warteten, dass er fortfuhr.

Juliana wischte sich die Tränen weg, während sie merkte, wie er darum kämpfte, die richtigen Worte zu finden.

»Sie ist ein tolles Mädchen. Wie bereits gesagt, ist sie uns allen, die wir mit ihr gearbeitet haben, sehr ans Herz gewachsen.«

»Das ist dann für den Moment alles«, erklärte Chief Noonan. »Wir halten Sie über die weiteren Entwicklungen auf dem Laufenden.«

Der Sender schaltete ins Studio, für eine Analyse der Pressekonferenz, aber Juliana hatte genug gehört. Sie machte den Fernseher aus, stellte ihren Kaffeebecher weg und kuschelte sich aufs Sofa. Sie dachte an Rachelle und ihr Queen-Bee-T-Shirt, ihre Liebe zur Mode, daran, wie sie gestrahlt hatte, als sie die neue Frisur gesehen hatte, die Juliana ihr geschnitten hatte. Sie dachte an das, was das Mädchen ihr über den Abend erzählt hatte, der ihr Leben für immer verändern sollte, an ihre zu Herzen gehende Schwärmerei für Michael und an die letzten Worte, die sie zu Juliana gesagt hatte: »Ich glaube, du gehörst zu Michael.« Danach hatte sie »Mach's gut« gesagt, und nicht ihr übliches »Bleib cool« oder »Bis später«. Nein, sie hatte »Mach's gut« gesagt, als hätte sie gewusst, dass etwas passieren würde.

Das Telefon klingelte, und Juliana stand auf, um ranzugehen.

»Hallo?«

Schweigen.

»Hallo?«

»Dein Freund ist als Nächstes dran, Juliana«, hörte sie eine raue Stimme hervorpressen.

Dann war die Leitung tot.

Juliana ließ den Hörer fallen. Sie rannte zur Tür und gab mit zitternden Fingern den Code ein, um die Alarmanlage zu deaktivieren. Angesichts der Ereignisse des Tages stand ihr Polizeischutz nicht mehr auf der anderen Straßenseite, sondern auf dem Bürgersteig vor ihrem Haus.

»Juliana, was ist los?«

Mit bebender Stimme erzählte Juliana ihnen von dem Anruf. Sie flehte die Polizisten an, Michael zu suchen und ihm von der Drohung zu berichten. Einer der Officers griff nach seinem Funkgerät, um den Vorfall zu melden.

»Sie informieren die Kollegen, die Michael beschützen?«, fragte sie den Officer, der sie hineinbegleitete.

»Ja, mein Partner kümmert sich darum.«

»Er hat meinen Namen gekannt«, schluchzte Juliana. »Sie kennen meinen Namen!« Sie zuckte zusammen, als das Telefon erneut klingelte.

Der Polizist ging ran. »Hallo? Ja, sie steht direkt neben mir.« Er reichte ihr das Telefon. »Mr Maguire.«

»Juliana.« Er klang panisch. »Gib genau wieder, was er gesagt hat.«

»Er hat gesagt: ›Dein Freund ist als Nächstes dran, Juliana.‹ Er kannte meinen Namen, Michael.«

»Ich weiß, Baby. Ich bin in ein paar Minuten zu Hause.«

»Sei vorsichtig.« Tränen fielen aus ihren vom Weinen schon ganz verquollenen Augen. »Bitte sei vorsichtig.«

»Ich bin gleich da.«

KAPITEL 23

Zwanzig Minuten später kam Michael durch die Tür.

Juliana war so erleichtert, ihn zu sehen, dass sie erneut in Tränen ausbrach, als er sie in die Arme nahm.

Der Polizist, der mit ihr gewartet hatte, kehrte auf seinen Posten vor dem Haus zurück und schloss die Tür hinter sich.

»Okay, Baby«, erklärte Michael und strich ihr übers Haar. »Alles ist gut.«

»Sie werden dich umbringen, Michael!« Juliana wusste, dass sie hysterisch klang, aber es war ihr egal.

»Mich umzubringen wird den Prozess nicht aufhalten. Das wissen sie.«

Sie wischte sich über die Wangen. »Was ist mit dem Anruf? Mit dem, was er gesagt hat?«

»Sie versuchen nur, mir Angst zu machen. Und dir auch.«

»Das hat funktioniert.«

Es klingelte an der Tür.

Michael ging hin. »Tom? Was tust du hier?« Er trat beiseite, um seinen Boss hereinzulassen.

»Hi.« Tom streckte Juliana die Hand hin. »Tom Houlihan. Schön, Sie kennenzulernen.«

»Juliana Gregorio.«

Tom sah sich anerkennend um. »Nettes Haus.«

»Du hast heute Zeit für Höflichkeitsbesuche, Tom?«

Tom steckte die Hände in die Taschen und zog die Schultern hoch, als er sich zu Michael umdrehte. »Ich möchte, dass ihr beide eine Weile von hier verschwindet.«

»Ich stecke mitten in einem Prozess. Bis die Mistkerle verurteilt sind, gehe ich nirgendwohin.«

»Das war keine Bitte.«

Michael starrte seinen Chef an. »Du *befiehlst* mir, die Stadt zu verlassen?«

»Entweder gehst du für eine Woche – oder vielleicht auch zwei –, oder du wirst von dem Prozess abgezogen.«

»Das kannst du nicht machen!«

»O doch, das kann ich. Vielleicht ist dir deine eigene Sicherheit egal, aber was ist mit ihr?« Er nickte in Julianas Richtung. »Sie kennen ihren Namen, Michael. Bist du wirklich gewillt, dieses Risiko einzugehen, nur um etwas zu beweisen?«

Michael ließ die Schultern sinken, als sei jegliche Energie aus ihm gewichen. »Natürlich nicht.«

Tom legte ihm eine Hand auf die Schulter. »Der Prozess wird ausgesetzt, solange die Ermittlungen laufen und Rachelle im Krankenhaus liegt. Die Polizisten werden euch heute Nacht zu meinem Haus in Dewey Beach begleiten.«

»Ich möchte beim Krankenhaus vorbeifahren«, sagte Michael. »Ich muss sie sehen … und ihre Mutter.«

»Ich bringe dich heute Nachmittag hin.«

»Sie sind uns nach Newport gefolgt. Was sollte sie davon abhalten, uns auch nach Delaware zu folgen?«

»Deshalb fahrt ihr ja mitten in der Nacht.«

»Und wenn der Prozess wieder losgeht?«

»Dann hole ich dich zurück. Die Sache ist nicht verhandelbar, Michael.«

Juliana beobachtete den Willenskampf, den die beiden miteinander ausfochten.

Schließlich wandte Michael den Blick ab. »Na gut. Wir gehen. Aber ich komme sofort zurück, sobald der Prozess fortgesetzt wird. Niemand anders wird diesen Fall übernehmen, Tom. Es ist meiner. Drücke ich mich da klar aus?«

»Ja.«

»Und du hältst mich über alle Entwicklungen auf dem Laufenden?«

»Auf jeden Fall.«

Michael sah Juliana an. »Ich schätze, wir fahren an den Strand«, meinte er, doch sie spürte, dass er innerlich immer noch kochte.

Als Tom wieder weg war, erklärte Juliana, dass sie ein paar weitere Dinge aus dem Haus in der Collington Avenue holen müsse. In der letzten Woche war es empfindlich kühl geworden, und sie brauchte ihren Wintermantel und ein paar wärmere Sachen, wenn sie ans Meer fuhren. Michael bestand darauf, dass er und der Polizist sie auf der kurzen Fahrt begleiteten.

Dort angekommen, schloss Juliana die Tür auf und schaltete die Alarmanlage ab. Michael folgte ihr hinein. Juliana steckte die Post, darunter die Briefe von Jeremy, in ihre Handtasche, dann sagte sie: »Setz dich. Ich brauche nur ein paar Minuten.« Sie lief nach oben und beeilte sich, weil sie wusste, dass in dem Haus, das sie mit Jeremy bewohnt hatte, zu warten das Letzte war, was Michael jetzt gebrauchen konnte.

Ein paar Minuten später war sie wieder unten und fand Michael im Wohnzimmer, wo er ein gerahmtes Foto in den Händen hielt, das vor ein paar Jahren auf einer Kreuzfahrt entstanden war. Michael betrachtete das Bild so konzentriert, dass er sie nicht kommen hörte.

»Michael?«

Er wirkte beinahe überrascht, sie zu sehen, und stellte das Foto wieder auf das Regal neben dem Fernseher. »Fertig?«

Sie ließ die Tasche fallen und ging zu ihm, um ihn in den Arm zu nehmen.

Er versteifte sich.

»Bitte, schließ mich nicht aus, Michael. Ich brauche dich.«

Er legte die Arme um sie, aber der Geste fehlte die übliche Wärme. »Ich habe im Moment nicht viel zu geben.«

»Wir werden das gemeinsam durchstehen.«

»Was glaubst du, wie viel wir durchstehen können, bevor von uns nichts mehr übrig ist?«

Erschrocken wich sie von ihm zurück. »Was meinst du?«

»Irgendwie scheint es, als hätten die Sterne von Anfang an gegen uns gestanden.« Er zeigte auf das Foto. »Sieh dich bloß an mit ihm. Jeder kann erkennen, wie sehr du ihn geliebt hast. Paige könnte schwanger sein. Rachelle ist vergiftet worden … Vielleicht soll das mit uns einfach nicht sein.«

Juliana verschränkte die Arme. »Du gibst also auf? Vor fünf Tagen hast du mich gebeten, dich zu heiraten. Und jetzt sagst du, wir seien nicht füreinander bestimmt? Was ist es denn nun?«

Er betrachtete weiter das Foto. »Ich weiß nicht, wie ich da mithalten soll, Juliana. Ich habe nur zwei Monate. Er hatte zehn Jahre.«

Juliana wusste, dass seine Niedergeschlagenheit bezüglich dessen, was Rachelle zugestoßen war, seine Verzweiflung über ihre Beziehung nur verschlimmerte. Also legte sie ihm beide Hände an die Wangen, zog seinen Kopf zu sich herab und küsste ihn mit all der Liebe und dem Kummer, die sie mit ihm teilte.

Er wollte sich von ihr lösen, doch das ließ sie nicht zu.

Als er endlich den Widerstand aufgab, riss er sie förmlich an sich und ergab sich dem Kuss vollständig.

»Ich bin hier bei dir, Michael«, sagte sie und küsste ihn erneut. »Wir werden das zusammen durchstehen. Das verspreche ich dir.«

* * *

Später am Nachmittag fuhr eine Zivilstreife sie zum Krankenhaus, in dem sich Rachelles erweiterte Familie versammelt hatte. Offensichtlich hatte die Presse herausgefunden, wo das Mädchen behandelt wurde, deshalb behielten Michael und Juliana ihre Sonnenbrillen auf, um ihre roten Augen vor den Kameras zu verbergen.

Die auf dem Parkplatz versammelten Fernsehteams machten sich sofort zur Aufnahme bereit, als sie erkannten, wer da der Familie einen Besuch abstattete.

Rachelles Cousine begrüßte sie im Wartezimmer. »Ich sage Monique und Curtis Bescheid, dass Sie hier sind.«

Als Rachelles Eltern ein paar Minuten später den Raum betraten, sah Juliana, dass Rachelles Vater ein Weißer war.

Moniques hübsches Gesicht war vor Angst und Wut verzerrt – Wut, die auf Michael gerichtet war.

»Sie haben mir Ihr Wort gegeben«, zischte sie kaum hörbar. »Sie haben mir Ihr Wort gegeben, dass sie sicher ist!«

Michael ließ die Schultern hängen. »Es tut mir so unendlich leid. Ich weiß nicht, was ich sagen soll.« Er schüttelte den Kopf, weil ihm die Worte fehlten.

Juliana stellte sich Curtis vor. »Wie geht es Rachelle?«

»Ihr ging es wahnsinnig schlecht, aber die Ärzte glauben Gott sei Dank, dass keine Organe irreparabel geschädigt sind«, erklärte er. »Sie behalten sie noch ein paar Tage zur Beobachtung hier. Natürlich ist sie total panisch, weil man tatsächlich versucht hat, sie umzubringen.«

»Ich werde alles tun, was ich kann, um dafür zu sorgen, dass diejenigen, die das getan haben, damit nicht davonkommen«, versicherte Michael.

»Selbst wenn Sie sie fassen – was für einen Unterschied macht das für uns, Michael?«, fragte Monique und wischte sich wütend die Tränen ab. »Können Sie mir das verraten? Sie sitzen im Gefängnis und haben es trotzdem geschafft, das alles zu organisieren. Sie wird von jetzt an immer Angst haben.«

»Es könnte wichtig für sie sein, zu wissen, dass sie das niemandem sonst antun können.«

Monique schnaubte nur. Mit einem letzten eisigen Blick zu Michael drehte sie sich um und verließ den Raum.

»Es tut mir leid«, entschuldigte sich Curtis. »Sie gibt Ihnen nicht wirklich die Schuld, Michael. Das wissen Sie hoffentlich.«

»Sie hat jedes Recht, mir die Schuld zu geben. Ich habe ihr versprochen, dass ihre Tochter sicher ist, und doch ist sie vergiftet worden.«

»Denken Sie, wir könnten sie sehen?«, fragte Juliana und kämpfte gegen den Kloß der Angst an, der in ihrer Kehle saß. »Nur für eine Minute?«

»Natürlich.« Curtis bedeutete ihnen, ihm zu folgen.

Juliana umklammerte Michaels Hand und zwang ihre Füße, den langen Flur der Intensivstation entlangzugehen, der von Polizisten gesäumt war.

Beim Anblick von Rachelles zierlichem Körper, der an piepsende Maschinen angeschlossen war, keuchte sie auf.

Als sie sich dem Bett näherten, schlug Rachelle die Augen auf. »Hey«, sagte sie leise.

»Wie geht es dir?«, wollte Juliana wissen.

»Als hätte ich mir den Magen ausgekotzt.«

»Es tut mir so leid, Rachelle«, erklärte Michael.

»Ich kann nicht aussagen, Michael.« Ihre Augen füllten sich mit Tränen. »Und das werde ich auch nicht.«

»Lass uns sehen, wie du darüber denkst, wenn du hier wieder raus bist«, entgegnete er.

Tränen rannen ihr über die Wangen. »Ich kann nicht.«

Hinter ihnen meldete sich Monique zu Wort. »Sobald die Ärzte ihre Zustimmung geben, nehmen wir sie mit nach St. Louis.«

»Das verstehe ich«, antwortete Michael. »Ich werde arrangieren, dass man dich wegbringt, sobald du entlassen wirst.«

»Es tut mir so leid, Michael«, schluchzte Rachelle. »Ich weiß, ich lasse dich im Stich, aber ich ertrage das nicht mehr. Sie haben versucht, mich *umzubringen*.«

Michael nahm ihre Hand. »Du hast das toll gemacht. Ich bin sehr stolz auf dich, und keine Sorge. Ich werde sie auch ohne dich drankriegen. Du musst dich nur darauf konzentrieren, wieder gesund zu werden. Das ist das Einzige, was zählt.«

Michael und Juliana blieben bei Rachelle, bis ihr die Augen wieder zufielen. Dann gaben sie ihr beide einen Kuss auf die Stirn und traten auf den Flur hinaus.

»Danke, dass Sie gekommen sind.« Curtis schüttelte Michael die Hand und umarmte Juliana. »Wir wissen es sehr zu schätzen, wie viel Zeit Sie mit ihr verbracht haben. Sie hält sehr große Stücke auf Sie.«

»Wir werden für sie beten«, sagte Juliana.

»Ich danke Ihnen.«

Hand in Hand verließen Michael und Juliana das Krankenhaus und wurden von einem Blitzlichtgewitter und einem Fragenbombardement der Reporter empfangen. Stumm und mit gesenkten Köpfen folgten sie den Polizisten zu ihrem Wagen.

Auf dem gesamten Weg nach Hause starrte Michael schweigend aus dem Fenster.

* * *

Um zwei Uhr nachts wurden Michael und Juliana in einem Zivilfahrzeug der Polizei zu Tom Houlihans Haus am Meer in Dewey Beach gebracht. Sie kamen um kurz vor vier Uhr an, und obwohl sie direkt ins Bett gingen, fand nach diesem emotionalen Tag keiner von ihnen Ruhe. Unter anderen Umständen hätte Juliana sich gefreut, in einem Haus wie dem von Tom bleiben zu dürfen, aber nach dem Besuch bei Rachelle war ihr das Herz schwer.

Sie hatte Mrs Romanello angerufen, um ihr zu sagen, dass sie ein, zwei Wochen nicht in der Stadt sein würde, und die ältere Frau war erleichtert gewesen, das zu hören. Juliana war überrascht, als ihr auffiel, dass es außer ihrem Bruder, den sie bitten musste, sich um ihre Mutter zu kümmern, niemanden gab, den sie benachrichtigen musste. Niemand sonst wusste von ihrer Beziehung mit Michael.

Das änderte sich am nächsten Morgen, als ein Foto von ihnen auf der Titelseite der *Baltimore Sun* erschien. Darauf war zu sehen, wie sie Hand in Hand das Krankenhaus verließen. Daneben gab es ein Bild, das den verletzten Polizisten zeigte. Leider wurde auch auf CNN ein Video von ihnen gesendet.

Noch vor zehn Uhr musste Juliana Anrufe von ihrer Mutter, ihrer Schwester Serena aus Kalifornien, ihrem Bruder Vincent, ihrer Kollegin Carol und ihrer Schulfreundin Pam entgegennehmen. Alle außer Pam – die sie ja bereits einmal mit Michael zusammen gesehen hatte – stellten die gleichen Fragen: Was hatte sie mit dem Staatsanwalt im Benedetti-Fall zu tun? Wo war sie jetzt? Und was zum Teufel war da los? Während Michael sich bemühte, seine panischen Eltern am Telefon zu beruhigen, wich Juliana den Fragen ihrer Familie und ihrer Freunde aus und sagte ihnen nur, dass sie in Sicherheit sei und ein paar Tage die Stadt verlassen habe.

Sie hatte nach ihrem Gespräch mit Pam gerade aufgelegt, als das Handy wieder klingelte. Julianas Magen zog sich vor Nervosität zusammen, als sie sah, dass der Anruf von Jeremy kam.

Michael hatte das Gespräch mit seinen Eltern beendet und kam zu ihr herüber. »Wer ist das?«

»Jeremy.«

»Du solltest mit ihm reden. Er flippt vermutlich gerade vor Sorge aus.«

»Ja, vermutlich.« Das Handy piepte mit einer Nachricht, und Juliana hörte sie sich an.

»Juliana, ich bin's.« Er klang wirklich panisch. »Meine Güte, Baby, was ist da oben los? Was hast du mit dem Kerl zu schaffen? Wo habe ich den schon mal gesehen? Irgendwo. Ich will, dass du dich bei mir meldest. Sofort. Ich werde dich alle fünfzehn Minuten anrufen, bis ich mit dir gesprochen habe.«

Sie schaltete das Handy aus und trat ans Fenster, um auf den Strand hinauszuschauen. Ihr Magen brannte, als ihr bewusst wurde, dass Jeremy nun wusste – oder zumindest stark vermutete –, dass es einen anderen in ihrem Leben gab. Noch hatte er jedoch nicht gemerkt, dass Michael der Mann war, mit dem er sie in Florida das Flugzeug hatte verlassen sehen.

Michael stellte sich hinter sie und legte sein Kinn auf ihren Scheitel. »Woran denkst du? Oder will ich das lieber nicht wissen?«

»Ich habe mir selbst etwas vorgemacht, wenn ich mir eingeredet habe, niemand würde verletzt werden, oder?«

»Wie meinst du das?«

»Als ich die Idee hatte, dass Jeremy und ich bei unserer Beziehung eine Pause einlegen, dachte ich, wir könnten ein paar Monate getrennte Leben führen und es würde niemandem wehtun.«

Er schlang seine Arme um ihren Oberkörper. »Du hast nicht wissen können, was zwischen uns passieren würde. Wer hätte das alles hier schon vorhersehen können?«

»Ich muss ihn anrufen.«

»Ja.«

»Ich werde ihm sagen müssen, dass du nur ein Freund bist.« Sie drehte sich zu ihm um. »Aber du bist so viel mehr für mich, das weißt du, oder?«

»Natürlich weiß ich das.« Er gab ihr einen Kuss. »Vielleicht könntest du ihm die Wahrheit sagen? Wäre das wirklich so schrecklich, Juliana?«

»Nicht am Telefon. Ich werde in drei Wochen mit ihm reden, wenn wir uns wie verabredet treffen.«

»Erzählst du ihm dann von uns?«

»Ich bin mir noch nicht sicher, was ich ihm sagen werde.«

Michael konnte seine Enttäuschung nicht verbergen. »Das bedeutet, du hast dich bisher nicht entschieden.«

»Genau genommen denke ich im Moment nicht darüber nach. Mir gehen so viele andere Dinge durch den Kopf.«

Er nickte.

»Ich bin gleich zurück.« Juliana zog sich nach oben ins Schlafzimmer zurück und schloss die Tür hinter sich. Dann wählte sie Jeremys Nummer.

Er ging sofort ran. »Jule?«

»Ja, ich bin's.«

»O mein Gott, was ist da los? Ich hätte mich beinahe an meinem Kaffee verschluckt, als ich heute Morgen die Nachrichten gesehen habe. Wer ist dieser Maguire?«

»Ein Freund von mir.«

»Woher kennst du ihn?«

Juliana atmete tief durch. »Die Staatsanwaltschaft hat mich angeheuert, um der Zeugin, die vergiftet wurde, die Haare zu schneiden. Sie und ich haben uns angefreundet. Ich muss dir wohl nicht erklären, dass mir das, was ihr zugestoßen ist, unglaublich nahegeht.«

»Aber du hast mit ihm Händchen gehalten. Ihr seht aus wie ein Paar.«

»Wir sind Freunde, Jeremy. Es war ein schrecklicher Tag, und als wir uns mit den Eltern getroffen haben, hat die Presse sich auf uns gestürzt. Er hat mich einfach nur durch die Menge gezogen. Du musst dir im Moment über nichts Sorgen machen. Wir sehen uns in drei Wochen, und dann reden wir, okay?«

»Wo ist mir der Kerl schon mal untergekommen? Ich weiß, dass ich ihn von irgendwoher kenne.«

»Keine Ahnung.«

»Bist du in Gefahr?«

»Nein.«

»Jule?«

»Ja?«

»Lies meine Briefe. Bitte.«

»Okay.«

»Ich liebe dich.«

»Bye, Jer.«

Ein paar Minuten später kehrte Juliana nach unten zurück, wo Michael gerade in eine hitzige Diskussion mit Paige verwickelt war.

»Sie werden mich *nicht* umbringen. Nein. Ich komme nicht.« Er schwieg. »Sie ist meine Mitbewohnerin, das weißt du doch. Es ist mir egal, wie es aussieht. Ich habe dir gesagt, *falls* es ein Baby gibt, werden wir darüber nach dem Prozess reden. Glaubst du nicht, dass ich im Moment genug habe, was mich beschäftigt? Gut. Wir hören uns.« Er beendete das Gespräch und schaltete das Telefon aus. »Das reicht für heute. Wie ist es mit Jeremy gelaufen?«

»Ähnlich wie bei dir. Aber ich glaube, für den Moment ist er beruhigt.«

»Paige hat die Nachrichten auch gesehen. Ihre Sorgen um meine Sicherheit haben ihr die perfekte Gelegenheit gegeben, mich daran zu erinnern, dass sie schwanger ist.«

»Hast du dich nach Rachelle erkundigt?«

Er nickte. »Die Ärzte glauben, dass sie in ein oder zwei Tagen entlassen werden kann.«

Juliana setzte sich neben ihn aufs Sofa und lehnte ihren Kopf an seine Schulter. »Wirst du ohne ihre Aussage eine Verurteilung erreichen?«

Er legte einen Arm um sie. »Wir haben ihre beeidigte Aussage auf Video, die hoffentlich als Beweis zugelassen wird. Das muss dann reichen. Der Fall ist selbst ohne ihre Aussage stark, doch ohne sie bin ich mir einer Verurteilung nicht mehr ganz so sicher.«

»Könntest du sie zwingen, auszusagen?«

»Ja.« Er seufzte. »Das werde ich allerdings nicht tun.«

»Vielleicht ändert sie ihre Meinung noch, wenn sie sich ein wenig erholt hat.«

»Darauf zähle ich lieber nicht.«

Da sie spürte, dass er nicht länger darüber sprechen wollte, fragte sie: »Hast du Hunger?« Die Polizisten hatten für sie im Supermarkt eingekauft.

»Nein. Aber ich bin müde. Mit einem Mal bin ich so schrecklich müde.«

»Warum legen wir uns nicht ein Weilchen hin?«

»Okay.«

Gemeinsam gingen sie nach oben, und Juliana schloss die Vorhänge in dem großen Schlafzimmer, während Michael die Decken zurückschlug.

Als sie im Bett lagen, kuschelte Juliana sich an ihn und bettete ihren Kopf auf seine Brust. »Tom muss ganz schön reich sein, um sich so ein Haus leisten zu können.«

»Bevor er Staatsanwalt wurde, war er ein sehr erfolgreicher Firmenanwalt.«

»Es muss angenehm sein, ein zweites Haus am Strand zu haben. Ich wünschte, ich wäre in der Stimmung, es zu genießen, dass wir hier festsitzen.«

»Ich weiß.« Er gähnte.

»Soll ich dich massieren?«

Er hob eine Augenbraue. »Wirklich?«

»Klar. Dreh dich auf den Bauch.«

Er rollte sich herum und seufzte, als Juliana die Anspannung aus seinen Schultern knetete. »Mein Gott, du bist so gut«, stöhnte er.

»Erinnerst du dich noch an das erste Mal, als ich dich massiert habe? Das war die Nacht, in der wir das erste Mal zusammen geschlafen haben.«

»Rein platonisch, wenn ich mich recht entsinne«, antwortete er, und sein Lächeln blitzte auf, das allerdings schnell wieder verschwand. »Wenn ich Rachelle zuerst aufgerufen hätte, wäre nichts von alldem hier passiert.«

Juliana gab ihm einen Kuss auf die Wange und massierte weiter seinen Rücken, bis Michael endlich in einen rastlosen Schlaf fiel.

KAPITEL 24

Schnell fanden sie eine Routine für ihre Tage am Strand. Juliana kochte, sie unternahmen lange Spaziergänge – bei denen ihnen stets Personenschützer der Polizei folgten –, spielten Brettspiele und schauten Filme. Am dritten Tag schalteten sie den Fernseher ein, da es eine Sondersendung über den Benedetti-Prozess gab.

»Da sind Tom und seine Frau Jane«, sagte Michael, als die Kamera den beiden ins Krankenhaus folgte, wo sie die Familie von Officer Brown besuchten, der immer noch im Koma lag.

»Sie sehen aus wie Ken und Barbie.«

Die Beschreibung entlockte Michael ein Lächeln. »Sie sind das perfekte Politiker-Paar. Ich habe gehört, dass er sich nächstes Jahr in Maryland als Generalstaatsanwalt zur Wahl stellen will, und ich habe keinerlei Zweifel, dass er gewinnt – außer es gelingt uns nicht, für die Benedettis eine Verurteilung zu erreichen.«

»Was würde es für dich bedeuten, wenn er die Wahl gewinnt?«

Michael zuckte die Achseln. »Er könnte mich mit nach Annapolis nehmen, oder ich könnte für den neuen Staatsanwalt arbeiten, wenn er oder sie das wollte. Aber ich habe darüber nachgedacht, den Staatsanwaltsjob nach dem Prozess an den Nagel zu hängen.«

Juliana blickte ihn an. »Ist das dein Ernst?«

»Ich habe genug davon. Den Punkt hatte ich schon vor diesem Fall fast erreicht, doch das hat mir den Rest gegeben. Ich bin es so leid, mich mit dem Abschaum der

Gesellschaft zu beschäftigen. Kaum hat man einen schrecklichen Fall hinter sich, kommt gleich der nächste. Und gerade wenn man denkt, man hätte bereits alles gesehen, wird man mit einem anderen Beispiel dafür konfrontiert, wie grausam Menschen sein können. Junge Opfer, alte Opfer, Kinder, Babys. Ich habe alles schon erlebt.« Er schüttelte den Kopf. »Niemand ist sicher. Und egal, wie gut wir unsere Arbeit machen, die Opfer sind niemals vollkommen zufrieden, denn ihr Leben ist zerstört. Es ist so, wie Monique gesagt hat: Die bösen Jungs im Gefängnis zu wissen ist für die Opfer oft nicht so wichtig, wie man glaubt. Der Mensch, den sie verloren haben, ist immer noch tot. Sie sind immer noch vergewaltigt, überfallen oder ausgeraubt worden. Sie werden immer Angst haben. Für den Rest ihres Lebens werden sie Angst haben.«

Fasziniert lauschte Juliana seinen Worten.

Plötzlich schien er zu bemerken, dass er mehr preisgegeben hatte, als er wollte. »Es könnte also Zeit sein für eine Veränderung.«

»Aber du bist in deinem Job so gut. Ich erinnere mich daran, wie ich meiner Kollegin Carol erzählt habe, dass ich dich im Flugzeug kennengelernt habe. Sie ist die Cousine von Timmy Sargant«, erwiderte Juliana. »Carol meinte, du wärst so toll mit ihrer Tante und ihrem Onkel umgegangen. Damals kannte ich dich noch nicht so gut, und trotzdem konnte ich mir vorstellen, wie wundervoll du zu ihnen warst.«

»Es ist schön, das zu hören. Ich versuche, mich immer daran zu erinnern, dass ich für die Menschen arbeite. Vor allem für die, die zum Opfer geworden sind. Ich mache mir nur Sorgen, dass ich langsam abstumpfe. Dass ich keine Reaktion mehr zeige, wenn ich schwer misshandeltes Kind oder ein beinahe zu Tode geprügeltes Vergewaltigungsopfer sehe.«

»Ich glaube nicht, dass du diesen Dingen gegenüber jemals abstumpfen könntest. So bist du einfach nicht.«

»Nun, im Moment ist nichts entschieden. Es war mir ernst, als ich Rachelles Eltern gesagt habe, dass es nach dem Ende des Prozesses meine erste Priorität sein wird, diejenigen zu finden, die Rachelle das angetan haben.«

Ein Foto von Officer Brown tauchte auf dem Bildschirm auf.

»Weißt du noch, wie Scott über meine Frisur gelacht hat?«, fragte Michael.

Juliana nickte. »Es kommt mir vor, als wäre das Jahre und nicht erst Wochen her.«

Zum ersten Mal wurde auch ein Video davon gezeigt, wie die vergiftete Pizza geliefert worden war.

Juliana keuchte auf, als das Gesicht des Pizzaboten erschien. »Mein Gott, Michael. Das ist er!«, stotterte sie. »Der Kerl, der mich auf der Straße angesprochen hat und den ich später in Newport gesehen habe.«

Michael setzte sich auf. »Bist du dir sicher?«

Sie nickte. »Vollkommen.«

Michael ging nach draußen, um ein Wort mit den Polizisten zu wechseln. Ein paar Minuten später kehrte er offensichtlich aufgebracht zurück.

»Was ist?«, fragte Juliana. »Was haben sie gesagt?«

»Sie haben ihn als Roberto Escalada identifiziert. Er ist ein Auftragskiller.«

»Was bedeutet das?«

»Dass man vorhatte, mich umzubringen«, antwortete Michael zögernd. »Aber es hat sich offenbar keine passende Gelegenheit ergeben. Obwohl er uns bis nach Newport gefolgt ist.«

Juliana schlug sich die Hand vor den Mund.

»Baby, wenn sie ihn fassen …«

Seine Miene ließ ihr beinahe das Herz stehen bleiben. »Was ist? Michael …«

»Du wirst ihn bei einer Gegenüberstellung identifizieren müssen. Du bist die Einzige, die ihn je gesehen hat.«

»Wie kann das sein? Er hat doch die Pizza geliefert.«

»Er hat sie Scott gegeben. Falls er sich nicht erholt …«

»Nein, *nein*«, flüsterte sie, als ihr dämmerte, dass sie sich, wenn sie die Einzige war, die den Mörder identifizieren konnte, in der gleichen Situation befinden würde wie Rachelle.

Michael nahm sie in die Arme und ließ seinen Kopf auf ihre Schulter sinken. »Ich habe dich in einen verdammten Albtraum hineingezogen.«

Immer noch geschockt erwiderte Juliana: »Vielleicht gibt es weitere Personen, die ihn bemerkt haben. Da waren mehr Cops im Hotel, oder?«

Er schaute sie an und schüttelte den Kopf. »Die haben alle geschlafen.«

»Was ist mit den Hotelangestellten?«

»Niemand erinnert sich an ihn.«

»Aber ich habe ihn nicht im Hotel gesehen«, protestierte sie und löste sich aus seiner Umarmung, um im Zimmer auf und ab zu laufen.

»Du kannst ihn mit mir und dem Prozess in Verbindung bringen, und damit mit den Benedettis. Das Video zeigt, dass er im Hotel war.«

»Du warst in Newport bei mir. Du hast ihn auch gesehen.«

»Allerdings nicht sein Gesicht.«

»Vielleicht finden sie ihn nicht.«

»Dann kommt er damit durch, dass er Rachelle und Scott vergiftet hat.«

»Oh, Michael.« Sie schluchzte auf.

Er ging zu ihr. »Niemand wird dir etwas tun. Nicht, solange noch ein Funken Leben in mir ist.«

»Ich habe Angst.«

Er wischte ihr die Tränen von den Wangen. »Als ich draußen war, habe ich die Polizisten gefragt, was sie über den Mann aus dem Video wissen. Ich habe ihnen nicht gesagt, dass du ihn erkannt hast.«

»Warum nicht?«

»Ich will dich nicht da hineinziehen, wenn es nicht unbedingt notwendig ist. Lass uns einfach abwarten und sehen, was passiert.«

Sie nickte und lehnte sich an ihn, während sie beide diesen neuen Schlag verdauten.

* * *

An diesem Abend kümmerte Michael sich um Juliana. Zum Abendessen grillte er Steaks und bereitete einen Salat zu, den er mit einer Flasche Wein servierte, die er sich aus Toms Weinkeller »geliehen« hatte. Juliana stocherte auf ihrem Teller herum, und erst als Michael sie drängte, versuchte sie, ein paar Bissen runterzubringen.

Nach dem Essen zündete er ein Dutzend Kerzen im Badezimmer an und ließ Juliana ein Schaumbad ein.

Als sie in dem heißen Wasser lag, brachte er ihr noch ein Glas Wein.

»An diese Behandlung könnte ich mich gewöhnen.«

»Von mir aus gerne.« Er beugte sich vor, um sie zu küssen, und setzte sich dann auf den Wannenrand.

Juliana streckte eine Hand nach ihm aus, verschränkte ihre Finger mit seinen und hob sie leicht an.

Er lachte. »Du wirst mich nicht da reinziehen.«

»Spielverderber.«

»Warum kommst du nicht raus, wenn du spielen willst?«

»Ach ja?« Ihr fiel auf, dass sie sich seit dem Anschlag auf Rachelle nicht mehr geliebt hatten.

Michael zog an ihrer Hand, um sie zu ermutigen, aus der Wanne zu steigen.

Juliana stand auf. Sie war voller Schaum.

Michael nahm sie auf die Arme und trug sie zum Bett.

»Michael! Ich bin ganz nass!«

»Perfekt.« Mit einem lüsternen Lächeln ließ er sich auf sie sinken.

Lachend vergrub sie die Finger in seinen Haaren und küsste ihn. Als er nach Luft schnappend den Kopf hob, wischte sie ihm die Schaumflocken vom Gesicht. »Du hast zu viel an.« Sie griff nach seinem nun feuchten Pullover und streifte ihn ihm über den Kopf.

Michael umfasste ihre Brüste und begann die Spitzen mit den Lippen zu liebkosen. »Ich muss ein sehr ungezogener Junge gewesen sein«, murmelte er. »Ich kriege den Mund mit Seife ausgewaschen.«

»Du bist derjenige, der den Teil mit dem Abtrocknen überspringen wollte«, rief sie ihm in Erinnerung, woraufhin er sie zärtlich biss. »Michael!«, seufzte sie und drückte ihn auf den Rücken, um ihn auszuziehen. Sie küsste sich von seiner Brust zu seinem Bauch hinunter. Dann legte sie ihre Hände um seine Erektion und fing an, ihn zu streicheln.

Michael schloss die Augen und stieß langsam den Atem aus, als Juliana ihn in den Mund nahm. »O Gott, Juliana«, stöhnte er und erschauerte.

Mit Lippen und Zunge trieb sie ihn an den Rand des Wahnsinns. Dann setzte sie sich auf ihn und nahm ihn tief in sich auf.

Die wiegenden Bewegungen ihrer Hüften sorgten für so intensive, überwältigende Gefühle, dass sie sich auf die Lippe biss, um nicht laut zu werden. Als Michael ihre Brüste umfasste, löste sich ein atemloser Schrei von ihren Lippen.

»Juliana.« Seine Stimme war rau vor Emotionen, als er sie an den Hüften packte und den Höhepunkt erreichte.

Juliana sank auf ihm zusammen.

»Immer, wenn ich denke, es kann nicht besser werden«, flüsterte er und schloss die Arme fest um sie.

Sie streifte seinen Mund mit ihren Lippen. »Es wird jedes Mal besser.«

»Wenn es *noch* besser wird, werden wir irgendwann spontan in Flammen aufgehen.«

Lachend legte sie den Kopf auf seine Brust, um dem rasenden Schlagen seines Herzens zu lauschen und sich in der Gewissheit zu sonnen, dass nur sie die Macht hatte, das zu bewirken.

Juliana lag lange wach, nachdem Michael neben ihr eingeschlafen war, weil sie Angst hatte, die Augen zu schließen. Denn jedes Mal, wenn sie das tat, sah sie das Gesicht von Roberto Escalada vor sich. Wenn er versucht hatte, Rachelle umzubringen, könnte er auch hinter ihr her sein. Der Gedanke erfüllte sie mit furchtbarer Angst, und sie konnte das Zittern nicht kontrollieren, das ihren Körper erfasste.

»Baby, was ist los?« Michael unterdrückte ein Gähnen.

»Ich habe Angst.«

Er schloss sie fester in die Arme. »Ich bin bei dir. Es gibt nichts, wovor du dich fürchten musst.«

»Er ist irgendwo da draußen. Er könnte in diesem Moment vor dem Haus stehen, und wir würden es nie erfahren.«

»Hier wimmelt es nur so von Cops.«

»Rachelle hatte auch Polizisten bei sich.«

»Weißt du, was mir vorhin bewusst geworden ist?«

Sie schaute ihn an. »Was?«

Er legte ihr eine Hand an die Wange. »Wenn du nicht bei mir eingezogen wärst und diese Begegnung mit Escalada auf der Straße gehabt hättest, hätte ich nie um Polizeischutz gebeten. Ohne dich wäre ich jetzt vermutlich schon tot.«

Tränen brannten in ihren Augen. »Ich war an dem Tag so nah dran, zu gehen.«

Er beugte sich über sie, um sie zu küssen, und erklärte: »Ich bin aus so vielen anderen Gründen froh darüber, dass du geblieben bist. Allerdings hasse ich es, dich so in Gefahr gebracht zu haben.«

»Es gibt nur eine Sache, die ich immer noch nicht verstehe.«

Er gähnte erneut. »Welche?«

»Warum sollten sie versuchen, dich umzubringen? Ich meine, ich weiß, für sie bist du derjenige, der versucht, sie in den Knast zu bringen, aber sie müssen doch wissen, dass jemand anders übernimmt, wenn du tot bist. Warum also die Mühe?«

»Nun, niemand kennt den Fall so gut wie ich, also wäre ein neuer Staatsanwalt für sie definitiv von Vorteil. Außerdem kann es sein, dass sie versuchen, einen Fehlprozess herbeizuführen.«

»Aber warum? Sie sitzen bereits im Gefängnis. Was haben sie davon, die Sache hinauszuzögern? Wäre es für sie nicht besser, es so schnell wie möglich hinter sich zu bringen und so vielleicht früher entlassen zu werden?«

»Die Chancen, dass sie straffrei davonkommen, sind sehr gering. Selbst ohne Rachelle ist die Beweislage erdrückend. Das wissen sie.«

»Ich verstehe es trotzdem nicht.«

Michael dachte einen Moment darüber nach. »Außer …«

»Außer was?«

Er setzte sich auf. »Außer sie planen etwas Großes und müssen Zeit schinden, um alles vorzubereiten.« Er stand auf und zog sich seine Jeans an.

»Wo willst du hin?«

»Ich rufe eben Tom an. Bin gleich wieder da.«

KAPITEL 25

Michaels nächtlicher Anruf bei Tom Houlihan löste eine gründliche Durch-suchung des Gefängnisses aus, in dem die Benedetti-Brüder während des Prozesses einsaßen. Ihre Zellen wurden auseinandergenommen, alle Ecken untersucht, selbst die Abflussrohre in den Duschen wurden abmontiert. Es wurde jedoch nichts Verdächtiges gefunden.

Das Ganze sorgte dafür, dass Michaels sowieso schon angespannte Nerven kurz vorm Zerreißen standen. Er wusste einfach nicht, was die Angeklagten vorhatten. Seit der Stein durch das Fenster in sein Haus geflogen war, hatte der Richter die Besuchsrechte eingeschränkt, den Brüdern jeglichen Kontakt untereinander verboten und ihnen ihre Telefon- und E-Mail-Privilegien entzogen. Wenn sie etwas planten, dann hatte Michael keine Ahnung, wie sie es anstellten.

Den Großteil des nächsten Vormittags verbrachte er am Telefon mit seinem Büro. Zum Glück hatten sie Rachelles beeidigte Aussage auf Video, und Michael hatte vor, dieses Video als Beweismittel anzuführen. Die Verteidigung würde Einspruch einlegen, weil auf diese Weise kein Kreuzverhör möglich war, aber da er Rachelle unter Eid und in Anwesenheit eines Gerichtsstenografen, der alles mitgeschrieben hatte, befragt hatte, würde er es versuchen.

* * *

Während Michael oben am Telefon war, ging Juliana die Post durch, die sie aus ihrem alten Haus mitgenommen hatte. Sie bezahlte die Rechnungen von dem gemeinsamen Konto und sortierte die Reklamesendungen aus, bis nur noch die beiden ungeöffneten Briefe von Jeremy auf ihrem Schoß lagen.

Den gesamten Morgen über hatte sie versucht, nicht darüber nachzudenken, was ihr bevorstand, sollte sie Rachelles Attentäter identifizieren müssen. Das Mädchen war auf dem Weg ins Zeugenschutzprogramm, und Juliana fragte sich, ob das wohl auch ihr drohte, wenn sie gegen Escalada aussagen musste. Sie versuchte sich vorzustellen, an einem fremden Ort ein neues Leben führen zu müssen.

Das hatte durchaus seinen Reiz – keine Probleme mehr mit ihrer dysfunktionalen Familie, niemand würde sie kennen. Natürlich fragte sie sich auch, wer in diesem fiktiven Szenario bei ihr sein würde. Liebte einer der beiden Männer in ihrem Leben sie genug, um seine Welt aufzugeben, damit sie in Sicherheit wäre? Wenn sie heute, an diesem Tag, einen von beiden als Begleitung wählen müsste, für wen würde sie sich dann entscheiden? Die Antwort kam ohne Zögern. Michael. Sie würde Michael wählen.

Ein Gefühl des Friedens breitete sich in ihr aus, als sie verstand, dass sie irgendwann in den letzten Wochen ihre Entscheidung getroffen hatte. Jeremy war ihre Vergangenheit, Michael ihre Zukunft. Er hatte sie gebeten, ihn zu heiraten, und in den nächsten Wochen, nachdem sie ihre Beziehung mit Jeremy endgültig beendet hatte, wäre sie in der Lage, zu sagen: *Ja, ich will dich heiraten, Michael.*

Sie wollte nach oben laufen und es ihm mitteilen, musste aber vorher noch ein paar Dinge zu Ende bringen, genau wie er. Wenn Paige wirklich schwanger war, würde Michael sich früher oder später damit befassen müssen. Er würde ein Kind mit einer anderen Frau haben. Irgendwie würden sie damit klarkommen. Nach allem, was sie gemeinsam durchgestanden hatten, hegte Juliana keinen Zweifel daran, dass sie das ebenfalls schaffen würden. Er liebte Paige nicht mehr, doch er würde das Kind lieben, und Juliana würden ihn dabei unterstützen.

Von ihrer Entscheidung mit neuer Energie erfüllt, fühlte sie sich bereit, Jeremys Briefe zu lesen und aus der richtigen Perspektive zu betrachten. Sie sah auf den

Poststempel, um herauszufinden, welcher Brief als erster gekommen war, und öffnete ihn. Jeremy hatte ihn auf dem Briefpapier seiner Firma geschrieben.

Liebe Jule,

ich sitze hier bei der Arbeit und soll herausfinden, warum zwei meiner Kreisläufe sich abgeschaltet haben, aber ich kann nur an Dich denken. Ich frage mich, was Du gerade tust. Es ist Dienstagmorgen, also stelle ich mir vor, wie Du im Salon stehst und jemanden hübsch machst. Darin warst Du schon immer gut. Erinnerst Du Dich an die Zeit, als wir auf der Highschool waren und Du allen ständig die Haare geschnitten hast? Nach den Footballspielen sind wir meist im Haus von einem aus unserer Mannschaft gelandet, und wenn ich Dich gesucht habe, fand ich Dich immer im Badezimmer, wo Du einem meiner Freunde eine neue Frisur verpasst hast. Und das war, bevor Du Deine Ausbildung absolviert hattest!

Ich denke gerne an die Zeit zurück, als wir uns gerade kennengelernt hatten und nur daran gedacht haben, wie wir etwas Zeit für uns allein finden konnten. Ich erinnere mich daran, während der Footballspiele auf der Tribüne nach Dir Ausschau gehalten zu haben. Manchmal hat mich der Gedanke daran, nach dem Spiel mit Dir allein zu sein, so abgelenkt, dass ich vergessen habe, was ich gerade tun sollte. Die einzigen Male, bei denen ich es beim Spiel vermasselt habe, waren die, bei denen ich an Dich gedacht habe. Das hast Du nicht gewusst, oder? Selbst damals hattest Du diese Gabe, in meine Gedanken einzudringen und mich abzulenken. Zehn Jahre später hat sich daran nichts geändert, Baby. Hier bin ich, erwachsen, mit einem echten Job, aber ich sitze bei der Arbeit und denke an das gleiche Mädchen, das mich schon verrückt gemacht hat, als ich auf der Highschool Football gespielt habe. Wie viele Männer können das schon von sich behaupten?

Vor Kurzem bin ich nach Hause gefahren, und im Radio lief dieses Lied von Peter Gabriel, das wir beide immer geliebt haben. »In Your Eyes«. Er singt, er sei nur komplett, wenn er ihre Augen sehen könne. Ich habe nie verstanden, wie wahr das ist, bis Du nicht mehr hier warst. Ich erinnere mich ständig daran, dass es bloß vorübergehend ist, doch ich sorge mich, dass es das eben nicht ist. Dass ich Dich vielleicht so sehr verletzt habe, dass ich es nie wiedergutmachen kann.

Ich hatte im letzten Monat viel zu viel Zeit dafür, nachzudenken. Über die schweren Zeiten, die wir durchgestanden haben, als Deine Eltern noch zusammen waren. Wie jene Nacht, in der sie den großen Streit hatten und die Nachbarn die Polizei verständigt haben. Ich weiß noch, wie Du geklungen hast, als Du mich angerufen und gebeten hast, Dich abzuholen. Ich habe Dich mit nach Hause genommen, und Du warst so traurig, dass meine Mutter nichts dagegen gesagt hat, dass Du in meinem Zimmer geschlafen hast. Es war das erste Mal, dass wir im selben Bett übernachtet haben. Meine Mutter hat Dich immer geliebt, Jule. Sie hat mir jahrelang zugesetzt, ich soll Dich heiraten. Ich hätte auf sie hören sollen. Wenn ich es getan hätte, würde ich jetzt nicht in diesem Schlamassel stecken. Wie auch immer, ich erinnere mich daran, am nächsten Morgen neben Dir aufgewacht zu sein. Ich war so dankbar, dass Du mich angerufen hast, als Du mich brauchtest. Ich habe es immer gehasst, wie Deine Familie Dich behandelt hat. Als wärst Du ihr persönliches Aschenputtel. Aber Du weißt, dass ich über dieses Thema einen ganz eigenen Brief schreiben könnte!

Ich kümmere mich jetzt besser wieder um meine Arbeit. Ich wollte Dich nur wissen lassen, dass ich an Dich denke und hoffe, dass wir einen Weg aus dieser Situation heraus finden. Ohne Dich an meiner Seite ergibt nichts in meiner Welt irgendeinen Sinn. Wenn Du mir noch eine Chance gibst, verspreche ich, den Rest meines Lebens damit zuzubringen, das alles wiedergutzumachen.

Ich liebe Dich,

Jeremy

PS: Kommst Du finanziell klar? Wenn Du Geld brauchst, weißt Du, wo es ist. Auf dem Konto bei der Bank of America ist genug. Was mir gehört, gehört auch Dir.

Juliana wischte sich die Tränen fort, die beim Lesen geflossen waren. Widerstrebend wandte sie sich dem zweiten Brief zu. Aber sie hatte Jeremy versprochen, ihn zu lesen, also würde sie das auch tun.

Liebe Jule,

heute hatte ich einen schrecklichen Tag. Ich wünschte, ich könnte Dich anrufen und Dir davon erzählen, so wie ich es immer gemacht habe. Ich scheine nichts anderes tun zu können, als mir zu wünschen, bei Dir zu sein, deshalb vermassle ich es bei der Arbeit ständig. Ich kann von Glück reden, wenn ich nicht gefeuert werde, bevor unsere Trennungsphase vorbei ist. Wenn sie mich nicht so dringend benötigen würden, um diesen blöden Job hier unten zu Ende zu bringen, hätten sie mich vermutlich schon rausgeschmissen. Egal. Selbst das interessiert mich nicht mehr wirklich. Mich interessiert nur, das wieder geradezubiegen, was zwischen uns schiefgelaufen ist.

Ich stelle fest, dass ich eine unglaubliche Fähigkeit habe, mich mit Erinnerungen zu quälen. Weißt Du, woran ich ständig denken muss? Daran, mit Dir Liebe zu machen. Erinnerst Du Dich, wie viel Angst wir beim ersten Mal hatten? Das war ziemlich schlecht, oder? Aber wir sind besser darin geworden. Manchmal glaube ich, ich werde noch verrückt vor Sehnsucht nach Deiner weichen Haut. Oder von den Gedanken daran, wie es sich anfühlt, in Dir zu sein und dieses kehlige Geräusch zu hören, das Du immer ausstößt … Okay, ich muss hiermit aufhören, bevor ich wirklich verrückt werde. Ich kann nicht fassen, dass ich auch bloß eine Sekunde lang geglaubt habe, ich könnte das mit einer anderen machen … Es tut mir so leid. Du bist die Einzige für mich. Das bist Du immer gewesen, und das wirst Du immer sein. Hör nicht auf, mich zu lieben, Jule. Ich glaube, das würde ich nicht überleben.

Ich liebe Dich.

J

Und so schnell stand die Entscheidung, derer Juliana sich vor wenigen Minuten noch so sicher gewesen war, wieder in den Sternen.

* * *

Eine Stunde später, unter einer dicken Decke auf einem der Liegestühle auf der Terrasse, befasste sich Juliana mit all dem, was Jeremys Briefe wieder aufgewühlt hatten. Er hatte sie daran erinnert, dass er für eine sehr lange Zeit der einzige Mensch in ihrem Leben gewesen war, der sie wirklich geliebt hatte.

»Hey«, sagte Michael. »Ist dir nicht kalt?«

Aus ihren Gedanken gerissen, sah sie ihn verwirrt ab. »Wie bitte?«

»Was ist los?« Er rieb sich die Hände, um sie zu wärmen.

»Nichts.«

Michael neigte den Kopf und musterte sie. »Bist du sicher?«

Sie nickte. »Ist bei der Arbeit alles okay?«

»Ja. Der Richter hat uns alle für Montagmorgen zu sich bestellt, und danach wird der Prozess fortgesetzt.«

»Das ist gut, oder?«

»Ich kann es kaum erwarten, dass das alles vorbei ist, also so gesehen ist es gut. Können wir wieder reingehen? Hier ist es eiskalt.«

Sie nahm seine dargebotene Hand und ließ sich von ihm aufhelfen.

»Meine Güte, Juliana, deine Finger sind ja beinahe erfroren. Wie lange bist du schon hier draußen?«

»Noch nicht lang.«

Er schloss die Terrassentür hinter sich und führte Juliana zu dem Sofa vor dem Kamin. Nachdem er ein paar weitere Holzscheite aufs Feuer gelegt hatte, setzte er sich neben sie und zog sie fest an sich. »Sag mir, was los ist, Baby.«

»Haben sie Escalada gefunden?«

»Nein. Aber sie haben die Wohnung in Annapolis, in der er sich versteckt hatte. Seine Fingerabdrücke sind überall, und sie haben Spuren von Arsen entdeckt.«

Juliana blickte ihn an. »Lass mich raten. Er war schon längst über alle Berge, richtig?«

Michael nickte, die Lippen fest aufeinandergepresst. »Sie glauben nicht, dass er sich noch in der Gegend aufhält. Das FBI hat eine landesweite Fahndung nach ihm eingeleitet. Sie werden ihn aufspüren.«

»Ich wünschte beinahe, sie würden das nicht tun«, gestand Juliana. »Doch dann denke ich daran, dass er dann mit der Vergiftung von Rachelle und Scott durchkommt …«

»Ich weiß.« Er rieb ihre Hände zwischen seinen, um sie zu wärmen. »Aber hey, wir haben drei weitere Nächte hier, bevor ich wieder in die Stadt zurückmuss. Können wir so lange alles andere beiseiteschieben und versuchen, unsere gemeinsame Zeit hier zu genießen? Ich will einfach mal für ein paar Tage an nichts anderes denken als an dich.« Er küsste sie. »Kriegen wir das hin?« Er küsste sie ein weiteres Mal. »Schaffst du das?«

»Ich versuche es«, erwiderte sie, doch ihr Herz war schwer – wegen Escalada und wegen des Wissens, dass sie immer noch eine große Entscheidung zu treffen hatte – eine Entscheidung, die einen der Männer verletzen würde, die sie liebten.

* * *

Sie bemühten sich, ihre Probleme für die restliche Zeit, die ihnen in dem Strandhaus blieb, beiseitezuschieben, und zum Großteil gelang es ihnen auch. An ihrem letzten Tag putzten sie das Haus, wuschen Bettwäsche und Handtücher und packten, während sie versuchten, nicht an das zu denken, was ihnen in den nächsten Wochen bevorstand. Am Samstag, kurz nach Mitternacht, wurden sie in das Leben zurückgefahren, das sie eine Woche lang hinter sich gelassen hatten.

»Woran denkst du?«, wollte Michael wissen, als sie die Bay Bridge überquerten.

Juliana lehnte sich auf der Rückbank des Polizeiwagens an ihn. Die Cops hatten die Trennscheibe zum Fond geschlossen, um ihnen etwas Privatsphäre zu geben. »Ich habe mich gerade daran erinnert, wie du gesagt hast, dass diese Brücke aussieht wie etwas, das aus Flohmarktbeständen zusammengezimmert wurde.«

»Na ja, guck sie dir an.«

Er rieb seine Wange an ihrem Haar.

»Michael?«

»Hmm?«

»Kann ich dich etwas fragen?«

»Na klar.«

»Erinnerst du dich noch an den Abend, als wir aus Florida zurückgekommen sind und du mir zum Abschied deine Visitenkarte gegeben hast?«

»Natürlich erinnere ich mich daran. Wieso?«

»Eines habe ich mich seitdem immer wieder gefragt: Wenn mein Auto angesprungen wäre, hätte ich dich dann je wiedergesehen?«

»Es ist viel passiert, weil das Auto nicht angesprungen ist, oder?«

»Ja.«

Er hob ihren Kopf an, damit er ihr ins Gesicht schauen konnte. »Wenn dein Auto angesprungen wäre und du an jenem Abend weggefahren wärst, hätte ich bestimmt ganz dringend einen Haarschnitt gebraucht. Ich hätte vielleicht einen, maximal zwei Tage durchgehalten, aber länger nicht.«

»Wirklich?«

Er beugte sich vor, um sie zu küssen. »Ich habe es dir schon gesagt, Juliana. Bereits damals wusste ich, dass du mir wichtig werden würdest. Ich hätte mir nie ausmalen können, wie sehr, doch ich habe es bereits gewusst. Was ist mit dir? Glaubst du, du hättest jemals die Visitenkarte benutzt, um mit mir in Kontakt zu treten?«

»Willst du die Wahrheit wissen?«

Er nickte zögernd.

»Ich glaube nicht. Ich hätte zu viel Angst davor gehabt, dich wiederzusehen.«

»Warum Angst?«

»Die Sache mit Jeremy hat mich so durcheinandergebracht, dass ich mich vermutlich in mein Schneckenhaus zurückgezogen und mich drei Monate versteckt hätte, bis alles vorbei gewesen wäre.«

»Vielleicht wäre das besser gewesen. In deinem Schneckenhaus wärst du zumindest in Sicherheit gewesen.«

»Aber ich hätte dich nicht kennengelernt.«

»Das wäre womöglich auch besser gewesen.«

»Nein. Diese Zeit mit dir würde ich um nichts in der Welt missen wollen. Es wird mir niemals leidtun, dich zu lieben.«

Er zog ihre Hand an seine Brust. »Du bringst mein Herz immer noch zum Rasen, Juliana.«

»Es gibt einen weiteren Grund, warum ich Angst gehabt hätte, dich anzurufen.«

»Und welcher ist das?«

»Ich fand, du warst der attraktivste Mann, den ich je getroffen hatte.«

Seine Miene erhellte sich. »Wirklich?«

Mit dem Zeigefinger strich sie ihm über die Unterlippe. »Mhm. Wenn ich Zeit gehabt hätte, darüber nachzudenken, hätte ich definitiv Angst vor dir gehabt.«

»Also«, er biss sanft auf ihren Finger, »das Einzige, wovor du im Moment Angst haben musst, ist, dass ich mich gleich hier in diesem Polizeiwagen über dich hermache.«

Sie schob ihn von sich. »Michael!«

Michael ließ die Trennscheibe herunter und wandte sich an die Polizisten. »Hey, hat dieses Ding eine Sirene?«

»Natürlich.«

»Können wir sie benutzen? Ich habe es mit einem Mal sehr eilig, nach Hause zu kommen.«

»Michael!« Juliana kicherte nervös, während die Polizisten lachten. »Er scherzt nur.«

»Den Teufel tue ich.«

KAPITEL 26

Der Prozess wurde am Montagmorgen mit einem Treffen der Anwälte im Richterzimmer fortgesetzt.

»Es wird folgendermaßen ablaufen«, verkündete Richter Stein. »Der Antrag der Verteidigung auf Prozessabbruch wird abgelehnt …«

»Aber Euer Ehren«, protestierten die Anwälte der Verteidigung.

»Sie sollten mich jetzt lieber nicht unterbrechen. Ihre Klienten haben versucht, das Rechtssystem lächerlich zu machen, dem ich seit vierzig Jahren diene. Meine Geduld ist zu Ende.«

»Ja, Euer Ehren«, erwiderten die Anwälte kleinlaut.

»Mr Maguire, sind Sie sicher, dass Ms Griffith nicht in der Lage ist, vor Gericht zu erscheinen?«

»Sie war sehr krank. Ihre Eltern und die Ärzte erlauben es nicht.«

»In dem Fall werde ich der Anklage gestatten, das Video von ihrer Aussage zu zeigen.« Er wandte sich an die Anwälte der Verteidigung. »Bevor Sie Einspruch erheben – und es steht Ihnen frei, das vor Gericht zu tun –, sollen Sie wissen, dass ich mir darüber im Klaren bin, dass Sie das Video nicht ins Kreuzverhör nehmen können. Doch es handelt sich um eine unter Eid gemachte Aussage, also können Sie das später mit dem Berufungsgericht ausfechten. Und schließlich möchte ich, dass Sie sich einer wesentlichen Sache bewusst sind: Der Angriff auf Ms Griffith wird von keiner Seite erwähnt. Nicht zufällig, nicht als Anspielung, überhaupt nicht. Habe ich mich da klar ausgedrückt?«

»Ja, Euer Ehren«, antworteten die Anwälte im Chor.

»Mr Maguire, ich bin sicher, die Versuchung ist groß, der Jury den Eindruck zu vermitteln, dass die Angeklagten etwas damit zu tun haben, dass Ms Griffith bloß auf Video und nicht persönlich vor uns erscheint. Widerstehen Sie dieser Versuchung, sonst droht Ihnen nicht nur ein Fehlprozess, sondern auch eine Beschwerde von mir bei der Anwaltskammer. Egal, was Sie glauben, was in diesem Hotelzimmer in Annapolis passiert ist, Marco und Steven Benedetti stehen *nicht* wegen des Angriffs auf Rachelle Griffith und die Police Officers vor Gericht. Zumindest noch nicht, und nicht in meinem Gerichtssaal. Konzentrieren Sie sich auf die vor Ihnen liegende Aufgabe.«

»Ja, Euer Ehren«, sagte Michael.

»Also gut. Die Sitzung wird in dreißig Minuten eröffnet.«

Nachdem sie das Richterzimmer verlassen hatten, bat Michael seinen Chef um ein paar Minuten allein. Sie fanden einen leeren Konferenzraum, und Michael schloss die Tür hinter sich.

»Ist alles in Ordnung?«, fragte Tom.

»Nein. Aber bevor ich darauf zu sprechen komme, wollte ich dir danken, dass wir dein Haus benutzen durften. Es war ein verdammt netter Ort dafür, sich eine Woche zu verstecken.«

»Ja, ich dachte mir, dass ihr es genießen würdet. Und du hast die Pause gebraucht. Was hast du auf dem Herzen, Michael?«

Michael setzte sich an den Konferenztisch und hoffte, dass er hier das Richtige tat. »Äh, es geht um Juliana.«

»Sie ist eine bezaubernde Frau.«

»Ja.« Michaels Stimme war beinahe ein Flüstern. »Das ist sie.«

Tom setzte sich neben ihn. »Was ist los?«

»Sie kann Escalada mit dem Prozess in Verbindung bringen.«

»Was?«, keuchte Tom. »Wie?«

»Erinnerst du dich an den Tag, an dem ich dich schließlich um Polizeischutz gebeten habe, weil dieser Typ auf der Straße meiner Mitbewohnerin Angst gemacht hat?«

Tom riss die Augen auf. »Escalada?«

Michael nickte. »Als das Video aus dem Hotel in den Nachrichten lief, hat sie ihn wiedererkannt. Sie hat ihn auch in Newport gesehen. Er hat uns verfolgt und offensichtlich auf eine Gelegenheit gewartet, mich auszuschalten.«

Tom rieb sich über das Gesicht, während er diese Neuigkeiten verarbeitete. »Wer weiß noch davon?«

»Niemand.«

»Außer Escalada. Er weiß, dass sie ihn mit dem Prozess in Verbindung bringen kann.«

Die Bedeutung dieser Aussage hing für einen Moment zwischen den Männern in der Luft.

»Was soll ich bloß tun, Tom?«, fragte Michael verzweifelt. »Ich wollte sie heute Morgen mit ins Gericht nehmen, damit ich sie nicht allein zu Hause lassen muss.«

»Ihre Personenschützer sind da, und alle sind in höchster Alarmbereitschaft. Ich wünschte, ich könnte dir versichern, dass du dir keine Sorgen machen musst …«

»Wenn ihr etwas zustößt, Tom, dann schwöre ich bei Gott …« Michaels Stimme brach.

Tom legte ihm eine Hand auf die Schulter. »Sie ist mehr als nur deine Mitbewohnerin, oder?«

»Wenn ich sehr viel Glück habe, wird sie meine Frau.«

»Ist das der Grund, warum du dich von Paige getrennt hast?«

Michael schüttelte den Kopf. »Ich weiß, es ist schwer zu glauben, aber das mit Juliana ist passiert, nachdem das mit Paige und mir schon vorbei war. Das Timing hätte besser sein können, doch wenn die Richtige des Weges kommt, ist das zweitrangig.«

Tom musterte ihn einen Moment. »Okay, wir tun Folgendes: Erwähne niemandem gegenüber, was du mir gerade erzählt hast. Niemandem. Wir holen

Juliana bloß dazu, wenn es nicht anders geht. Wenn der Prozess vorbei ist, finden wir eine Lösung. Bis dahin will ich, dass sie im Haus bleibt.«

Michael schüttelte den Kopf. »Damit wird sie niemals einverstanden sein. Dafür ist ihr ihre Arbeit zu wichtig. Und sie braucht das Geld. Aber wie kann ich zulassen, dass sie arbeiten geht und sich um ihre Mutter kümmert, wenn ich weiß, dass da draußen jemand ist, der sie beobachtet? Der auf eine Gelegenheit wartet, sie umzubringen? Wie sollen wir das machen, Tom?«

»Wir werden ihren Schutz verstärken – und deinen auch. Für die Mutter besorgen wir eine Haushaltshilfe, damit Juliana nur zur Arbeit gehen muss.«

»Rachelles Schutz hatten wir auch verdoppelt, und sieh dir an, was passiert ist.«

»Wir geben unser Bestes, damit ihr nichts zustößt, Michael. Das verspreche ich dir.«

Michael wollte Garantien, die sein Chef ihm nicht geben konnte. »Okay«, sagte er schließlich und wünschte sich, er könnte jede Minute bei Juliana sein, um persönlich ihre Sicherheit zu gewährleisten.

»Es ist beinahe vorbei, Michael. Bleib stark, und konzentrier dich.«

»Hast du je zuvor einen Fall wie diesen gehabt?«

»In meinem ganzen Leben nicht.«

* * *

Die Geschworenen wurden hereingeführt, und sobald sie ihre Plätze eingenommen hatten, entschuldigte Richter Stein sich für die Verzögerung. »Wir wissen Ihre Geduld sehr zu schätzen«, erklärte er. »Mr Maguire?«

Michael stand auf. »Euer Ehren, die Anklage würde gerne die Videoaufzeichnung der Zeugenaussage von Rachelle Griffith als Beweisstück einführen.«

»Einspruch«, sagte einer der Verteidiger.

»Abgelehnt. Bitte fahren Sie fort, Mr Maguire.«

Michael drückte einen Knopf auf der Fernbedienung, und das Video begann. Rachelles lebhaftes Gesicht auf dem Bildschirm zu sehen war für ihn wie ein

Hieb in die Magengrube. Er fragte sich, ob der feige Giftanschlag ihr wohl für alle Zeiten ihr Strahlen geraubt hatte. Die Warnung des Richters noch im Ohr, bemühte er sich um eine neutrale Miene, um der Jury keinen Hinweis darauf zu geben, was Rachelle zugestoßen war. Die Geschworenen würden ihre eigenen Schlussfolgerungen daraus ziehen müssen, dass die Zeugin nur auf einem Video und nicht persönlich vor Gericht erschien. Das in Verbindung mit der langen Pause kurz vor dem Zeitpunkt, zu dem die Hauptzeugin hätte aussagen sollen, war genau der Grund, aus dem die Verteidigung einen Abbruch des Prozesses angestrebt hatte.

Das Video war knapp zwei Monate zuvor entstanden, als Michael mit Rachelle einen Gerichtssaal besucht hatte, um sie auf die echte Zeugenaussage vorzubereiten. Er erinnerte sich daran, wie sie ihn auf dem Rückweg zum Hotel angefleht hatte, mit ihr zu McDonald's zu fahren. Jetzt war er froh, dass er trotz seiner Bedenken wegen ihrer Sicherheit nachgegeben hatte. Es hatte ihr so viel Spaß gemacht, mit ihm zusammenzusitzen, während die Polizisten sich auf die umliegenden Tische verteilt hatten.

Aus dem Off hörte er sich, wie er die Fragen stellte, die Rachelle durch ihre Geschichte führten. Während er zuschaute, wie sie antwortete, erkannte er die Zuneigung für ihn in ihren Augen und hörte sie in ihrer Stimme. Das war ihm beim ersten Mal entgangen. Da war er zu sehr damit beschäftigt gewesen, die Fragen zu stellen. Nur ein Mann, der blind, taub und dumm war, hätte übersehen können, wie sehr dieses Mädchen für ihn schwärmte. Hier im Gerichtssaal, wo er sich bemühte, jegliche Emotion aus seiner Miene herauszuhalten, schmerzte es ihn bis auf den Grund seiner Seele, dass er es nicht geschafft hatte, sie angemessen zu beschützen.

Er warf einen Blick zum Tisch der Verteidigung und bemerkte, dass Marco Benedetti seine schwarzen Augen fest auf ihn gerichtet hatte. Mit gerade einmal zwanzig Jahren hatte Marco schon die Augen eines knallharten Kriminellen. Steven, ein Jahr älter als sein Bruder, war schon einmal wegen Mordes angeklagt gewesen, aber freigesprochen worden. Das Vorstrafenregister der Brüder war eine

Meile lang. Mit der Schießerei hatten sie allerdings den Schritt vom Kleinganoven zum Schwerverbrecher getan.

Marco trug seine fettigen Haare zurückgekämmt, und als sich sein Gesicht zu einem schmierigen Grinsen verzog, musste Michael sich sehr zusammenreißen, um nicht aufzuspringen und ihm an die Kehle zu gehen. Michael schaute sich um und hoffte, dass noch jemand das eben gesehen hatte, doch alle Augen im Gerichtssaal waren wie gebannt auf den Bildschirm gerichtet.

Ich verspreche es dir, Rachelle. Ich verspreche dir, dass sie damit nicht davonkommen. Heiße Wut erfasste Michael. Sie nahm ihn so gefangen, dass er nicht bemerkte, dass das Video zu Ende war. Oder wie tief es die Geschworenen berührt hatte.

»Mr Maguire?«, sagte Richter Stein.

Michael rührte sich nicht.

»Mr Maguire!«

Langsam erhob Michael sich. »Euer Ehren, die Beweisaufnahme der Anklage ist abgeschlossen.«

* * *

Zu Hause saß Juliana auf Michaels Bett und legte Wäsche zusammen. Er hatte sie angerufen und den Plan erklärt, den er und Tom ausgearbeitet hatten. Sie war nicht sicher, dass ihre Mutter die Hilfe einer Fremden annehmen würde, aber sie hatte keine große Wahl. Entweder das oder nichts, denn Juliana konnte auf keinen Fall erneut ihren Bruder bitten, einzuspringen.

Juliana war erleichtert gewesen, zu hören, dass sie wieder arbeiten durfte. Geld war für sie immer ein Thema, und trotz der Angebote von Michael und Jeremy, ihr finanziell unter die Arme zu greifen, fühlte es sich für sie nicht richtig an, von einem der beiden Geld anzunehmen.

Juliana wusste, wenn der Richter es erlaubte, würde Michael heute vor Gericht das Video vorspielen. Sie konnte sich nicht einmal ansatzweise vorstellen, wie schwer es für ihn sein musste, sich das anzuschauen, nachdem er das Mädchen so klein und zerbrechlich im Krankenhaus gesehen hatte. Sie stand auf, um die Sachen in Michaels Schubladen zu legen, da entdeckte sie auf der Kommode ihren Scheck über die Miete. Erst jetzt fiel ihr auf, dass er ihn nie eingelöst hatte. Vor Liebe zu ihm zog sich ihr Herz zusammen. Er liebte sie auf eine so allumfassende Weise, und nachdem das Video gezeigt worden war, würde er genau diese Liebe heute Abend von ihr brauchen.

Ein Poltern auf dem Dach riss sie aus ihren Gedanken. Der Wind heulte durch die Straßen, und Michael hatte am Vorabend erwähnt, dass er demnächst die Gartenmöbel für den Winter hereinholen müsse. Ein zweites Poltern überzeugte Juliana, dass eine der Liegen auf der Terrasse umgeweht worden war. Sie schaltete die Alarmanlage aus und ging durch die Schiebetür nach draußen, um nachzusehen. Als sie auf der obersten Stufe der Treppe ankam, die zur Dachterrasse führte, entwich alle Luft aus ihren Lungen.

»Wage es ja nicht, zu schreien«, drohte ihr Roberto Escalada mit leiser Stimme. »Wenn du schreist, bist du tot. Hast du mich verstanden?«

Juliana nickte, während Panik in ihr aufstieg und ihr die Fähigkeit nahm, zu atmen oder gar zu schreien. Sie würde nicht mal dann ein Geräusch von sich geben können, wenn ihr Leben davon abhinge – was es möglicherweise tatsächlich tat.

»Dreh dich um, und geh wieder nach unten.«

Julianas Beine wollten ihr nicht gehorchen.

»Sofort!«

Sie wandte sich um und stieg mit zitternden Knien zur unteren Terrasse hinab. Dann öffnete sie die Tür zu Michaels Schlafzimmer.

Escalada folgte ihr und schloss die Tür hinter sich. »Ich dachte, du und dein Loverboy würdet nie mehr aus eurem Liebesnest zurückkommen, in dem ihr euch verkrochen hattet.«

Juliana setzte sich auf den Rand der Matratze und zwang sich, weiterzuatmen, während sie unkontrolliert zitterte.

Escalada schaute sich im Zimmer um. »Hier passiert es also, hm? Ich wette, du lässt es dir jede Nacht von diesem Motherfucker Maguire besorgen, oder? Du siehst aus wie eine, die es mag, es besorgt zu kriegen.« Er stellte sich vor sie und beugte sich so nah zu ihr, dass sie seinen Atem auf ihrem Gesicht spürte. »Vielleicht sollte ich mir eine Kostprobe von dem holen, was er bekommt.«

»Nein«, wimmerte Juliana. »Fassen Sie mich nicht an.«

»Das ist nicht sehr nett, Juliana. Wir sind doch alte Freunde, oder nicht?« Er strich mit dem Finger über ihr Kinn und an ihrem Hals entlang. »Ist das etwa die höfliche Art, einen Gast zu behandeln?«

Sie rückte von ihm ab, und er packte ihren Arm.

»Was glaubst du, wo du hinwillst?«

»Es wimmelt hier bloß so von Cops«, flüsterte sie.

Er lachte. »Bisher konnten die mich auch nicht aufhalten, oder? Glaub mir, ich wäre jetzt nur zu gerne auf der anderen Seite des Landes, aber mir ist gerade noch rechtzeitig eingefallen, dass ich hier in Maryland einen unerledigten Job habe. Du weißt, ich kann nicht zulassen, dass du mich mit dem Prozess in Verbindung bringst, Juliana. Das würde meinen Klienten gar nicht gefallen.«

Juliana fing an zu weinen und versuchte gleichzeitig, sich aus seinem stählernen Griff zu lösen.

Er schlug ihr hart ins Gesicht. »Halt's Maul! Halt das verdammte Maul!«

Juliana fiel rücklings aufs Bett, und ihr wurde fast schwarz vor Augen. Sie war zu erschrocken, um noch zu weinen oder gar zu schreien, während er im Raum auf und ab lief. Als der Nebel der Angst sich ein wenig lichtete, wurde ihr bewusst, dass die Cops erst in nicht ganz einer Stunde wieder nach ihr sehen würden. Wenn sie hier lebend rauskommen wollte, musste sie das selbst bewerkstelligen.

»Ich muss mal ins Bad.«

Er schaute sie an, um einzuschätzen, ob sie irgendetwas vorhatte, dann bedeutete er ihr, sie könne gehen. »Aber beeil dich. Und keinen Scheiß. Ich will das hier hinter mich bringen und dann von hier verschwinden. Lass die Tür offen.«

Juliana gehorchte. Ihre Wange pochte wegen des Schlags, den er ihr versetzt hatte. Sie musste all ihre Kraft zusammennehmen, um auf die Toilette zu gehen. Sie hatte Angst, dass er ihren halb entkleideten Zustand nutzen könnte, um seine Drohung, sie zu vergewaltigen, wahr zu machen, doch das hier war ihre einzige Chance, sich zu retten.

Ganz langsam, um ja nicht seine Aufmerksamkeit zu erregen, streckte sie die Hand zu dem kleinen Schränkchen über den Toilettenpapierrollen aus. Sie erinnerte sich an Michaels Lachen, als er ihr das Telefon gezeigt hatte, das der vorherige Besitzer in diesem und allen anderen Badezimmern im Haus installiert hatte. Sich allein auf ihren Tastsinn verlassend, hob sie den Hörer ab und wählte den Notruf.

Als sie die Vermittlung sagen hörte: »911, um was für einen Notfall handelt es sich?«, legte sie den Hörer beiseite und drückte die Toilettenspülung. Während das Adrenalin durch ihren Körper schoss, zog sie sich die Hose hoch und zwang ihre zitternden Finger, sie zuzuknöpfen. Erst als sie ihre Kleidung gerichtet hatte, konnte sie wieder atmen.

»Warum zum Teufel brauchst du so lange?«

»Ich komme ja schon.« Mit ebenfalls zitternden Knien verließ sie das Badezimmer und betete zu Gott, dass die Frau in der Notrufzentrale ihren Job gemacht und die Polizei informiert hatte.

Escalada packte sie.

Juliana keuchte auf, als sie kaltes Metall an ihrer Kehle spürte.

Er presste seine Erektion gegen ihren Rücken. »Hm, hm, hm … Ich wünschte wirklich, ich hätte ein wenig Zeit, um mich intensiver um dich zu kümmern«, knurrte er an ihrem Ohr. »Dein Freund wird heute zu einem schönen Schlachtfest nach Hause kommen. Kein saftiger Arsch mehr für ihn, an dem er sich reiben kann.«

»Hände hoch!«

Ohne den Kopf zu drehen, schaute Juliana zur Seite und sah drei Cops, die mit gezogenen Waffen im Türrahmen standen.

Escalada packte sie fester und zerrte sie rückwärts mit sich zur Schiebetür, die er mit seiner freien Hand öffnete.

Juliana spürte ein Brennen an ihrem Hals und wusste, dass er sie mit der Messerklinge geritzt hatte.

»Lass sie gehen, Escalada«, befahl einer der Polizisten.

Er zog sie mit sich nach draußen auf die Terrasse.

Die Polizisten folgten ihnen.

Langsam wurde Julianas Shirt ganz nass von dem Blut, das ihr den Hals hinablief. Die Kombination von kaltem Metall und Angst ließ sie zittern, obwohl sie darum kämpfte, möglichst still zu halten.

»Lass sie gehen!«, befahlen die Cops erneut.

»Verschwindet, oder ich schwöre, ich bringe sie um!«

Ein Schuss zerriss die Luft, und Juliana schrie auf, als Escalada zusammenbrach und sie zu Fall brachte. Das Messer fiel klappernd zu Boden.

Er landete auf ihr.

Verzweifelt versuchte sie, ihn von sich zu schieben.

Die Polizisten waren sofort da, um sie von dem Gewicht zu befreien. Einer von ihnen nahm sie auf die Arme und trug sie ins Haus, während ein anderer die Sanitäter rief.

»Alles gut, Juliana. Wir haben ihn. Sie sind in Sicherheit.«

Sie sank gegen ihn und verlor das Bewusstsein.

KAPITEL 27

Michael saß gerade mit seinen Kollegen beim Mittagessen im Deli gegenüber dem Gerichtsgebäude, als Officer John Tanner auf ihn zueilte und ihn informierte, dass von seinem Haus ein Notruf abgesetzt worden war.

Er sprang auf. »Juliana«, stieß er hervor und rannte mit Tanner hinaus auf die Straße und zu einem wartenden Streifenwagen. »Was ist passiert? Geht es ihr gut?«

»Das weiß ich nicht. Ich weiß nur, dass es den Anruf gegeben hat, aber der Anrufer hat nichts gesagt. Die zu ihrem Schutz abgestellten Polizisten wollten gerade ins Haus gehen, als ich Sie gerufen habe.«

Michael stieg mit John ins Auto, der sofort die Sirene anmachte, um in dem dichten Mittagsverkehr freie Fahrt zu haben. Während der unendlich lang erscheinenden nächsten Minuten hörten sie über Funk Schnipsel einer Unterhaltung, die Michael vor Angst erstarren ließ: Schusswechsel in der Chester Street, der Ruf nach Sanitätern, zwei Opfer.

O Gott, bitte. Bitte!

Johns Handy klingelte. Es war ein Mitglied von Julianas Schutzteam, das fragte, ob er Michael erreicht hätte. »Wir sind auf dem Weg«, erwiderte John. Er erhielt die Auskunft, dass Juliana ins Johns-Hopkins-Krankenhaus gebracht werde.

»Wie schlimm ist es?«, wollte Michael von John wissen.

»Sie glauben nicht, dass es lebensbedrohlich ist.«

Michael ließ erleichtert die Schultern sinken. Ihm war leicht übel. Sie *glaubten* nicht, dass es lebensbedrohlich war. Das bedeutete, sie wussten es nicht mit Sicherheit. *Bitte, Gott. Bitte, lass sie nicht sterben.*

Sie erreichten das Krankenhaus gleichzeitig mit dem Krankenwagen. Michael war aus dem Auto gesprungen, bevor es noch ganz zum Stehen gekommen war. Er rannte zum Krankenwagen hinüber und sah zum zweiten Mal eine geisterhaft blasse Juliana mit Blut bedeckt dort auf der Trage liegen. Dieses Mal war sie jedoch bewusstlos und hatte einen blutgetränkten Verband um den Hals.

»Oh«, flüsterte er. »O Gott.«

John zog ihn zurück, damit die Sanitäter Juliana hineinbringen konnten. Sie schoben sie eilig über den Flur in eines der Traumazimmer. Die Krankenschwestern hielten Michael vor der Tür auf.

»Was zum Teufel ist passiert?«, schrie er, als zwei von Julianas Bewachern den Flur entlanggeeilt kamen.

»Escalada. Wir glauben, dass er übers Dach eingedrungen ist. Die Entfernung zum Nachbarhaus ist gering genug, dass er hätte hinüberspringen können.«

»Aber die Alarmanlage war an«, meinte Michael. »Wie ist er reingekommen? Wie hat er sie gekriegt?«

»Die Alarmanlage war ausgeschaltet.«

Michael schüttelte den Kopf. »Nein. Das hätte Juliana niemals gemacht.«

»Es tut mir leid, Mr Maguire. Ich weiß nicht, was ich sagen soll. Als wir nach dem Notruf reingegangen sind, war sie aus. Irgendwie hat Juliana es geschafft, an ein Telefon zu kommen. Das hat ihr ohne Zweifel das Leben gerettet.«

Angesichts dessen, was Michael eine Minute zuvor gesehen hatte, hatte er gute Gründe, sich zu fragen, ob es ihr wirklich das Leben gerettet hatte. Er setzte sich auf einen der harten Stühle im Flur. »Wo ist Escalada jetzt?«

»Er ist tot. Einer unserer Männer konnte vom Nachbardach aus einen Schuss absetzen.«

Bei dieser Nachricht verspürte Michael einen kurzen Anflug von Erleichterung. Zumindest war dieses Problem gelöst. »Wo war Juliana, als sie ihn erschossen haben?«

Der Polizist senkte den Blick, und sein Gesicht war angespannt.

»Wo war sie?«

»Er hatte sie bei sich. Ein Messer an ihrer Kehle. Daher die Verletzung.«

»O mein Gott.« Michael stützte den Kopf in die Hände, um die Welle der Übelkeit zu unterdrücken, die ihn zu überwältigen drohte, als ihm bewusst wurde, wie leicht Juliana hätte getroffen werden können. Selbst als Tom Houlihan hereinkam und sich neben ihn setzte, behielt Michael den Kopf in den Händen und hörte nicht auf zu beten.

»Sollten wir ihre Familie informieren, Michael?«, fragte ihn Houlihan.

Michael schüttelte den Kopf und fuhr sich mit zitternden Händen durchs Haar. »Juliana würde sie nicht hierhaben wollen. Du musst ihren Namen aus den Berichten raushalten, Tom.«

»Darum habe ich mich bereits gekümmert.«

Nach einer gefühlten Ewigkeit kam schließlich ein Arzt aus dem Zimmer, in dem Juliana behandelt wurde. Michael sprang auf.

»Gehören Sie zu ihr?«, fragte der Arzt.

»Sie ist meine Verlobte«, erwiderte Michael, ohne zu zögern.

»Wir haben die Blutung gestoppt, und ich habe den plastischen Chirurgen rufen lassen, um die Wunde zu nähen.«

»Wird sie wieder gesund?« Das war das Einzige, was der Arzt nicht verraten hatte, und das Einzige, was Michael hören musste.

»Sie hat ziemlich viel Blut verloren, aber in einem oder zwei Tagen sollte es ihr wieder gut gehen. Wäre die Wunde nur ein wenig tiefer gewesen, würden wir jetzt eine ganz andere Geschichte erzählen. Sie hat sehr viel Glück gehabt.«

Tom schüttelte dem Arzt die Hand. »Vielen Dank.«

Vor Erleichterung wurden Michael die Knie weich, und er sank auf den Stuhl zurück.

* * *

Juliana öffnete in dem dunklen Raum die Augen und versuchte, herauszufinden, was sie zwickte. Sie hob die Hand und sah ein medizinisches Gerät an ihrem Zeigefinger klemmen. Da erst fiel ihr auf, dass sie in einem Krankenhaus war. Sie versuchte, den Kopf zu drehen, zuckte jedoch zusammen, als die Wunde an ihrem Hals protestierte.

Michaels Kopf ruhte neben ihrem Ellbogen auf dem Krankenhausbett. Sie strich ihm durch die Haare.

Er fuhr hoch. »Juliana … O Gott …«

Juliana streckte ihm die Arme entgegen, und er kam zu ihr aufs Bett, um sie fest an sich zu drücken.

»Geht es dir gut, Baby?«, fragte er, als er wieder sprechen konnte. Vorsichtig fuhr er mit der Hand über die Prellung an ihrer Wange und schob ihr die Haare aus dem Gesicht. »Tut dir irgendetwas weh?«

Sie versuchte, den Kopf zu schütteln, und zuckte erneut zusammen.

»Halt ganz still«, flüsterte er und küsste sie auf die Lippen, dann auf den Hals, direkt oberhalb des großen weißen Verbandes, der die Wunde bedeckte. »Gott sei Dank, dass es dir gut geht.«

»Ist er tot?«

»Ja.«

»Es ist meine Schuld«, gestand sie und brach in Tränen aus.

Er wischte sie fort. »Wie kannst du das sagen?«

»Ich habe die Alarmanlage ausgeschaltet, um zu sehen, was da oben auf dem Dach so poltert. Ich dachte, die Liegen wären umgeweht worden, und wollte hochgehen, um sie reinzuholen. Ich hätte die Alarmanlage nicht ausschalten dürfen.«

»Ach, so war das.« Michael seufzte. »Wir konnten uns nicht erklären, wieso der Alarm aus war. Süße, niemand hat sich vorstellen können, dass er übers Dach kommt. Es ist nicht deine Schuld. Im Gegenteil. Wir bewundern dich alle, weil du einen Weg gefunden hast, den Notruf abzusetzen. Wie hast du das geschafft?«

»Als mir das Telefon in dem Schränkchen einfiel, habe ich Escalada gesagt, dass ich mal aufs Klo muss.«

Michael stieß zitternd den Atem aus. »Nach meinem Einzug hätte ich das Telefon beinahe abgebaut. Ich fand es so dumm, Telefone in den Badezimmern zu haben.«

»Ich habe mich daran erinnert, dass du mir das erzählt hast.«

Er strich ihr über die Wange. »Was ist mit deinem Gesicht passiert?«

»Er hat mich geschlagen, als ich versucht habe, zu entkommen. Er hat gesagt, er wolle mich …«

Michaels Hand erstarrte. »Was?«

Sie senkte den Blick. »Er wollte mich vergewaltigen.«

»Baby, hat er, ich meine … O Gott.«

»Nein. Er hat nur darüber geredet.«

Michael hielt sie fester. »Du musst solche Angst gehabt haben.«

»Ich dachte, ich würde dich nie wiedersehen, Michael«, flüsterte sie. »Ich wollte dich einfach nur noch ein Mal wiedersehen.«

»Es tut mir so leid. Das ist alles meine Schuld. Ich wusste, es ist nicht sicher, dich bei mir zu haben, aber ich war egoistisch. Ich liebe dich so sehr, dass ich keine Sekunde der Zeit, die ich mit dir haben konnte, aufgeben wollte. Es war mir sogar egal, dass ich damit dein Leben in Gefahr bringe.«

Sie legte ihre Hand auf seine Brust. »Wir wollten das beide. Es ist nicht deine Schuld. Du hast ein paarmal versucht, mich zum Gehen zu überreden. Es war meine Entscheidung, zu bleiben. Und das ist es immer noch.«

»Nach dem hier bleibst du auf keinen Fall bei mir. Da spreche ich ein Machtwort.«

Sie lächelte. »Wir werden sehen.«

»Ich meine es ernst, Juliana. Das war's.«

»Ist ja gut.« Diesen Kampf würde sie später austragen.

* * *

Michael gelang es, die Polizisten abzuwimmeln, die eine Aussage von Juliana wollten. Er erklärte ihnen, dass sie am Morgen mit ihnen reden würde, aber nicht jetzt. Nicht weniger als vier Beamte hielten im Flur vor ihrem Zimmer Wache, und Michael schlief mit Juliana in den Armen in ihrem Krankenbett ein.

Mitten in der Nacht wachte er schweißgebadet auf. Er hatte geträumt, dass Juliana anstelle von Escalada getötet worden war. Irgendwann musste eine Krankenschwester ihn zugedeckt haben, doch weil er so unruhig war, stand er auf, um Juliana nicht zu wecken. Nachdem er sich im Bad kaltes Wasser ins Gesicht gespritzt hatte, setzte er sich auf einen Stuhl und ließ den Kopf in die Hände sinken.

Wenn er an all das dachte, was hätte passieren können … Juliana hätte sich nicht an das Telefon im Badezimmer erinnern können. Escalada hätte sie vergewaltigen können – oder ihr die Kehle durchschneiden. Die Cops hätten sie anstelle des Killers treffen können. Jedes Szenario war schrecklicher als das davor, und sie liefen wie ein Horrorfilm in Endlosschleife in seinem Kopf ab.

»Hey«, kam ein Flüstern vom Bett. »Wo bist du hin?«

Er stand sofort auf und ging zu ihr. »Ich bin hier.«

Sie nahm seine Hand und zog ihn zu sich aufs Bett. »Was ist los, Michael?«

»Nichts ist los, solange es dir gut geht. Ich liebe dich.«

Sie legte ihm die Hand auf den Nacken, um ihn zu sich herunterzuziehen. »Ich liebe dich auch«, erwiderte sie und berührte seine Lippen mit ihren. »So sehr.«

Er hielt sie so fest, wie er es wagte, und barg sein Gesicht in ihren duftenden Haaren.

»Michael?«

»Was, Liebste?«

»Ich mache mir Sorgen wegen der Arbeit. Ich werde morgen nicht in den Salon gehen können – nicht mit diesem Gesicht … Aber ich habe schon letzte Woche gefehlt, und jetzt das hier. Sie werden mich bestimmt feuern …«

»Schhh.« Er küsste sie. »Mach dir darüber jetzt keine Gedanken. Ich habe bereits im Salon angerufen und sie informiert, dass du einen Autounfall hattest. Du sollst dir so viel Zeit nehmen, wie du brauchst.«

Juliana stieß einen Seufzer der Erleichterung aus. »Danke, dass du daran gedacht hast«, sagte sie und zog ihn zu sich.

Froh darüber, dass es ihr gut genug ging, um schon wieder an die Arbeit zu denken, ließ er sich in den Kuss sinken. Juliana war alles für ihn, und sie war immer noch hier, bei ihm. In diesem Moment gehörte sie ihm, und sie liebte ihn.

»Kann man die Tür abschließen?«

»Ich weiß es nicht.«

Sie küsste ihn erneut. »Warum guckst du nicht mal nach?«

»Du musst schlafen.«

»Ich habe bereits geschlafen.« Sie knabberte an seinem Ohr und ließ ihre Hand über seine Brust gleiten. »Jetzt will ich dich.«

Er stöhnte, als sie sein Hemd aufknöpfte. »Juliana …«

Sie presste ihre Lippen an seine Brust. »Was?«

»Süße«, zischte er. »Komm schon. Du bringst mich um.«

Sie lachte. »Dann hör auf, Widerstand zu leisten.«

Als sie nach seinem Reißverschluss griff, hielt er ihre Hand auf. »Okay. Das reicht. Zeit, zu schlafen.«

»Michael?«

Er atmete tief ein, um sein rasendes Herz zu beruhigen. »Was ist, Liebste?«

»Ich brauche …«

Er drehte sich auf die Seite, um sie anzusehen. »Was brauchst du? Ich besorge dir alles, was du willst.«

»Ich muss mich lebendig fühlen. Ist das seltsam?«

»Nein.« Er küsste sie mit einer Leidenschaft, die sie beide überraschte. »Das ist nicht seltsam, sondern nach dem, was du durchgemacht hast, ganz normal.«

»Gib mir das Gefühl, noch am Leben zu sein. Bitte.«

»Gleich hier und jetzt?«, fragte er überrascht.

Sie biss sich auf die Unterlippe. »Ja. Gleich hier und jetzt.«

»Was ist mit den Krankenschwestern?«

»Die waren gerade erst da.«

»Habe ich das verschlafen?«

»Mhm.« Sie lachte leise. »Sie meinten, du wärst unglaublich süß, wie du so neben mir im Bett gelegen hast.«

Er betrachtete sie lange, bevor er aufstand und feststellte, dass die Tür *kein* Schloss hatte. »Ich weiß nicht, Juliana …«

»Ich bin gewillt, das Risiko einzugehen«, erklärte sie und grinste. »Was wollen sie schon tun? Mich rauswerfen?«

Mit hämmerndem Herzen dachte er an die Schlagzeilen, sollten sie erwischt werden. Trotzdem zog Michael sich das Hemd aus und ließ die Hose, die er beinahe vierundzwanzig Stunden zuvor angezogen hatte, auf den Boden fallen. »Ich hatte ja keine Ahnung, dass du gerne riskant lebst.«

»Ich stecke voller Überraschungen«, erwiderte sie und zog die Decke über sie beide.

»Das ist definitiv ein erstes Mal«, flüsterte er.

Sie antwortete mit einem heißen Kuss, der ihn aller rationalen Gedanken beraubte. Dann schlang sie die Arme um ihn und zog ihn auf sich.

»Tut dein Hals weh?«, fragte er und schob das Krankenhaushemd hoch, um zu seiner Überraschung festzustellen, dass sie darunter nackt war.

Sie streichelte seinen Rücken. »Nein.«

Er wollte ihr unter keinen Umständen wehtun, daher brachte er alle Selbstbeherrschung auf, auch wenn er vor Anstrengung zitterte.

»Liebe mich, Michael.«

Mit einer geschmeidigen Bewegung glitt er in sie. Weil er ihr nicht zu viel zumuten wollte, fiel er in einen langsamen, leichten Rhythmus, der ihn irgendwie tiefer berührte als alles zuvor. All die Angst, die Emotionen und die Liebe des langen Tages – gepaart mit der Angst, erwischt zu werden – brachten ihn innerhalb weniger Sekunden dicht vor den Orgasmus. »Ich werde heute nicht lange durchhalten, Baby«, stieß er leise durch zusammengebissene Zähne aus und zog sie fester an sich.

»Das musst du auch nicht«, sagte sie mit atemloser Stimme, die ihm verriet, dass sie ebenfalls kurz davor war.

Schließlich zogen sich ihre Muskeln um ihn zusammen und rissen ihn gemeinsam mit ihr in den Abgrund.

»Hat es funktioniert?«, fragte er, als er wieder Luft bekam. Er konnte guten Gewissens behaupten, dass Juliana in einem Krankenhausbett zu lieben, nachdem er sie beinahe verloren hätte, die erotischste Erfahrung seines Lebens gewesen war.

Sie lachte. »O ja. Ich bin definitiv noch am Leben.«

Er gab ihr einen Kuss auf die Stirn und dann einen auf den Mund. »Ja, das bist du. Aber wir werden beide tot sein, wenn wir so erwischt werden.« Er löste sich von ihr und suchte seine Kleidung zusammen. Nachdem er sich angezogen hatte, erklärte er: »So. Jetzt kann ich wieder atmen.«

Juliana lächelte, als er sich wieder neben sie legte. »Danke.«

»Glaub mir, es war mir ein Vergnügen.« Nach einem sanften Kuss ergänzte er lächelnd: »Ich möchte der Mann sein, der in Zeiten der Not für dich da ist.«

Sie verschränkte die Finger mit seinen. »Das bist du.«

Sein Lächeln schwand. »Nur dass du heute Nacht meinetwegen in diesem Bett liegst.«

»Tu das nicht, Michael. Du hast mir nicht das Messer an die Kehle gedrückt.«

»Morgen früh wird die Polizei deine Aussage aufnehmen wollen.« Er führte ihre miteinander verbundenen Hände an seine Lippen. »Glaubst du, das schaffst du?«

»Was muss ich ihnen denn erzählen?«

»Alles, was passiert ist. Von dem Moment an, in dem du das erste Geräusch auf dem Dach gehört hast, bis zu dem Moment, in dem er erschossen wurde.«

Sie wandte den Blick ab.

»Was ist?«

»Ich will nicht, dass sie wissen, dass er davon geredet hat ... von ... du weißt schon.«

»Ich glaube, den Teil kannst du auslassen, weil er ja nichts in der Richtung unternommen hat.«

»Das hätte er vielleicht, wenn die Cops nicht in dem Moment aufgetaucht wären. Ich glaube, deshalb hat er mich nicht sofort umgebracht. Er wollte vorher etwas anderes.«

Michael hörte auf zu atmen. »Ist sonst noch etwas passiert, Juliana?«

Ihre Wangen röteten sich. »Er war …«

»Sag es mir«, drängte Michael.

»Erregt«, flüsterte sie.

»Woran hast du das gemerkt?«

»Er hat sich an mich gepresst, als er mir das Messer an den Hals gedrückt hat …«

»Hör auf.« Sein Herz raste vor Anspannung, und er zog sie fest in die Arme. »Das reicht. Davon musst du der Polizei nichts erzählen.«

»Er hat gesagt, er musste zurückkommen, weil er hier noch eine unerledigte Aufgabe hatte, und dass er mich nicht am Leben lassen könne, weil seine Kunden nicht wollten, dass irgendjemand übrig ist, der ihn mit dem Prozess in Verbindung bringen könnte.«

Das Blut gefror ihm in den Adern. »Das waren seine genauen Worte?«

»So ziemlich.«

»Verdammter Mist. Das ist ein Albtraum, der einfach nicht enden will. Du bist die Einzige, die ihn mit den Benedettis in Verbindung bringen kann. Ansonsten hat die Polizei keine Verbindung zwischen ihnen gefunden.«

»Was bedeutet das?«

»Dass du immer noch in Gefahr bist.«

Kapitel 28

Früh am nächsten Morgen brachten Michaels Personenschützer ihn nach Hause, damit er duschen und sich umziehen konnte. Innerhalb einer Stunde war er mit frischer Kleidung für Juliana zurück, die aus dem Krankenhaus entlassen werden konnte. Für den Moment kümmerte sich sein Kollege George Samuels um den Fall.

Da sie keine wirkliche Verteidigung hatten, riefen die Anwälte der Benedettis eine Reihe von Charakterzeugen auf, die für die beiden Angeklagten aussagen sollten. George zufolge hatte der vorherige Nachmittag aus glühenden Lob-prei-sun-gen für die beiden Brüder bestanden – wie sie sich um ihre verwitwete Mutter kümmerten, ihre Arbeit mit unterprivilegierten Kindern beim YMCA und anderer Unsinn, den die Jury ihnen nach Georges Meinung nicht abgekauft hatte. Michaels Abwesenheit war mit einem persönlichen Notfall erklärt worden.

Juliana duschte und zog sich an. Die Schwestern wechselten den Verband an ihrer Wunde und zeigten Michael, wie er das zu Hause tun konnte. Die Fäden würden sich mit der Zeit auflösen, und sie hofften, dass keine sichtbare Narbe zurückbleiben würde. Die Prellung an Julianas Wange schillerte jedoch in verschiedenen Farben, und sie hatte ein blau angelaufenes Auge. Durch den Blutverlust war sie noch geschwächt, und der Schnitt schmerzte wie die Hölle, aber ansonsten fühlte Juliana sich gut genug, um nach Hause zu fahren.

»Meine Güte, ich sehe schrecklich aus«, beschwerte sie sich bei Michael, als sie aus dem Bad kam.

»Für mich nicht.«

»Das musst du nicht sagen.«

»Es ist mir egal, wie du aussiehst, solange du gesund und in Sicherheit bist. Es wird lange dauern, bis mir wieder etwas anderes wichtig ist.«

Sie schlang die Arme um ihn und lehnte den Kopf an seine Brust. »Es tut mir leid, dass du solche Angst hattest.«

»›Angst‹ beschreibt es nicht einmal ansatzweise.«

»Lass uns nach Hause fahren.«

Die Polizei würde in einer Stunde bei ihnen zu Hause vorbeikommen, um Julianas Aussage aufzunehmen. Michael hatte Tom Houlihan gebeten, ebenfalls anwesend zu sein.

»Wir müssen über unsere Wohnsituation reden«, erinnerte Michael sie, als er ihr in den Rollstuhl half, den die Krankenschwestern bereitgestellt hatten.

»Nicht jetzt, okay?«

»Okay, aber später definitiv.«

* * *

Nachdem Juliana ihre Aussage gemacht hatte, begleitete Tom die Beamten zur Tür. Juliana thronte in einem Berg Kissen auf dem Sofa.

»Ich glaube, wir können es so hindrehen, dass die Benedettis nicht erfahren, dass Escalada sie erwähnt hat«, meinte Tom, als er ins Wohnzimmer zurückkehrte.

»Bis sie wegen des versuchten Mordes an Rachelle und den Polizisten angeklagt werden«, rief Michael ihm in Erinnerung.

»Das wird frühestens in einem Jahr sein. Wenn wir bis dahin den Deckel draufhalten können, ist Juliana von jetzt an in Sicherheit.«

»Was passiert danach?«, fragte Juliana.

Tom und Michael wechselten einen Blick.

»Schutzhaft«, antwortete Tom. »Vermutlich gefolgt vom Zeu-gen-schutz-pro-gramm.«

Juliana knetete ihre Finger und versuchte, diese Nachricht zu verarbeiten. Sie hatte geglaubt, dass die Bedrohung gemeinsam mit Escalada gestorben wäre. Leider hatte er ihr gerade genug erzählt, um sie weiter in den Fall verwickelt bleiben zu lassen.

Tom setzte sich neben sie. »Ich weiß, was Sie denken: Wir haben es nicht geschafft, Rachelle zu beschützen, also wieso sollte Ihnen nicht das Gleiche passieren?« Er nahm ihre Hand. »Ich werde Ihnen keinen Unsinn auftischen, weil Sie natürlich wissen, wie schlimm es werden kann. Ich verspreche Ihnen nur, dass wir alles in unserer Macht Stehende tun, um Ihre Sicherheit zu garantieren.«

»Mehr können Sie nicht machen. Ich danke Ihnen, Tom. Auch für die Blumen. Sie sind wunderschön.«

»Ich hoffe, es geht Ihnen bald besser.« Tom stand auf und schüttelte Michael die Hand. »Nimm dir so viel Zeit, wie du brauchst. George hat die Dinge vor Gericht im Griff.«

Michael dankte ihm und begleitete ihn zur Tür. Als er zurückkam, setzte er sich neben Juliana auf die Couch. »Kann ich dir irgendetwas bringen?«

»Nein, mir geht es gut. Aber du musst zurück an die Arbeit.«

»Morgen. Erst müssen wir darüber reden, wie es jetzt weitergeht. Ich denke, du solltest in dein Haus zurückziehen. Dort bist du sicherer.«

»Doch da wäre ich ganz allein.«

»Hier bist du auch allein, wenn ich morgen wieder vor Gericht erscheinen muss.«

»Nachts wäre ich dafür mit dir zusammen. Ich könnte Mrs R fragen, ob sie tagsüber herkommen will. Sie liebt es, Zeit mit mir zu verbringen.«

Michael seufzte erschöpft. »Ich kenne diesen Blick. Du glaubst, wenn du mich so ansiehst, bekommst du alles, was du willst.«

Sie griff nach seiner Hand. »Was denn für ein Blick?«

»Dieser! Den meine ich. Das wird allerdings nicht funktionieren. Ich möchte, dass du nach Hause ziehst. Ich will dich nicht mehr hierhaben.«

»Jetzt lügst du mir in mein zerschundenes Gesicht«, hielt sie ihm vor und gab ihm einen Kuss auf die Handfläche.

Er legte die Hand an ihre leicht geschwollene Wange. »Ich hatte ja keine Ahnung, dass du so durchtrieben bist. Vielleicht bist du Paige ähnlicher, als ich dachte.«

»Oh!« Sie schlug ihm gegen die Brust. »Nimm das sofort zurück!«

Lachend beugte er sich vor, um sie zu küssen. »Das will ich aber nicht.«

»Ich werde dich erst küssen, wenn du das zurückgenommen hast.«

»Du gehst nach Hause«, sagte er dicht vor ihrem Mund.

»Zwing mich doch.« Sie folterte ihn, indem sie mit ihren Lippen über seine strich, ohne ihm zu gewähren, wonach er sich so sehnte.

Mit einem frustrierten Stöhnen lenkte er ein. »Na gut. Bleib. Lass dich umbringen. Dann wirst du ja sehen, ob es mir etwas ausmacht. Und jetzt küss mich.«

»Du hast etwas vergessen«, erklärte sie mit einem triumphierenden Lächeln.

»Was?«

»Den Vergleich mit Paige zurückzunehmen.«

Er verdrehte die Augen. »Okay, ich nehme es zurück. Küsst du mich jetzt endlich?«

Sie hielt ihn auf Armeslänge von sich. »Eine Sache noch.«

»Was?«

»Dein Kommentar, dass du mich nicht hierhaben willst, und dieses ›Du wirst ja sehen, ob es mir was ausmacht‹ … Das hat mir ebenfalls nicht gefallen.«

»Nicht?«

»Nicht wirklich.«

»Ich entdecke hier gerade eine ganz neue Seite an dir, von der *ich* mir nicht sicher bin, ob sie *mir* gefällt.« In Wahrheit war er so erleichtert, das Funkeln in ihren Augen zu sehen, dass er alles tun würde, was sie von ihm verlangte.

Sie verschränkte die Arme. »Jetzt musst du das auch zurücknehmen.«

Er lachte. »Ich nehme es zurück. Ich nehme *alles* zurück.« Er löste ihre Arme und presste sein Gesicht an die unverletzte Seite ihres Halses.

»Sag was Nettes, damit ich die ganzen gemeinen Sachen vergesse.«

Er tat so, als müsse er schwer überlegen.

Sie schob ihn von sich. »Vergiss es!«

»Nein, warte, ich glaube, ich hab was.«

Mit skeptisch hochgezogener Augenbraue schaute sie ihn an. »Das sollte besser gut sein.«

»Du bist alles für mich. Mit dir bin ich glücklicher, als ich je in meinem Leben gewesen bin. Allein zu wissen, dass du hier bist, wenn ich nach Hause komme, lässt mich alles überstehen, was der Tag mir bringt. Ich weiß nicht, wie ich habe leben können, bevor ich dich kennengelernt habe. Und der Gedanke, dass du meinetwegen in Gefahr schwebst ...« Seine Stimme versagte, und er schüttelte den Kopf.

Sie streckte die Arme nach ihm aus, und er lehnte sich an ihre Brust.

»Wie war das?«, fragte er eine Minute später.

»Gut«, erwiderte sie mit vor Gefühlen rauer Stimme. »Wirklich gut.«

Er hob den Kopf und wurde endlich mit einem Kuss belohnt, den er niemals vergessen würde.

* * *

In den nächsten zwei Wochen sprach es sich unter Julianas Familie und ihren Freunden herum, dass sich Juliana nach einem Unfall zu Hause erholte. In einem nie da gewesenen Anfall von Selbstlosigkeit organisierte ihre Schwester Donatella mit dem Salon Termine für Julianas engste Freunde und treueste Kunden in Michaels Wohnzimmer.

Wenn die Leute fragten, warum sie hier war, antwortete Juliana nur, dass sie und Jeremy eine Pause einlegten, um ein paar Dinge herauszufinden, und dass sie in der Zwischenzeit ein Zimmer bei Michael gemietet habe. Zu ihrer großen Erleichterung hakte niemand weiter nach. Sie mochte mit ihrem bunt angelaufenen Gesicht immer noch nicht in die Öffentlichkeit und erzählte ihrer Schwester und ihren engsten Freundinnen, dass die Prellungen und die Wunde am Hals von einem Autounfall stammten.

Juliana genoss es, dass so viele vorbeikamen, um nach ihr zu sehen, und sie wusste auch Donas Anstrengungen zu schätzen, »Julianas Salon« zu organisieren, der sie beschäftigte und dafür sorgte, dass sie ihre Probleme eine Weile vergessen konnte. Ganz zu schweigen davon, dass ihre Kunden darauf bestanden, sie zu bezahlen, was Juliana gut gebrauchen konnte.

Eines Tages kam Dona mit ihrer Mutter, zum Lunch und für einen Haarschnitt. Paullina sah so gut aus, wie Juliana es schon seit Jahren nicht mehr erlebt hatte, und sie wurde von Neugier auf die Haushaltshilfe gepackt, die für diese wunderbare Verwandlung ihrer Mutter verantwortlich war.

Da die Benedettis in Isolationshaft saßen und nichts vom Tod Escaladas oder von dem, was er Juliana vorher erzählt hatte, wussten, glaubten Tom und Michael, es wäre sicher für Juliana, wieder zur Arbeit zurückzukehren – natürlich weiterhin unter Personenschutz –, sobald die Prellung abgeklungen war und Juliana sich bereit fühlte, ihr normales Leben wieder aufzunehmen.

Wenn sie nicht gerade als Eigentümerin von »Julianas Salon« beschäftigt war, machte sie sich daran, beinahe jeden Raum in Michaels Haus neu zu arrangieren, fabelhafte Abendessen zu kochen, von denen er behauptete, er würde tagsüber bei Gericht davon träumen, und sich von den überstandenen Schrecken zu erholen. Außerdem dachte sie sehr viel darüber nach, wie ihr Leben weitergehen würde, denn das Treffen mit Jeremy rückte immer näher. Er hatte ihr eine Nachricht auf dem Handy hinterlassen und sie gebeten, sich am nächsten Samstagmorgen mit ihm in seinem Haus zu treffen.

Ihr blieb bis dahin noch etwas mehr als eine Woche.

* * *

Die Tage vor Gericht zogen sich für Michael endlos hin, während die Verteidigung eine wenig überzeugende Taktik nach der anderen ausprobierte, um die

Geschworenen die unwiderlegbaren Beweise vergessen zu lassen, die von der Anklage präsentiert worden waren. Er wünschte, er könnte sich eine Zeitung oder ein Buch mitbringen, um während der lächerlichen Parade aus Zeugen zu lesen, die trotz der Tatsache, dass Marco und Steven Benedetti angeblich Säulen ihrer Gemeinde waren, keine Zweifel daran säen konnten, dass die beiden drei wehrlose Kinder auf einem Parkplatz erschossen hatten. Bei den meisten Zeugen der Verteidigung machte Michael sich nicht einmal die Mühe, sie ins Kreuzverhör zu nehmen.

Endlich, um drei Uhr am Freitag vor dem vielleicht letzten Wochenende, das Michael mit Juliana blieb, schloss die Verteidigung ihre Beweisaufnahme ab, ohne die Angeklagten in den Zeugenstand zu rufen. Michael hielt das für einen klugen Schachzug der Anwälte. Die meisten Analysten, die den Prozess verfolgten, hatten darauf spekuliert, dass die Benedettis nicht aussagen würden, und Michael war ihrer Meinung gewesen. Doch er wäre vorbereitet gewesen, falls die Verteidigung sich anders entschieden hätte. Richter Stein setzte die Schlussplädoyers für Montagfrüh um neun Uhr an. Das Ende war in Sicht.

Auf dem Weg nach Hause hielt Michael kurz an, um eine Flasche Champagner und ein Dutzend gelber Rosen zu kaufen. Um kurz nach vier Uhr betrat er das Haus und sah, dass sein Wohnzimmer auf eine Weise umgeräumt worden war, die ihm nie eingefallen wäre. Es war perfekt. Genau wie sie. Laute Musik und ein Duft, der ihm das Wasser im Mund zusammenlaufen ließ, führten ihn in die Küche. Dort fand er Juliana, die vor dem Herd tanzte, was ihn an ihre erste gemeinsame Woche erinnerte. Er widerstand dem Drang, sich an sie heranzuschleichen, denn seit ihrer Begegnung mit Escalada war sie sehr schreckhaft.

»Hey«, rief er über die Musik hinweg.

Sie strahlte, als sie sich umdrehte und ihn entdeckte. »Du bist aber früh zu Hause!«

Er holte den Champagner und die Rosen hervor, die er hinter dem Rücken versteckt gehalten hatte. »Und noch dazu mit Geschenken.«

»Oh. Für mich? Die sind wunderschön. Danke.« Sie gab ihm einen Kuss. »Hat das einen besonderen Anlass?«

Michael liebte es, dass sie selbst die kleinsten Gesten zu schätzen wusste. »Lass mich zitieren: ›Euer Ehren, die Beweisaufnahme der Verteidigung ist abgeschlossen.‹«

»Jippie! Dann ist es beinahe vorbei, oder?«

»Die Schlussplädoyers folgen am Montag, dann ist die Jury dran.« Er zog seine Krawatte aus und öffnete den obersten Knopf seines Hemds.

»Dann feiern wir heute Abend.« Sie fand eine Vase für die Rosen und stellte sie auf den Esstisch.

»Hat ›Julianas Salon‹ für heute schon geschlossen?«

»O ja. Wir hatten einen tollen Tag mit fünf Kunden.« Sie zog ein Bündel Scheine aus ihrer hinteren Hosentasche und versuchte, sie ihm in die Hand zu drücken. »Die Miete.«

Er wich ihr aus. »Juliana, was denkst du dir? Das nehme ich nicht an.« Er warf einen Blick in den Topf, der auf dem Herd simmerte. »Was kochst du da?«

Sie legte das Geld auf die Arbeitsplatte, doch er wusste, sie würde später erneut versuchen, es ihm zuzustecken, und er freute sich schon auf das kleine Gerangel, das sich ohne Zweifel daraus ergeben würde.

»Das ist ein neues Shrimps-Rezept, das ich von Mrs R habe. Sie hat es aus einer Zeitschrift ausgeschnitten, also übernehme ich keine Garantie.«

»Wenn es so gut schmeckt, wie es riecht, haben wir einen weiteren Gewinner. Ich wollte dich heute eigentlich zum Essen ausführen, um dir mal eine Pause vom Kochen zu gönnen.«

Sie legte die Hand an die verblassende, aber weiter sichtbare Prellung an ihrer Wange. »Noch nicht. Vielleicht in ein paar Tagen. Außerdem koche ich so gern.«

»Und ich esse liebend gern, was du kochst. Ich glaube, ich habe seit deinem Einzug zehn Pfund zugenommen.«

Juliana schlang ihm die Arme um den Hals. »Warum öffnen wir nicht die Flasche Champagner, machen den Kamin an und kuscheln auf dem Sofa? Es ist sowieso zu kalt, um das Haus zu verlassen.«

Er fasste sie an den Hüften, zog sie an sich und beugte sich vor, um sie zu küssen. »Deine Art, zu denken, gefällt mir.«

* * *

Spät am Sonntagabend, nachdem Michael mit Juliana als Publikum ein letztes Mal sein Schlussplädoyer geübt hatte, kuschelte er sich mit ihr ins Bett. »Danke für die ausgezeichneten Vorschläge. Du wärst eine gute Anwältin.«

»Quatsch, ich würde das Studium niemals schaffen. Dazu bin ich nicht klug genug.«

»Machst du Witze? Jemand, der einen Weg findet, den Notruf abzusetzen, während er sich mit einem Mörder im gleichen Zimmer befindet? Nun halt aber mal die Luft an. Du bist klüger als die meisten Leute, mit denen ich studiert habe.«

»Glaubst du wirklich?«

»Ich weiß es.« Er drehte sich auf die Seite und schaute sie an. »Das war das beste Wochenende, das ich je hatte.«

»Ja, es hat Spaß gemacht, oder?«

»War es unser letztes gemeinsames Wochenende, Juliana?«

Sie schüttelte den Kopf.

»Du hast eine Entscheidung getroffen?«

»Ich glaube schon.« Sie strich ihm über den Kopf. »Als die Sache mit Escalada passiert ist, als er mir das Messer an die Kehle gehalten hat, konnte ich nur an dich denken und daran, einen Ausweg zu finden, damit ich wieder mit dir zusammen sein kann.«

»Juliana …« Er lehnte seine Stirn gegen ihre, wo eine kleine weiße Narbe an die Verletzung durch die Glasscherbe vom Couchtisch erinnerte.

»Jeremy hat mich gebeten, ihm ein paar Tage zu geben, und das werde ich tun. Ich muss alles mit ihm besprechen und es auf die richtige Art beenden. Das verstehst du doch, oder?«

»Ich versuche es. Nur, der Gedanke an dich …«

»Was?«

Er strich über ihren warmen, weichen Rücken. »Mit ihm zusammen im Bett …«

Sie stützte sich auf einen Ellbogen. »Ich werde nicht mit ihm schlafen.«

»Nicht?«

»Das könnte ich nicht. Nicht, nachdem ich mit dir zusammen gewesen bin.«

Michael schloss die Augen und stieß langsam den Atem aus. »Gott, ich wünschte, wir hätten früher darüber gesprochen. Ich habe mich ganz verrückt gemacht mit der Vorstellung von dir und ihm.«

»Das tut mir leid.« Sie strich ihm mit den Fingern durchs Haar. »Ich werde mir anhören, was er vorzubringen hat, aber das ist auch alles.«

Mit einer schnellen Bewegung zog er sie auf sich. »Ich liebe dich. Ich werde dich für den Rest meines Lebens lieben. Dich. Und nur dich allein.«

Juliana küsste den Verlobungsring, der auf Michaels Brusthaar ruhte. »Bald, Michael. Schon bald kann ich das hoffentlich genauso sagen.«

»Ich kann noch eine Woche warten.« Er holte sie für einen Kuss zu sich herunter. »Nächsten Sonntag um diese Zeit werden wir frei sein.«

KAPITEL 29

Michael hielt sein Schlussplädoyer gleich als Erstes am Montagmorgen. Er führte die Geschworenen noch einmal durch die letzten Tage im Leben von Jose Borges, Timothy Sargant und Mark Domingos. Er hatte die Familien der Jungs vorher gewarnt, was er vorhatte, damit sie darauf vorbereitet waren.

Er erinnerte die Geschworenen an den Streit, den sie in der Spielhalle mit den Angeklagten gehabt hatten, verwies auf die Zeugenaussagen ihrer Freunde, die den Streit mitbekommen hatten, und fasste ein weiteres Mal die Beweise der Kriminalbeamten und Ballistiker zusammen.

»Sie haben die erschreckende Aussage der Augenzeugen der Schießerei gehört und die Beschreibung, wie rücksichtslos die Angeklagten erst Mark Domingos, dann Jose Borges und schließlich Timothy Sargant erschossen haben. Und alles nur wegen eines Streits über einen Spielautomaten.« Hier legte er eine effektvolle Pause ein, wie er es mit Juliana geübt hatte. »Während dieses Prozesses haben Sie wiederholt die Namen der Opfer gehört. Sie wussten bereits, dass sie gerne Videospiele spielten und ihre letzten Momente damit verbrachten, auf dem Parkplatz vor Joses Wohnkomplex Skateboard zu fahren. Was Sie vielleicht noch nicht wissen, ist, dass sie in der Schule zu den Klassenbesten gehörten.« Michael lächelte, als er über die Jungs redete, die er nie getroffen und doch im Laufe des letzten Jahres so gut kennengelernt hatte.

»Jose war ein außergewöhnlich guter Baseballspieler – ein vielversprechender Pitcher mit einem gemeinen Curveball –, der es liebte, seine kleinen Schwestern zu ärgern. Timmy hatte es in der sechsten und siebten Klasse in das stadtübergreifende Basketballteam geschafft und wusste alles, was es über *Star Wars* zu wissen gibt. Mark war auf dem Weg, Eagle Scout zu werden, und war ein Gott an der Gitarre. Sein Held war Richie Sambora von Bon Jovi.«

Die Eltern der Jungen schluchzten bei seinen Worten leise. Michael trat ein paar Schritte vor und lehnte sich gegen das Geländer der Geschworenenbank.

»Es waren gute Kinder, die den fatalen Fehler begangen haben, sich mit zwei Männern zu streiten, die vor nichts zurückschrecken.« Er hielt erneut inne, um diesen Gedanken sacken zu lassen, und bemerkte zufrieden, dass zwei der weiblichen Geschworenen sich die Augen betupften. »Meine Aufgabe ist es, in Ihnen keinen Zweifel daran zu hinterlassen, dass Marco und Steven Benedetti die Jungen Jose Borges, Timothy Sargant und Mark Domingos ermordet haben. Wenn Sie berechtigte Zweifel daran haben, dass es die Benedettis waren, die wieder und wieder auf die wehrlosen Jungen gefeuert haben, dann haben Sie keine andere Wahl, als sie freizusprechen. Aber wenn ich meinen Job richtig gemacht habe und Sie keine Zweifel haben – keinerlei Zweifel daran, dass sie es waren –«, er drehte sich um und zeigte auf die beiden Angeklagten, die ihre Blicke abgewandt hatten, »dann müssen Sie sie verurteilen.« Michael schaute jedem Geschworenen einen Moment in die Augen, dann sagte er: »Jose, Timmy und Mark zählen auf Sie. Lassen Sie sie nicht im Stich.«

Mit einem mitfühlenden Blick zu den Eltern der Jungen kehrte er auf seinen Platz neben George Samuels zurück.

»Perfekt«, flüsterte George. »Genau auf den Punkt.«

»Hoffen wir es«, erwiderte Michael, als die leitende Anwältin der Verteidigung sich erhob, um ihr Schlussplädoyer zu halten. Michael schickte einen stummen Dank an Juliana, die ihm den letzten Satz vorgeschlagen hatte – *Lassen Sie sie nicht im Stich.* George hatte recht. Es war perfekt gewesen.

Michael fand es interessant, dass die Verteidigerin nicht versuchte, Rachelles aufgezeichnete Zeugenaussage zu widerlegen. Es verriet ihm, dass sie auch glaubte, ihre Klienten hätten etwas mit dem Arsenangriff zu tun. Ohne Zweifel hatten die Verteidiger während des Prozesses ihre eigenen schweren Momente gehabt. Die Anwältin fasste ihr Schlussplädoyer mit den Worten zusammen: »Sie haben es nicht getan. Sie müssen sie freisprechen.«

Nachdem sie sich wieder gesetzt hatte, gab Richter Stein der Jury die notwendigen Instruktionen. Und bevor Michael es sich versah, wurden die Geschworenen hinausgeführt, um mit ihren Beratungen zu beginnen. Die Familien Borges, Sargant und Domingos waren voll des Lobes über Michaels Schlussplädoyer.

»Danke, Michael, dass du sie noch einmal hast lebendig werden lassen«, flüsterte Mrs Sargant und ergriff seine Hand. Ihr tränenfeuchtes Gesicht verriet ihren Schmerz. »Danke für alles.«

»Ich hoffe nur, es hat gereicht.« Michael wäre sich wesentlich sicherer gewesen, hätte Rachelle persönlich aussagen können.

»Nun ist alles in Gottes Hand«, sagte Mrs Sargant.

* * *

Als Michael und George in Begleitung von Officer Tanner ins Büro zurückkehrten, überlegte Michael, wie sein Leben gewesen war, bevor ihn auf Schritt und Tritt Polizisten begleitet hatten.

»Das ist gut gelaufen«, meinte George. »Ich glaube nicht, dass wir mehr hätten tun können.«

»Vermutlich nicht.« Michael dachte an Rachelle und daran, wie sehr er sich wünschte, er könnte alles noch mal anders machen.

»Ihr Schlussplädoyer war sehr gut, Mr Maguire«, erklärte Tanner und überraschte Michael damit. Seit während seiner Schicht der Stein durchs Fenster ins Wohnzimmer von Michaels Haus geflogen war, hatte der junge Beamte nicht mehr viel gesagt.

»Danke.«

Am Büro angekommen, ging Michael hinein und schloss die Tür hinter sich. Er hasste es, auf das Urteil der Jury zu warten. Normalerweise war das der stressigste Teil des gesamten Prozesses. Aber dieses Mal nicht. Dieses Mal war alles stressig gewesen. Er hob den Telefonhörer ab, um Juliana anzurufen.

»Hey«, erwiderte er, als sie sich gemeldet hatte. »Was tust du gerade?«

»Ich esse zwischen zwei Terminen zu Mittag. Wie ist es bei Gericht gelaufen?«

»Ganz gut, glaube ich.«

»Hast du meinen Satz benutzt?«

»Sicher. Damit habe ich aufgehört, genau, wie wir es geübt haben.«

»Ich wünschte, ich hätte dabei sein können.«

Er wünschte, er hätte daran gedacht, sie mitzunehmen. »Ich auch. Vielleicht nächstes Mal? Wenn es ein nächstes Mal gibt …«

»Das wäre schön.«

Er dachte daran, wie schön er *sie* fand, da klopfte es an seiner Tür.

»Eine Sekunde, Süße.« Mit der Hand über der Sprechmuschel rief er: »Herein.«

»Sie sind zurück«, informierte ihn George.

»Schon? Es ist noch nicht mal eine Stunde rum.«

George zuckte mit den Schultern. »Wir haben dreißig Minuten, um zum Gericht zurückzukommen.«

»Gib Tom Bescheid.« In den Hörer sagte er: »Ich muss jetzt los. Die Jury ist zurück.«

Juliana atmete hörbar ein. »Machst du dir Sorgen, dass es zu schnell ging?«

»Oft spricht das für uns. Aber man kann nie wissen.«

»Viel Glück, Michael. Ich liebe dich.«

»Ich liebe dich auch. Schalte in ungefähr einer Dreiviertelstunde die Nachrichten ein.«

»Alles klar.«

* * *

Eine halbe Stunde später wurden die Geschworenen in den Gerichtssaal geführt. Es ermutigte Michael, zu sehen, dass einige ihn beim Hinsetzen anschauten. Seiner Erfahrung nach musste man sich Sorgen machen, wenn sie einen *nicht* anschauten.

Nachdem alle Platz genommen hatten, fragte Richter Stein: »Sind die Geschworenen zu einem einstimmigen Urteil gekommen?«

»Ja, Euer Ehren«, antwortete der Sprecher der Jury, ein großer, kräftiger Mann, der im Hafen von Baltimore auf den Docks arbeitete. Er übergab den Zettel mit ihrem Urteil an den Gerichtsdiener, der damit zum Richter ging und ihn ihm überreichte.

Richter Stein las das Urteil, gab den Zettel an den Gerichtsdiener zurück und bat die Angeklagten, sich zu erheben. »In der Sache ›Das Volk gegen Marco und Steven Benedetti wegen Mord ersten Grades an Jose Borges‹ – wie lautet Ihr Urteil?«

Michael hielt den Atem an.

»Schuldig«, verkündete der Sprecher.

Auf der Galerie brach Tumult aus.

Richter Stein klopfte mit seinem Hammer auf den Tisch. »Ruhe!«, rief er. »In diesem Gericht herrscht Ordnung!«

Als wieder Stille eingekehrt war, fuhr Richter Stein fort: »In der Sache ›Das Volk gegen Marco und Steven Benedetti wegen Mord ersten Grades an Timothy Sargant‹ – wie lautet Ihr Urteil?«

»Schuldig«, erwiderte der Sprecher, begleitet von leisem Weinen auf der Galerie.

»In der Sache ›Das Volk gegen Marco und Steven Benedetti wegen Mord ersten Grades an Mark Domingos‹ – wie lautet Ihr Urteil?«

»Schuldig«, sagte der Sprecher.

Michael stützte den Kopf in die Hände und musste vor Erleichterung schlucken.

Schuldig.

Gott sei Dank.

Um ihn herum brach das Chaos aus, als die Familien der Opfer jubelten und die Menschen, die hinter den Benedettis saßen, in Schluchzer ausbrachen.

Der Richter benötigte mehrere Minuten, um die Ordnung wiederherzustellen. Er dankte den Geschworenen für ihre Zeit und ihre schwierige Arbeit. »Das Strafmaß wird heute in einem Monat verkündet. Das Gericht zieht sich zurück.«

Michael stand auf, um die Glückwünsche von George Samuels, Tom Houlihan und den Anwaltsgehilfen entgegenzunehmen, die mit ihnen zusammengearbeitet hatten. Und die von den überglücklichen Familien der Opfer.

Er sprach mit Mr und Mrs Borges, als er aus dem Augenwinkel sah, wie Marco Benedetti nach der Waffe des Deputy Sheriff griff, der ihm gerade Handschellen anlegen wollte.

Michael schrie auf, und mit einem Mal war es, als liefe alles in Zeitlupe ab.

Bevor die anderen Deputys ihn erreichen konnten, fuchtelte Marco wild mit der Waffe herum und gab einen Schuss ab.

Die Menschen im Gerichtssaal warfen sich zu Boden und suchten unter Stühlen und Tischen Deckung. Michael hingegen konnte seine Beine nicht dazu bringen, sich zu bewegen. Wie in Trance beobachtete er, wie Marco sich eine Polizistin schnappte, ihr die Waffe an den Kopf hielt und seinen Bruder anschrie, er solle ihm helfen.

Michael drehte den Kopf und sah, dass Steven sich im Kampf mit einem weiteren Deputy befand. Steven gewann die Oberhand, entriss dem Polizisten die Waffe und eilte zu seinem Bruder.

Marco ließ ein siegessicheres Grinsen aufblitzen, bevor er die Frau, die er als Geisel gehalten hatte, beiseiteschob und die Waffe auf Michael richtete. »Fick dich, Maguire.«

Zu überrascht, um sich zu rühren, starrte Michael den anderen an, und für einen kurzen, übelkeiterregenden Moment wusste er, was einem durch den Kopf ging, wenn man den Tod vor Augen hatte.

Marco drückte ab. Im gleichen Moment ertönte ein weiterer Schuss hinter Michael, dann flog er mit einem Mal durch die Luft. Er landete unter John Tanner auf dem Boden, während einer der Deputys Steven Benedetti eine Kugel genau zwischen die Augen setzte.

Mit diesem letzten Schuss fand der Prozess gegen Marco und Steven Benedetti ein blutiges und tödliches Ende.

* * *

Juliana zwang sich, sich abzulenken, während sie darauf wartete, dass die örtlichen Nachrichten einen Bericht über das Urteil bringen würden. Als sie nicht länger still sitzen konnte, begann sie auf und ab zu laufen und betete, dass das Urteil »Schuldig« lauten würde. Sie wünschte sich zwar Gerechtigkeit für die Familien der drei Opfer, hatte allerdings auch eigene Gründe dafür, dass sie die Benedettis im Gefängnis sehen wollte. Sie öffnete die Haustür und fragte die Polizisten, ob sie etwas gehört hätten.

»Noch nicht. Wir sagen Ihnen aber sofort Bescheid.«

»Danke.«

Sie ging wieder hinein und ging eine Weile unruhig herum, bevor der Nachrichtensprecher endlich verkündete, dass im Benedetti-Fall ein Urteil gesprochen worden sei. Der Sender schaltete live zu den Reportern vor Ort.

Juliana setzte sich aufs Sofa und faltete ihre Hände zum Gebet.

»Vor einer Minute haben wir erfahren, dass Marco und Steven Benedetti in allen drei Anklagepunkten wegen Mord ersten Grades schuldig gesprochen wurden. Ich wiederhole, die Benedettis sind für schuldig befunden worden.«

Juliana schrie vor Freude und Erleichterung auf. Dann rannte sie zur Tür, um jemanden zu finden, mit dem sie ihre Freude teilen konnte. Sie eilte die Stufen hinunter und warf sich einem der beiden Polizisten, die sie beschützten, in die Arme. Als sie sich vorstellte, wie Michael sich in diesem Moment fühlen musste, liefen ihr die Tränen über die Wangen. Er hatte es geschafft. Er hatte sie drangekriegt – für die Familien der drei Jungen, für Rachelle und für jeden, der unter ihnen gelitten hatte.

Sie unterhielt sich immer noch mit den Polizisten, als deren Funkgeräte zu knacken begannen und erste Informationen über Schüsse im Gericht übermittelt wurden. »Was ist los?«, fragte sie leise.

Die Cops lauschten aufmerksam. Das meiste wurde in Codes mitgeteilt, die Juliana nicht verstand.

»Bitte«, flehte sie. »Sagen Sie mir, was passiert ist.«

»Es klingt, als hätte sich einer der Benedettis eine Waffe geschnappt und im Gerichtssaal um sich geschossen.«

»Michael!«, keuchte Juliana und sank auf die Stufen. »Oh, Michael.«

Während der jüngere Polizist zum Streifenwagen lief, um mehr zu erfahren, setzte sich der andere neben Juliana und nahm ihre Hand. »Wir werden so schnell wie möglich herausfinden, was passiert ist, okay?«

Sie drückte seine Hand und nickte. Allen Polizisten, die sie in den letzten Wochen beschützt hatten, waren Juliana und Michael ans Herz gewachsen, das wusste sie. Und deshalb wussten die Männer auch genau, was sie in diesem Moment hören musste.

Ihr Herz raste, als sie versuchte, die sehr reale Möglichkeit zu verarbeiten, dass Michael tot sein könnte. Sie versprach Gott alles, was er wollte, wenn er nur Michael beschützen und ihn sicher zu ihr nach Hause bringen würde.

Das Warten wurde so unerträglich, dass sie anfing zu weinen. Ein Film von ihrer kurzen Zeit mit Michael lief wieder und wieder vor ihrem geistigen Auge ab. Sie legte den Kopf auf die verschränkten Arme und wurde von einer Liebe und einer Angst überwältigt, die nichts ähnelten, was sie je erlebt hatte. Nicht einmal dem Gefühl, als Escalada ihr das Messer an den Hals gehalten hatte. Ihre Sorge um Michaels Sicherheit war wesentlich größer als jede, die sie je für sich empfunden hatte.

Gerade als Juliana glaubte, sie würde verrückt werden, wenn sie nicht bald etwas hörte, bog ein Streifenwagen in ihre Straße ein. Die hintere Tür ging auf, und Michael lief zu ihr. Später würde sie sich nicht mehr an den genauen Augenblick erinnern können, in dem sie gemerkt hatte, dass er es war. Und dass er in Sicherheit war. Sie erinnerte sich bloß daran, gerannt zu sein und geweint und seinen Namen gerufen zu haben.

Mitten auf der Chester Street hob er sie hoch und schloss sie fest in seine Arme.

Sie ließ Küsse auf sein Gesicht regnen, bevor sie schließlich seine Lippen fand.

»Es ist vorbei, Baby«, flüsterte er. »Es ist wirklich vorbei.«

* * *

»John hat hinter mir einen Schuss abgegeben und Marco direkt ins Herz getroffen«, erzählte Michael später. Sie saßen zusammen auf dem Sofa, nachdem sie sich von den Polizisten verabschiedet hatten, die sie in den letzten zwei Monaten beschützt hatten.

»Gott sei Dank war er da.« Juliana konnte nicht aufhören, Michael zu berühren – sein Gesicht, seine Haare, seine Brust. Als müsse sie sich vergewissern, dass er wirklich in Sicherheit war.

»Ja, er war unglaublich. Er hat geschossen, während er mitten im Sprung war, um mich zu Boden zu reißen. Und der Schuss war tödlich akkurat. Ich weiß nicht, wie Marco uns beide hat verfehlen können. Als ich versucht habe, mich bei John zu bedanken, hat er nur gesagt: ›Ich war Ihnen noch was schuldig, Mr Maguire.‹«

»Es muss schrecklich gewesen sein.«

»Alles ist so schnell passiert, dass ich keine Zeit hatte, Angst zu haben. Aber eins kann ich dir sagen: In der Sekunde, in der Marco die Pistole auf mich gerichtet hat und ich dachte, ich würde sterben, ist mir eine ganze Menge Mist durch den Kopf gegangen.«

Sie streichelte ihm die Wange. »Was denn?«

»Ich hatte gerade ausreichend Zeit, um wirklich traurig darüber zu sein, dass ich mein Leben nicht mit dir würde verbringen können. Und ich dachte an meine armen Eltern, die bereits einen Sohn verloren haben. Deshalb habe ich sie auf dem Weg nach Hause angerufen, bevor sie in den Nachrichten davon hören konnten. Meine Mutter war beinahe hysterisch.«

Juliana schloss die Augen, um die brennenden Tränen zurückzuhalten. »Ich war so sicher, dass du tot bist.«

Er presste seine Lippen auf ihre. »Ich konnte nur daran denken, zu dir nach Hause zurückzukommen. Ich habe es Tom überlassen, sich um die Presse zu kümmern, und zugesehen, dass ich da wegkam.« Er schaute auf die Uhr. »In wenigen Minuten ist die Pressekonferenz.«

Juliana ließ ihn los, damit er den Fernseher anschalten konnte.

Sie lauschten den Worten von Polizeichef Noonan, der die Ereignisse im Gerichtssaal zusammenfasste. Er verkündete zum ersten Mal, dass es der Polizei gelungen war, die Benedettis mit dem versuchten Mord an der Augenzeugin und den sie in dem Hotel in Annapolis bewachenden Polizisten durch einen Auftragskiller in Verbindung zu bringen. Dann beantwortete er eine Reihe von Fragen zu der Beziehung zwischen den Benedettis und Escalada, ohne Julianas Namen zu erwähnen.

»Gott sei Dank, dass es vorbei ist«, flüsterte sie.

»Gott sei Dank, dass sie tot sind und weder dir noch sonst jemandem mehr wehtun können.«

Tom trat als Nächster ans Mikrofon. »Ich möchte allen in meinem Team danken, die im letzten Jahr so hart daran gearbeitet haben, diese Verurteilung von Marco und Steven Benedetti zu erreichen. Besonderen Dank schuldet die Stadt Baltimore dem leitenden Staatsanwalt Michael Maguire. Trotz wiederholter Bedrohung seiner Sicherheit und der seiner Liebsten hat Mr Maguire niemals in seinem Bestreben gewankt, Gerechtigkeit für die Familien Borges, Domingos und Sargant zu erwirken. Ich glaube, wir können mit Sicherheit sagen, dass die Benedettis sich jetzt einer höheren Form der Gerechtigkeit stellen müssen als der, für die wir hier auf Erden hätten sorgen können.«

»Wie wahr«, meinte Michael. »Ich hoffe, sie verrotten in der Hölle.«

Sie hörten sich einige weitere Interviews mit verschiedenen Geschworenen an, die ihrem Schock über die Ereignisse im Gerichtssaal und den Arsenangriff auf die Augenzeugin Ausdruck verliehen.

»Ich habe mich gefragt, warum sie nicht persönlich in den Zeugenstand tritt«, bemerkte der Sprecher der Geschworenen. »Wir hatten so unsere Vermutungen, dass ihr etwas zugestoßen war, aber so etwas hätten wir uns niemals vorstellen können.«

»Das bedeutet doch, dass Rachelles Familie wieder nach Hause kann, oder?«, fragte Juliana.

»Sie sind bereits auf dem Rückflug. Außerdem habe ich heute gehört, dass sich Scott Brown auf dem Weg der Besserung befindet.«

»Das sind gute Neuigkeiten.« Es war eine ungeheure Erleichterung, zu wissen, dass Rachelle zumindest ein wenig von dem, was sie an jenem schicksalhaften Abend verloren hatte, zurückbekommen würde. Und dass Officer Brown sich von der Vergiftung erholen würde. »Ich möchte den Namen Benedetti nicht mehr hören. Können wir bitte nie wieder über sie sprechen?«

»Meinetwegen gern.« Michael schaltete den Fernseher aus und wandte sich ihr zu. »Ich habe eine tolle Idee.«

»Und welche?«

»Tom hat mir befohlen, mich erst nächste Woche wieder im Büro blicken zu lassen. Und du musst bis Samstag auch nirgendwohin. Wie wäre es, wenn wir für ein paar Tage von hier verschwinden?«

»Das wäre wunderbar.«

KAPITEL 30

Michael und Juliana verbrachten drei beseligende Nächte in einem Resort auf den Bahamas. Der Sonnenschein und die gelöste Atmosphäre wirkten Wunder für ihre angespannten Nerven, doch als sie am Freitagnachmittag wieder nach Hause flogen, waren sie niedergedrückt. Juliana würde am nächsten Morgen das Treffen mit Jeremy haben, und Michael hatte beschlossen, nach Jacksonville zu fahren, um sich endlich mit Paige und ihrer angeblichen Schwangerschaft auseinanderzusetzen.

»Ich wünschte, wir hätten für immer dort bleiben können«, sagte er nach der Landung in Baltimore.

»Ich auch. Aber je eher wir uns um die Sachen mit Jeremy und Paige kümmern, desto eher können wir mit unserem Leben weitermachen.«

»Mir gefällt, wie das klingt. Wo willst du am liebsten heiraten?«

»Das ist mir eigentlich egal. Wegen des ganzen Stresses in meiner Familie habe ich nie von einer großen Hochzeit geträumt, also bin ich mit allem einverstanden, was du willst.«

»Meine Mutter und meine Schwestern würden es mir nie verzeihen, wenn sie nicht dabei sein könnten, was hältst du davon, wenn wir in Rhode Island heiraten?«

»Gern.«

»Ich liebe dich.« Er küsste ihre linke Hand. »Ich kann es kaum erwarten, meinen Ring an diesen Finger zu stecken, an den er gehört. Und einen weiteren direkt darauf.«

Hand in Hand gingen sie durch den Flughafen.

»Ich werde diesen Flughafen nie wieder betreten können, ohne an dich und den Abend, an dem ich dich kennengelernt habe, zu denken«, stellte Juliana fest.

»Was für ein langer, seltsamer Trip es seitdem war, oder?«

Sie grinste. »Die verrücktesten zwei Monate meines Lebens, so viel ist mal sicher.«

»Für mich waren es die verrücktesten *und* die besten.«

»Für mich auch.«

Nachdem sie ihr Gepäck zu Hause abgestellt hatten, gingen sie für eine Pizza und ein Bier nach Fell's Point, zu einem der Restaurants am Wasser.

»Es fühlt sich gut an, nicht mehr ständig bewacht zu werden, oder?«, fragte er.

»Und keine Angst mehr haben zu müssen. Die Polizisten waren alle unglaublich. Wir hatten wirklich Glück.«

»Ja, sie haben einen harten Job. Nachdem ich so viel Zeit mit ihnen verbracht habe, weiß ich das, was sie tagtäglich leisten, noch mehr zu schätzen.«

»Nach allem, was passiert ist, gibt es eine ganze Menge, was ich mehr zu schätzen weiß«, sagte sie. »Normale Menschen schenken dem Justizsystem keine sonderliche Beachtung. Bis sie es brauchen. Ich hatte keine Ahnung, welcher Gefahr Menschen wie du und die Polizisten ausgesetzt sind. Es ist beeindruckend und bewundernswert, dass ihr den Job trotzdem macht.«

»Danke.« Ihr Einfühlungsvermögen berührte ihn. »Zum Glück ist es normalerweise nicht so gefährlich.«

»Was willst du jetzt tun, wo der Prozess vorbei ist und die Schuldigen tot sind? Ich weiß, du würdest gerne nach Rhode Island ziehen und dort deine Kanzlei eröffnen.«

Er verschränkte seine Finger mit ihren. »Und ich weiß, dass du hier Verpflichtungen gegenüber deiner Mutter hast. Also werden wir erst einmal hierbleiben. Vermutlich werde ich aufgrund der Publicity, die der Fall generiert hat, ein paar Angebote bekommen. Wir warten einfach ab, was passiert.«

»Würdest du deine Pläne wirklich meinetwegen erst einmal auf Eis legen?«

»Natürlich! Das mit der Kanzlei in Rhode Island war sowieso bloß ein ferner Traum. Der wird weiter da sein, sollte der Tag irgendwann kommen.«

»Meine Mutter könnte noch Jahre leben«, warnte sie ihn.

Er drückte ihre Hand. »Das wünsche ich ihr.«

Wieder zu Hause, packten sie aus und gleich neu für das Wochenende, das sie ohne einander verbringen würden.

Juliana schloss ihre Tasche, setzte sich neben Michael aufs Bett und lehnte ihren Kopf an seine Schulter. »Ich wünschte, wir müssten das nicht tun. Ich wünschte, wir könnten einfach zusammen weglaufen und nie wieder zurückschauen.«

Er legte einen Arm um sie. »Es sind nur noch ein paar Tage, Baby. Die schaffen wir, wenn wir danach für immer zusammen sein können, oder?«

»Du hast nie einen Moment gezweifelt, oder?«

»Was meine Gefühle für dich angeht, nicht. Doch was du empfindest, hat mir einige Sorgen bereitet.«

»Ich sage dir, was ich empfinde: Ich liebe dich, Michael. Ich bewundere dich, ich respektiere dich, und ich will dich.«

Er seufzte zufrieden und küsste sie. Erst sanft, dann mit wachsender Leidenschaft, die sie im gleichen Maß erwiderte. Sie rollten über das Bett, zerrten an ihren Klamotten, ohne den Kuss zu unterbrechen. Seine Hände waren überall, erkundeten die weiche Haut, nach der er sich so sehnte. Als er das letzte Kleidungsstück beiseitegeschoben hatte, drang er in sie ein.

Juliana keuchte auf und zog ihn enger an sich.

Im Laufe der Nacht, die keiner von ihnen je vergessen würde, war ihr Liebesspiel verzweifelt und beinahe hektisch.

Als die Sonne am nächsten Morgen aufging, beschlich Michael eine Vorahnung, die in ihm die Frage weckte, ob das, was Juliana ihm in der letzten Nacht gegeben hatte, wohl für den Rest seines Lebens würde reichen müssen.

* * *

Juliana ließ sich unter der Dusche Zeit. Sie wollte ihre Abreise so lange wie möglich hinauszögern. Nach einer Weile hörte sie, dass die Badezimmertür geöffnet wurde.

»Hast du Lust auf Gesellschaft?«

»Klar.«

Michael stellte sich hinter sie und schlang die Arme um ihre Taille. Dann stützte er sein Kinn auf ihren Kopf. »Ich will nicht, dass du gehst.«

Während das Wasser auf sie niederprasselte, drehte sie sich zu ihm um. »Du musst dich auch um ein paar Dinge kümmern«, rief sie ihm in Erinnerung.

Er eroberte ihren Mund mit einem leidenschaftlichen Kuss, hob sie dann hoch, drückte sie gegen die Wand und liebte sie ein letztes Mal. Als es vorbei war, hatte er Mühe, Luft zu kriegen. »Es tut mir leid«, flüsterte er an ihrem Ohr. »Dafür bin ich nicht hereingekommen.«

»Das muss dir nicht leidtun.« Sie hielt ihn weiter mit Armen und Beinen umfangen, bis das Wasser kalt wurde und sie sich widerstrebend voneinander lösten.

Schweigend zogen sie sich an, und Juliana föhnte sich die Haare. Die letzten Anzeichen der Prellung auf ihrer Wange überdeckte sie mit Make-up, bevor sie die restlichen Sachen, die sie aus dem Bad benötigte, einsammelte und in ihre Tasche steckte. Dann gab es nichts mehr zu tun, keinen Grund mehr, zu bleiben.

Michael begleitete sie nach unten und half ihr in den Mantel. Sanft zog er ihre Haare unter dem Kragen hervor und ließ die Finger hindurchgleiten.

»Wann geht dein Flug?«, fragte sie.

»Heute Mittag. Ich bin morgen Abend gegen sieben zurück.«

Sie legte ihre Hände an seine Brust. »Viel Glück bei allem.« Mit einem kleinen, traurigen Lächeln fügte sie an: »Und lass dich nicht von ihr ohrfeigen.«

»Ich habe gelernt, darauf vorbereitet zu sein.«

Juliana umarmte ihn.

»Du kommst morgen Abend zurück, oder?«

»Ja.«

Er hielt sie weiter im Arm. »Ich will dich nicht gehen lassen.«

So blieben sie lange stehen, bis Juliana einen Schritt zurücktrat, sein geliebtes Gesicht betrachtete und sich auf die Zehenspitzen stellte, um ihn zu küssen. »Ich liebe dich.«

»Ich liebe dich auch.« Er öffnete die Tür. »Vergiss nicht, zurückzukommen.«

»Auf keinen Fall.« Sie lehnte sich für einen letzten schnellen Kuss vor und war überrascht, als Michael mit erneuter Leidenschaft reagierte.

»Geh«, flüsterte er an ihren Lippen, und in seinen Augen schimmerten Tränen. Ohne ein weiteres Wort tat sie genau das und begab sich zu ihrem Wagen.

* * *

Juliana fuhr beinahe eine Stunde lang ziellos herum, um ihre Gefühle in den Griff zu bekommen, bevor sie sich Jeremy stellte. Sie zwang sich, nicht zu weinen, damit sie ihm nicht ihre roten Augen erklären musste. Als sie vor dem Haus an der Collington Avenue anhielt, fiel ihr sein schwarzer Toyota-SUV auf, der zum ersten Mal seit beinahe einem Jahr auf der Auffahrt parkte.

Ein paar Minuten lang konnte Juliana sich nicht rühren. Dann atmete sie einmal tief durch, um sich Mut zu machen, schnappte sich ihre Tasche, stieg aus und ging die Stufen hinauf. Mit ihrem Schlüssel schloss sie auf, ließ drinnen ihre Tasche auf den Boden fallen und zog ihren Mantel aus. Dabei hatte sie das seltsame Gefühl, irgendwo gelandet zu sein, wo sie nicht mehr hingehörte. In zwei kurzen Monaten war Michaels Haus zu ihrem Zuhause geworden.

Jeremy kam mit einem breiten Lächeln die Treppe heruntergesprungen. »O Babe, ich bin so froh, dass du wieder zu Hause bist!« Er schlang die Arme um sie und hob sie von den Füßen. Als er sie wieder absetzte, hatten sie beide Tränen in den Augen, aber aus unterschiedlichen Gründen. »Es ist so schön, dich zu sehen.« Er streichelte ihr Gesicht, als wolle er sich überzeugen, dass sie wirklich da war. »Ich habe dich so sehr vermisst.« Er strich mit den Lippen über ihre, war jedoch so gefangen von dem Moment, dass ihm das Ausbleiben ihrer Reaktion nicht auffiel.

»Jer, wir müssen reden«, sagte sie und zog sich von ihm zurück.

Er streckte die Hand aus, um ihr mit den Fingern durchs Haar zu streichen, und Juliana wurde von der Erinnerung daran überwältigt, wie Michael vor nur einer Stunde das Gleiche getan hatte.

»Ich weiß, aber ich möchte erst einfach ein wenig mit dir zusammen sein. Ist das in Ordnung?«

Sie zögerte einen Augenblick, bevor sie nickte.

»Hast du Hunger?«, fragte er.

»Ein bisschen.«

»Dann lass uns irgendwo frühstücken gehen.«

Juliana glaubte nicht, dass sie etwas runterkriegen würde, aber wenigstens hätten sie so etwas zu tun. »Okay.«

Sie zogen ihre Mäntel an und gingen den kurzen Weg zu ihrem Lieblingscafé. Auf dem Weg legte Jeremy seinen Arm um ihre Schultern. Juliana betete, dass Michael nicht auf dem Weg zum Flughafen hier vorbeikäme und sie zusammen sehen würde. Erst nachdem sie das kleine Café betreten hatten, konnte sie wieder frei atmen.

»Hallo, Leute!«, begrüßte ihre Freundin Carla, die Kellnerin, sie lächelnd. »Wir haben gerade vor ein paar Tagen noch über euch gesprochen. Wo habt ihr gesteckt?«

»Ich habe die letzten neun Monate in Florida gearbeitet. Bin erst gestern Abend zurückgekommen«, antwortete Jeremy und griff nach Julianas Hand. »Es ist schön, wieder zu Hause zu sein.«

»Ich freue mich, euch zu sehen. Wollt ihr das Übliche?«, fragte Carla.

»Ich ja. Und du, Jule?«

Juliana schluckte gegen den Kloß in ihrer Kehle an, als sie und Jeremy in ihr altes Leben zurückglitten, als wäre nichts passiert. »Für mich bitte nur einen Kaffee und eine Scheibe Toast.«

»Bist du sicher, Babe?«

Sie nickte.

»Kommt sofort.«

Nachdem sie sich gesetzt hatten, griff Jeremy lächelnd quer über den Tisch nach Julianas Hand. »Ich kann weiter kaum glauben, dass du hier bei mir bist. Ich dachte, der heutige Tag würde niemals kommen.«

»Es ist auch schön, dich zu sehen.« Sie hatte nicht erwartet, wirklich froh darüber zu sein.

»Ich bin überrascht, dass ich nach den letzten zwei Wochen überhaupt noch funktioniere. Ich habe jeden Tag sechzehn, siebzehn Stunden gearbeitet, um alles fertig zu kriegen, damit ich am Mittwoch abreisen konnte. Ein paar Nächte habe ich sogar auf dem Fußboden im Büro geschlafen, weil es sich nicht gelohnt hätte, nach Hause zu fahren.«

»Und, hast du alles geschafft?«

»Mein Teil ist erledigt. Ich muss irgendwann vielleicht noch mal für ein paar Tage runter, aber das war's. Die anderen haben noch mindestens einen Monat, unter Umständen sogar zwei, bis sie fertig sind.«

»Also musstest du nicht kündigen, um früher nach Hause zu kommen?«

»Zum Glück nicht. Sie haben mir die nächste Woche freigegeben, und dazu einen Bonus, weil ich früher mit der Installation fertig geworden bin.«

»Das ist gut. Herzlichen Glückwunsch.«

»Wie läuft es im Salon?«

»Oh.« Die Frage überraschte sie. Seit beinahe drei Wochen war sie nicht mehr dort gewesen und würde erst am Dienstag wieder anfangen zu arbeiten. »Alles gut. Nichts Neues.«

Carla brachte ihnen den Kaffee.

Jeremy gab Milch und Zucker in Julianas Becher und schob ihn zu ihr.

»Danke.« Seine Aufmerksamkeit berührte sie.

»Ich habe dich so vermisst, Juliana. Du mich auch?«

»Natürlich.«

Die Erleichterung war ihm anzusehen. »Freut mich, das zu hören. Ich war so nervös, weil ich dich heute wiedertreffen würde, aber in der Minute, in der du ins

Haus gekommen bist, war alle Nervosität wie weggewischt.« Er küsste ihre Hände und ließ sie erst los, als Carla kurz darauf das Essen brachte.

»Sagt einfach Bescheid, wenn ihr noch was braucht.«

Jeremy stürzte sich auf sein Omelett, während Juliana lustlos ihr Toastbrot herumschob.

»Ich dachte, du hättest Hunger«, bemerkte er.

»Nicht so viel, wie ich dachte.«

»Geht es dir gut?« Besorgt zog er die Augenbrauen zusammen.

Ihr Herz schmerzte, als sie erkannte, dass das hier wesentlich schwerer werden würde, als sie es sich je vorgestellt hatte. »Wir müssen wirklich reden.«

»Später. Versprochen.« Nach einem zweiten Becher Kaffee zahlte er die Rechnung und streckte Juliana die Hand hin.

»Passt auf euch auf, Leute«, rief Carla. »Und kommt bald wieder.«

Jeremy hielt Juliana die Tür auf. »Auf jeden Fall«, antwortete er.

Zu Hause nahm er Juliana den Mantel ab und hängte ihn neben seinem in den Schrank im Flur.

Juliana ging in die Küche und schaute die Post durch. Das meiste waren Werbebriefe, die sie gleich wegwarf. Sie wünschte sich verzweifelt, irgendetwas zu tun zu haben, um Jeremys hoffnungsvoller Ausstrahlung zu entkommen. Als sie es nicht länger aufschieben konnte, setzte sie sich neben ihn aufs Sofa.

Er legte einen Arm um sie und zog sie an sich.

Juliana wehrte seine Versuche, sie zu küssen, ab.

»Was ist?«

»Nicht.«

»Warum nicht?«

Sie löste sich aus seiner Umarmung und stand auf. »Ich kann das nicht! Ich kann nicht einfach da weitermachen, wo wir aufgehört haben, als wäre nichts passiert!«

Er stand ebenfalls auf und legte ihr die Hände auf die Schultern. »Lass uns einen Schritt nach dem nächsten gehen. Kriegen wir das hin?«

»Nein, Jer, das kriegen wir nicht hin.« Sie atmete tief ein. »Ich weiß nicht, wie ich es sagen soll …«

Er hob eine Hand, um sie aufzuhalten. »Nicht. Sag im Moment noch nichts. Bitte. Gib mir nur den heutigen Tag und die Nacht. Morgen kannst du alles sagen, okay?«

»Okay«, stimmte sie widerwillig zu.

Nach zehn gemeinsamen Jahren schuldete sie ihm diesen einen Tag.

KAPITEL 31

Michael bewegte sich durchs Haus, als hätte er Bleigewichte an den Füßen. Es war für ihn das Schlimmste gewesen, zu sehen, wie Juliana wegfuhr, um ihren Freund oder Ex-Freund oder was zum Teufel er auch war, zu treffen. Michael hatte Angst, dass er es bereuen würde, sie gehen gelassen zu haben, selbst wenn es bloß für zwei Tage war.

Bevor er zum Flughafen fuhr, rief er seine Mutter an, um ihr zu erzählen, dass er über Nacht nach Florida wollte.

»O Michael, aber warum?«, fragte sie. »Ich dachte, du wärst mit ihr fertig. Warst du nicht gerade erst mit Juliana auf den Bahamas?«

»Ich *bin* mit Paige fertig, und mit Juliana läuft es großartig.« Er hoffte nur, dass er mit dieser Aussage nichts beschrie. »Es gibt mit Paige bloß ein paar Unklarheiten, um die ich mich noch kümmern muss.«

»Was für Unklarheiten?«

Er kämpfte darum, die richtigen Worte zu finden.

»Sie behauptet, schwanger zu sein.«

»Schwanger?«, keuchte seine Mutter. »Machst du Witze?«

»Ich wünschte, es wäre so.«

»Guter Gott. Wie konnte das passieren?«

»Auf die übliche Weise, nehme ich an.«

»Du überraschst mich, Michael. Ich hätte erwartet, dass du vorsichtiger bist.«

»Ich bin *immer* vorsichtig, dieses eine Mal war ich es allerdings nicht …«

»Sie versucht, dich in die Falle zu locken.« Mit jeder Sekunde klang Maureens Stimme verzweifelter. »Das darfst du nicht zulassen.«

»Mom, hör mir zu. Ich stimme vollkommen mit dir überein. Ich bezweifle, dass es wirklich ein Baby gibt. Deshalb fliege ich ja heute runter. Ich will das ein für alle Mal klären.«

»Heirate sie nicht, Michael. Egal, was passiert, du kannst sie nicht heiraten.«

»Das werde ich auch auf keinen Fall tun. Mach dir darüber keine Sorgen.«

»Was hält Juliana davon? Sie muss sich ja *wahnsinnig* freuen.«

Er mochte nicht einmal daran denken, wo Juliana gerade war oder was sie gerade tat. »Sie unterstützt mich. Sie weiß, dass das mit Paige passiert ist, bevor wir beide zusammen waren. Aber wir hoffen beide, dass Paige lügt.«

»Und wenn nicht?«

»Dann werde ich wohl Vater.«

»Ach, Michael.« Maureen seufzte. »Und das zu all dem Ärger mit dem Prozess.«

»Ich weiß. Ihr Timing ist wie immer ausgezeichnet.«

»Ich denke an dich, Süßer. Ruf mich an, wenn du wieder zu Hause bist, okay?«

»Versprochen. Ich hab dich lieb, Mom.«

»Ich dich auch. Du bist ein guter Mann, Michael. Lass dir von ihr nichts anderes einreden. Hörst du?«

Er lächelte. »Ja, Ma'am.«

* * *

Auf dem zweistündigen Flug nach Jacksonville dachte Michael die ganze Zeit daran, wie er diese Reise das letzte Mal unternommen und Juliana kennengelernt hatte. Die Landung fand mitten in einem stürmischen Regenguss statt, der seine Stimmung widerspiegelte, während er mit dem Mietwagen nach Amelia Island fuhr. Er hatte Paige nicht mitgeteilt, dass er kommen würde, damit sie keine Zeit hätte, irgendetwas auszuhecken.

Der nicht nachlassende Regen verwandelte die normalerweise halbstündige Fahrt in eine einstündige Tortur. Michael stellte den Wagen auf der Einfahrt der Simpsons ab und war vollkommen durchnässt, als er die Veranda erreichte. Er klingelte und hämmerte an die Tür, aber niemand öffnete.

»Verdammt!« Was nun? Zitternd rannte er die Straße hinunter und klopfte an die Tür der befreundeten Nachbarn. Beinahe hätte er vor Erleichterung geseufzt, als die Tür geöffnet wurde.

»Michael?«

»Hi, Mrs Davis. Ich bin froh, dass Sie zu Hause sind. Wissen Sie, wo die Simpsons sind?«

»Komm rein. Du wirst ja ganz nass.«

»Das bin ich schon.«

»Das macht nichts. Komm rein.«

Sie ging ins Gästebad und kehrte mit einem Handtuch für ihn zurück.

»Danke.« Er trocknete sich das Gesicht ab und achtete darauf, auf der Fußmatte im Flur stehen zu bleiben. »Wissen Sie, wo sie sind?«

»Honey«, sagte sie mit ihrem Südstaatenakzent. »Paige ist im Krankenhaus.«

»Warum?«, fragte er entsetzt. »Und in welchem?«

»Ich bin mir nicht ganz sicher, warum, aber sie ist im Baptist. Weißt du, wo das ist?«

Er schüttelte den Kopf, also notierte sie ihm die Wegbeschreibung. Er gab ihr das Handtuch zurück und dankte ihr. Auf dem Weg zurück zu seinem Wagen pochte sein Herz vor Anstrengung und Anspannung.

Es regnete weiter so heftig, dass er die Augen zusammenkneifen musste, um die Straßenschilder zu erkennen. Als er eine Dreiviertelstunde später am Krankenhaus ankam, ließ der Regen langsam nach.

Er fragte am Empfang nach Paige und wurde in den dritten Stock geschickt. Im Fahrstuhl las er, dass sich in der dritten Etage die gynäkologische Abteilung befand. »Ach du Scheiße!«, stöhnte er. »Verdammt!« Die Fahrstuhltüren öffneten sich, und er eilte in den Korridor hinaus und blieb abrupt vor Admiral Simpson stehen.

»Hallo, Michael«, begrüßte der ihn kühl.

Michael wischte sich den Regen vom Gesicht. »Admiral. Wo ist sie?«

Der Admiral musterte ihn einen Moment, bevor er auf eine Tür auf der linken Seite des Ganges zeigte.

Michael nahm sich eine Sekunde, um sich zu sammeln, bevor er sie aufdrückte.

Paige lag schlafend in dem Krankenhausbett und war so blass, dass ihr Gesicht sich nicht von den weißen Laken abhob. Selbst ihre Lippen waren kaum sichtbar. Neben ihrem Bett hing ein Beutel mit einer Infusion.

Eleanor sah auf, als Michael eintrat.

»Mrs Simpson, was ist passiert? Was stimmt nicht mit ihr?«

»Sie hatte eine Fehlgeburt, Michael. Es war ziemlich schlimm. Sie hat viel Blut verloren.«

»Oh.« Er kämpfte gegen die plötzliche Übelkeit an. *Ich habe ihr nicht geglaubt. O Gott, ich habe ihr nicht geglaubt.* »Wann?«

»Vor zwei Tagen.«

»Warum haben Sie mich nicht angerufen?«

»Sie hat uns gebeten, es nicht zu tun.«

Michael stellte sich seitlich ans Bett. Schuldgefühle drohten ihn zu überwältigen, als er daran dachte, wie schlecht er mit der ganzen Sache umgegangen war. Tränen brannten ihm in den Augen, als er nach Paiges kalter Hand griff. *Ach Paige, es tut mir so leid, dass ich dir nicht geglaubt habe. So unglaublich leid.* Ihre Hand fest in seiner, blickte er auf sie herab. Er war so auf sie konzentriert, dass ihm nicht auffiel, dass Eleanor sich aus dem Zimmer stahl.

Eine gefühlte Ewigkeit verging, bis Paige sich endlich rührte. Sie blinzelte ein paarmal und schaute ihn an. »Michael?«, flüsterte sie, und in ihren blauen Augen schwammen Tränen. »Ich hatte sie gebeten, dich nicht anzurufen.«

»Das haben sie auch nicht. Wie versprochen bin ich nach dem Ende des Prozesses hergekommen. Mrs Davis hat mir verraten, dass du hier bist. Es tut mir leid, Paige. Ich weiß nicht, was ich sagen soll.«

»Ich bin so traurig, Michael. Ich wollte unser Baby so sehr. Ich habe dich verloren. Ich habe das Baby verloren. Es ist nichts mehr übrig.«

Er strich ihr das Haar aus dem Gesicht. »So darfst du nicht denken. Du hast noch dein ganzes Leben vor dir.«

Sie schüttelte den Kopf. »Ich habe dich vertrieben. Und vermutlich habe ich auch irgendetwas getan, das das Baby getötet hat. Du hattest recht, als du gesagt hast, ich wäre ein schrecklicher Mensch. Das hier ist meine Strafe.«

»Ich habe nie behauptet, dass du ein schrecklicher Mensch bist.« Er setzte sich auf die Bettkante und nahm die schluchzende Paige in die Arme. »Und du hast nichts getan, um dem Baby zu schaden, Paige. Das hättest du niemals tun können.«

»Ich war so schrecklich zu dir. Nachdem du Schluss gemacht hast, habe ich mich wie jemand benommen, den ich überhaupt nicht kenne. Du hast mir nicht mal geglaubt, dass ich ein Baby bekomme.«

»Nein«, gab er zu. »Das habe ich nicht. Und es tut mir leid.«

»Ich habe meinen Eltern gesagt, sie sollen dich nicht anrufen, weil ich wusste, du würdest es nur für einen weiteren Trick halten. Und das hätte ich dir nicht mal vorwerfen können.«

»Es tut mir leid, dass es zwischen uns so schlecht geworden ist, dass du mich nicht einmal anrufen konntest, als du mich gebraucht hast.«

»Ich bin diejenige, der es leidtut.« Schluchzer schüttelten ihren zarten Körper. »Dich zu verlieren war das Schlimmste, was mir je passiert ist – bis jetzt. Ich war so ein Monster, und ich schäme mich so.«

Er lehnte sie vorsichtig wieder gegen die Kissen, behielt aber ihre Hand in seiner. »Das ist jetzt alles Vergangenheit. Lass es uns vergessen, damit du dich ganz darauf konzentrieren kannst, wieder gesund zu werden.«

»Michael, darf ich dir eine Frage stellen – und wirst du mir die Wahrheit sagen?«

»Natürlich.«

»Zuerst einmal sollst du wissen, dass ich in den letzten zwei Monaten viel über mich gelernt habe. Und ich habe erkannt, dass ich einiges verändern muss. Ich habe meinen Eltern, und vor allem meinem Vater, zu viel Platz in meinem Leben eingeräumt, und das muss aufhören. Ich weiß, es ist an der Zeit, dass ich mich wie eine Erwachsene verhalte und nicht wie ihre kleine Prinzessin. Deshalb hier also die Frage: Besteht angesichts der Erkenntnisse, die ich hatte, irgendeine Chance, dass wir das zwischen uns wieder hinbekommen?«

»Ich möchte dir nicht wehtun, Paige.«

»Antworte mir einfach. Ich muss es wissen.«

»Es tut mir leid, aber nein. Unsere gemeinsame Zeit war für mich etwas ganz Besonderes, und ich werde die guten Momente, die wir hatten, nie vergessen. Doch jetzt ist für uns beide der Punkt erreicht, an dem wir weitergehen sollten.«

Tränen rannen ihr über die Wangen. »Ich hatte befürchtet, dass du das sagst. Ich habe das mit dir echt vermasselt, und das werde ich für den Rest meines Lebens bereuen. Du warst so gut zu mir. Viel besser, als ich es verdient habe.«

»Ich habe dich für eine lange Zeit sehr geliebt, Paige.«

»Ich habe dich auch geliebt.«

»Kann ich jetzt dich etwas fragen?«

»Sicher.«

»Das Baby ... Weiß man, ob es ein Junge oder ein Mädchen war?«

Sie schüttelte den Kopf. »Dafür war es zu früh.«

»Geht es dir gut? Kannst du weitere Kinder bekommen?«

»Ja, das sollte möglich sein.«

»Das ist eine Erleichterung.«

»Was hätten wir getan, wenn es überlebt hätte?«, fragte sie.

»Hoffentlich hätten wir einen Weg gefunden, dass er oder sie mit zwei lie-be-vol-len Elternteilen aufgewachsen wäre, die es geschafft hätten, ihre Differenzen beizulegen und zu tun, was für das Kind das Beste gewesen wäre.«

»Ich glaube, das hätten wir geschafft.«

»Ganz bestimmt«, pflichtete er ihr bei und lächelte leicht.

Sie erwiderte das Lächeln. »Es tut mir leid, dass ich mich so verrückt benommen habe. Ich habe viel über unsere letzte Nacht, die Nacht nach der Verlobungsparty, nachgedacht. Darüber, wie ich mich verhalten habe.« Kopfschüttelnd fügte sie hinzu: »Ich kann immer noch nicht glauben, dass ich dich geschlagen habe. Es tut mir leid, Michael. Ich war nicht ich selbst. Ich kann es nicht mal erklären. Es gibt so viele Dinge, von denen ich wünschte, ich könnte sie anders machen.«

»Mir tut es leid, dass ich angedeutet habe, das Baby könnte nicht von mir sein. Das war schrecklich von mir.« Er gab ihr einen Kuss auf den Handrücken. »Wenn ich in den letzten paar Monaten eines gelernt habe, dann, dass erwachsen zu sein auch bedeutet, vieles zu bedauern.«

»Ich war entsetzt, als ich von der Schießerei im Gericht gehört habe. Gott sei Dank ist dir nichts passiert.«

»Das war echt verrückt. Ich bin froh, dass es vorbei ist.«

Sie drückte seine Hand. »Ich weiß es sehr zu schätzen, dass du hergekommen bist, Michael. Aber jetzt kannst du nach Hause fahren.«

»Ich werde nicht einfach verschwinden und dich hier im Krankenhaus zurücklassen.«

»Ist schon okay. Du kannst hier sowieso nichts tun, und wir haben alles gesagt, was wir sagen wollten. Ich möchte, dass wir im Guten auseinandergehen.«

»Paige …«

In ihren Augen schimmerten neue Tränen. »Bitte, Michael.«

»Ich rufe an, um mich nach dir zu erkundigen«, versprach er und gab ihr einen Kuss auf die Stirn.

Paige nickte.

»Du bist eine ganz besondere Frau. Du musst nur an dich glauben, dann wirst du finden, wonach du suchst.«

»Danke«, flüsterte sie und ließ seine Hand los. »Danke für alles, Michael. Du hast wesentlich länger darauf gewartet, dass ich erwachsen werde, als die meisten Männer es getan hätten.«

Er beugte sich noch einmal vor und gab ihr einen Kuss auf die Wange. »Ich habe dich geliebt. Und ich werde dich nie vergessen.«

»Ich liebe dich auch. Das werde ich vermutlich immer tun.«

»Erhol dich gut, Paige.« Von der Tür aus winkte er ihr ein letztes Mal zu. Im Wartezimmer am Ende des Flurs fand er den Admiral und Mrs Simpson. »Wir, äh, hatten ein klärendes Gespräch.« Michaels Halsmuskeln verkrampften sich vor Anspannung, und er fuhr sich nervös mit der Hand durch die Haare. »Sie hat mich gebeten zu gehen, aber ich habe kein gutes Gefühl dabei, abzureisen, solange sie hier ist.«

»Was sie braucht, hat dich in letzter Zeit auch nicht sonderlich interessiert, Michael«, entgegnete der Admiral.

»Sei still, Joe«, verlangte Eleanor zur Verblüffung ihres Ehemanns. »Paige hat sich schrecklich verhalten, Michael, und ich weiß, dass sie sich dafür schämt. Ich habe mich ebenfalls geschämt, als ich herausgefunden habe, *wie* furchtbar sie sich dir gegenüber benommen hat. Es ist kein Wunder, dass du alle Verbindungen zu ihr gekappt hast. Ich hatte keinen Zweifel, dass du für das Kind das Richtige getan hättest. Allein dass du nach dem Prozess hierhergekommen bist, wie du es versprochen hattest, trotz dem, was sie dir zugemutet hat, verrät mir *alles*, was ich über dich wissen muss. Doch für dich gibt es jetzt keinen Grund mehr, hierzubleiben. Wir kümmern uns um unsere Tochter, und sobald sie wieder auf den Beinen ist, ist es an der Zeit, dass sie sich selbst um sich kümmert. Ehrlich gesagt ist das schon lange überfällig.«

Michael war erstaunt. Das war die längste Ansprache, die er je von Eleanor Simpson gehört hatte, und er wusste nicht, was er darauf erwidern sollte.

Sie stand auf und stellte sich auf die Zehenspitzen, um ihm einen Kuss auf die Wange zu geben. »Es war mir ein Vergnügen, dich kennenzulernen, Michael. Ich wünsche dir nur das Beste für dein Leben.«

»Danke.«

»Joe, komm, gehen wir zu unserer Tochter zurück.« Sie nahm die Hand ihres Ehemannes und führte ihn aus dem Wartezimmer.

Michael ließ sich auf einen Stuhl sinken und vergrub den Kopf in den Händen. Dann weinte er um das Kind, das er erst gewollt hatte, nachdem er es verloren hatte, um die Frau, die er einst geliebt hatte, und um die Frau, die er nun liebte und die heute Nacht irgendwo bei dem anderen Mann war, den sie ebenfalls liebte.

KAPITEL 32

Juliana erwachte desorientiert im schwindenden Licht des späten Nachmittags und erkannte, dass sie wohl auf dem Sofa eingedöst sein musste, während Jeremy oben war und duschte. Er hatte sie zugedeckt und schlafen lassen.

Sie schaute sich im Zimmer um und erinnerte sich daran, wie sie die Möbel auf Raten gekauft hatten, von denen sie befürchtet hatten, sie nicht bezahlen zu können. Das war, bevor Jeremy seinen derzeitigen Job angetreten hatte, durch den ihnen die meisten ihrer finanziellen Sorgen genommen worden waren.

Das stylishe Entertainment-Center war von IKEA, und Juliana lächelte, als sie daran zurückdachte, wie Jeremy sich nach dem Auspacken der Kartons beschwert hatte, dass es aus mindestens tausend Teilen bestünde. Aber wie üblich hatte er es in null Komma nichts fertig gehabt. Seine Fähigkeit, alles zu reparieren, zu bauen oder mechanische Probleme zu beheben, hatte ihn in ihrem Freundeskreis zu einem viel gefragten Mann gemacht. Es war allein ihm zu verdanken, dass ihr altes Auto so lange funktioniert hatte.

Alles in dem Zimmer, von der Farbe an den Wänden über die gerahmten Bilder bis hin zu den Gardinen, hatten sie gemeinsam ausgesucht. Julianas Freunde hatten sie immer damit aufgezogen, dass sie mit einem Mann zusammenwohnte, der sich für so etwas wie Gardinen interessierte, doch ihr hatte es großen Spaß bereitet, das Haus seiner Mutter mit ihm behaglich einzurichten.

Das, was in den letzten zwei Monaten mit ihnen passiert war, war schwer zu glauben. Nach beinahe zehn perfekten Jahren war während eines katastrophalen Wochenendes alles zerbrochen und hatte das infrage gestellt, was sie immer über sie beide geglaubt hatte. Und es hatte die Tür gerade weit genug geöffnet, dass sie eine neue, unerwartete Liebe hatte finden können.

Sie rief sich in Erinnerung, dass Jeremy behauptete, er hätte die Freiheit, die er sich so sehr gewünscht hatte, nicht ausgelebt. Im Gegenteil, er hatte es aufrichtig bereut, darum gebeten zu haben. Wenn Juliana nicht Michael getroffen hätte, würde sie dann auch hier liegen und so tun, als schliefe sie noch, während sie Jeremy oben rumoren hörte? Oder würde sie seine Heimkehr nach der langen Trennung feiern?

Sie versuchte, die Worte zu finden, die sie brauchen würde … *Jeremy, das mit uns ist vorbei. Es tut mir leid, aber die Trennung hat mir gezeigt, dass ich vom Leben etwas anderes will. Während der letzten neun Monate sind wir beide dieser Beziehung entwachsen, und es ist an der Zeit für uns, zu lernen, ohne einander zu leben.*

Tränen stiegen ihr in die Augen, als sie sich seine Reaktion darauf vorstellte. Auf keinen Fall würde er sie kampflos ziehen lassen, und die Vorstellung einer emotionalen Schlacht erschöpfte sie.

Jeremy kam die Treppe herunter. Er sah gut aus in einem ihrer Lieblingshemden und einer schwarzen Stoffhose, die neu sein musste. Auf dem Weg zum Sofa zog er den kastanienfarbenen Kaschmirpullover über, den sie ihm einmal zu Weihnachten geschenkt hatte, und richtete den Hemdkragen.

»Babe?« Er streichelte ihre Wange. »Bist du wach?«

»Ja. Wie spät ist es?«

»Beinahe fünf. Du bist einfach eingeschlafen.«

»Tut mir leid.«

»Hast du die Kerze an beiden Enden abgebrannt? Du weißt, wie erschöpft du wirst, wenn du nicht genügend Schlaf bekommst.«

Sie schluckte schwer, als Bilder von ihrer erotischen Nacht mit Michael in ihr aufstiegen. »Nein. Ich war nur müde.«

»Ich habe dir ein Schaumbad eingelassen. Warum genießt du das nicht für eine Weile? Für sieben habe ich uns einen Tisch im Chiapparelli's reserviert.« Das war ihr Lieblingsrestaurant in Little Italy.

»Wirklich?«

Er streckte ihr die Hand hin, um ihr hochzuhelfen. »Jap.« Er gab ihr einen Kuss auf die Wange. »Geh nach oben. Lass dir Zeit.«

»Danke für das Bad.«

»War mir ein Vergnügen.«

Sie stieg die Treppe zum Schlafzimmer hinauf. Das letzte Mal war sie kurz vor ihrer Abreise zu den Bahamas hier gewesen, um sich ein paar Sommersachen zu holen. Als sie sich den Pullover auszog und ihn aufs Bett warf, fragte sie sich, wie Jeremy wohl auf die Nachricht reagieren würde, dass sie nicht vorhatte, heute Nacht mit ihm zu schlafen.

Sie entledigte sich ihrer restlichen Kleidung und ging ins Badezimmer. Beim Anblick der Vasen mit pinkfarbenen Rosen keuchte sie auf. Es waren mindestens fünf oder sechs, die im gesamten Raum verteilt waren. In der Wanne schwammen Rosenblätter auf duftigen Schaumblasen, und aus den Lautsprechern, die Jeremy vor ein paar Jahren installiert hatte, klang leise Musik. Auf dem Wannenrand stand ein Glas Wein.

»O Jer.« Sie stieg in die Wanne und ließ das heiße Wasser den Schmerz in ihrem Herzen und in ihren Muskeln lindern, die nach einer leidenschaftlichen Nacht in den Armen eines anderen Mannes immer noch empfindlich waren. Während sie sich tiefer ins Wasser sinken ließ, dachte sie daran zurück, wie Michael sie nass und mit Schaum bedeckt aus der Wanne gehoben und zum Bett getragen hatte. *Wo ist er jetzt? Was ist mit Paige passiert?* Sie starb fast vor Neugier.

Jeremy kam an die Tür. »Ist hier alles okay?«

»Es ist wunderschön.«

»So wie du.«

»Wann hast du das alles gemacht?«

»Du hast ziemlich lange geschlafen, und ich musste die Zeit totschlagen.«

»Danke.«

Er kam herein und reichte ihr das Weinglas. »Mir ist aufgefallen, dass in unserer Beziehung vor meinem Umzug nach Florida die Romantik ein wenig abhandengekommen war. Jetzt, wo wir wieder zusammen sind, hoffe ich, dass wir das wiedergutmachen können.«

»Jer …«

»Genieß das Bad. Und ruf mich, wenn du etwas brauchst.« Er gab ihr einen Kuss auf die Stirn und verließ den Raum.

Stöhnend glitt Juliana tiefer ins Wasser.

* * *

Mit schwerem Herzen zog Juliana sich an. Sie entschied sich für einen langen schwarzen Rock, dazu hochhackige schwarze Stiefel und eine elfenbeinfarbene Seidenbluse unter einer dünnen Strickjacke in der gleichen Farbe. Ihr graute vor dem, was Jeremy für den Abend geplant hatte, und sie fragte sich, wie sie jemals Nein zu ihm sagen sollte.

Aus Gewohnheit tupfte sie sich etwas Parfüm hinter die Ohrläppchen und legte Lippenstift auf. »Tja, auf geht's«, flüsterte sie ihrem Spiegelbild zu.

Jeremy stellte sich an den Fuß der Treppe, als er Juliana hinunterkommen hörte. »Oh, Jule, sieh dich nur an.« Er bot ihr seinen Arm. »Mein Gott, du bist umwerfend. So unglaublich wunderschön.«

»Danke«, flüsterte sie. Der Ausdruck der Liebe und des Verlangens auf seinem Gesicht berührte sie.

»Gibst du mir einen Kuss?« Er legte ihr die Hände auf die Wangen und beugte sich vor, um seine Lippen auf ihre zu pressen. »Nur einen?«, flüsterte er und drehte ihren Kopf ein wenig.

Als seine Zunge ihre berührte, zog sich Julianas Magen nervös zusammen.

Schnell wurde der Kuss leidenschaftlicher.

»Jeremy«, keuchte Juliana. »Nicht. Bitte.«

»Es tut mir leid. Ich kann dir nicht widerstehen. Das konnte ich noch nie.«

Sie wischte ihm etwas Lippenstift vom Mund. »Wir müssen los, oder?«

Er strich mit dem Finger über ihre Wange. »Ja. Gehen wir.«

* * *

»Mr Dixon, Ms Gregorio«, begrüßte sie der Kellner im Chiapparelli's. »Willkommen. Bitte hier entlang.«

Auf dem Weg durch das gut besuchte Restaurant erinnerte sich Juliana an all die Gelegenheiten, zu denen sie hier gefeiert hatten: Jahrestage, Geburtstage, Jeremys neuer Job. Schon lange bevor sie es sich hatten leisten können, waren sie hierhergekommen, und sie hatten auch nicht damit aufgehört, als sie finanziell bessergestellt gewesen waren.

Der Kellner öffnete eine Tür und bedeutete ihnen, in den gemütlichen kleinen Privatsalon einzutreten, der mit pinkfarbenen Rosen geschmückt war, zwischen denen ein Geiger nur für sie spielte.

»Oh«, hauchte Juliana und nahm das romantische Setting in sich auf. Wieder zog sich ihr Magen in einer Mischung aus Angst und Bedauern zusammen – wahnsinniges Bedauern darüber, dass Jeremy das hier nicht vor sehr, sehr langer Zeit getan hatte.

»Jule?« Jeremy riss sie aus ihren Gedanken. Er bedeutete ihr, sich zu setzen.

Wie betäubt glitt Juliana auf den Stuhl, den er ihr hervorgezogen hatte.

Er schenkte ihr Champagner ein und reichte ihn ihr. Nachdem er auch sich eingeschenkt hatte, hob er das Glas zu einem Toast. »Ich liebe dich, Jule. Danke, dass du den heutigen Abend mit mir verbringst.« Er stieß mit ihr an und trank einen großen Schluck.

Juliana sah, dass seine Hand leicht zitterte, und sie wusste, dass er nervös war. Ihr Magen zog sich noch schmerzhafter zusammen.

Als Vorspeise wurden ihnen gebratene Calamari serviert, die, wie Jeremy wusste, zu Julianas Lieblingsgerichten gehörten. Danach gab es die köstlichen Shrimps

Nicola, ein weiteres ihrer gemeinsamen Lieblingsessen. Obwohl sie beinahe den ganzen Tag lang kaum etwas zu sich genommen hatte, schob Juliana das Essen auf ihrem Teller herum und hatte Probleme, etwas davon herunterzuschlucken. Zum Nachtisch folgte ein Schokoladen-Soufflé, in dem sie ohne ihren üblichen Enthusiasmus für alles, was mit Schokolade zu tun hatte, herumstocherte.

»Ist alles in Ordnung, Babe?«

»Alles wundervoll. Danke dir. Ich bin überwältigt.«

Er legte seine Gabel hin und schob seinen Stuhl näher an den von Juliana heran.

O Gott. Jetzt kommt's. Sie unterdrückte ein Wimmern. Sie wollte ihn anflehen: *Bitte, tu es nicht, Jer. Bitte.*

Er nahm ihre Hand und führte sie an seine Lippen. »Du weißt, wie sehr ich dich liebe, oder?«

»Ich glaube schon.«

»Es gibt nichts auf der Welt, was ich nicht für dich tun würde. Nichts, was du dir wünschen könntest und was ich nicht irgendwie für dich besorgen würde. Ich hoffe, das weißt du.«

Der Kloß in Julianas Kehle wurde so groß, dass sie ihrer Stimme nicht traute, also nickte sie bloß.

»Es gibt etwas, das ich dir zeigen möchte. Kommst du mit mir?«

Das war nicht die Frage, die sie erwartet hatte. Aus dem Gleichgewicht gebracht und mehr als nur ein wenig verwirrt, ließ Juliana sich von ihm aufhelfen. Er dankte dem Geiger und führte Juliana durch das ausgebuchte Restaurant. Der Lärm des Samstagabends war nach der Stille in ihrem privaten Raum nervenzerreißend.

Jeremy nahm ihre Mäntel von der Garderobe und half Juliana in ihren. Während sie darauf warteten, dass ihr Wagen geholt wurde, behielt Jeremy einen Arm um sie.

»Ist dir warm genug?«, fragte er, als sie in südlicher Richtung über die Interstate 95 fuhren.

»Danke, ja.« Immer noch erstaunt über die plötzliche Wendung des Abends, fragte sie: »Wo wollen wir hin?«

»Du wirst schon sehen«, sagte er mit einem geheimnisvollen Lächeln. »Entspann dich einfach, und genieß die Fahrt.«

Die Meilen rollten dahin, und bald hatten sie die Stadt hinter sich gelassen. Nach ungefähr zwanzig Minuten nahm Jeremy die Ausfahrt nach Ellicott City und folgte einem Weg, der ihm vertraut zu sein schien. Schließlich erreichten sie ein Neubaugebiet, das Juliana bekannt vorkam.

»Erinnerst du dich?«

»Wir waren am Tag der offenen Tür hier. Warum sind wir heute hergefahren?«

»Gib mir eine Minute, dann zeige ich es dir.«

Nach einer halben Meile auf der von Neubauten gesäumten Straße bog er in eine Auffahrt ein und stellte den Motor ab.

»Wo sind wir, Jer?«

»Komm mit.«

Er wartete auf dem Bürgersteig auf sie und fasste sie am Arm. An der Haustür sah Juliana erstaunt, dass er einen Schlüssel ins Schloss steckte und die Tür aufstieß. »Was ist hier los? Wieso hast du einen Schlüssel zu diesem Haus?«

Er schaltete das Licht an, und Juliana keuchte auf, als sie weitere pinkfarbene Rosen auf den Treppen, in dem leeren Esszimmer, in dem großen Wohnzimmer, auf dem Sims des Marmorkamins und den Arbeitsflächen aus Granit in der Küche entdeckte.

»Jeremy.« Sie presste ihre Hände auf ihr hämmerndes Herz. »Ich verstehe das nicht.«

»Das Traumhaus. Haben wir es nicht so genannt?«

»Ja, aber ... Jeremy. Was ...?«

Er nahm ihr den Mantel ab, hängte ihn zusammen mit seinem über das Treppengeländer und griff nach Julianas Hand. »Komm mit.«

Er führte sie ins Wohnzimmer und ließ sie vor dem Kamin Platz nehmen. Dann kniete er sich hin und ergriff ihre Hände. »Ich habe dir das in den letzten zehn Jahren schon Hunderte Male gesagt, vielleicht sogar Tausende, doch nie habe ich es aufrichtiger gemeint als in diesem Moment. Ich liebe dich, Juliana. Ich liebe dich mehr als alles auf der Welt.« Er berührte ihre Hände mit seinen Lippen und kämpfte darum, die Fassung zu bewahren.

Juliana hatte Schwierigkeiten, zu atmen, während sie darauf wartete, was er noch zu sagen hatte.

»Vorhin habe ich dir erklärt, dass es nichts gibt, was ich nicht für dich tun würde. Um das zu beweisen, habe ich das hier für dich.« Er öffnete die Tür zum Kamin und zog ein Papier heraus, das er ihr reichte.

»Was ist das?«

»Das ist der Kredit für das Haus deiner Mutter. Ich habe ihn abbezahlt, damit du dir darüber keine Gedanken mehr machen musst.«

»Was? Jer, o mein Gott. Du kannst sie nicht ausstehen. Warum solltest du das tun?«

»Weil du dir die ganze Zeit über Sorgen machst, dass du mal eine Rate nicht zahlen kannst und sie obdachlos wird. Damit ist jetzt Schluss.«

»Das kannst du nicht tun.« Tränen liefen ihr über die Wangen.

Er wischte sie ihr ab. »Das habe ich bereits, Babe.«

»Das kann ich nicht annehmen, Jer. Das geht einfach nicht.«

»Du musst. Sonst verletzt du meine Gefühle.«

Sie versuchte, das alles zu begreifen. »Ich kann nicht glauben, dass du so etwas tust.«

»Ich habe dir doch gesagt, es gibt *nichts*, was ich nicht für dich tun würde. Du bist meine Familie, Jule. Du warst so lange meine Familie und ich deine, dass ich eher ohne Nahrung oder ohne Sauerstoff leben könnte als ohne dich.«

Er beugte sich vor, um sie zärtlich zu küssen. »Das andere, was ich vorhin gesagt habe, ist, dass ich immer einen Weg finden werde, dir das zu geben, was du dir wünschst.«

Sie wischte sich die Tränen ab und nickte.

»Ich habe nie vergessen, wie sehr du diese Häuser geliebt hast. Oder den Ausdruck in deinen Augen, wenn du sie angeschaut hast – als hättest du etwas gesehen, von dem du wusstest, dass du es niemals haben könntest, und deshalb würdest du dir gar nicht erst erlauben, darauf zu hoffen. In dem Moment habe ich mir geschworen, dass wir, sollte ich es mir jemals irgendwie leisten können, hier wohnen würden.« Er hielt den Schlüsselbund hoch, an dem nun ein Diamantring hing. »Das Traumhaus haben wir, jetzt brauchen wir nur noch den Traum. Willst du mich heiraten, Jule? Wirst du mich zum glücklichsten Mann der Welt machen und meine Frau werden?«

Juliana saß in verblüfftem Schweigen da und versuchte, das alles zu verarbeiten. Dabei musste sie auf einmal an Michaels Antrag denken.

Erinnere dich nur immer daran, wer zuerst gefragt hat.

KAPITEL 33

»Jule?«

»Ich, äh, ich weiß nicht, was ich sagen soll.«

»›Ja‹ würde mir reichen.«

Juliana entzog ihm ihre Hände und stand auf. Sie schaute sich in dem riesigen Raum um und hatte Schwierigkeiten, die Größe von Jeremys Geste zu begreifen. Er hatte es ihr beinahe unmöglich gemacht, Nein zu sagen. »Wann hast du das alles arrangiert?«

Er wandte sich zum Kamin. »Ich habe dieses Haus an dem Wochenende gekauft, an dem ich hier oben war und dich nicht finden konnte. Und gestern habe ich den Vertrag unterschrieben. Ich hoffe, dass ich das richtige ausgesucht habe. Wir haben uns an dem Tag einige angeguckt, aber ich glaube, das hier hat dir am besten gefallen.«

»Das stimmt.« Ihr war mit einem Mal kalt, und sie schlang die Arme um sich und trat ans Fenster. Im Mondlicht konnte sie gerade so den großen Garten und den Wald dahinter erkennen. Es kam ihr jetzt beinahe unvorstellbar vor, dass sie erwartet hatte, sie könne Jeremy angesichts ihrer gemeinsamen Geschichte einfach den Rücken kehren. Wie hatte sie je glauben können, er würde beiseitetreten, wenn sie ihm erzählte, dass sie der Beziehung entwachsen war? Natürlich war das kaum von Bedeutung, denn er hatte sichergestellt, dass sie überhaupt nicht dazu kommen würde, irgendwas zu erwidern. »Wie kannst du dir das alles leisten? Den Kredit meiner Mutter? Dieses Haus?«

»Wir müssen das Haus in der Stadt verkaufen – und zwar ziemlich schnell«, antwortete er grinsend. »Aber ich habe dir ja gesagt, dass ich in Florida gut verdient habe, und ich habe so viel gearbeitet, dass ich kaum Zeit hatte, das Geld auszugeben. Der Kredit deiner Mutter war wirklich nicht mehr viel. Es war nur noch etwas mehr als ein Jahr übrig, doch ich wusste, es würde dich beruhigen, wenn das Thema erledigt wäre.«

Juliana wandte sich vom Fenster ab, um ihn anzusehen. »Ich komme nicht darüber hinweg, dass du das getan hast.«

Als er aufstand und zu ihr trat, wusste sie, dass sie es nicht länger aufschieben konnte.

»Wirst du mich heiraten, Jule? Werden wir gemeinsam hier leben und dieses große Haus mit Kindern füllen? Werden wir das haben, was uns, seit wir siebzehn waren, immer bestimmt war?«

Sie biss sich auf die Unterlippe und wagte einen Blick in sein Gesicht. »Was, wenn du in einem oder zwei Jahren …«

»Was?«

»Was, wenn es dich in einem oder zwei Jahren wieder in den Fingern juckt?«, fragte sie.

Er trat einen Schritt zurück, als hätte sie ihn geohrfeigt. »Ich fasse es nicht, dass du mich das fragst.«

»Warum kannst du das nicht fassen? Was ist, wenn du all das hier tust, um mich zurückzugewinnen, nur um in ein paar Jahren festzustellen, dass du vielleicht doch was verpasst hast? Was, wenn ich mit unserem ersten Kind schwanger bin, oder unserem zweiten, und du beginnst, mich als selbstverständlich zu betrachten, und anfängst, dir *alles* zu wünschen, bloß nicht mehr das Leben, das du mit mir hast? Was mache ich dann?«

Ein Muskel in seiner Wange zuckte vor Anspannung, und Jeremy richtete seinen Blick auf das Fenster hinter Juliana. »Das wird nicht passieren. Ich habe in den letzten zwei Monaten eine wichtige Lektion gelernt, und die werde ich nie, nie wieder vergessen.« Er schaute erneut zu ihr. »Ich kann dir nur sagen, dass ich dich liebe. Ich habe dich immer geliebt und werde es immer tun. Ich bitte dich, mich zu heiraten. Wenn du willst, dass ich dich anflehe, tu ich das. Ich habe keinerlei Stolz, wenn es um dich geht.« Die hilflose Verzweiflung, die Juliana in seinem Gesicht sah, brach sie schließlich.

Sie atmete tief durch und verdrängte alle Gedanken an Michael. »Okay.«

Jeremy wurde vor Schock ganz blass. »Wirklich?«

Es war unausweichlich. Das war es schon immer gewesen, und das zu leugnen hieße, zu leugnen, was er in den wichtigsten Jahren ihres Lebens für sie bedeutet hatte – in den Jahren, als niemand sonst sie geliebt hatte oder für sie da gewesen war. Er hatte recht. Er war ihre Familie, und sie war seine. Nach einem weiteren tiefen Atemzug sagte sie: »Ja.«

Er stieß einen Jubelschrei aus und hob sie auf seine Arme. Seine Freudentränen hinterließen feuchte Spuren auf ihrem Gesicht. »Du wirst es nicht bereuen, Jule. Ich werde jeden Tag damit verbringen, dich glücklich zu machen. Ich verspreche dir, ich werde dich niemals im Stich lassen.« Er griff in seine Tasche, um den Ring herauszuholen, und steckte ihn Juliana an den Finger. »O nein!«, stöhnte er. »Er ist zu groß.«

Juliana versuchte, nicht daran zu denken, wie perfekt Michaels Ring ihr passte. Wenn sie sich auch nur eine Sekunde lang erlaubte, an ihn zu denken, würde sie das hier niemals durchstehen. »Ist schon okay. Wir können ihn enger machen lassen. Es ist ein wunderschöner Ring.« Kleinere Brillanten umrahmten einen großen, eckig geschliffenen Diamanten.

In Jeremys Miene spiegelte sich seine Enttäuschung wider. »Ich habe den Rubin aus deinem Schmuckkästchen genommen, um die Größe abzumessen.«

Sie lächelte. »Der gehörte meiner Großmutter. Sie hatte wesentlich größere Hände als ich.«

»Tut mir leid.«

Sie nahm den Ring ab und reichte ihn Jeremy. »Den bewahrst du besser auf, bis er umgearbeitet ist. Ich möchte ihn nicht verlieren.«

»Ich wollte, dass alles perfekt ist.«

»Der Ring ist wunderschön, Jer.« Sie streckte sich, um ihm einen Kuss zu geben.

Er sah sie an, und sie konnte alles, was er für sie empfand, in seinen Augen lesen. »Liebst du mich noch, Jule? Nach allem, was passiert ist, liebst du mich da noch?«

»Ja.«

»Kannst du es mir sagen? Ich muss es hören.«

»Ich liebe dich, Jeremy.«

»Wirst du mich wirklich heiraten?«

»Ja«, flüsterte sie, während seine Lippen ihre mit einem heißen Kuss in Besitz nahmen, in dem das Versprechen all dessen lag, was noch kommen würde.

»Lass uns nach Hause fahren – in unser derzeitiges Zuhause«, erklärte er mit vor Verlangen und Emotionen rauer Stimme. »Ich möchte mit meiner zukünftigen Frau ins Bett.«

»Äh, was das angeht, Jer …«

Er zog sich zurück, um sie anzusehen. »Was ist?«

»Zwei Dinge. Das erste ist, ich will keine lange Verlobungszeit. Ich will, dass wir irgendwohin fahren und heiraten. Keine große Sache, okay?«

»Ich möchte mich aber nicht einfach davonschleichen und heimlich heiraten, als hätten wir etwas zu verstecken. Ich will es feiern. Ich weiß von den Problemen mit deiner Familie, und es muss auch nicht besonders groß werden.«

»Keine große Feier, Jer. Das meine ich ernst.«

Er dachte einen Moment darüber nach. »Ein Typ, den ich in Florida kennengelernt habe, hat mir erzählt, dass er und seine Frau mit ein paar Freunden nach St. John geflogen sind und da übers Wochenende geheiratet haben. Wie wäre es mit so etwas in ein paar Wochen? Wir könnten Pam und David und meine Mom und Gary mitnehmen«, schlug er vor und bezog sich dabei auf seinen Stiefvater. »Wäre das okay?«

»Das wäre super. Meiner Familie würde ich erst nachher sagen, dass wir durchgebrannt sind.«

»Okay. Damit wäre das erledigt. Was ist das Zweite?«

»Ich werde erst mit dir schlafen, wenn wir verheiratet sind.«

Er schnaubte. »Du machst Witze, oder?«

»Nein.«

Als er erkannte, dass sie es ernst meinte, fragte er: »Warum? Wir haben seit zehn Jahren Sex, Juliana. Ich verstehe das nicht.«

»Ich habe das Gefühl, dass wir in den letzten Jahren Sex in unserer Beziehung zu viel Raum haben einnehmen lassen. Ich möchte, dass wir uns in den nächsten paar Wochen auf das konzentrieren, was wirklich wichtig ist. Bitte?«

Er stöhnte. »Ich träume schon seit zwei Monaten davon, endlich wieder mit dir zu schlafen.«

»Dann werden ein paar Wochen mehr dich auch nicht umbringen.«

»Ich fürchte doch.«

»Du schaffst das.«

»Du bist eine knallharte Verhandlungspartnerin, Babe, aber okay. Wenn es dir so viel bedeutet, kann ich warten.«

»Danke.«

»Ich danke *dir*, dass du Ja gesagt hast.« Er umarmte sie erneut. »Du hast mich zum glücklichsten Mann auf der Welt gemacht.«

Als Juliana sich daran erinnerte, wie Michael ihr erklärt hatte, dass sie ihn glücklicher machte, als er je in seinem Leben gewesen war, löste sich die Betäubung langsam auf, und der Schmerz setzte ein.

* * *

Nachdem Jeremy Juliana am nächsten Morgen das Frühstück ans Bett im Gästezimmer gebracht hatte, riefen sie seine Mutter und seinen Stiefvater an, um ihnen von ihrer Verlobung zu erzählen. Seine Mutter war außer sich vor Freude und versprach, an ihrem großen Tag dabei zu sein. Sie telefonierten auch mit Pam und David, die sich genauso darüber freuten, dabei sein zu dürfen, und zusagten, als Trauzeugen zu fungieren. Jeremy setzte sich danach an den Rechner, um im Internet zu recherchieren, und eine Stunde später buchte er ihre Hochzeit in einem Resort auf St. John.

»Wir hatten Glück«, berichtete er Juliana später. »Gerade heute Vormittag wurde eine Hochzeit am Silvesterwochenende storniert.« Er umarmte sie und seufzte zufrieden. »Drei Wochen noch, Babe. Ich kann kaum glauben, dass wir in drei Wochen verheiratet sein werden.«

Seine Vorfreude war ansteckend, und so lächelte Juliana.

Er legte eine Hand an ihren Nacken und küsste sie. Nachdem er sie mehrere Minuten lang hatte wissen lassen, wie sehr er sie wollte, ging sein Atem schwer. »Bist du dir mit dieser Kein-Sex-Sache sicher?«

»Denk nur daran, wie großartig die Hochzeitsnacht wird.«

Er stöhnte. »Das kann ich nicht. Wenn ich daran denke, brauche ich noch eine kalte Dusche.« Gestern Nacht hatte er nach ihrer heißen Kuss-Session an der Tür zum Gästezimmer auch schon eine nehmen müssen.

Sie lachte. »Das ist wirklich mitleiderregend.«

»Babe? Kann ich dich etwas fragen?«

»Sicher.«

»Als wir getrennt waren, hast du da … Du weißt schon?«

Sie löste sich aus seiner Umarmung. »Darüber werden wir nicht reden.«

»Ich muss es wissen, Jule. Der Gedanke an dich mit einem anderen macht mich verrückt. Sag mir, dass ich mich deswegen nicht sorgen muss, und ich werde es nie wieder erwähnen.«

»Ich werde das nur ein Mal sagen, und ich möchte, dass du mir wirklich gut zuhörst, okay?«

Er nickte.

»Ich werde *niemals* mit dir über die zwei Monate sprechen, in denen wir getrennt waren. Wir haben gesagt, dass wir das nicht tun werden. Ich habe eingewilligt, dich zu heiraten. Wenn du mit dieser Lösung nicht klarkommst, haben wir ein Problem.«

Er musterte sie lange, bevor er schließlich antwortete: »Okay. Ich frage nicht wieder.«

»Gut.«

* * *

Spät am Sonntagnachmittag teilte sie Jeremy mit, dass sie noch ein paar Sachen zu erledigen habe, und ließ ihn allein beim Auspacken der Kisten und Koffer zurück, die er aus Florida mitgebracht hatte.

»Komm schnell zurück, Babe«, sagte er und gab ihr einen Kuss. »Ich vermisse dich jetzt schon.«

Zum ersten Mal seit drei Wochen ging Juliana zum Haus ihrer Mutter.

»Ach, sieh mal einer an …«, empfing die sie.

Juliana war erstaunt, ihre Mutter angezogen und bei einem frühen Abendessen am Tisch vorzufinden. Außerdem fiel ihr auf, wie makellos sowohl ihre Mutter als auch das Haus aussahen. Es standen sogar frische Blumen auf dem Tisch.

»Du musst Juliana sein.« Eine junge blonde Frau streckte ihr die Hand hin. »Ich bin Allison, die Haushaltshilfe.«

»Nein, du bist Allison, die Wunder vollbringen kann«, widersprach Juliana staunend.

»Ich habe dir doch gesagt, dass sie eine verzogene Göre ist«, meinte Paullina zu Allison, aber ihrer Stimme fehlte die übliche Schärfe, und Juliana erkannte überrascht, dass ihre Mutter nüchtern war. Sie konnte sich nicht erinnern, wann sie das das letzte Mal erlebt hatte.

»Es tut mir leid, dass ich so lange nicht hier war, Ma. Du siehst großartig aus.«

»Nun, unsere kleine Florence Nightingale dort drüben ist ja auch Tag und Nacht hinter mir her«, erklärte sie, aber Juliana bemerkte die Zuneigung in ihren Augen.

Paullina schaute ihre Tochter genauer an. »Die Prellung ist fast weg, hm?«

»Ja, endlich. ›Julianas Salon‹ hat wieder geschlossen. Am Dienstag geht es zurück ins Panache.«

»Es wird dir guttun, wieder ins normale Leben zurückzukehren.«

Normal, dachte Juliana und wusste nicht mehr, was genau das eigentlich war. Sie setzte sich an den Tisch. »Ma, Jeremy und ich haben uns gestern Abend verlobt.«

Überrascht legte Paullina ihre Gabel weg und wischte sich den Mund mit der Serviette ab. »Ach ja? Wo ist der Ring?«

»Der war zu groß, wir müssen ihn enger machen lassen. Aber er ist wunderschön.«

»Herzlichen Glückwunsch, Juliana. Du hast ehrlich lange genug darauf gewartet.«

»Wir fliegen in drei Wochen nach St. John. Nur Jeremy und ich.« Juliana erzählte diese kleine Lüge, um die Gefühle ihrer Mutter zu schonen, denn sie hatte nicht damit gerechnet, sie nüchtern und klar denkend vorzufinden. »Wir wollen keine große Hochzeit.«

»Das klingt zauberhaft. Ich hoffe, ihr werdet sehr glücklich.«

Julianas Brust zog sich zusammen, als sie einen Blick auf die Mutter erhaschte, an die sie sich aus ihrem Leben erinnerte, bevor der Alkohol sie in seine Fänge bekommen hatte. Sie beugte sich vor und umarmte sie. »Danke. Okay, ich muss weiter. Ich habe noch eine Million Dinge zu erledigen.« Wobei sie an das, was ihr als Nächstes bevorstand, nicht einmal denken mochte.

»Melde dich mal wieder«, sagte Paullina.

»Das mache ich. Es war schön, dich kennenzulernen, Allison.«

»Gleichfalls«, rief ihr die Betreuerin aus dem Wohnzimmer hinterher.

Immer noch verblüfft über das, was sie gerade im Haus ihrer Mutter gesehen hatte, fuhr Juliana die Eastern Avenue hinunter. Jetzt, wo Jeremy den Kredit abbezahlt hatte, würde Juliana ihr Geld dafür ausgeben, Allison weiter zu behalten. Das würde ihr definitiv eine große Last von den Schultern nehmen.

Als sie in die Chester Street einbog, fing ihr Herz vor Aufregung und Grauen an zu rasen. Sie war extra früher hergefahren, um ihre Sachen zu packen, bevor Michael aus Florida zurückkehrte. Ihre Handflächen waren feucht und ihr Mund trocken, als sie mit ihrem Schlüssel die Haustür aufschloss und eintrat. Sie schaltete die Alarmanlage aus und wurde von einer Flut von Erinnerungen und Gefühlen übermannt – und Verzweiflung. Absolute Verzweiflung über das, was sie dem Mann antun würde, der das überhaupt nicht verdient hatte.

Sie zwang sich, sich zu beeilen, und ging hinauf ins Schlafzimmer, um ihre restliche Kleidung und ihre persönlichen Habseligkeiten einzupacken. Dabei versuchte sie, nicht an die letzte leidenschaftliche Nacht zu denken, die sie in diesem Bett verbracht hatte, oder daran, wie sie sich unter der Dusche geliebt hatten, bevor sie zu dem Treffen mit Jeremy aufgebrochen war. War das wirklich erst gestern gewesen? Sie wischte eine Träne fort, die ihr trotz ihres festen Entschlusses, die Sache zu überstehen, ohne zu weinen, über die Wange lief, zog den Reißverschluss ihrer letzten Tasche zu und trug alles nach unten zu ihrem Auto.

Als es nichts mehr zu tun gab, setzte sie sich auf das Sofa, um auf Michael zu warten. Bald wurde es im Zimmer dunkel, aber Juliana konnte sich nicht bewegen – nicht einmal, um das Licht anzuschalten. Sie hatte keine Ahnung, wie viel Zeit vergangen war, als sie endlich seinen Schlüssel im Schloss hörte.

»Juliana?« Er schaltete das Licht an. »Hey, Baby. Ich war so froh, dein Auto draußen zu sehen. Was tust du denn hier im Dunkeln?« Ein Lächeln erhellte sein Gesicht, als er seine Übernachtungstasche neben der Tür auf den Boden fallen ließ und quer durch das Zimmer auf Juliana zukam. Doch als er die Tränen in ihren Augen bemerkte, erstarrte er, und sein Lächeln wandelte sich zu einem Ausdruck der Qual, der sich für immer in ihr Herz brannte. »Nein«, flüsterte er kopfschüttelnd. »Nein. Du gehst nicht zu ihm zurück. Das kann nicht sein.«

Ihn so verstört zu erleben sorgte dafür, dass der Damm brach und ihr die Tränen, die sie bis zu diesem Augenblick zurückgehalten hatte, über die Wangen liefen.

»Liebst du ihn so, wie du mich liebst?«

»Nein«, sagte sie und wischte sich das Gesicht ab.

»Warum tust du das dann? Ich verstehe das nicht.«

»Weil ich dich nicht auf die gleiche Weise liebe wie ihn.«

Er verzog schmerzvoll das Gesicht.

Juliana zuckte zusammen und stand auf, um zu ihm zu gehen. »Das klang falsch.« Frustriert krallte sie sich ihre Finger in die Haare. »Oh, ich hätte das zwischen uns niemals zulassen dürfen!«

Er umfasste ihren Arm. »Beleidige mich nicht, indem du so tust, als hättest du mehr Macht über das gehabt, was zwischen uns geschehen ist, als ich.«

»Michael«, beteuerte sie leise. »Ich liebe dich so sehr. Das weißt du. Aber ich bin mein ganzes Erwachsenenleben lang mit ihm zusammen gewesen. Er hat einen Fehler gemacht, den er schrecklich bereut. Ich habe es einfach nicht über mich gebracht, ihm für immer den Rücken zu kehren, nachdem er in all den Jahren für mich da war, in denen ich sonst niemanden hatte. Es tut mir so leid.«

Die Wut schien ihn so schnell zu verlassen, wie sie ihn übermannt hatte. »Ich will nicht, dass es dir leidtut. Du musstest eine Entscheidung treffen, und das hast du getan. Ich habe immer gewusst, dass das hier passieren kann.«

»Ich werde nichts von alldem je vergessen.« Unaufhaltsam strömten ihr Tränen über die Wangen. »Ich werde *dich* niemals vergessen. Das verspreche ich dir.«

»Ich möchte, dass du mir etwas anderes versprichst. Etwas viel Wichtigeres.«

Sie wischte sich die Tränen ab. »Was?«

»Wenn es mit ihm schiefläuft, möchte ich, dass du mich suchen kommst.«

»Nein, Michael …«

»Ich bitte dich nur um diese eine Sache, Juliana. Komm zu mir. Ich werde entweder hier sein oder in Newport – du weißt, wo – und dort auf dich warten. Es ist mir egal, ob es eine Woche, ein Jahr, fünf oder zwanzig Jahre dauert. Bitte, versprich mir, mich zu suchen.«

»Aber bis dahin bist du sicher verheiratet und hast eine Familie …«

Er schüttelte den Kopf. »Niemals. Entweder bist du es oder keine. Also glaub nicht mal für eine Minute, dass ich dich nicht mehr wollen würde oder dass mein

Stolz zu verletzt ist, um dir zu vergeben. Ich habe dir bereits vergeben. So sehr liebe ich dich.«

»Das kannst du nicht ernst meinen.« Juliana erstickte einen Schluchzer. »Du wirst eine andere kennenlernen. Du wirst dich wieder verlieben.«

Er legte einen Finger unter ihr Kinn und zwang sie, ihn anzusehen. »Habe ich jemals etwas zu dir gesagt, das ich nicht gemeint habe?«

»Nein«, flüsterte sie.

»Versprichst du es mir, Juliana? Ich muss es von dir hören.«

»Okay, ich verspreche es dir, doch ich will nicht, dass du auf mich wartest. Ich möchte, dass du eine andere findest …«

Mit einem Finger an ihren Lippen brachte er sie zum Schweigen. »Das wird nicht passieren.«

»Es tut mir so leid, Michael.« Sie gab ihm die Haustürschlüssel.

Er steckte sie in seine Hosentasche und griff nach Julianas linker Hand. »Er hat dir nicht einmal einen Ring gegeben?«

»Der war zu groß.«

Michael ließ einen Laut hören, der ein Lachen hätte sein können, wäre er nicht so am Boden zerstört gewesen. »Und meiner hat perfekt gepasst. Irgendwie ironisch, nicht?«

Dem konnte Juliana nicht widersprechen, also versuchte sie es gar nicht erst. »Wie lief es mit Paige?«

»Wie sich herausgestellt hat, war sie wirklich schwanger.«

Juliana keuchte auf.

»Sie hat das Kind verloren. Als ich dort ankam, war sie noch im Krankenhaus.«

»O Michael. Das tut mir so leid. Geht es ihr gut?«

»Sie wird sich erholen.«

»Und du?«

Er legte seine Hände an ihr Gesicht und strich mit den Daumen in einer so vertrauten, so zu ihm gehörenden Geste über ihre Wangen, dass es ihr den Atem raubte. »Du gehst besser, solange ich noch in der Lage bin, dich gehen zu lassen.«

Ein letztes Mal zog er sie in seine Arme, als wolle er sich für all die Tage wappnen, die er nun ohne sie leben musste. »Vergiss nicht, was ich gesagt habe, Juliana. Komm mich suchen.«

»Ich will nicht, dass du auch nur für eine Sekunde denkst, dass ich dich nicht so sehr liebe, wie ich es gesagt habe.«

»Ich weiß, dass du das tust.« Sanft berührte er ihre Lippen mit seinen. »Deshalb werde ich warten.«

KAPITEL 34

Zwei Tage nach dem herzzerreißenden Abschied von Michael kehrte Juliana in den Salon zurück. Ihre Kollegen löcherten sie mit Fragen über ihre Verstrickung in den Prozess, doch sie hielt sich mit Einzelheiten zurück, weil es zu schmerzhaft war, an Michael zu denken.

Sie war so traurig über das, was sie ihm angetan hatte, dass es sie große Mühe kostete, morgens überhaupt aufzustehen. Ihre gemeinsame Zeit war kurz, aber intensiv gewesen, und sie konnte nicht leugnen, dass sie einen großen Teil ihres Herzens bei ihm zurückgelassen hatte. Trotz allem, was er gesagt hatte, hoffte sie, dass er irgendwann eine andere Frau finden würde, die ihn so glücklich machte, wie er es verdiente.

Die nächsten drei Wochen vergingen wie im Flug. Sie und Jeremy boten ihr Haus zum Verkauf an und hatten vier Tage später einen Käufer gefunden. Die Übergabe wurde auf Ende Januar festgesetzt. Pam half ihr, das perfekte weiße Sommerkleid für die Hochzeit am Strand zu finden. Während ihres Shoppingtrips fragte Pam, was aus Julianas Beziehung mit dem Staatsanwalt geworden sei.

Die Frage traf Juliana tief ins Herz, weil sie alle Erinnerungen an Michael wieder wachrief. Sie zwang sich, zu sagen: »Nichts. Daraus ist nichts geworden.«

Jeremy war fürsorglich und aufmerksam. Er schien zu verstehen, dass sie ein wenig Raum brauchte, um vor der Hochzeit einige Dinge zu verarbeiten. Gleich-zei-tig überschlug er sich fast, um sein Versprechen einzuhalten, die Romantik in ihre Beziehung zurückzubringen. Als ihre Hochzeit näher rückte, liebte Juliana ihn mehr als je zuvor und war sich sicher, die richtige Entscheidung getroffen zu haben.

Am dreizehnten Dezember nahmen sie mit Pam und David den Flug gleich am Morgen nach St. Thomas. Dort fuhren sie mit der Fähre die kurze Strecke zu der kleinen Insel St. John. Sie waren alle bester Laune, als der Taxifahrer sie an dem direkt am Meer gelegenen Resort absetzte. Juliana und Jeremy checkten in eine Suite mit zwei Schlafzimmern ein und gesellten sich dann wieder zu Pam und David, um die luxuriöse Anlage zu erkunden.

Sie genossen gerade einen tropischen Cocktail an der Bar, als Jeremys Mutter Barbara mit ihrem Ehemann Gary eintraf. »Das wurde auch Zeit, oder?«, flüsterte sie Juliana zu und umarmte sie fest.

Gary schüttelte seinem Stiefsohn die Hand und begrüßte Juliana mit einem Kuss auf die Wange. »Ich hoffe, dass ihr beide so glücklich werdet, wie deine Mom und ich es sind«, sagte er.

Barbara, eine zierliche Blondine, die neben ihrem Ehemann und ihrem Sohn wie eine Elfe wirkte, errötete.

Jeremy bestellte Drinks für die beiden, dann gingen sie alle zusammen zu dem Pavillon hinüber, in dem die Hochzeit am nächsten Abend bei Sonnenuntergang stattfinden sollte.

»Es ist so wunderschön hier«, erklärte Barbara und betupfte sich die Augen.

»Mein Gott, Mom«, erwiderte Jeremy grinsend. »Du weinst ja jetzt schon. Wie soll das dann erst morgen werden?«

»Ach, halt den Mund. Mein einziges Kind heiratet, da darf ich so viel weinen, wie ich will.«

»Das stimmt, Darling.« Gary legte einen Arm um seine Frau. »Nur zu, weine, wann immer dir danach ist.«

Jeremy verdrehte die Augen und nahm Julianas Hand, um mit ihr gemeinsam die Treppe zum Pavillon hinaufzusteigen. In der Mitte des großen, offenen Raumes legte er die Arme um sie und drehte sie so herum, dass sie in Richtung Meer schaute. »Was meinst du, Baby – entspricht das deinen Vorstellungen?«

»Auf jeden Fall. Es ist einfach richtig, oder, Jer?«

Er küsste ihre linke Hand, an der der inzwischen verkleinerte Ring steckte. »Alles ist richtig, solange ich dich habe.«

Zu den Pfiffen ihrer Gäste beugte er sich für einen so leidenschaftlichen Kuss vor, dass Julianas Wangen ganz erhitzt waren, als sie sich schließlich wieder von ihm löste.

»Nehmt euch ein Zimmer!«, rief David.

»Das haben wir schon«, entgegnete Jeremy und fügte, extra für Juliana, an: »Sogar zwei.«

Sie lächelte ihn an. »Bloß noch eine weitere Nacht. Wir haben es fast geschafft.«

»Aber nur so gerade eben«, flüsterte er. Dann gingen sie wieder die Treppe hinunter zu den anderen. »Wer hat Lust auf ein kleines Mittagessen?«

* * *

An diesem Nachmittag verkündete David, dass er und Gary an der Poolbar eine spontane Junggesellenfeier für Jeremy organisieren würden, während die Damen ins Spa gingen.

»Ich weiß nicht«, sagte Juliana und warf Jeremy einen skeptischen Blick zu.

»Was soll das heißen?«, fragte David indigniert. »Das ist etwas, das du ihm nicht verwehren kannst. Los jetzt, lass dir die Nägel machen, und überlass den Bräutigam mir.«

»Ich will nicht, dass du morgen verkatert bist«, wandte sich Juliana an Jeremy.

Er beugte sich vor und küsste sie. »Keine Sorge, Babe. Ich werde mich be-neh-men.« Dann flüsterte er ihr ins Ohr: »Auf keinen Fall werde ich zulassen, dass es mir in unserer Hochzeitsnacht schlecht geht.«

Juliana lächelte, und er küsste sie erneut. »Ich liebe dich.«

»Ich dich auch.«

»Benimm dich, David«, warnte Pam ihren Ehemann. »Das meine ich ernst.«

»Ist schon gut, Mädels.« Barbara legte die Arme um Juliana und Pam. »Gary wird ein Auge auf die beiden haben.«

Mit einem widerstrebenden letzten Blick auf Jeremy ließ Juliana sich von Barbara zum Spa führen, wo sie in den nächsten drei Stunden verwöhnt wurden. Barbara überraschte sie damit, dass sie zusätzlich zur Maniküre und Pediküre noch eine Massage gebucht hatte.

»O mein Gott, das ist himmlisch«, stöhnte Juliana, als die Masseurin alle ihre Verspannungen herausknetete.

»Ich dachte mir, dass du das genießen würdest«, meinte Barbara, die die Liege neben ihr hatte. Pam hatte sich für eine Einzelkabine entschieden.

»Ich freue mich so, dass du und Gary dabei sein könnt«, erklärte Juliana.

»Und wir freuen uns, dass ihr uns dabeihaben wollt, Liebes. Es ist sicher kein Geheimnis, dass ich Jeremy schon seit Jahren zu diesem Schritt mit dir dränge. Er hat sehr viel Glück, dich zu haben, und ich denke, jetzt ist ihm das auch bewusst.«

»Also bist du darüber im Bilde, was passiert ist? Warum wir uns getrennt haben?«

»Ja, er hat es mir erzählt. Ich denke, es sagt viel über die Liebe zwischen euch aus, dass ihr es geschafft habt, wieder zueinanderzufinden.«

»Ich liebe ihn wirklich, Barbara, und ich werde alles tun, was ich kann, damit diese Ehe funktioniert.«

»Daran habe ich keinen Zweifel, Liebes. Überhaupt keinen.«

* * *

In der Lobby des Spa trafen sie wieder auf Pam.

»Ich weiß nicht, wie es euch geht, aber ich fühle mich wie eine neue Frau«, verkündete Juliana. Sie ließ ihre Schultern kreisen. Sie war ausgeruht, erfrischt und bereit, den nächsten Schritt in ihrem Leben mit Jeremy zu tun.

»Was haltet ihr davon, wenn wir den Junggesellenabschied stürmen?«, fragte Barbara mit einem verschmitzten Funkeln in den Augen.

»Ich bin dabei«, antwortete Pam.

Sie schlenderten durch den duftenden tropischen Garten zum Pool. Als sie sich der Bar näherten, hielt Juliana kurz den Atem an, denn dort standen Jeremy und David und sangen aus voller Kehle. Eine Reihe umgedrehter Schnapsgläser säumte den Tresen vor ihnen.

Gary begrüßte die Damen mit einem verlegenen Schulterzucken. »Ich habe versucht, sie aufzuhalten. Sie sind allerdings groß in Fahrt.«

»Da ist sie ja!«, rief Jeremy. »Das ist meine Braut! Komm her, Babe, und schenk mir ein wenig Liebe.«

Juliana trat einen Schritt vor, um ihm zu sagen, er solle leiser sein, doch Jeremy warf sie beinahe um, als er seine Arme um sie legte und sie abrupt an sich zog.

»Jeremy, hör auf. Du machst dich zum Gespött der Leute.«

»Habt ihr das gehört? Sie findet, ich bin peinlich.«

Juliana stemmte sich gegen ihn, um sich aus seiner engen Umarmung zu befreien.

»Weißt du, was peinlich ist?«, fragte er so laut, dass jeder in der Poolbar ihn hören konnte. »Ich verrate dir, was *peinlich* ist. Mein guter Kumpel Dave hier hat mir eine *ziemlich* interessante Geschichte über meine Braut erzählt. Etwas darüber, dass sie die Finger gar nicht von einem Typen lassen konnte, von dem sie behauptet hat, er wäre nur *ein Freund*.«

»David!«, keuchte Pam. »Das hast du nicht getan!«

David entdeckte auf einmal sein Interesse am Fußboden, während seine Frau ihn wütend anfunkelte.

»Oh-ho!«, brüllte Jeremy. »Was weißt du? Du hast es auch gesehen, Pam, oder? Was bin ich eigentlich? Der letzte Idiot auf Erden, der herausfindet, was *meine Braut* so getrieben hat?«

»Jeremy, hör sofort auf«, zischte Barbara.

Keiner in der Bar rührte sich. Alle Augen waren auf Jeremy und Juliana gerichtet.

»Komm, mein Sohn, lass uns gehen.« Gary versuchte, Jeremy am Arm zu packen.

Er schüttelte seinen Stiefvater jedoch ab und verstärkte seinen Griff um Juliana.

Juliana schubste ihn so fest, wie sie konnte, und er stolperte rückwärts gegen David. Dann zog sie den Verlobungsring vom Finger und warf ihn Jeremy vor die Füße. »Wir sind fertig miteinander. Ruf mich nicht an, schreib mir nicht, und komm nicht wieder bettelnd bei mir angekrochen. Ich bin fertig mit dir. *Ich* war die Idiotin, weil ich dachte, dass du eine zweite Chance verdient hast.« Sie wandte sich zum Gehen. Wenn sie sich auch nur eine Sekunde lang gestattete, daran zu denken, was sie für ihn aufgegeben hatte …

»Hast du ihn gefickt?«, brüllte Jeremy ihr hinterher.

Die anderen keuchten auf.

Juliana blieb stehen und wirbelte zu ihm herum. »Was hast du da gerade zu mir gesagt?«

Er kam einen schwankenden Schritt auf sie zu. »Hast du ihn gefickt? Das ist eine einfache Ja-oder-nein-Frage.«

»Jeremy, Schluss. Sofort«, verlangte Barbara und wischte sich die Tränen von den Wangen.

»Nicht, bevor sie mir die Frage beantwortet hat.«

Juliana beugte sich zu ihm vor. »Du willst, dass ich die Frage beantworte? Na gut, meinetwegen: Nein, Jer, ich habe ihn nicht gefickt.« Befriedigt angesichts der Erleichterung in seiner Miene fügte sie hinzu: »Aber ich habe Liebe mit ihm gemacht – wieder und wieder und wieder. Und weißt du, was? In den Nächten, die ich in seinen Armen verbracht habe, hat er mir nicht ein einziges Mal das Gefühl gegeben, nicht genug zu sein. Bist du jetzt glücklich?«

»Jule«, flüsterte er, und die Bedeutung dessen, was sie da gerade gesagt hatte, schien auf einen Schlag über ihn hereinzubrechen.

»Fahr zur Hölle, Jeremy.« Sie drehte sich um und verließ die Bar, in der man eine Stecknadel hätte fallen hören können – zwischen den Schluchzern, die Jeremy von dem Moment an schüttelten, in dem sie ihm den Rücken zuwandte.

»Juliana!«, rief Pam hinter ihr. »Warte.« Sie rannte, um zu Juliana auf-zu-schlie-ßen. »Es tut mir so leid. O mein Gott, ich werde David dafür umbringen.«

»Nein, tu das nicht. Er hat mir einen Gefallen getan.«

»Kommst du klar?«

»Ja, alles wird gut.« Juliana umarmte ihre Freundin kurz. »Richte Barbara aus, dass ich mich bei ihr melde, sobald ich kann. Geh zurück zu ihm. Er wird seine Freunde brauchen, sobald er wieder nüchtern ist und erkennt, was er getan hat.«

»Reist du ab?«

»So schnell ich kann.«

»Rufst du mich an?«

Juliana nickte, drückte Pams Hand noch ein letztes Mal und rannte durch die Lobby, um sich ein Taxi zu besorgen. In ihrem Zimmer befand sich nichts außer der Kleidung, die sie für eine Hochzeit gekauft hatte, die nicht stattfinden würde.

KAPITEL 35

Juliana erwischte den letzten Flieger von St. Thomas. Erst als das Flugzeug abhob und sie sicher war, dass Jeremy ihr nicht hinterhergelaufen kam, atmete sie einmal tief durch. Selbst wenn sie ihn niemals wiedersehen würde, wäre das noch zu früh. Am peinlichsten war ihr, dass Barbara und Gary Zeugen der grauenhaften Szene in der Bar geworden waren.

Auf dem Weg nach Miami ließ der Schock langsam nach, und Juliana fing an zu zittern. Ihr dünnes Sommerkleid bot keinen Schutz gegen die kühle Luft in der Kabine, also bat sie die Stewardess um eine Decke, die sie sich um die Schultern wickelte. Sobald das Zittern verebbte, begann sie leise zu weinen.

Was für ein Chaos sie angerichtet hatte. Und was für eine Närrin sie gewesen war, ihm eine zweite Chance zu geben. Sie hätte es an dem Tag am Strand beenden sollen, als er erklärt hatte, er wolle sich mit anderen Frauen treffen. Stattdessen hatte sie den besten Mann auf der ganzen Welt verlassen. Und zwar für jemanden, der es nicht wert war.

In Miami verpasste sie den letzten Flieger nach Baltimore, also buchte sie einen Flug am nächsten Morgen um sechs Uhr. Von dem Bargeld, das sie für ihre Reise abgehoben hatten, kaufte sie sich in einer der schicken Boutiquen am Flughafen einen überteuerten Jogginganzug und Turnschuhe sowie eine Zahn- und eine Haarbürste. Mit ihren Einkäufen in der Hand ging sie in die warme Nacht hinaus, um sich von einem Taxi zu einem nahe gelegenen Hotel bringen zu lassen.

Ihr Zimmer war klein und billig, aber sauber. Nachdem sie einen Weckruf für halb fünf Uhr in der Frühe bestellt hatte, nahm sie eine lange, heiße Dusche und zog den Jogginganzug an. Sie hätte sich etwas zu essen bestellen können, doch allein der Gedanke verursachte ihr Übelkeit, also legte sie sich aufs Bett und starrte an die Decke.

Der Weckruf stellte sich als unnötig heraus, denn Juliana bekam die ganze Nacht kein Auge zu. Sie traf allerdings ein paar Entscheidungen. Bevor sie ir-gend-et-was anderes tun würde, würde sie herausfinden, ob Mrs Romanello mit ihrer Behauptung recht gehabt hatte, Juliana könne in jeder Lebenssituation auf eigenen Beinen stehen. Das alte Jahr stand kurz vor dem Ende, und ein neues würde beginnen, und dieses neue Jahr würde sie allein verbringen.

Zum ersten Mal in ihrem Leben würde sie allein leben. Sie würde sich die Zeit nehmen, die sie brauchte, um sich von all dem zu erholen, was in den letzten paar Monaten geschehen war. Und um herauszufinden, was sie als Nächstes tun wollte. Nach dem, was sie ihm angetan hatte, konnte sie nicht einfach zu Michael zurück. Vielleicht würde sie in diesem neuen Jahr entdecken, dass das mit ihm auch vorbei war. Oder sie würde herausfinden, dass sie ihn mehr wollte als alles andere. Wenn das der Fall war und er sie so sehr liebte, wie er gesagt hatte, würde er in einem Jahr immer noch für sie da sein.

Am nächsten Morgen stand sie auf, zufrieden, dass sie einen Plan hatte, um ihr Leben wieder auf die Reihe zu bekommen. Um etwas Selbstrespekt zwischen den Ruinen zu finden. Und um ihre Liebe zu Michael einem Test zu unterziehen.

* * *

Der dünne Jogginganzug bot keinen Schutz vor der Kälte in Baltimore. Zitternd saß Juliana auf dem Weg nach Hause im Taxi und wünschte sich ihren Wintermantel, den sie in Jeremys Wagen am Flughafen gelassen hatte.

Im Haus an der Collington Avenue verbrachte sie den letzten Tag des Jahres, der ihr Hochzeitstag hätte sein sollen, damit, vier Jahre ihres Lebens in drei Koffer und sechs der Kartons zu packen, die Jeremy aus Florida mitgebracht hatte. Sie nahm nur die Dinge mit, an denen ihr am meisten lag, und ließ alles zurück, was sie an ihre gemeinsame Zeit erinnerte.

Um fünf Uhr hatte sie alles in ihr Auto geladen. Ein letztes Mal ging sie die Stufen zur Haustür hinauf, löste den Schlüssel von ihrem Schlüsselbund und legte ihn auf den Küchentisch. Noch einmal schaute sie sich in dem Zimmer voller Erinnerungen um, die ihr noch vor wenigen Tagen stark genug vorgekommen waren, um ein Leben darauf aufzubauen. Dann schaltete sie die Alarmanlage an und zog die Tür zu diesem Leben für immer hinter sich zu.

Erst als sie im Auto saß, wurde ihr bewusst, dass sie kein Zuhause hatte. Sie musste so lachen, dass ihr die Tränen kamen, als sie begriff, dass sie keine Ahnung hatte, was sie tun sollte. Bei dem Gedanken, dass Michael bloß um die Ecke wohnte und wollen würde, dass sie zu ihm kam, wankte ihr Entschluss, es allein zu schaffen.

Aber nur für einen kurzen Moment.

Dann wischte sie sich die Tränen ab, startete den Motor und fuhr zu dem einzigen Ort auf der Welt, der ihr geblieben war – nach Hause zu ihrer Mutter.

* * *

Die neue und verbesserte Paullina empfing ihre Tochter mit offenen Armen und geschlossenem Mund. Sie verkündete nicht: »Hab ich dir doch gesagt«, stellte keine Fragen, sondern schien die Gelegenheit zu genießen, ihr Kind zu bemuttern.

Am Neujahrsmorgen entdeckte Juliana in der *Baltimore Sun* die Ankündigung der Hochzeit auf St. John, die nie stattgefunden hatte. Jeremy hatte sie noch vor ihrer Abreise abgeschickt, was Juliana bis zu diesem Moment total vergessen hatte. Ihr Herz schmerzte, als sie daran dachte, dass Michael den Artikel lesen und glauben würde, sie hätte das wirklich durchgezogen.

Liebe von der Mutter zu empfangen, die Juliana schon vor langer Zeit aufgegeben hatte, war inmitten des Desasters ein unerwartetes Geschenk. Es war verlockend, sich hier einzurichten, die Füße hochzulegen und sich zur Abwechslung von ihrer Mutter verwöhnen zu lassen.

Das widersprach allerdings dem Versprechen, das Juliana sich in dem Hotelzimmer in Miami gegeben hatte. Und so unterschrieb sie innerhalb einer Woche einen einjährigen Mietvertrag für eine kleine Einzimmerwohnung in Fell's Point. Trotz der Miete konnte sie sich das Gehalt von Allison, der Haushaltshilfe, leisten, die diese wundersame Wandlung in Paullina hervorgebracht hatte.

Juliana zog mit ihren wenigen Habseligkeiten in ihre neue Wohnung und verbrachte die erste Nacht hellwach im Bett. Sie dachte an Michael und fragte sich, ob er die Anzeige in der Zeitung gesehen hatte. Als die Sonne am Morgen aufging, wusste sie, dass sie deswegen etwas unternehmen musste. Sie stellte ihn sich morgens in seinem Schlafzimmer vor, griff nach ihrem Handy und wählte aus dem Gedächtnis seine Nummer.

»Juliana«, meldete er sich mit vor Schock ausdrucksloser Stimme.

Sie schloss die Augen gegen die aufsteigenden Tränen.

»Ich habe ihn nicht geheiratet«, erklärte sie leise.

»Aber in der Zeitung …«

Sie zuckte zusammen. »Es tut mir leid, dass du das lesen musstest. Er hatte es abgeschickt, bevor wir geflogen sind, und es war ein Feiertagswochenende …«

»Was ist passiert?«, fragte er ungläubig.

»Das, was du vorhergesagt hast. Ungefähr vierundzwanzig Stunden vor dem Jawort ist alles explodiert.«

»Geht es dir gut?«

»Besser als vorher.«

»Mein Gott, Juliana, du kannst dir nicht vorstellen, was mir durch den Kopf gegangen ist. Der Gedanke an dich … mit ihm im Bett … Das hat mich *verrückt* gemacht.«

»Ich habe nicht mit ihm geschlafen, seitdem ich wieder zu ihm zurück bin. Ich habe ihn bis zu einer Hochzeit warten lassen, die nicht stattgefunden hat.«

Michael stieß ein gequältes Stöhnen aus. »Wo bist du dann in der letzten Woche gewesen?«

Sie schluckte schwer. »Ich habe ein paar Entscheidungen getroffen.«

»Was für Entscheidungen?«

»Ich habe einen Ein-Jahres-Mietvertrag für eine Wohnung in Fell's Point unterschrieben.«

»Warum, Juliana? Du hättest herkommen können! Das weißt du.«

»Ich brauche Zeit, um ein paar Dinge herauszufinden. Zu entscheiden, was ich fühle …«

»Für mich?«

Sie hasste die Verzweiflung, die sie – erneut – in seiner Stimme hörte. »Nein«, flüsterte sie. »Für mich. Ich muss allein sein, Michael. Ich muss mir ein paar Dinge beweisen.«

»Baby, bitte … Tu das nicht. Ich liebe dich. Das wird sich niemals ändern, egal, was passiert ist. Du musst niemandem irgendetwas beweisen. Der größte Fehler, den du gemacht hast, war, jemandem gegenüber loyal zu sein, der es nicht verdient hat. Bestraf nicht dich – und mich – dafür.«

Dass er immer noch so nachsichtig war, erstaunte sie. »Ich muss das für mich tun. Ich weiß, es ist schwer zu verstehen, und ich kann nicht verlangen, dass du auf mich wartest. Ich wollte nur nicht, dass du denkst, ich hätte ihn geheiratet.«

»Das weiß ich mehr zu schätzen, als du ahnst. Aber sag mir nicht, dass ich nicht auf dich warten soll. Hast du überhaupt *irgendetwas* von dem gehört, was ich dir gesagt habe, als wir das letzte Mal zusammen waren?«

Der Kloß in ihrer Kehle erschwerte ihr das Sprechen. »Ich habe jedes einzelne Wort gehört«, antwortete sie leise.

»Du hast es mir versprochen, Juliana.«

»Das habe ich nicht vergessen.«

»Du wirst das wirklich durchziehen, oder? Du wirst uns beiden das zumuten.«

»Es tut mir leid.«

Resigniert erkundigte er sich: »Kann ich dich anrufen?«

»Es wäre besser, wenn du das nicht tust.«

»Besser für wen?« Als sie nichts erwiderte, fragte er: »Was passiert am Ende des Jahres?«

»Ich weiß es nicht.«

»Komm zu mir, Juliana«, sagte er drängend. »Du weißt, wo du mich findest.«

»Es tut mir leid, dass ich dir so viel Schmerz verursacht habe.«

»Du hast mir wesentlich mehr Glück als alles andere verursacht. Ich werde für immer auf dich warten.«

»Mach's gut, Michael.« Mit schmerzendem Herzen beendete sie den Anruf und fragte sich nicht zum ersten Mal, ob sie ein zu großes Risiko einging mit dem Wertvollsten, was ihr je jemand gegeben hatte.

* * *

Sie aß allein, schlief allein, ging allein einkaufen, schaute allein fern. Es dauerte eine Weile, bis sie sich an die Stille gewöhnt hatte, aber nach einem Monat fiel sie ihr kaum noch auf. Zu diesem Zeitpunkt hatte sie es auch geschafft, jedem in ihrem Leben die wahre Geschichte zu erzählen – dass sie Jeremy nicht geheiratet hatte, egal, was in der Zeitung gestanden hatte. Im Salon hatte man darüber drei oder vier Tage lang geklatscht, bis ein anderes Drama ins Scheinwerferlicht gerückt und Julianas Tragödie in Vergessenheit geraten war.

Im zweiten Monat beschloss sie, etwas auszuprobieren, von dem sie sich schon immer gefragt hatte, ob sie es könnte: Sie schrieb sich für eine Vorlesung an der Johns Hopkins University ein. Der Einführungskurs in Architektur fand zweimal in der Woche für drei Stunden statt, und Juliana liebte ihn. Zwischen Arbeit, Uni und Besuchen bei ihrer Mutter und Mrs R fing sie langsam an, sich wieder besser zu fühlen.

Der Februar wurde zum März, und im April erhielt Juliana einen von Herzen kommenden Brief von Jeremys Mutter, in dem sie sich für das unverzeihliche Verhalten ihres Sohns entschuldigte und Juliana versicherte, sie werde immer einen

Platz in ihrem Herzen haben, worauf die ihr ganz ähnlich antwortete. Barbara war immer liebevoll zu ihr gewesen, und sie konnte nichts dafür, dass ihr Sohn sich derart aufgeführt hatte.

Die Vorlesung endete im Mai, und als Juliana die Noten per Post bekam und sah, dass sie eine Eins bekommen hatte, tanzte sie durch ihre kleine Wohnung. Sie musste all ihre Willenskraft aufbringen, um nicht zum Telefon zu greifen und diese guten Neuigkeiten mit Michael zu teilen. Sie wusste, wie stolz er auf sie wäre.

Im Juni wurde bekannt, dass er seinen Job gekündigt hatte. Die *Baltimore Sun* brachte einen Artikel auf der Titelseite, in dem noch einmal seine Rolle im Benedetti-Prozess dargestellt wurde und der glühendes Lob von Tom Houlihan, Richter Stein und anderen Kollegen enthielt, die während seiner fünfjährigen Amtszeit mit ihm zusammengearbeitet hatten.

Juliana las den Artikel wieder und wieder auf der Suche nach Hinweisen zu seinen weiteren Plänen, doch Michael wurde nur mit den Worten zitiert, dass er sich in den privaten Sektor zurückziehe. Sie schnitt den Artikel samt dem großen Foto von Michael aus und hängte ihn an die Wand neben ihrem Bett. Erschrocken bemerkte sie, dass es das einzige Foto war, das sie von ihm besaß.

Mindestens einmal im Monat führte sie Mrs R zum Abendessen aus, und so erfuhr sie im Juli, dass Jeremy das Traumhaus verkauft hatte, zurück nach Florida gezogen war und dort ein Mädchen namens Sherrie geheiratet hatte.

Mrs R schnalzte abschätzig mit der Zunge, als sie die Neuigkeiten verkündete. »Ich weiß nicht, was dieser Junge sich denkt, aber sich in eine Ehe mit einer anderen Frau zu stürzen ist nicht die Lösung für seine Probleme.«

»Vielleicht funktioniert es mit den beiden«, sagte Juliana und meinte es so. Sie hatte nichts davon, ihm zu wünschen, dass die Ehe mit der Frau scheiterte, die ihn offensichtlich vor all den Monaten angerufen und so eine Kette von Ereignissen losgetreten hatte, die ihre Leben für immer verändern sollten.

Nachdem sie Mrs R zu Hause abgesetzt hatte, fuhr Juliana zum ersten Mal seit ihrem letzten Treffen mit Michael die Chester Street hinunter. Vor dem Haus mit der Nummer acht hielt sie an und sah, wie ein junges Pärchen einen Kinderwagen die Treppe hinauftrug. Auch wenn sie traurig war, dass Michael das Haus verkauft hatte, in dem sie zusammen gewohnt hatten, freute sie sich, dass er nun in Newport war, um seinen lang gehegten Traum wahr zu machen.

Ende August schlenderte sie in ihrer Mittagspause durch die Mall am Inner Harbor, als in einem Schaufenster ein Teddybär, der wie eine Biene gekleidet war und eine Tiara trug, ihre Aufmerksamkeit erregte. Sie ging in den Laden, um den Teddy zu kaufen, und wurde dabei von Erinnerungen an eine andere »Queen Bee« überflutet. An diesem Abend rief Juliana bei Rachelles Mutter an, um zu fragen, ob sie ihre Tochter besuchen könne.

Monique zögerte kurz. »Es tut mir leid, Juliana, aber wir haben entschieden, dass es besser ist, wenn sie keinen Erinnerungen an den Prozess oder diese Zeit in ihrem Leben ausgesetzt wird.«

»Das verstehe ich«, antwortete Juliana, obwohl sie enttäuscht war.

»Ihr geht es so gut, und auch wenn Sie zu sehen sie nicht zurückwerfen würde …«

»Wäre ich eine Erinnerung.«

»Ja.« Monique schien erleichtert, dass Juliana sie verstand.

»Ich freue mich, zu hören, dass sie sich so super erholt hat. Ich habe hier etwas, das ich ihr gerne schicken würde. Wäre das in Ordnung?«

»Natürlich. Ich bin mir sicher, sie wird alles lieben, was von Ihnen kommt.« Sie gab Juliana die Adresse. »Michael hat vor ein paar Monaten angerufen. Ich war traurig, als ich erfahren habe, dass Sie beide nicht mehr zusammen sind. Ich fand immer, dass Sie ein wundervolles Paar waren.«

»Das ist lustig«, meinte Juliana und lächelte wehmütig. »Rachelle hat das Gleiche gesagt. Ich vermisse sie. Ich habe sie nur so kurz gekannt, doch ich denke ständig an sie.«

»Sie ist ein besonderes Mädchen. Das durchzumachen, was sie durchgemacht hat, und trotzdem beinahe unbeschadet da rauszukommen … Seitdem diese Monster im Gericht getötet wurden, ist sie wie ein neuer Mensch.«

»Halten Sie mich auf dem Laufenden, wie es ihr geht?«

»Natürlich. Ich habe ein neues Schulfoto von ihr, das ich Ihnen schicken könnte.«

»Darüber würde ich mich sehr freuen. Vielen Dank.«

»Ich danke *Ihnen*, Juliana. Ihre Freundschaft hat ihr in einer sehr schwierigen Zeit sehr geholfen.«

»Jede Minute, die ich mit ihr verbracht habe, war eine Freude.«

Sie legten auf, mit dem Versprechen, in Kontakt zu bleiben. In jener Nacht lag Juliana wach, dachte an Rachelle und Michael und den Abend, an dem sie ihnen im Hotelzimmer die Haare geschnitten hatte. Wie weit sie seitdem gekommen waren.

Im September starb Paullina im Schlaf. Der Rechtsmediziner sagte, dass sie einen schweren Herzanfall erlitten habe und nicht habe leiden müssen, aber Juliana war am Boden zerstört darüber, ihre Mutter ausgerechnet jetzt zu verlieren, wo sie gerade angefangen hatten, eine echte Verbindung miteinander aufzubauen. Donatella und Vincent kamen sofort zum Haus ihrer Mutter, wo sie auf Domenic und Serena warteten, die von der Westküste anreisten. Juliana konnte sich nicht erinnern, wann sie ihre älteren Geschwister das letzte Mal gesehen hatte, doch in der Minute, in der sie das Haus betraten, war es, als wäre keine Zeit vergangen.

Gemeinsam überstanden sie die Trauerfeier und die Beerdigung, auf der es schien, als wäre Allison verstörter als Paullinas fünf Kinder.

»Vielen Dank für alles, was du in den letzten Monaten getan hast, um ihr das Leben angenehmer zu machen.« Juliana umarmte die untröstliche Allison. »Ich habe es ernst gemeint, als ich gesagt habe, du könntest Wunder vollbringen.«

»Sie war ein zauberhafter Mensch, und ich werde sie schrecklich vermissen.«

Nach der Beerdigung verbrachten die Geschwister zwei Tage damit, das Haus auszuräumen, wobei jeder die Dinge beiseitestellte, die er oder sie behalten wollte. Am letzten Abend, bevor Domenic und Serena wieder nach Hause fliegen sollten, saßen sie auf dem Fußboden im leeren Wohnzimmer und aßen die Reste der Mahlzeiten, die von Nachbarn und der erweiterten Familie vorbeigebracht worden waren.

»Wir haben geredet, Juliana«, verkündete Donatella, als Domenic eine zweite Flasche Wein öffnete.

»Worüber?«, fragte sie.

»Wir sind uns alle einig, dass du das Haus verkaufen und den Erlös behalten sollst«, sagte Vincent.

»Auf keinen Fall. Das gehört uns allen zusammen.«

»Du bist diejenige, die sich hauptsächlich um Ma gekümmert hat«, wandte Serena ein. »Da ist es nur fair, dass du etwas von dem Geld zurückbekommst, das du in den Kredit und andere Ausgaben investiert hast.«

»Wirklich, Leute.« Juliana war von der Geste sehr berührt. »Das fühlt sich für mich nicht richtig an.«

»Die Sache ist bereits entschieden«, erklärte Domenic.

»Seid ihr sicher?«

»Das sind wir«, versicherte Vincent. »Sie wäre schon vor langer Zeit gestorben, wenn du dich nicht um sie gekümmert und uns gezwungen hättest, zu helfen.«

Donatella nickte zustimmend.

»Ich hoffe, wir sehen uns ab und zu«, bemerkte Juliana. »Ich weiß, wir haben alle unsere eigenen Leben, und ihr habt eure Familien in Kalifornien, aber vielleicht können wir es schaffen, uns ein- oder zweimal im Jahr zu treffen.«

Sie einigten sich darauf, es zu versuchen. Bei der dritten Flasche Wein erzählte Juliana ihren Geschwistern von all dem, was im letzten Jahr bei ihr passiert war. Sie konnte kaum glauben, dass es schon ein Jahr her war, dass sie Michael auf dem Flughafen kennengelernt hatte. Ihre Geschwister waren überrascht, zu hören, in welcher Gefahr sie während des Prozesses geschwebt hatte – und darüber, wie ihre Beziehung mit Jeremy geendet hatte.

»Also«, meinte Vincent und grinste schief. »Mr Wundervoll hat sich am Ende als doch nicht ganz so wundervoll herausgestellt, was?«

Juliana lächelte. »Guck nicht so selbstgefällig, Vin.«

Er versuchte, sich ein Grinsen zu verkneifen. »Tut mir leid.«

Juliana lachte und warf ihm eine zerknüllte Papierserviette an den Kopf. »Nein, tut es nicht.«

»Was mich interessieren würde, ist, warum du danach nicht zu Michael gegangen bist, obwohl du es ihm versprochen hattest«, erklärte Donatella. »Worauf zum Teufel wartest du noch?«

»Das Gleiche wollte ich auch gerade fragen«, sagte Serena.

»Ich denke darüber nach«, gestand Juliana. »Wenn mein selbst auferlegtes Jahr um ist, werden wir sehen.«

»Denk nicht zu lange nach«, riet ihr Domenic. »Er klingt wie ein guter Kerl.«

»Das ist er«, bestätigte Juliana leise und vermisste ihn in diesem Moment mehr als je zuvor in den letzten neun Monaten.

Das Haus ihrer Mutter wurde im November verkauft, und Juliana stellte zu ihrer Überraschung fest, dass ihr selbst nach Abzug der Steuern über sechsundvierzigtausend Dollar blieben. Sie schrieb Jeremy einen Scheck über siebzehntausend Dollar aus und schickte ihm den über seine Mutter, mit einer kurzen Nachricht: *Danke, dass Du den Kredit meiner Mutter abbezahlt hast. Bitte akzeptiere den beiliegenden Scheck als Ablöse.*

Ein Teil ihres Geldsegens floss Anfang Dezember in den Kauf eines neuen Autos – ein silberner Honda Accord. Sie verabschiedete sich von ihrem alten Toyota, der ihr viele Jahre lang treu gedient hatte und eine der letzten Verbindungen zu ihrem alten Leben war. Der Rest des Geldes kam auf die Bank, und so hatte Juliana ein finanzielles Polster, das größer war als je eines zuvor in ihrem Leben.

Inzwischen war es beinahe sechs Monate her, dass sie Michaels Foto neben ihrem Bett aufgehängt hatte, und es war ihr zur Gewohnheit geworden, ihm abends, wenn sie im Bett lag, von ihrem Tag zu erzählen.

»Willst du mich immer noch?«, fragte sie eines kalten Abends eine gute Woche vor Weihnachten. »Soll ich wirklich dieses große Risiko eingehen, zu glauben, dass du mich noch liebst?« *Habe ich jemals etwas zu dir gesagt, das ich nicht gemeint habe?* Die Erinnerung war so mächtig, als stünde er bei ihr im Zimmer und wäre nicht Hunderte von Meilen entfernt.

In jener Nacht betrachtete sie das Foto sehr lange. »Ich glaube, ich bin bereit, alles auf eine Karte zu setzen, Michael. Ich vermisse dich so sehr, dass ich manchmal fürchte, ich werde verrückt, wenn ich dich nicht bald wiedersehe. Falls es dich interessiert, ich mag mich jetzt wesentlich lieber, als ich mich vor einem Jahr gemocht habe, also hoffe ich, du verzeihst mir, dass du so lange darauf warten musstest, dass ich mein Versprechen einlöse.«

Am nächsten Tag kündigte sie im Salon, mit zweiwöchiger Frist. Es war an der Zeit, herauszufinden, ob Michael wirklich meinte, was er gesagt hatte.

KAPITEL 36

Früh am Neujahrsmorgen verließ Juliana Baltimore mit noch weniger Habseligkeiten, als sie in ihre Wohnung in Fell's Point mitgenommen hatte. Im letzten Jahr hatte sie herausgefunden, dass sie mit wesentlich weniger Dingen leben konnte, als sie gedacht hatte.

Während sie mit ihrem neuen Wagen durch den sich langsam lichtenden Nebel fuhr, dachte sie daran, dass gestern ihr erster Hochzeitstag mit Jeremy gewesen wäre. Heute würde sie allerdings nicht an ihn denken. Nein, heute würde sie allein an Michael denken und daran, wie stolz sie auf sich war, weil sie sich das letzte Jahr über Zeit genommen hatte, um ihr Leben in Ordnung zu bringen.

Sie fragte sich, ob sie wohl zu lange damit gewartet hatte, ihr Versprechen einzulösen, und ihr Magen zog sich nervös zusammen. Doch da sie die Zeit gebraucht hatte, um zu heilen und zu wachsen, wusste sie: Egal, wie dieser Tag verlaufen würde, sie würde damit klarkommen. Sie hatte sich bewiesen, dass sie nicht nur allein überleben, sondern sogar aufblühen konnte.

Außer ihr war offenbar niemand unterwegs, deshalb trat sie das Gaspedal durch und erreichte Connecticut in unter drei Stunden. Bei der Erinnerung daran, wie entsetzt Michael über ihre Art, zu fahren, gewesen war, musste sie lachen. Sie mochte es nicht, hinter dem Steuer Zeit zu vergeuden. Das war etwas, woran er sich besser gewöhnte. *Beschrei bloß nichts mit solchen Gedanken.*

Die Fahrt durch Connecticut schien nicht enden zu wollen, aber gegen Mittag kam sie endlich in Rhode Island an. Sie hatte sich die Wegbeschreibung nach Newport ausgedruckt, doch vor Ort würde sie sich auf ihr Gedächtnis verlassen müssen, um das Haus zu finden, in dem sie nur ein Mal gewesen war – und das auch noch bei Nacht.

Der Blick von der Newport Bridge war im Winter anders, als er im Herbst gewesen war, aber genauso umwerfend. Sie nahm die Ausfahrt nach Newport, und als sie über die America's Cup Avenue fuhr, erinnerte sie sich daran, dass Michael Newport mit Annapolis verglichen hatte. Sie bog rechts in die Lower Thames Street ein, und ihr Herz begann heftig zu klopfen. Nun war sie wenige Straßenzüge von ihm entfernt – und von allem, was sie sich je gewünscht hatte.

Langsam fuhr sie über die Lower Thames, bis sie auf einmal sein Haus erkannte und den ersten freien Parkplatz am Straßenrand nahm. Ohne sich Zeit dafür zu lassen, nervös zu werden, frischte sie ihren Lippenstift auf, schob ihre Handtasche unter den Sitz und stieg aus. Sie schloss den Wagen ab und begann, die Straße hinunterzugehen, wobei sie ihre zitternden Hände fest in den Manteltaschen vergrub. Erst vor seinem Haus blieb sie stehen. Die Fensterscheiben auf der rechten Seite neben der Tür waren immer noch mit Papier zugeklebt, aber auf dem linken Fenster stand in goldenen Buchstaben: »Michael Maguire, Rechtsanwalt«.

»Wie schön für dich, Michael«, flüsterte sie, und ihr Herz schwoll vor Stolz. »Du hast es wirklich gemacht.«

Nach einem tiefen Atemzug nahm sie all ihren Mut zusammen und drückte die Tür auf. Im Eingangsbereich stellte sie überrascht fest, dass das Licht in seinem Büro an war, obwohl heute Feiertag war. Sie öffnete die Bürotür, bei der ebenfalls sein Name auf dem Glas stand. Es war genau so, wie er es gesagt hatte: ein gemütliches Wartezimmer, ein Empfangstresen und dahinter sein Büro. Nichts Schickes, doch es passte zu ihm.

Die Rezeptionistin schaute auf und gab einen erstaunten Laut von sich. Es war Michaels Schwester Mary Frances, die sich nun erhob und um den Tresen herumkam.

»Juliana.« Sie umarmte sie. »Mein Gott, bist du es wirklich?«

»Ja, ich bin es.« Juliana erwiderte die herzliche Umarmung.

»Oh, mein Bruder wird sich so freuen, dich zu sehen!«

»Tatsächlich?« Julianas Anspannung ließ ein wenig nach. »Glaubst du das echt?«

»Du hast ja keine Ahnung. Komm. Gib mir deinen Mantel.«

»Ist er hier?«

»Nein. Er ist auf dem Polizeirevier, aber ich erwarte ihn jede Minute zurück. Wir sind heute für ein paar Stunden hergekommen, um uns um einige Klienten zu kümmern, deren Silvesterfeiern im Gefängnis geendet haben.«

Das Telefon klingelte, und Mary Frances entschuldigte sich, um ranzugehen. »Michael Maguires Büro. Ja, Mrs Fitzpatrick, er ist noch unterwegs.« Sie verdrehte die Augen in Julianas Richtung. »Ich sage ihm Bescheid, sobald er zurück ist. Doch er wird Ihnen das Gleiche sagen, was er Ihnen das letzte Mal gesagt hat, als Fifi eingefangen wurde. Sie müssen sie an der Leine halten.«

Juliana lachte leise über Mary Frances' Gesichtsausdruck, während die versuchte, Mrs Fitzpatrick abzuwimmeln.

»Es gibt gute Klienten, und es gibt anstrengende Klienten.«

»Lass mich raten«, meinte Juliana. »Fifis Besitzerin gehört zu den anstrengenden Klienten.«

»Zu den *anstrengendsten.*«

Innerhalb der nächsten Minuten klingelte das Telefon noch mehrmals, und Juliana stellte erfreut fest, dass Michaels Kanzlei gut zu laufen schien. »Ich bin sicher, er liebt es, dich hier bei sich zu haben«, bemerkte Juliana zwischen zwei Anrufen.

»Ich teile mir den Job mit Shannon und Maggie. Wir sind eigentlich immer abwechselnd hier, tauschen allerdings so häufig, dass Michael sich immer beschwert, er wüsste nie, wer von uns morgens hier sein wird. Er nennt es eines der Geheimnisse des Lebens.«

Juliana lächelte, weil sie wusste, wie sehr es ihn freuen musste, mit seinen Schwestern zusammenzuarbeiten.

Wieder klingelte das Telefon. »Sorry«, sagte Mary Frances. »An Silvester dreht die Welt immer durch. Warum wartest du nicht in Michaels Büro? Er sollte jede Sekunde zurück sein.«

»Okay.« Juliana schlenderte in sein Büro, das verdächtig dem in Maryland glich – organisiertes Chaos. Ein gerahmtes Foto auf einer Kommode erregte ihre Aufmerksamkeit. Sie trat hinter seinen Schreibtisch, um es genauer zu betrachten, und hielt erschrocken die Luft an, als ihr klar wurde, dass es ein Foto von ihnen beiden war, das der Fotograf in dem Resort auf den Bahamas geschossen hatte. Sie waren so traurig gewesen, als sie gemerkt hatten, dass sie vor ihrer Abreise vergessen hatten, es abzuholen. Auf dem Foto lächelten sie beide strahlend und hatten die Arme umeinandergelegt. Sie sahen aus wie ein schwer verliebtes Paar.

»Es hat mich zwei Monate gekostet, das aufzuspüren.«

Sie wirbelte herum. »Michael«, entfuhr es ihr, überwältigt von der schmerzhaft vertrauten Stimme und dem Anblick von ihm in Hemd und Krawatte, wie er da am Türrahmen lehnte. Sie konnte die Augen nicht von ihm losreißen. »Du hast dir die Haare wieder wachsen lassen.«

Er zuckte mit den Schultern. »Ich hatte niemanden, der sie mir geschnitten hätte.«

Juliana wandte sich wieder dem Foto zu. »Ich fasse es nicht, dass du das hast.«

»Als mir auffiel, dass ich kein einziges Foto von dir hatte, habe ich Himmel und Erde in Bewegung gesetzt, um dieses hier aufzuspüren. Was für ein Spaß, per Telefon mit Leuten auf den Bahamas zu verhandeln. Das solltest du dringend mal ausprobieren.« Seine Augen funkelten amüsiert, und Juliana glaubte, auch einen Anflug von Freude darin zu erkennen. Dass er froh war, sie zu sehen, erleichterte sie ungemein.

Juliana griff in ihre hintere Hosentasche und zog vorsichtig das zusammengefaltete Bild aus der Zeitung heraus. Sie klappte es auf und zeigte es ihm. »Ich hatte mein eigenes Foto, das mir Gesellschaft geleistet hat. Ich habe in den letzten Monaten viel mit ihm geredet. Er ist ein sehr guter Zuhörer.«

Michael lachte. »Und was hast du ihm erzählt?«

»Dass ich ihn mehr vermisse als jemals jemanden zuvor. Dass ich ihn liebe, dass ich nie aufgehört habe, ihn zu lieben. Dass ich eine Närrin war, ihn gehen zu lassen, und dass ich hoffe, er hat es ernst gemeint, als er sagte, er würde auf mich warten.«

Michael kam um den Schreibtisch herum zu ihr. »Ich glaube, ich kann für ihn sprechen, wenn ich dir versichere, dass er es ernst gemeint hat.« Er zog sie in seine Arme und drückte sie fest. »Mein Gott, ich habe dich so vermisst, Baby. Du musstest dir wirklich das volle Jahr nehmen, oder?«

Leise lachend klammerte Juliana sich an ihm fest und genoss den vertrauten Duft und das Gefühl, bei ihm zu sein. »Ich hatte solche Angst, dass zu viel Zeit vergangen wäre und du mich vergessen hättest.«

»Ich könnte dich niemals vergessen.« Er strich mit den Lippen über ihre. »Ich habe ständig diese Visionen gehabt, dass du wieder mit Jeremy zusammen bist.«

»Um dich zu zitieren: Ich habe erkannt, dass ich mit ihm bloß zehn Jahre meiner Zeit totgeschlagen habe.«

»Welche Zeit?«, fragte er lächelnd.

»Bis ich dich gefunden habe.«

Er schloss sie erneut in die Arme. »Was ist mit deiner Mutter?«

»Sie ist im September gestorben.«

»O Baby, das tut mir so leid! Ich wünschte, ich hätte es gewusst.«

Sie schüttelte den Anflug von Trauer ab. »Wir hatten Glück, dass es nicht eher passiert ist. Aber es war trotzdem schwer. In den letzten Monaten ging es ihr besser. Ich habe mich ihr zum ersten Mal beinahe nahe gefühlt.«

»Ich bin froh, dass du diese Zeit mit ihr hattest.«

»Ich auch.«

Er nahm ihre Hand. »Ich muss dir etwas zeigen.«

»Was denn?«

»Du wirst schon sehen.« Im Vorraum sagte er: »Mary Frances, ich nehme mir den Rest des Tages frei. Richte den Betrunkenen aus, sie sollen einen anderen Anwalt kontaktieren.«

»Verstanden, Chef.«

»Und mach schon, ruf Mom an. Ich weiß, du kannst es kaum erwarten, ihr zu erzählen, dass Juliana nach Hause gekommen ist.«

Ein schuldbewusster Ausdruck stahl sich auf Mary Frances' hübsches Gesicht. »Das hab ich schon.«

Michael und Juliana lachten, dann zog er sie mit sich hinaus Richtung Eingang. »Okay, schließ die Augen.« Er führte sie durch die Diele in den anderen Ladenbereich und schaltete das Licht an. »Jetzt kannst du gucken.«

Juliana öffnete die Augen, und ihr stockte der Atem, als sie Spiegel und Stühle, Waschbecken, glänzende Holzdielen und einen Empfangstresen sah. Er hatte ihr einen Friseursalon eingerichtet. Direkt neben seiner Kanzlei. »O Michael!« Eine Hand fest aufs Herz gepresst, schaute sie sich ungläubig um. »O mein Gott!«

»Warte, das Beste hast du noch gar nicht gesehen.« Er ging zum Fenster und zog das braune Packpapier ab, das die Scheibe von innen bedeckte. In der gleichen goldenen Schrift wie auf seinem Fenster stand dort: »Julianas Salon«.

Tränen rannen ihr über das Gesicht, als sie versuchte, das alles zu begreifen.

Michael legte die Arme um sie. »Wenn du je einen Zweifel daran hattest, dass ich wusste, dass du irgendwann deinen Weg zu mir zurück finden würdest, hoffe ich, dass der jetzt ausgeräumt ist.«

»Und das nach allem, was ich dir angetan habe.« Sie schüttelte fassungslos den Kopf. »Dass du mich danach weiter so sehr lieben kannst, verwundert mich.«

»Ich liebe dich so sehr und noch viel mehr. Das habe ich getan, seitdem ich das erste Mal den Kopf gedreht und dich am Flughafen neben mir bemerkt habe. Und das werde ich auch immer tun.« Er legte seine Hände an ihre Wangen und strich mit den Daumen über ihre Haut. Dann küsste er sie endlich so, wie sie es sich in dem langen Jahr ohne ihn immer erträumt hatte.

Der Kuss dauerte eine gefühlte Ewigkeit. Schließlich unterbrach ihn Juliana und schaute zu Michael auf, legte eine Hand an seine Wange. »Danke. Für das hier und für das Vertrauen, das du immer in uns hattest. Vorher hatte ich es nicht verdient, aber ich glaube, jetzt schon.«

»Du hast immer alles verdient, Dummchen. Du hättest mir viele schlaflose Nächte ersparen können, wenn du diese ganze Zen-Phase übersprungen hättest und früher hergefahren wärst.« Er nahm ihre Hand. »Komm, gehen wir nach oben. Es gibt noch mehr, was neu ist.«

Er machte die große Führung und zeigte ihr all die Verbesserungen, die er seit ihrem letzten Besuch vorgenommen hatte, darunter eine neue Küche, modernisierte Badezimmer und frisch gestrichene Wände in jedem Zimmer.

Die meisten Möbel erkannte Juliana aus seinem Haus in Maryland wieder, unter anderem sein großes Bett. Auf dem Nachttisch stand eine Kopie des Fotos von den Bahamas.

Michael zog sie in seine Arme und küsste sie auf die Wange. »Denkst du je an die letzte Nacht, die wir in diesem Bett verbracht haben?«

Ihre Wangen brannten. »Die habe ich nie vergessen.«

»Ich habe sie auch Tausende Male nacherlebt. Vielleicht können wir sie heute Nacht wiederholen?«

Sie schmiegte sich in seine Umarmung und küsste ihn. »Müssen wir so lange warten?«

»Nein«, sagte er lachend an ihren Lippen. »So lange müssen wir definitiv nicht warten. Komm, schau dir die zweite Etage an. Ich bin da oben fast fertig.«

Sie folgte ihm die Treppe hinauf. »Oh, das ist wunderschön!« Er hatte die Küche und ein paar Wände herausgerissen, um Platz für vier weitere große Schlafzimmer zu schaffen.

»Das wären gute Kinderzimmer, findest du nicht?«

»Vielleicht wenn sie älter sind.« Juliana strich mit der Hand über die glatte Wand und drehte sich dann zu ihm um. »Solange sie noch Babys sind, will ich sie unten bei uns haben.«

Er blinzelte die Tränen zurück und schüttelte den Kopf, als müsse er sich überzeugen, dass das hier real war. »Ach ja?«

»Mhm.«

Er nahm ihre Hand und legte sie auf sein Herz. »Fühlst du das? So hat mein Herz seit über einem Jahr nicht mehr geklopft.« Dann führte er sie zu der breiten Fensterbank, setzte sich und zog Juliana auf seinen Schoß, so wie er es an einem lang zurückliegenden Herbstabend getan hatte. »Erinnerst du dich an das letzte Mal, dass wir hier waren?«

Sie legte ihren Kopf an seine Schulter und nickte.

»Ich wollte der erste Mann sein, der dir einen Antrag macht, aber seitdem habe ich gelernt, dass es manchmal wesentlich besser ist, der letzte zu sein.«

Juliana lachte leise.

»Also, was sagst du? Wirst du mich heiraten, Juliana?«

Sie hob den Kopf, um in seine blauen Augen zu sehen. »Ja. Ich will dich heiraten, Michael Maguire.« Sie presste ihre Lippen auf seine. »Ja, ja, *ja*!«

Die Finger tief in ihrem Haar vergraben, küsste er sie, bis sie beide um Atem rangen. Dann zog er die Kette unter seinem Hemd hervor.

Julianas Herz setzte einen Schlag aus, als sie begriff, dass der Ring noch daran hing. »Du hast ihn die ganze Zeit dort aufgehoben«, flüsterte sie fassungslos.

Michael öffnete den Verschluss der Kette und nahm den Ring ab. »Genau hier, wo ich gesagt habe, dass er warten würde, bis du bereit bist.« Er steckte ihn ihr an den Finger und küsste sanft ihre Hand. »Jetzt ist er da, wo er hingehört.«

»Genau wie ich.«

EPILOG

Später am selben Abend …

»Ich dachte, die würden nie mehr gehen«, sagte Michael über seine Familie, die, nachdem sie von Julianas Heimkehr gehört hatte, eingefallen war. Schnell war eine Party daraus geworden, und Mary Frances hatte Pizza und Chicken Wings von Nikolas Pizzeria bestellt, und Michaels Schwäger waren mit einer Kiste Bier bewaffnet dazugestoßen.

»Es war so schön, sie wiederzusehen«, erklärte Juliana. »Ich habe sie ja nur dieses eine Mal getroffen, aber während wir getrennt waren, habe ich oft an sie gedacht.«

»Bist du sicher, dass du bereit bist, es mit dem Clan von Irren, der sich die Maguire-Familie nennt, aufzunehmen?«

Sie schlang ihre Arme um seine Taille. »Gehörst du zum Gesamtpaket dazu?«

»Das weißt du doch.«

»Dann bin ich bereit.«

Er küsste sie so, wie sie es sich in den Stunden ersehnt hatte, in denen sie ihn mit seiner Familie hatte teilen müssen. Da sie wussten, wie sehr er sie liebte, war seine Familie beinahe genauso glücklich darüber gewesen, Juliana zu sehen, wie er. Als er früher am Tag ins Büro gekommen war und Mary Frances ihm gesagt hatte, dass Juliana da sei, wäre sein Herz beinahe geplatzt vor Freude und Glück und mehr Liebe, als er je für einen anderen Menschen empfunden hatte.

Natürlich hatte er gewusst, dass Julianas Jahr im Exil am Silvesterabend geendet hatte. Er war sich allerdings nicht sicher gewesen, wann er sie wiedertreffen würde – oder ob überhaupt. Nun war klar, dass er den Rest seines Lebens mit ihr verbringen würde, und nichts hatte ihn je glücklicher gemacht.

Sie war sein wahr gewordener Traum, und er würde sie nie wieder gehen lassen.

»Ich muss meine Sachen aus dem Auto holen«, verkündete sie.

Er wollte sie ins Bett ziehen und sie tagelang dortbehalten. Er hatte seiner Mutter und seinen Schwestern sogar ausdrücklich gesagt, dass sie ihn in den nächsten drei Tagen nicht anrufen sollten. Seine Schwestern konnten die Angelegenheiten in der Kanzlei solange allein regeln, während er sich um Juliana kümmerte. Nach all den Monaten, in denen sie getrennt gewesen waren, hatten sie sich etwas ungestörte Zeit zu zweit verdient. »Das übernehme ich.«

Sie löste sich von ihm, um etwas aus der Tasche des Mantels zu holen, den sie vorhin über einen Stuhl gehängt hatte. Dann kehrte sie zu ihm zurück und reichte ihm den Autoschlüssel.

»Du hast ein neues Auto?«, fragte er.

»Ja. Mein erster Neuwagen. Ein silberner Honda Accord mit einem Kennzeichen aus Maryland. Er steht etwas die Straße runter.«

»Ich finde ihn schon.«

»Wenn du meine Handtasche unter dem Sitz und den schwarzen Koffer auf dem Rücksitz mitbringst, habe ich alles, was ich für die Nacht brauche.«

»Kommt sofort.« Er wandte sich zum Gehen, drehte sich dann aber noch einmal herum, um sie zu küssen. »Bist du wirklich hier, oder habe ich diesen Tag nur geträumt?«

»Ich bin wirklich hier.«

»Und du bleibst?«

»Für den Rest meines Lebens, wenn du mich willst.«

»Oh, ich will dich – wieder und wieder und *wieder*.«

Ein Lächeln erhellte ihr Gesicht. »Beeil dich.«

* * *

Während sie auf seine Rückkehr wartete, ging Juliana ins Badezimmer, um schnell zu duschen. Sie liebte es, was er mit den oberen Etagen des Gebäudes angestellt hatte, das er vor so vielen Jahren zusammen mit seinem Großvater gekauft hatte. Während sie ihre Haare hochband, damit sie nicht nass wurden, ließ sie ihren Blick über die marmornen Ablagen, die weißen Schränke und das doppelte Waschbecken gleiten. Alles hier hatte er mit ihr im Hinterkopf geplant. Während sie sich selbst gefunden hatte, hatte er ein Heim für sie beide geschaffen – und für die Familie, die sie gemeinsam haben würden.

Nicht eine Minute lang hatte er an ihr gezweifelt, und das zu wissen machte alle Schwierigkeiten, die sie durchgestanden hatten, um an diesem Tag anzukommen, wett.

Nach dem langen Tag fühlte sich die Dusche himmlisch an. Juliana stand unter dem heißen Strahl und ließ sich die Verspannung aus den Muskeln massieren. Es kam ihr vor, als wäre sie vor Tagen aus Baltimore abgereist und nicht erst an diesem Morgen. So viel war heute passiert, dass sie eine Weile brauchen würde, um das alles zu verarbeiten. Alles, was er am Haus geleistet hatte, der Salon, den er für sie gebaut hatte, die Pläne, die er geschmiedet hatte …

Ihre Augen füllten sich mit Tränen, als sie an all das dachte, was er getan hatte, während er ihr die Zeit gelassen hatte, die sie brauchte. Sein Vertrauen in sie – und in sie beide – war nie ins Wanken geraten.

Die Badezimmertür ging auf. »Ich bin's nur. Mit deiner Tasche.«

Sie streckte den Kopf aus der gläsernen Duschkabine. »Michael …«

»Ja?«

»Warum leistet du mir nicht Gesellschaft?«

»Äh, lass mich kurz darüber nachdenken …« Schon landete sein Hemd auf den Bodenfliesen, und er zog sich die Schuhe aus.

Juliana lachte, während er aus seiner Hose schlüpfte und seine Klamotten in einem Haufen auf dem Fußboden liegen ließ. Dann kam er zu ihr. Dieser Körper, an den sie im letzten Jahr so viel gedacht hatte, war noch muskulöser und fitter, als sie sich erinnerte.

Er trat in die Dusche und schaute Juliana lange an. »Hmm. Sogar besser als in meiner Erinnerung, und die war schon ziemlich gut.«

»Ich habe gerade das Gleiche gedacht.« Sie strich mit den Händen über seine Brust. »Du hast trainiert.«

»Ich hatte viel Zeit totzuschlagen und Frust abzubauen. Das Fitnesscenter schien mir da die bessere Wahl zu sein als eine Bar.«

»Das sehe ich auch so.« Mit den Fingern fuhr sie die Muskeln nach, die ein beeindruckendes Sixpack bildeten.

»Gefällt dir das Ergebnis?«

»Auf jeden Fall.«

Er schlang die Arme um sie und zog sie an sich. »Bei allem, was ich getan habe, seitdem ich dich das letzte Mal gesprochen habe, war ich mit meinen Gedanken stets bei dir. Jeder Atemzug, jede wache Minute war allein dir gewidmet.«

»Du überwältigst mich. Du hast nie an uns gezweifelt.«

»Ich habe mir viele Sorgen gemacht, aber ich habe nie an meiner Liebe für dich gezweifelt – oder an deiner für mich.«

Juliana schaute auf den Ring, der jetzt da war, wo er hingehörte – am dritten Finger ihrer linken Hand, wo er für den Rest ihres Lebens bleiben würde. »Wie schnell willst du heiraten?«

»Was hast du morgen vor?«

Lächelnd blickte sie ihn an. »Wir brauchen vielleicht eine oder zwei Wochen, um alles zu planen.«

»Damit kann ich leben, aber nicht viel länger. Ich habe einen Freund von der Highschool, der Anteile an einer der großen Eventlocations für Hochzeiten hier im Ort hat. Im Winter ist es ziemlich ruhig, also stehen die Chancen gut, dass wir einen Termin kriegen, wenn das für dich in Ordnung ist.«

»Was immer du willst, ist für mich in Ordnung.«

Er hob ihr Kinn, um sie zu küssen. Aus einem Kuss wurden zwei, dann drei. Er war leidenschaftlich, beinahe verzweifelt, als versuche er, die Zeit wettzumachen, die sie getrennt verbracht hatten. »Nicht hier«, flüsterte er an ihren Lippen. »Ich will dich wieder in meinem Bett, wo du hingehörst.«

Schnell verließen sie die Dusche und lachten über ihre Eile, sich gegenseitig abzutrocknen. Michael legte von hinten die Arme um sie und knabberte an ihrem Hals, was Juliana beinahe in den Wahnsinn trieb.

»Michael …«

»Was, Liebste?«

»Ich kann nicht länger warten. Ich habe dich so sehr vermisst.«

»Ich dachte, ich würde vor Sehnsucht nach dir sterben.«

»Ich bin froh, dass du es nicht getan hast.«

Er drehte sie zu sich herum. »Ich auch.« Nach einem weiteren Kuss auf ihren Hals erklärte er: »Für den Fall, dass du dich gefragt hast: Heute war der zweitbeste Tag meines Lebens.«

»Welcher war der beste?«

»Das war die Freitagnacht am Flughafen, als ich mich umgedreht habe und das schönste Mädchen, das ich je erblickt hatte, neben mir sitzen sah. Ich wusste innerhalb der ersten zehn Minuten, dass du mein Leben verändern würdest.« Er schob sie sanft rückwärts zum Bett und legte sich auf sie. »Du sollst wissen, dass ich dir bis morgen Zeit gegeben hätte, dann hätte ich dich geholt.«

»Wirklich?«

Nickend sagte er: »Ich war bereit, zu tun, was immer nötig wäre, um dich zu überzeugen, uns noch eine Chance zu geben.«

»Wie hättest du mich gefunden?«

Er strich ihr die Haare aus dem Gesicht. »Ich wusste die ganze Zeit, wo du bist.«

»Aber wie?«

»Es könnte sein, dass ich Mrs R angerufen und angefleht habe, Mitleid mit einem verliebten Mann zu haben. Ich habe gehört, dass du eine Eins in deinem

Kurs bekommen hast. Ich war so stolz auf dich. Damals stand ich kurz davor, auf alles zu pfeifen und dich anzurufen.«

Erstaunt darüber, dass er sich die ganze Zeit über sie informiert hatte, erklärte sie: »Ich wollte es dir so dringend erzählen. Du warst der Einzige, dem ich es sagen wollte.«

»Du solltest weitere Vorlesungen besuchen, wenn du magst.«

»Mal sehen. Es hat Spaß gemacht, etwas zu lernen und mir etwas zu beweisen.«

»Ich hatte nie Zweifel daran, dass du eine ausgezeichnete Studentin wärst.«

»Dafür hatte ich ausreichend Zweifel für uns beide.«

»Du kannst alles schaffen. Daran zweifle ich ebenfalls nicht.«

Sie streckte die Hand aus und legte sie an seine Wange. »Du lässt mich daran glauben.«

»Weil es stimmt.« Er unterstrich seine süßen Worte mit ebenso süßen Küssen, die in ihr eine schmerzhafte Sehnsucht nach ihm weckten. Nachdem sie so lange ohne ihn gelebt hatte, begehrte sie ihn so sehr.

»Mein Gott, Juliana, ich will dich überall küssen und berühren, doch mehr als alles andere muss ich in dir sein. Ich brauche dich.«

»Du hast mich. Ich gehöre ganz dir.«

Michael drang langsam in sie ein, damit sie sich an ihn gewöhnen konnte. Sie hatten schon immer gut zusammengepasst, aber jetzt noch mehr, wo es so lange her war. »In jeder Nacht, die wir getrennt verbracht haben, habe ich an dich und das hier gedacht und daran, wie unglaublich es sich anfühlt, mit dir zu schlafen.«

»Ich auch«, gestand sie und vergrub ihre Finger in seinem Rücken, während sie die Hüften anhob, um ihn tiefer in sich aufzunehmen. Seine Brusthaare strichen über ihre empfindlichen Brustspitzen, und seine Zunge verschmolz förmlich mit ihrer. Das war es, was sie so schmerzlich vermisst hatte und ohne das sie nie wieder leben wollte. »Ich habe jede einzelne Nacht an dich und das hier gedacht.«

»Ich liebe dich.« Er unterbrach den Kuss, um Luft zu holen. »Ich liebe dich so sehr.«

»Ich liebe dich ebenfalls.«

»Gib mir deine Hände, Baby.« Er verschränkte seine Finger mit ihren und hob ihre Arme über ihren Kopf. »Halt dich an mir fest.«

Juliana tat genau das, während er anfing, sich schneller und schneller in ihr zu bewegen, bis sie den nahenden Orgasmus spürte. »Michael …«

»Lass es einfach passieren, Liebste. Du fühlst dich so gut an. Nichts hat sich je besser angefühlt als das hier.«

Juliana ließ los und ergab sich dem Höhepunkt, der sie mit solcher Macht erfasste, dass sie aufschrie.

»Ja«, sagte er, als er mit ihr gemeinsam kam. »Juliana …« Schwer atmend und zitternd sank er auf sie. »Sorry, dass das so kurz war. Ich mache es wieder gut.«

»Es war perfekt. Aber ich werde es dich trotzdem wiedergutmachen lassen.« Sie löste ihre Hände aus seinen und schlang die Arme um ihn.

»Überleg doch mal«, bemerkte er nach einem langen Schweigen. »Wir können das jetzt für den Rest unseres Lebens so oft tun, wie wir wollen.«

»Ich bin dabei.«

* * *

Vier Wochen später heirateten sie in der Location am Wasser, die Michaels Freund gehörte. Julianas Geschwister flogen ein, und Vincent kam mit Mrs Romanello, die Juliana zum Altar führte. Ihre Schwestern und Michaels Nichten fungierten als Brautjungfern, während Michaels Schwäger seine Trauzeugen waren.

Alles in allem waren es dreißig Gäste, der Großteil davon Familie.

Der Tag war alles, was sie je gewollt hatten. Er war erfüllt von einer Freude, die Juliana bis vor Kurzem nur selten erlebt hatte. Endlich waren alle Teile ihres Lebens an ihren Platz gefallen und bildeten zusammen ein Bild, das schlicht perfekt war.

Das Leben mit Michael war noch beseligender als beim ersten Mal, als sie zusammengewohnt hatten. Denn jetzt wussten sie, dass sie ihre ganze gemeinsame Zukunft vor sich hatten.

Sie tanzten zu »When You Say Nothing at All«, dem gleichen Lied, zu dem sie in jener lange vergangenen Nacht getanzt hatten, als Michael ihr das Haus gezeigt hatte, das sie nun ihr Zuhause nannten.

»Glücklich?«, fragte er, als er sie unter den Augen der Hochzeitsgäste über die Tanzfläche führte. Draußen heulte ein Schneesturm, und eisige Schneeflocken prasselten gegen die Fenster, doch das schlechte Wetter hätte ihnen nicht gleichgültiger sein können.

»›Glücklich‹ reicht nicht aus, um meinen Zustand zu beschreiben.«

Er lächelte sie an. »Du bist jeden Tag wunderschön, aber heute … Du hast mir den Atem geraubt, als du mit Mrs R die Treppe heruntergekommen bist.«

»Wirklich?« Sie hatte sich für ein elfenbeinfarbenes Kleid entschieden, das ihre Schultern unbedeckt ließ. Kleine Perlenstickereien am Halsausschnitt, an der Taille und dem Saum waren die einzige Verzierung. Eine Freundin von Michaels Schwester Shannon hatte ihr die Haare zu einer eleganten Frisur aufgesteckt und mit einer kleinen Tiara geschmückt. Dazu hatte sie einen Strauß aus weißen Lilien und Rosen getragen.

»Total.«

»Du siehst selbst ziemlich umwerfend aus. Ich habe dich nie zuvor im Smoking gesehen.«

Er zog sie an sich und lehnte seine Stirn an ihre. »Das hier könnte den ersten Platz unter den besten Tagen meines Lebens einnehmen.«

»Und er ist noch nicht vorbei.«

* * *

Da das Hotel im Winter mehr oder weniger geschlossen hatte, konnten alle Gäste dort übernachten, was gut war, denn der Schnee fiel immer dichter. Michael und Juliana tanzten bis zwei Uhr morgens mit ihren Freunden und Verwandten, dann löste sich die Party langsam auf.

Juliana umarmte ihre Schwester Dona und ließ sich von Vincent auf die Wange küssen.

»Das hast du gut gemacht, Schwesterherz«, sagte er. »Herzlichen Glückwunsch.«

»Danke … und danke, dass du hier bist.«

»Das hätte ich um nichts auf der Welt versäumen wollen«, erwiderte Vincent.

Auch Michaels Eltern, seine Schwestern und Schwäger umarmten und küssten das Brautpaar. Die Kinder waren schon vor längerer Zeit unter Aufsicht der Teenager zu Bett geschickt worden.

»Willkommen in unserer Familie, Juliana«, erklärte Maureen Maguire. »Ich hoffe, wir treiben dich nicht völlig in den Wahnsinn.«

Da Juliana sich inzwischen daran gewöhnt hatte, lachte sie nur. »Ich habe bisher jede Minute genossen, die ich mit den Maguires verbracht habe.«

»Es ist zu spät dafür, sie warnen zu wollen, Mom«, warf Michael ein und umarmte seine Mutter.

Juliana umfasste Maureens Hand. »Ihr werdet nie wissen, wie viel es mir bedeutet, von euch so willkommen geheißen zu werden.«

»Und du wirst nie wissen, wie viel es *uns* bedeutet, Michael so glücklich zu sehen. Dafür danke ich dir.«

Die Frauen umarmten einander, und als sie sich wieder lösten, hatten sie beide Tränen in den Augen.

»Komm, Mrs Maguire«, sagte Michael und nahm ihre Hand, um Juliana aus dem Saal zu führen. »Mein Gott, ich habe so lange darauf gewartet, dich so nennen zu können.«

»Juliana Maguire. Der Klang gefällt mir.«

»Mir auch, meine Süße.« Er hob sie auf seine Arme und trug sie die Treppe hinauf in den zweiten Stock. »Nimm die Schlüsselkarte aus meiner Hemdtasche, ja?«

Sie zog die Karte heraus und hielt sie ans Schloss, woraufhin die Tür aufging.

Michael trug sie über die Schwelle und in die Hochzeitssuite, in der Kerzen in Sturmgläsern den Raum in einen warmen Schimmer hüllten. Jemand hatte Rosenblätter auf dem Bett verteilt und eine Flasche Champagner kalt gestellt.

»Das ist so schön!«, rief Juliana.

»Aber warte.« Er setzte sie neben dem Bett ab. »Da ist noch mehr.« Er ging zum Kamin und drückte auf einen Knopf, um das Gasfeuer anzuzünden.

»Sehr gemütlich. Wer hat gesagt, man sollte nicht im Winter heiraten?«

»Ich nicht, so viel ist sicher. Ich liebe es, mit dir eingeschneit zu sein.«

»Und mit unseren Familien.«

Er schüttelte den Kopf. »Nein, nur mit dir. Ich hoffe, unseren Geschwistern macht es nichts aus, wenn ich dich für ein paar Tage für mich allein haben will.« Sie hatten beschlossen, einige Tage in dem Hotel zu bleiben und in einem Monat auf Hochzeitsreise in die Karibik zu fliegen.

»Das stört bestimmt keinen. Sie müssen morgen sowieso zurück. Also falls der Flughafen nicht geschlossen ist.«

»Genug von allen, die nicht du oder ich sind.« Er nahm ihre Hände und trat einen Schritt zurück, um ihr Kleid besser betrachten zu können. »Ich will mich an jedes Detail davon erinnern, wie du an dem Tag ausgesehen hast, als du mich endlich geheiratet hast.« Langsam ließ er den Blick von ihrem Kopf zu ihren Füßen und wieder zurück gleiten. »Es gab so viele Zeiten, in denen ich gedacht habe, das hier würde nie passieren.«

»Es tut mir leid, dass ich dich so viel habe durchmachen lassen.«

»Mir nicht.«

»Dir nicht?«

»Nein. Wenn das alles nicht passiert wäre, wüsste ich das, was wir jetzt haben, niemals so zu schätzen.«

»Ich liebe dich, Michael. Das tue ich, seitdem ich dich das erste Mal gesehen habe, und ich werde es immer tun. Ich hoffe, dass du nie daran zweifelst.«

»Daran habe ich niemals gezweifelt. Was glaubst du, warum ich auf dich gewartet habe? Ich habe es immer gewusst.« Er nahm ihre Hand und legte sie flach auf sein Herz, das heftig für sie schlug. »Du warst immer für mich bestimmt.«

»Und du für mich.« Sie hob die Hände, um seine Fliege zu lösen und dann die Knöpfe an seinem Hemd zu öffnen.

Juliana zog ihm das Jackett aus, die Weste, das Hemd und sein T-Shirt. Als sie sich an seinem Gürtel zu schaffen machte, hielt Michael sie auf.

»Jetzt bin ich dran.« Er drehte sie herum, sodass er den Reißverschluss auf der Rückseite ihres Kleides öffnen konnte. Mit den Lippen strich er über die nackte Haut an ihren Schultern, was Juliana erzittern ließ. Dann schob er die Hände unter ihr Kleid, umfasste ihre Taille und stützte sein Kinn auf ihre Schulter.

»Was ist los?«, fragte Juliana.

»Gar nichts. Ich will dich nur für eine Minute halten.«

»Nimm dir alle Minuten, die du brauchst. Ich gehe nirgendwohin.«

»Ich habe so ein Glück, dass ich den Rest meines Lebens mit dir verbringen darf.«

»Ja, der Meinung bin ich auch.«

Juliana befreite sich aus ihrem Hochzeitskleid, das in einer seidigen Wolke zu ihren Füßen landete.

»Mein Gott«, flüsterte Michael, als er den String und die Strapse sah, die sie darunter trug. Er legte seine flachen Hände auf ihren Rücken und ließ sie dann langsam nach unten gleiten, um ihren Po zu umfassen. »Du raubst mir heute zum zweiten Mal den Atem.«

»Ich dachte mir, dass es dir gefällt.«

»Ich *liebe* es.« Mit sanftem Druck an ihrem Arm ermutigte er sie, sich zu ihm umzudrehen. Dann löste er zärtlich eine Klemme nach der nächsten aus ihrer Frisur, bis ihr das Haar lose auf die Schultern fiel. »Du bist umwerfend. Ich fühle mich im Moment wie der glücklichste Mann auf Erden.«

»Wir haben beide so ein wahnsinniges Glück.«

Er neigte den Kopf und senkte seine Lippen auf ihre, während er sie sanft rückwärts aufs Bett drückte. »Ich möchte Sex mit meiner Frau.«

»Das würde deiner Frau sehr gefallen.«

Zwei Jahre später …

»Michael, ich kann das nicht … ich schaff das nicht. Ich dachte, ich könnte, aber es geht nicht.«

Die Panik in ihrer Stimme steigerte seine Anspannung. Er stand an ihrem Bett, hielt ihre Hand und versuchte, sich zu konzentrieren. »Du bist der stärkste Mensch, den ich kenne. Du schaffst das.«

»Nein«, keuchte sie, und Tränen strömten ihr über das Gesicht. »Es tut zu sehr weh.«

»Sie kommen gleich, um dir die PDA zu geben. Danach wird sich alles besser anfühlen.« Er schaute zur Krankenschwester und flehte sie schweigend an, herauszufinden, warum der Anästhesist so lange brauchte.

Die Schwester verließ das Zimmer, und Juliana schrie auf, als sie von einer neuen Wehe überrollt wurde.

Während Michael versuchte, ihr zu helfen, den Atemrhythmus beizubehalten, zerriss es ihn förmlich, sie so leiden zu sehen. Er wischte ihr das Gesicht mit einem kühlen Tuch ab und wünschte, er könnte mit ihr tauschen.

Zum Glück döste Juliana nach der Wehe ein, sodass er kurz seine verkrampften Muskeln lösen und ein paar tiefe Atemzüge nehmen konnte. Keiner der Kurse, keines der Bücher oder Videos über Geburten hatte ihn darauf vorbereitet, seine Frau in solchen Qualen zu sehen. Sicher, er hatte gewusst, dass es nicht angenehm werden würde, aber das hier war wesentlich schlimmer, als alle gesagt hatten.

Sein Handy summte mit einer neuen Nachricht, und da Juliana immer noch döste, las er sie.

Sie war von seiner Mom. *Wie läuft es?*

Nicht so gut. Sie hat WAHNSINNIGE Schmerzen. Kannst du kommen?

Bin auf dem Weg.

Danke.

Halte durch, Lieber. Alles wird gut.

Michael fühlte sich bereits besser, nun, da er wusste, dass seine Mutter unterwegs war. Und ihre ruhige Sicherheit half, seinen Stress ein wenig zu mindern.

Die Schwester kehrte mit einem Arzt zurück, den sie als den An-äs-the-sis-ten vorstellte.

Gott sei Dank.

Bevor der Arzt sie begrüßen konnte, wurde Juliana von einer weiteren Wehe gepackt. Jede neue Runde ließ sie ermatteter und weniger konzentriert zurück.

»Mal sehen, was wir tun können, um es Ihnen angenehmer zu machen, Mrs Maguire«, sagte er.

Die Schwester schlug vor, dass Michael sich neben das Bett stellen sollte, damit Juliana sich an ihn lehnen konnte, während der Arzt ihr die PDA gab.

»Es tut mir leid, dass es so schlimm ist«, flüsterte er.

»Es heißt, am Ende sei es das wert.«

»In unserem Fall sogar doppelt.«

Sie stöhnte. »Erinnere mich bloß nicht daran, dass ich *zwei* Babys aus mir hinauspressen muss.«

Diese Bemerkung entlockte ihm ein Lächeln. Er war erleichtert, dass sie noch die Kraft für Witze hatte.

Nach der Anästhesie wurde alles besser, und Michael dankte stumm der modernen Medizin.

Kurz darauf traf Maureen ein und leistete ihnen Gesellschaft. Bald ermunterten die Schwestern Juliana, zu pressen. Geschäftigkeit brach aus, alles wurde vorbereitet und Juliana in die richtige Position gebracht. Michael sollte hinter ihr sitzen, um sie zu unterstützen.

»Ich kann gerne draußen warten«, meinte Maureen.

»Nein, bleib«, stieß Juliana hervor und griff nach ihrer Hand. »Bitte bleib.«

Maureen umfasste ihre Hand. »Natürlich, Liebes. Ich will nirgendwo anders sein als bei dir.«

Die Anwesenheit seiner Mutter schien Juliana zu beruhigen, was wiederum Michael beruhigte.

Die Gynäkologin kam herein, und endlich durfte Juliana pressen.

Seine Frau war eine Kriegerin. Ihre Tapferkeit überwältigte Michael, als sie nach einer Dreiviertelstunde ihre erste Tochter auf die Welt brachte. Zwölf Minuten später tauchte ihre Zwillingsschwester auf. Beide hatten einen Schopf dunkler Haare und die blasseste Haut, die Michael je gesehen hatte.

»Sie sind absolut wunderschön«, verkündete seine Mutter und bekämpfte die Flut von Tränen mit einem Taschentuch.

»Wie heißen sie?«, fragte eine der Krankenschwestern. »Da es Zwillinge sind, müssen wir ihnen gleich Armbänder mit ihrem Namen umlegen.«

»Sadie Maureen Maguire und Sophie Paullina Maguire«, sagte Michael.

Juliana drückte seine Hand.

»Ich fühle mich so geehrt«, schluchzte Maureen. »Und ich weiß, deiner Mutter geht es genauso, Juliana. Sie wacht über euch.«

»Ja, das stelle ich mir auch gerne vor«, erwiderte Juliana.

Die Babys wurden gemessen, gewogen und untersucht. Man nahm ihre Fußabdrücke und wickelte sie in Decken ein, bevor sie ihrem überwältigten Vater übergeben wurden. Er nahm je eine Tochter in jeden Arm und brachte sie dann zu ihrer erschöpften, aber glücklichen Mutter.

»Oh, Michael! Schau nur, wie perfekt sie sind.«

»Zum Glück sehen sie aus wie du.«

»Ich sehe genauso dich in ihnen. Ihre Nasen und Münder sind ganz du.«

»Und sie haben deine Augen.«

»In den Büchern steht, dass sich die Farbe noch verändert.«

»Aber die Form ist die gleiche wie bei dir.«

»Guck nur, was wir erschaffen haben.« Sie betrachtete die Babys mit unverhohlener Bewunderung.

»Guck dir an, was *du* geschafft hast.«

Juliana griff nach Sophie und schaute lächelnd zu Michael auf. »Das waren wir gemeinsam.«

»Wenn du meinst. Doch alle Lorbeeren gebühren dir, mein Liebste.« Er beugte sich vor, um sie zu küssen. »Ich danke dir für meine wunderbaren Töchter.«

»Ich würde gerne sagen, es war mir ein Vergnügen, aber ...«

Sie lachten, und während sie ihre schlafenden Kinder beobachteten, sprach Michael ein stummes Dankgebet für ihre sichere Ankunft auf dieser Erde.

Weitere zwei Jahre später …

»Du wirst verstehen, warum ich nie wieder Sex mit dir haben werde, oder?«, fragte Juliana, während sie auf ihre neugeborenen Zwillingssöhne hinabschauten.

»Wieso ist das meine Schuld?«, fragte Michael lachend.

»Du hast irgendein Supersperma, das zu Zwillingen führt. Das muss in der Familie liegen oder so.«

»Du hast doch gehört, was der Kinderarzt nach der Geburt der Mädchen über eineiige Zwillinge gesagt hat. Dafür gibt es keine familiäre Vorbelastung. Sie sind ein Zufall. Oder eher ein sehr, sehr großer Glücksfall.«

Der winzige Patrick Donovan gähnte und starrte seinen Vater aus großen, noch nicht scharf sehenden Augen an, während sein Bruder Michael Sean im Arm seiner Mutter schlief. Obwohl Michael einen Neffen hatte, der nach Patrick benannt war, hatte er gewollt, dass einer seiner Söhne den vollen Namen seines verstorbenen Bruders trug. Also würde er Patrick Donovan Maguire II. sein. Und ihren Sohn Michael würden sie »Mikey« nennen, so wie nur Patrick Michael immer genannt hatte.

»Wie wäre es, wenn ich eine Vasektomie vornehmen lasse?«, fragte Michael. »Wirst du dann wieder Sex mit mir haben?«

»Das würdest du tun?«

»Wenn es bedeutet, dass ich danach, wann immer ich will, mit meiner wunder-vollen Frau schlafen kann, dann ja. Sofort.«

»Du hast sechs Wochen Zeit, um es machen zu lassen. Ansonsten kein Sex.«

»Ja, Ma'am.«

»Obwohl, so wie ich dich kenne, wird dein Supersperma trotzdem nicht totzukriegen sein und mich mit Drillingen schwängern.«

Michael lachte leise. »Deine Fantasie geht mit dir durch, Süße.«

»Ich habe gesehen, wozu du fähig bist. Mich überrascht nichts mehr.«

Drei Jahre danach …

»Dieses Mal meine ich es ernst. Wir werden nie, nie, *nie* wieder Sex haben.« Ihr »Wunderbaby«, ein Sohn namens Liam Michael, war mit etwas über neun Pfund das größte ihrer Babys gewesen.

»Wieso ist es meine Schuld, dass du so eine fruchtbare Auster bist?«

»Wo hast du denn den Ausdruck gehört? Es heißt ›schwangere Auster‹.«

»Eine meiner Schwestern hat das auf der Babyparty gesagt.«

Sie verengte die Augen. »Welche?«

»Das verrate ich dir nicht.«

»Das hier ist ganz allein deine Schuld, und es gibt keinen Sex mehr.«

»Wie wäre es, wenn wir dieses Mal deine Eileiter abbinden lassen? Daran kommt nichts vorbei.«

»Nichts außer deinem Atomsperma.«

»Ach, jetzt ist es von Supersperma zu Atomsperma geworden?«

»Es hat sich den Weg durch eine *Vasektomie* gebahnt, Michael. Wie würdest du es denn nennen?«

Er lächelte sie strahlend an, weil er sich so über sie freute, auch wenn sie ihm androhte, nie wieder Sex mit ihm zu haben. Er wusste, dass sie es nie lange durchhielt, ihre Drohungen wahr zu machen.

Juliana sah ihn finster an. »Tu nicht so eingebildet.«

Er lachte laut.

Sie verdrehte die Augen. »Wir können kein Risiko mehr eingehen. Wir sind bereits der reinste Wanderzirkus.«

»Ich habe so das Gefühl, der kleine Liam hier wird uns helfen, unsere geistige Gesundheit zu erhalten, während die anderen uns überrennen.«

»Da könntest du recht haben. Er ist wirklich schrecklich süß.«

»Natürlich ist er das. Wir haben ihn gemacht, und wir machen ausschließlich süße Kinder.«

»Für einen Mann, der fünf Kinder durchs College bringen musst, bist du ziemlich selbstzufrieden.«

»Bis dahin sind es noch *Jahre.* Und bis es so weit ist, habe ich vor, jede Minute mit meiner Frau und meinen fünf Kindern zu genießen.«

»*Fünf* Kinder«, murmelte sie. »Wie konnte mir das nur passieren?«

Er stand auf und beugte sich über das Bettchen, um erst Liam und dann Juliana zu küssen. »Nun, angefangen hat das alles auf einem Flughafen in Baltimore …«

ANMERKUNG DER AUTORIN

Als ich im Herbst 1999 am Flughafen von Baltimore auf meinen verspäteten Flieger wartete, hörte ich einen Mann und eine Frau über ihre Fernbeziehungen reden. Beide waren auf dem Weg, ihre Partner übers Wochenende in Florida zu besuchen. Als sie herausfanden, dass sie den gleichen Rückflug gebucht hatten, stellte ich mir vor, wie sie sich ineinander verliebten, und damit war die Idee zu diesem Roman geboren. Ich habe sie in mir getragen, bis ich schließlich viele Jahre später die Geschichte von Michael und Juliana geschrieben habe.

»Take-off ins Glück« stammt ursprünglich aus dem Jahr 2006, als noch keiner von uns das Wort »Smartphone« je gehört hatte. Deshalb haben Michael und Juliana keine Fotos voneinander, nachdem ihre erste gemeinsame Zeit endet. Als ich das Buch 2017 überarbeitet habe, beschloss ich, das so zu belassen, wie es ursprünglich war, weil es der Geschichte einfach eine besondere Note verleiht.

Ich danke April und Rich Pardoe dafür, dass sie mir das Reihenhaus in Baltimore »geliehen« haben, das ich als Michaels Zuhause benutzt habe. Bis hin zu den Hängeschränken in der Küche, der Dachterrasse und den Telefonen in den Badezimmern ist dieses Haus ihr ehemaliges Zuhause. April hat mir außerdem unzählige Fragen über Baltimore und Butchers Hill beantwortet.

Meinem Ehemann Dan und unseren Kindern Emily und Jake danke ich dafür, dass sie mit meinen verrückten Stimmungen – und einem ungeputzten Haus – leben, während ich schreibe. Meine Freundinnen Christina Camara, Lisa

Ridder, Paula DelBonis-Platt und Julie Cupp haben mich bei dem ersten Entwurf zu diesem Roman unterstützt. Mein Klassenkamerad von der Highschool, Martin Medeiros, hat mit den juristischen Aspekten des Prozesses geholfen, und ich bin für seine Hilfe unglaublich dankbar. Ebenso geht ein besonderer Dank an mein derzeitiges Team, das Julie inzwischen als Chief Operating Officer leitet, gemeinsam mit Lisa Cafferty, unserem Chief Financial Officer, und Holly Sullivan und Isabel Sullivan, unseren Chef-Formatiererinnen.

Ich habe meinen Mann geheiratet, als er schon zehn Jahre bei der Navy war, und habe die nächsten zehn Jahre in Spanien, Maryland und Florida verbracht, bevor wir 2002 in meinen Heimatstaat Rhode Island zurückgekehrt sind. Während wir weg waren, hatte ich die meiste Zeit Heimweh, aber jetzt bin ich so dankbar für die Erlebnisse, die wir dort hatten, und die Freunde, die wir an jeder Station gefunden haben, denn sie liefern mir großartigen Stoff für meine Romane. Maryland und Florida sowie meine Heimatstadt Newport, RI, spielen in diesem Buch eine große Rolle.

Ich danke allen, die »Take-off ins Glück« schon beim ersten Mal geliebt haben. Ich hoffe, ihr genießt den Ausblick auf das Leben von Michael und Juliana nach ihrer Hochzeit.

xoxo

Marie

Weitere Titel von Marie Force

Die McCarthys

Liebe auf Gansett Island (Die McCarthys 1)

Sehnsucht auf Gansett Island (Die McCarthys 2)

Hoffnung auf Gansett Island (Die McCarthys 3)

Glück auf Gansett Island (Die McCarthys 4)

Träume auf Gansett Island (Die McCarthys 5)

Küsse auf Gansett Island (Die McCarthys 6)

Herzklopfen auf Gansett Island (Die McCarthys 7)

Rückkehr nach Gansett Island (Die McCarthys 8)

Zärtlichkeit auf Gansett Island (Die McCarthys 9)

Verliebt auf Gansett Island (Die McCarthys 10)

Hochzeitsglocken auf Gansett Island (Die McCarthys 11)

Gansett Island im Mondschein (Die McCarthys 12)

Sternenhimmel über Gansett Island (Die McCarthys 13)

Festtage auf Gansett Island (Die McCarthys 14)

Im siebten Himmel auf Gansett Island (Die McCarthys 15)

Verzaubert von Gansett Island (Die McCarthys 16)

Traumhaftes Gansett Island – Victoria & Shannon (Die McCarthys 17)

Geliebtes Gansett Island – Kevin & Chelsea (Die McCarthys)

Blütenzauber auf Gansett Island (Die McCarthys 19)

Andere Bücher

Sex Machine – Blake und Honey

Sex God – Garrett und Lauren

Ein Traum von Liebe

Mein Herz für dich

Nicht nur für eine Nacht

Die Green Mountain Serie

Alles was du suchst (Green Mountain Serie 1)

Endlich zu dir (Green Mountain Serie 1/*Story 1*)

Kein Tag ohne dich (Green Mountain Serie 2)

Ein Picknick zu zweit (Green-Mountain-Serie/Story 2)

Mein Herz gehört dir (Green Mountain Serie 3)

Ein Ausflug ins Glück (Green-Mountain-Serie/Story 3)

Schenk mir deine Träume (Green-Mountain Serie 4)

Der Takt unserer Herzen (Green-Mountain-Serie/Story 4)

Sehnsucht nach dir (Green-Mountain Serie 5)

Ein Fest für alle (Green-Mountain-Serie 5/Story 5)

Öffne mir dein Herz (Green-Mountain-Serie 6/Story 6)

Jede Minute mit dir (Green-Mountain-Serie 7)

Die Neuengland-Reihe

Vergiss die Liebe nicht (Neuengland-Reihe 1)

Wohin das Herz mich führt (Neuengland-Reihe 2)

Wenn das Glück uns findet (Neuengland-Reihe 3)

Und wenn es Liebe ist (Neuengland-Reihe 4)

Die Quantum Serie

Tugendhaft (Quantum-Serie 1)

Furchtlos (Quantum-Serie 2)

Vereint (Quantum-Serie 3)

Befreit (Quantum-Serie 4)

Verlockend (Quantum-Serie 5)

Überwältigend (Quantum-Serie 6)

Fatal-Serie

Mörderische Sühne (Fatal-Serie 1)

Verhängnis der Begierde (Fatal-Serie 2)

Jenseits der Sünde (Fatal-Serie 3)

Versprechen bis in die Ewigkeit (Fatal-Serie 4)

Wenn die Rache erwacht (Fatal-Serie 5)

Bittersüßer Zorn (Fatal-Serie 6)

Unbarmherzig ist die Nacht (Fatal-Serie 7)

Über die Autorin

Marie Force ist die New-York-Times-Bestseller-Autorin von über fünfzig zeitgenös-sischen Liebesromanen, unter anderem den beliebten Reihen »Gansett Island«, »Butler, Vermont« und »Green Mountain« sowie der »Fatal«- und der erotischen »Quantum«-Serie. Zusammengenommen haben sich ihre Bücher weltweit bislang über sechs Millionen Mal verkauft.

Ihre Ziele im Leben sind einfach: ihre beiden Kinder zu glücklichen, gesunden, produktiven jungen Erwachsenen zu erziehen, Bücher zu schreiben, solange sie kann, und niemals in einem Flugzeug zu sitzen, das Schlagzeilen macht.

Melden Sie sich unter http://marieforce.com/subscribe/ für Marie Force' Mailingliste an, um über ihre neuen Bücher und alles Wichtige auf dem Laufenden zu bleiben. Folgen Sie ihr auf Facebook unter https://www.facebook.com/MarieForceAuthor, auf Twitter unter @marieforce und auf Instagram unter https://www.instagram.com/marieforceauthor/. Sie können sich auch an Maries vielen englischsprachigen Lesergruppen (https://marieforce.com/contact/) beteiligen. Sie erreichen Marie unter marie@marieforce.com.